傲月寒　苏琳　选编

2023年中国
武侠小说
精选

长江出版传媒 | 长江文艺出版社

图书在版编目（CIP）数据

2023年中国武侠小说精选 / 傲月寒，苏琳选编. --
武汉 : 长江文艺出版社，2024.1
（2023中国年选系列）
ISBN 978-7-5702-3374-8

Ⅰ. ①2… Ⅱ. ①傲… ②苏… Ⅲ. ①侠义小说－小说
集－中国－当代 Ⅳ. ①I247.5

中国国家版本馆CIP数据核字(2023)第218584号

2023年中国武侠小说精选
2023 NIAN ZHONGGUO WUXIA XIAOSHUO JINGXUAN

责任编辑：高田宏　郭良杰　　责任校对：毛季慧
封面设计：胡冰倩　　责任印制：邱　莉　杨　帆

出版：长江出版传媒 | 长江文艺出版社
地址：武汉市雄楚大街268号　　邮编：430070
发行：长江文艺出版社
http://www.cjlap.com
印刷：武汉中远印务有限公司

开本：680毫米×980毫米　1/16　　印张：17.375
版次：2024年1月第1版　　2024年1月第1次印刷
字数：285千字

定价：39.80元

目 录

头文字 H · 神马记　李　亮 / 001

C+ 神探 · 武厨　白少邪 / 067

男儿剑底有黄金　马　鹿 / 094

全员强迫　红泥小火炉 / 116

破落院见闻录　八刀红茶 / 130

道是无晴（节选）　李　亮 / 160

大风吟 · 山海卷（节选）　王展飞 / 226

刃与花 · 墨松　璃　砂 / 258

月下小馆 · 鸡蛋羹　月裹鸿声 / 266

头文字H·神马记

李　亮

第一回　黄狗坡冰河洗剑　黑风阵烈士殉国

词曰：

朝云横度。辘辘车声如水去。白草黄沙。月照孤村三两家。

飞鸿过也。万结愁肠无昼夜。渐近燕山。回首乡关归路难。

人生在世，最无可逃的，乃是世事影响。任你是万夫莫敌的英雄、倾国倾城的美人、无欲无求的隐者、天下无双的贤人，又有谁能不卷入这滚滚红尘，辗三道，烧三回？枭雄尚可趁乱而起，于常人而言，自然是天下太平，方能安居乐业。战乱频仍，覆巢岂有完卵？

是以，古语有言："宁为太平犬，不为乱世人。"

话说靖康元年闰十一月，钦宗轻信术士郭京，以正元甲兵七千七百七十七人应敌，汴梁城破，东京涂炭。社稷倾颓，各地肱骨勤王不及。次年四月，金人掳徽、钦二帝及皇族嫔妃北去，是为"靖康之耻"。这一首《减字木兰花》，便是其中一位蒋姓女子于被掳途中所作。

同年五月，康王赵构继位南京，改元建炎，恢复宋廷，即是后世所谓南宋"高宗"。

建炎元年十二月，金兵攻破河北；二年正月，金兵尽占淮北；三年五月，高宗上表求"称臣"不许；八月，完颜宗翰、完颜宗弼渡江南下；十二月，攻陷临安，高宗下海避祸。

国事危急，南方诸将踊跃请命，北方义军纷纷起事。存亡之际，原本懦弱内斗的宋人，突然间变得勇武团结。在北方，以农民耿京、李铁枪为首的“天平”义军，掀起了一波突如其来的抗金高潮，直令所向披靡的完颜氏首尾难顾，焦头烂额。

转眼间，便又是一年。

“嚓”的一声，一柄带血的古剑刺入冰泉之中。泉水表面上那一层薄冰碎裂，逐波而走，剑身上的凝血被泉水洗濯，拉出道道红丝，也随之远去。持剑人信手挥洒，古剑削开水面，运转之间，矫若惊龙。

一个年轻的汉人站在泉边。他穿着一身素白的棉袍，腰横玉带，左手握着一把古色古香的剑鞘，右手轻提那出鞘的古剑，在水里慢慢划动。清晨的阳光虽燥，但他整个人仿佛为一层莹莹光华所笼罩，平和宁静，竟似带着一层氤氲水汽。他只有二十五六岁，可是神情之中，却已有了三分的沧桑，三分的寂寞。河水荡漾，他的神思也不由悠然天外。

他姓楚，名凤鸣，本是太行剑派骆老道的关门弟子、大侠阮飞的师弟。四年前，他与阮飞因刀剑有别而起争斗。楚凤鸣落败，却因此得悟剑道，进入“天机”境界。

在那之后，楚凤鸣便一直隐居深山，炼剑练气。只是山河破碎，便是个与世无争之人，却也无法跳出这场劫难。因此，就在三个月前，楚凤鸣仗剑出山，一人一剑，连续刺杀金人数十位将领，直令河北金军，莫不谈之色变。

他现在立身之处，乃是山东济南城外黄狗坡。坡西三里，原是金将宗望率领的五千“平北军”的兵营。平北军奉金主之命，来此驻扎，扫荡山东义军。却给他在今日早晨，一人一剑，杀了个七零八落。

楚凤鸣神剑大成，天下间几无可接他三招之人，金人虽然悍勇，但一对一近身搏杀，却差得很远。待到宗望授首，兵将溃散，他这才好整以暇，火烧金营，自己却在这山坡上的冰泉之中，洗剑遐想。

黄狗坡因地形得名，状如老狗横卧，而那满坡衰草，自然便是黄狗长毛。楚凤鸣极目远眺，只见铅云低垂，苍茫萧瑟，金营尸枕狼藉，正中一道黄烟袅袅孤孤零零，扶摇直上，不由又生起逆旅浮沉、人生渺茫之感。

完颜宗望是金人历次侵宋中数一数二的急先锋。楚凤鸣既已一剑刺穿他的咽喉，则还值得神剑出鞘的，大约就只剩金军侵南大元帅完颜宗翰，以及金主吴乞买了吧！

楚凤鸣面露微笑，不由想到：当日阮师兄只道我的剑法出世，不能救国救民。可是我只消杀了这三个金狗，倒看看谁还敢再提“侵宋”二字！

他正想到得意处，脚下却突然隐隐约约传来滚雷之声。楚凤鸣稍一分辨，原来是群马奔腾所发。他这时当世无敌，听着马队来势凶猛，却毫不避讳，只将古剑自水中抽出，控了一控，便插回鞘中。

马蹄声直如狂风暴雨，方才还在数里开外，眨眼间便似响在耳边。里许外的一座小丘后，乌云也似的卷起一队骑兵，黑衣黑马，瞧人数似有百人开外。其势之快，上一瞬还在天边，下一瞬，就已是迫在眉睫了。

楚凤鸣微觉意外，暗道：好快的马。心中不期然间，想起了四年前，在东京汴梁所结识的那一对奇人奇马。

他这边方自走神，那一队骑兵却都已弯弓搭箭，齐齐向他。但见：

马如毒龙翻浪，人赛八臂无常。弓满似猩红圆月，箭去若惨碧流星。嘣嘣嘣嘣，是筋弦颤响催命咒；哧哧哧哧，是铁簇叩响鬼门关。

楚凤鸣人在山坡上，本来还以为双方敌友莫辨，更兼都尚在攻击范围外，因此还未戒备。这时忽见箭如蝗群，黑压压，密麻麻，宛如一头狰狞怪兽，乘风飞上半天，咆哮俯冲而来，不由大吃一惊。急忙往旁边一跃，便觉眼前一黑，已有上百支羽箭从天而降，一瞬间插落在他方才立足之处。

这队骑兵共计百人，队伍横向拉开，首尾相距，怕有数百步之遥，可是这般放箭，箭却几乎同时落地，而落点更集中在方圆两丈以内，则那百名骑兵，其射术之精，阵型之整，当真是举世罕有。

楚凤鸣大意之下，几乎吃亏。一惊之后，却知道对方必是宗望的援军，“锵”的一声，拔剑出鞘，喝道：“金狗送死，多多益善！”一边说，一边已从山坡上迎着那队骑兵，直冲了下来。

先前他在山西时，曾经大破金人三百骑的铁浮屠。神剑过处，如庖丁解牛，那曾令宋军一筹莫展的重甲骑兵，如同草靶木雕，任他杀了个人仰马翻。因此今日这百余人的轻骑，对他来说，仍然是小菜一碟。

他身法展开，如同一道轻烟，迎着金人骑兵，正要迎头痛击。可是突然之间，那金人骑兵的阵线却猛地向里一凹，与他迎头正对的二十余骑同时拨马向后，毫不犹豫地逃走了。

与此同时，骑兵的两翼却也分别兜开，一面迂回飞驰，一面乱箭攒射。

楚凤鸣不料对方如此不堪一击，脚下稍一迟疑，才又继续追去。

他练成天机神剑，早已参透世间兵刃变化，两旁的箭丛飞来时，虽然又快又密，但落在他的眼中，一支支，一簇簇，轨迹力道却清清楚楚，只信手一挥，古剑便已将那些来势汹汹的羽箭扫落一旁。

可是这些金兵射箭，全都是连珠发出。箭从四面八方飞来，如黄河奔流，星汉运转，一刻不停，无止无歇。楚凤鸣虽然剑法卓绝，但手上格挡雕翎，脚下不由自主，到底还是慢了一拍。此消彼长之下，他的脚程到底不及快马，距离前面的那二十几个骑兵，只隔了二三十丈，再也不能前进一步。

他不料这些金兵如此奸猾懦弱，又是好气又是好笑。追赶了二三里，不耐烦起来，终于把身子一转，又往自己左首边的骑兵冲杀过去。

但见尘烟起处，他左首边的那二三十骑见他来势，竟又在瞬息之间调转了方向，背向着他，鞭马狂奔；而几乎就在同时，他先前追杀的那一拨人，却已拨马半圈，与他平行前驰，箭如雨下。

如此反复数次，追之便逃，弃之反咬，既不交锋，又不松懈。他们都是千挑百选的神箭手，个个都会飞星逐日、回头望月、左右开弓的箭法，无论是追与逃，手上的弓弦，从来就没停下来过。

楚凤鸣不知不觉，已被困在一个直径六十丈的圆圈之内。自己往东，圆圈便也就往东；自己往西，圆圈便也就往西。金人骑兵驭马奔驰，如臂使指，反应之快，闻所未闻。因此这个箭阵虽然被这绝世高手冲得时圆时扁，但却始终不乱。他被困在圆心，左冲右突，却全都徒劳往返。那出神入化的古剑、无坚不摧的剑气，都根本挨不着敌人半根马毛。

正面攒射，背后冷箭，左翼撩拨，右翼猛攻。一道道箭影穿梭如网，楚凤鸣卷入其中，被越缠越紧，渐渐地几至寸步难行。他一介武林剑客，哪里懂得这战阵变化的可怕？只知四面飞镝，金狗环伺，自己一味挨射，有力使不出，不由越来越怒，渐渐失去理智。

眨眼之间，黄狗坡上已是箭插如林。楚凤鸣前后接了三千余箭，虽然拨打格挡的只是少数，却也已是汗流浃背。

天色越来越暗，风渐渐低下来。衰草摇曳，雪花点点落下。天边隐隐传来冬雷闷响。楚凤鸣停下脚步，不再乱冲乱撞。他的鼻凹鬓角已见热汗，口中呵出白汽，更是蒸腾不已。虽是神剑无敌，这时却也不由忐忑起来，暗道：金狗如此卑鄙，着实难缠，难道我今日便要死在这里么？

一念及此，不由怕了起来。又接下两拨密不透风的攒射，便再也不敢耽搁，转身向西，猛地向他先前放火烧毁的宗望大营冲去。

原来这黄狗坡上空空荡荡，无遮无蔽，实在是有利于金兵骑射。他只有退到宗望的残营之中，才能依靠那里的辎重、壕沟，隐蔽身形，一举脱困。

他主意已定，才又把剑法展开。剑气过处，直如懒龙翻身，刹那间将袭来箭雨尽都绞做齑粉。金兵本来见他势弱，已经松懈，忽见他现此绝技，顿时稍稍一乱。楚凤鸣便借此机会，举步而行，以一剑带动百骑，拖着这圆形箭阵，慢慢向西而去。

那残营距楚凤鸣此时立身之处不过两里，可真要抵达，却端的艰难。楚凤鸣行了一里半，便已是汗透重衣。可是只需再进数步，那金人箭阵最外围的骑兵，便会被宗望营地外的壕沟挡住了。

忽然间，金人箭阵之中却有人以汉话大喝道："汉家小狗，你若真是个带种的，就不要用我们金人的东西救命。"楚凤鸣平生高傲，闻言脚下便不由一滞。

那粗嘎古怪的声音又笑道："不过汉人一向没有骨气，你若要夹着尾巴逃走，我自然也是拿你没办法。"他字字恶毒，楚凤鸣听在耳中，又羞又怒，生路虽然就在眼前，却竟是再也不能前进一步。

良机稍纵即逝，那金骑围成的圆圈上忽然裂开一道缺口，冷风之中，一声霹雳也似的弦鸣，"噔"地响彻天地，一道黑光，如同怪蟒出洞一般，自缺口里射入阵中，瞬间已至楚凤鸣眼前。楚凤鸣躲闪不及，瞪目大喝，反手一剑，撩在那黑光之上。

只听"锵"的一声巨响，一支丈许长、手臂粗细的巨箭冲天而起，远远插在数十步开外。楚凤鸣连退三步才能站住，一大片草叶竹枝自空中簌簌落下，却是方才那巨箭射来时，沿途绞起的荒草、断箭。

楚凤鸣掌中古剑微微颤抖。他的手腕曾被阮飞划伤，后来调理不善，留下了后患，平时力有余暇时还看不出来，这时拼尽全力硬接了那雷霆巨箭，顿时酸麻一片，几乎连剑都拿不住了。

却听那粗嘎的声音大喝道："再射！""噔"的一声，黑光重现，第二支巨箭又呼啸而至。

楚凤鸣把牙一咬，双手握剑，大喝道："开！"当头一劈，顿时将那巨箭居中剖为两片，分左右溅出。

大雪纷纷而下，楚凤鸣剑尖垂地，一瞬间脑中思绪纷杂。可笑他虽然尽力练成了超然脱俗的剑法，但身在凡尘，却到底无法太上忘情。若不是托大贪功，若不是偏遇上这样的怪阵，若不是不忍坐看山河破碎，若不是还与阮飞有争胜之心，他今日何至于陷身于此。

楚凤鸣抬起头来，在他的周围，金兵箭阵已然停止了旋转。而圆圈的缺口上，渐渐现出与其他人装备不同的十五骑来。

这十五骑以三骑为一组，分成五组，每组之中，又由两骑在鞍桥上架起一张床弩一般的大弓，由一骑搭弦，将那巨箭向他瞄准。弩弓张力太大，三匹马伸长了颈子，喘息咆哮，铁蹄刨起片片冻土。

楚凤鸣见此怪弩，已知今日断然无幸。他刚才被那第一支巨箭震退，双足重重踏过箭丛，早已被断箭刺得血肉模糊，再也不能随意行动。这时便并指轻抚古剑，将剑上雪水擦去，然后才扬锋一指，遥遥向那巨箭挑战。

金兵为他气势所慑，一时竟寂然无声。

然后第三、第四支巨箭才又射到，楚凤鸣左拨右打，将两箭震开；第五、第六、第七箭，楚凤鸣奋起神威，将三箭全都震上半天，反插于身后；金人畏惧他的神威，第八箭射偏、第九箭射偏，第十箭才又射正，却给楚凤鸣再次一剖为二。

这巨箭之威，连一般的城门都能射穿，这文弱温婉的年轻汉人，却能连受十箭，这队金人骑兵如见鬼神，个个胆战心惊。

那粗嘎的声音道："再射！再射！"

那巨箭射手叫道："大人，没有箭了！"

原来那巨箭名为"穿云"，因为过于巨大，每次出战，都是五人携弩机，五人携弩床，五人携巨箭，每人带两支，至多只能带十支，如今十箭皆空，已经没有备用的了。

那粗嘎之声喝道："别的箭也给我射！"

有骑兵胆怯道："我们的箭也只剩两三轮了！"那粗嘎之声气急败坏，道："射！射！射！最后一支也给我射出去！"

这队骑兵纯以弓箭取胜，为了减轻负重，刀剑武器一律没有。若是没了箭，连自保之力都没有。可是这时候统领发话，谁敢不听？弓弦声响，又是一百支箭射出。

楚凤鸣力气已竭，提剑而笑，箭雨如同暴风吹过，一瞬间也不知中了多少箭。金兵喜出望外，难以置信。

那粗嘎之声喝道："再射！"便又是百箭齐发，直令楚凤鸣的身子都藏在箭支之下，难以辨认了。

白雪如絮，团团铺下。远远望去，这箭阵之中泾渭分明：中央是楚凤鸣被箭支遮蔽的黑色身形，往外则是稻田一般的箭林，最外围则是刚刚落下的一层白雪。

正所谓：自出洞来无敌手，可怜转眼赴黄泉。

第二回　盗侠骨飞马重现　昧良心妖魔翻生

常言道，"生死有命，富贵在天"。天地不仁，命运无常，往往并不以人心所向而转移。有人终日为恶，却能寿终正寝；有人毕生行善，却落得个尸骨无存；有人不求上进，却偏偏能名利双收；有人力争上游，却总是功亏一篑。可是人若因此就怕了天，岂不就只剩得魍魉横行、宵小当道？侠道不孤，自有人前仆后继，捍卫正义。

话说神剑楚凤鸣，天资卓绝，际遇非常，以弱冠之年，便悟出无上剑道，原可开宗立派，成就一代宗师，却在黄狗坡上，给金人骑兵围困，万箭穿身，悲惨地死了。毕生所学既无所用，更没有半个传人，怎不令人叹惋？

金人将这绝世高手杀了，却又整束黄狗坡军营，重建"扫北军"。又将楚凤鸣的尸身悬挂于辕门之上，曝尸示众，却放出消息，说那是当世名侠"阮飞"的侠骨。

阮飞多年抗金，侠名远扬，他身故的消息传开，顿时引来无数大宋义士，想要为他盗尸殓葬。

可是金人既然设下这个圈套，自然是准备周详。自第三日起，多少好汉盗尸不遂，反为金人坏了性命。黄狗坡金营辕门，三丈门上，英雄尸骨彻寒，七尺焦土，好汉血犹未冷。

到了第十日，天色将亮未亮之时，一匹长毛瘦马孤零零地出现在黄狗坡上。它背负空鞍，慢慢向辕门踱来，偶尔低头啃两口草，一副悠闲架势，瞧来像是汉人走丢了的家马。

金营辕门处的哨兵自然都看到了它。这些人站了半夜的岗，个个又冻又饿，百无聊赖，这匹懒洋洋、傻乎乎的瘦马突然出现，才令他们稍稍振奋。

他们原本都是牧民，对马儿天生就要亲近一些，相马驯马，都有一手。眼见这黄毛马虽然瘦巴，但是皮毛干净光亮，气度雍然，显见它原来的主人对它宠爱有加。再看这马四肢颀长，可以想见，必然是脚程不差，方能有此待遇。

便有人啐道："呸，这马，傲得翘尾巴，倒像是咱们草原上的马咧。"

原来关外水草丰茂，天敌稀少，很多马儿终生不曾吃苦，因此能够安闲自在；反观中原的马匹，无论是家马抑或战马，却都无一例外地辛苦操劳，被驯养得恭顺麻木，再没有半点潇洒模样。

这时又有金兵道："收到营里吧，没主人的话，过两天非得被流民杀了吃肉不可。"一边说，一边往那马迎去。

那瘦马看他过来，甩了甩长鬃，歪脖侧身，瞪着两只黑溜溜的眼睛，也"嗒嗒嗒嗒"地迎了过来。

金兵见它憨厚，都笑了起来。眼看它距离辕门已不过二十几步，突然间众人眼前一花，那瘦马背上已经多了一个人！

那是一个着灰衣的瘦小汉子，一直以镫里藏身的身法，贴在马腹外侧，这时一翻上来，先就扬起双手，手中一支弹弓被拉紧，"嗖"的一声，一片圆刀自皮兜中飞射而出，在半空中画出一道银燕回巢一般的弧线，准准划过辕门上吊着"阮飞"尸体的绳索。

几乎就在他射出圆刀的同一时刻，那瘦马已奋蹄跑起。

此前它慢慢踱步，悠闲懒散，金兵虽然猜到它脚力不差，可也绝没想到竟快到这般地步。

只见它先是一跳，"哗啦"一声，当头跃过了那个来牵它的金兵，然后四蹄蹬地，身体展开，如同蛟龙出海，猛虎下山，直向辕门冲来，其速之快，令金兵惊慌失措，不由自主往两边一闪，露出身后的拒马木栏。

只听那马背上的灰衣汉子大叫一声，道："阮大哥！"

那瘦马已然一跃而起，先在半空中迎上"阮飞"正要掉落的尸体，又蹈风踏浪一般，顺势越过拒马，就在一众金兵的头顶上，直接跃入了金军的大营内。

朝阳未起，晨曦淡淡，这马儿一身黄中带青的长毛，迎风抖擞，真如神龙附体一般。

“嗒嗒”两声，是在那马方才跑过的路径上，两支箭插到地上。原来是那瘦马此前方一启动时，辕门两侧的弓箭手便张弓射出的，只是那马的速度实在太快，因此才落空了。

“呼嗵”一声，是瘦马四蹄落地，踏中了陷阱，连人带马，一起往坑中落下。

那陷阱直径四丈，就在拒马正后方两丈，营中的主路上，表面以树枝、碎布、泥土、残雪铺成，深坑里则是削得锋利的竹枝木棍，是骑兵统领极力主张修建的。

这几日来金营之中怨声载道，都嫌这个陷阱弄得人进出不便，又全无用途：陷阱做得太大，要隐蔽得当，表面要做得比较结实才行；可是汉人来盗尸的，多数都是武林中人，独来独往，高来高去，身子轻得踩上这个陷阱都未必掉得下去。

可是这回这瘦马连人带马地撞来，分量可是足够了！

“呼嗵”一声，陷阱中央凹陷，边缘都被扯了起来。金人哨兵不由心头一松，暗赞那统领果然料事如神，知道会有人骑马盗尸，才做此准备。

“扑通”一声，烟尘四起，金人大声欢呼。

大雪初化，地上本就没什么浮土，这烟尘也就迅即落定了。却见在陷阱的对面，那瘦马立在阱缘，低头望着阱底，“呼哧”打个响鼻，摇头甩鬃，貌甚不屑。

金兵全都惊得呆了，不料这瘦马竟能化险为夷。

原来这陷阱已经布了七日，表面的残雪白日融化渗透，夜里结冰凝固，已将里层的树枝兽皮结成一体，又将表层冻在阱缘上。这些冰水固然不会冻成铁板一块，可是却也让这陷阱不易塌陷。那瘦马居然便趁着那一瞬间的迟缓，跳出了陷阱。

那马上骑士手抚怀中已不辨面目的尸身，仰天叫道：“阮大哥，你在天之灵安息！”说完他把马一拉，瘦马倒退数步，借着冲劲，先跳过陷阱，在拒马前略一蹬地，又直直跳起，出了辕门。

守门的金兵何曾见过这般神勇的马匹，一个个抱头鼠窜；辕门边的金兵一边吹号示警，一边把箭乱射；埋伏在辕门两侧的刀斧手听见动静，冲出来时，那一人一马已跑得只剩朝阳里的一点黑影了。

金兵目瞪口呆，有人急报营中。门口哨兵里却有一个岁数较大的，开始时被吓得跌坐地上，这时醒过神来，起身大叫道："大宋飞马！大宋飞马！"原来是个曾在大金中都服役，亲历当年秋赛会的。

"砰"的一声，有人点燃军中信炮，一股黄烟冲天而起，在黎明青白的天色中，划出一道金线。

那正是当日完胜火流星，踢死神力王，面斥金主，在金人中被传为天龙转世的罗马。

当日汴京被困，他突围求救，情急之下，弃了李纲，去寻康王，终于贻误战机，换来了靖康之耻。后来康王虽在南方称帝，恢复宋廷，可是罗马却有愧于心，无颜托庇，因此便一直在北方游荡厮混，直至半年前，才来到山东，在距济南城二百里外的鸽子山上落草。

他与阮飞是多年的相识，手里的弹弓便是阮飞所赠。虽然每次相见，都是匆匆一晤，后来因了秦双的关系，又多少有了些芥蒂，可是从心底来说，慷慨沉稳的阮飞却始终是罗马心中最仰慕的英雄。

如今他的弹弓越用越好，可是"阮飞"却已惨死，他得信之后，顿时不能自制，这才连夜下山，前来盗尸。

铜板轻轻一发力，便将黄狗坡金营远远抛下。这时旭日初升，天地间一片光明。罗马止住铜板，用随身带来的一条毡毯将"阮飞"的尸首包住，横在鞍上。可怜那尸首面目全非，已经冻得铁铸一般，罗马手指触及，不由又是一番心酸，暗道：阮大哥，你是一世豪侠，如今死了，也一定不是那种挑三拣四的小气鬼。现在先暂且委屈一下，到了山上，我再将你厚葬。

正自悲恸，突然铜板抖耳踩蹄，焦躁不安。罗马知它警觉，凝神一听，果然背后蹄声滚滚，似有追兵追到，再至高坡上一望，果然黄狗坡方向已有一队百人骑兵掩杀上来，快马薄甲，背弓携箭，轻捷非常。

这支骑兵在山东一地赫赫有名，因其来去如风，人称"风字号"，据传乃是为了弥补铁浮屠的笨重，经由高人献计、精心操练的金国撒手锏。练成不过半年，便已连战连捷，大挫山东义军锐气，就连大侠"阮飞"当日也是死在他们箭下。

罗马久闻其名，看见他们赶来，心中恨火难遏。铜板就在胯下，他又怎会把什么“来去如风”的队伍放在心上？当下便在山坡上勒缰站住，将“阮飞”的尸首牢牢扎好，专等“风字号”赶来，就要凭借铜板之速，好好灭一灭金人的威风。

不到片刻，“风字号”已逼近山坡下，罗马纵马逡巡，往复示威，眼角余光盯着金人来路，只待他们逼近自己二百步，这就开始从山坡另一侧顺下，将他们再度抛下。

眼看时机便到，突然间“风字号”一起勒缰止步，就在山坡下站住了。罗马颇觉意外，不由注目看去。

只见“风字号”队列整齐，显见训练有素。忽然间阵势一分，居中已走出一骑，白马银鞍，神俊非常，马上骑士却如磨盘成精一般，又扁又宽的肩上扛着一颗硕大无朋的巨头，远远看去，滑稽之中，竟带着几分诡谲。

这人一现身，罗马便已觉得眼熟，稍一分辨，只觉那人的形貌虽然又有变化，但是那粗鲁凶猛的恶性，却仍然独一无二。一时间只觉毛骨悚然，颤声道：“金……金蟾！”

那人正是金蟾！当日他追杀罗马，在东平城下被老将宗泽一箭穿颈，尸身就被弃于城外，等到人们想起收殓时，却已不见了踪影。人们只道是他的尸身已被野狗拖走，可是今天他在这里出现，竟然还是活生生的！

普天之下，罗马最怕金蟾！一则当日奔波三地、力赶四门，实在是在鬼门关里打转，至今想来心有余悸；二则他与金蟾由友而仇，眼看金蟾步入魔道，未能阻止，心中愧疚；三则这金蟾的身上，着实有一种不可理喻的执拗，以及那对他莫名而生、不死不休的仇恨。

这时看到这怪人重现，罗马几乎怀疑自己是身在噩梦之中，颈后寒毛倒竖，马上便转身逃走。

金蟾越众而出，却笑嘻嘻的，见他作势欲逃，大声道：“罗马，罗马，我就知道，只要把‘阮飞’的名号挂上，你一定就得来！”声音粗嘎，如同敲打破锅，原来是被当日那一箭毁了喉咙。

罗马只觉脑中轰轰作响，颤声道：“是你……是你杀死了阮大哥？”

金蟾大笑道：“我训练这‘风字号’，原本只是为了抓你这四处乱逃的贱马。其他什么人来送死，全都是被你连累！”

罗马张口结舌，骂道：“你这疯子！”说完拨马欲逃，却听金蟾叫道：“别怪我没提醒你，你这一回盗走的尸体，并不是阮飞的。”

罗马一惊，已勒住马缰。金蟾声音嘶哑，笑道："你抱着的真不是阮飞的尸体。是谁来着？在汴梁城外，杀死我铁师兄、重伤我铜师兄的那个少年剑客。"

罗马一呆，道："楚凤鸣？"

金蝉笑道："啊，原来他叫这个名字，我见到他时，真是开心死了。"

原来当日楚凤鸣初次下山，心高气傲，在汴梁外拿他们师兄弟试剑，根本没报自己的名号，因此金蟾虽然认得他，但却不知他的名字，眼看罗马出神，笑道："怎么，不是阮飞，你就放心了？"

他却不知，罗马这时心中更添怅苦。

阮飞为人豪迈，与罗马相会，所谈多是国事。罗马虽敬重他，但与他的感情却总是隔了一层，少了几分亲近。反而是这楚凤鸣，在东京时，与他一个落泊，一个受重伤，曾相依为命。再者，阮飞一心报国，冲锋陷阵，他若死在战场上，于他也许反而是死得其所，堪称荣耀，可是楚凤鸣一心修炼剑道，却也在这乱世之中，死在两军阵前，这却是徒余悲哀了。

罗马冷静一下，大声道："楚凤鸣也是我的朋友。"

金蟾哈哈大笑道："好，就冲着你这句话，我都应该再杀他一次！"他变色道，"阮飞杀了我银师兄、完颜赤海，刺我一刀，楚凤鸣杀了我铁师兄、害了铜师兄，郭京杀了我铜师兄、将我变成这副鬼样子，宗泽射我一箭，你夺走我的师父、几次要置我于死地……你们这些人跟我的仇，我一宗宗、一件件，全都记得！宗泽、郭京算他们死得早，剩下你们三个，我一个都不会放过！"

罗马不善言辞，就怕他翻旧账，这时听见金蟾诉苦，明明是自己有理，但就是说不出来，一时气愤，脱口而出道："你……你得有那个本事！"

金蟾哈哈大笑，道："是啊，大宋飞马我追不上，西山豹子我打不过，可是我已经操练出"风字号"，还怕你们飞出我的五指山么？楚凤鸣是第一个箭下鬼，你就是第二个！"突然间回手引弓，已闪电般扣箭上弦，"嘣嘣"两声，两箭连发，自下而上，巨箭直取坡上的一人一马。

与此同时，"风字号"发声大喊，纵马上坡，要将罗马、铜板纳入自己射程。

罗马全不料这鬼魅一般的骑兵乃是金蟾操练，震骇之下，金蟾的连环双箭便已到了眼前。

那狂人膂力过人，随身所背的铁胎弓，虽不及床弩可怖，但那射程也殊为可观。而其计算精妙，更在一般士兵之上。只见其中左箭稍快，“唰”的一声已到罗马左肩前，罗马连忙牵缰一带，往右规避。右箭却也就到了，箭镞闪亮，直钉罗马腰肋。

罗马大叫一声，铜板“希律律”长声暴叫，人立而起，那巨箭便在铜板前蹄下划过。箭镞才过，“嗒”的一声，铜板前蹄又落下，正正将那羽箭踏落。箭支来势太强，斜溅数步，深深插落地上。

金蟾在下面看到，气得大骂：“这匹贱马，处处坏我大事！落到我的手里，非得扒皮拆骨，方消我心头之恨！”

他的威胁，铜板却是听不见了的。山坡上罗马用力一拢缰，铜板顿时顺着山坡背后狂奔而下。待到金蟾率人赶上山坡之时，这一人一马已在坡下四百步开外了。

金蝉大怒，叫道：“追！追！给我射死他！”

“风字号”的骑兵大声呼喝，呼啸而去。冲到山坡，又分成两路，一路紧追罗马、铜板不放，一路留在山坡上，一箭箭向山坡下的大宋飞马射去。他们弓强箭利，平地射程都有三四百步，这时居高临下，射程至少可达六七百步。可是距离远了，准头也就差了，一阵箭雨，便都在罗马身遭丈许外扎下。

可饶是如此，这一番箭雨也已影响了铜板的速度。那几百支箭绵绵发出，沉沉低啸，如同一条黑色巨蟒，自山坡上一弹而起，自上而下，直噬罗马、铜板的背后。

若说不怕，那纯是瞎话，罗马胆战心惊，不住引领铜板左右迂回，箭雨被他晃得左右摇摆，无一中的，后边的“风字号”，却也已经离他们又不过三百步了。

这三百步可与山坡上的二百步不同。那时罗马占据地利，二百步可化作四百步的优势，若是没有穿云箭阻碍，再一冲刺，过了五百步，“风字号”就只能是望尘莫及，到时骑手也好，快马也好，自然就会心生气馁，越跑越慢；可这时三百步就是三百步，“风字号”中膂力强的人，射出的箭，堪堪就在落铜板尾后了。

“风字号”百余骑人吼马嘶，个个奋勇。罗马不料他们的马竟有这么快，全都是一等一的良驹。铜板虽然不惧它们，可是多年以来，它都只习惯罗马单乘，现在多驮一具楚凤鸣的尸身，虽然仍能风驰电掣，却总是慢了二分，被“风字号”咬住之后，便也没有绝对优势。

历来在追逃之中，永远是前面逃亡之人吃亏：地面不平、偶有障碍、慌不择路……分心数用，总是耗时费力。而后面追赶之人却能心无旁骛，看见前面的人直行，那他自然可以放胆直行；看见前面的人拐弯，他又可以尽早抄个近路。

如今罗马便是这样，铜板在速度上仅有的一点优势，在他几处迂回之后，尽被蚕食。后面“风字号”的骑兵们轮流领骑，利用争胜之心，激发胯下良驾更大的潜力，与铜板的距离竟然慢慢只剩了二百余步。

罗马心惊肉跳，自与铜板结伴以来，从来都是看着身后的人越来越远，越来越小，如今这种追兵越来越近的局面却是从来不曾出现的，顿时有些慌了，催促铜板直道而行，狂奔十余里，这才又将距离一点点拉开。

只见一骑当先，百骑追赶，整个队伍绵延数里，在齐鲁平原之上，隆隆驰过。

奔行近一个时辰，铜板大汗淋漓，速度眼看就慢下来了。后面的“风字号”虽也疲惫，但是眼看能拖垮大宋飞马，不由欢欣鼓舞，更有斗志，马匹跑得口吐白沫，箭支如雨般纷纷射到。

忽然间前路一转，视野豁然开阔，寒气逼人，冰镜连天，原来是已到了黄河。此时是十一月，玉龙初冻，冰面反射阳光，只觉金光万道，耀眼生花。

罗马在岸边停住铜板，回头看时，“风字号”咆哮呼喊时，口中的白汽都看得到了，这时已根本来不及绕道，唯有把心一横，叫道：“铜板，过河！”

铜板纵身上冰，撒蹄要跑，先就滑了一个趔趄，连忙站住，伸长脖子，低头看着冰面，不敢妄动。

罗马知道不好，连忙跳下鞍来，一手扶住楚凤鸣的尸首，一手挽住铜板的辔头，小心翼翼地引着它向前。蹄铁坚硬易滑，多亏了铜板远甚常马的灵活，这才没有摔倒，反倒是罗马，跟头把式地玩了两个悬的。

在他们身后，“风字号”里最快的也已经追上了冰，才一落蹄，先就摔了一个四蹄展展。后面的见势不好，都连忙在河边上勒马站定。

那些马正跑得亢奋，在岸边不断示威，铁蹄刨冰，“咔咔”作响，忽然“喀喇”一声，岸边的新冰破裂，几个“风字号”的一头栽了进去，骑兵顿时一阵大乱。

罗马眼见岸上忙着救人，心中略舒了口气，才要拉着铜板继续向前，突然发觉铜板鬃毛竖起，状甚恐惧，两个前蹄交替踏冰，好像那冰烫脚似的。罗马一愣，旋即便听到了脚下隐隐传来的“吱吱”声。

他低头望去，冰面上落有积雪，可是他刚才的脚印搓开了积雪，已能看到冰面——原本莹白透明的冰面上，突然起了白翳，几道雪白的裂纹划过明冰，消失在积雪之下。

原来这河面的新冰，根本撑不住他们！

罗马抬起头来，叫道：“铜板！”心却慌了，全然不知道接下来又该如何是好。铜板团团打转，更是无计。

就在这时，“咔”的一声，他们脚下冰面猛地一沉，已然裂开。冰缝里渗出水来，迅速融化周遭积雪。罗马不及多想，叫道：“铜板，快走！”发力往旁边一跳——裂冰却被他们彻底蹬碎了。

“咕”的一声，一人一马落入冰窟之中。冰面如被巨掌一击，“咔”地裂出无数蛛纹。罗马想要爬上来时，扳住哪块冰，哪块冰碎掉。冰冷的河水迅速浸透他的衣服，沉逾千钧。铜板“咴咴”大叫，伸直脖子，刺骨的寒意几乎在一瞬间就将他们的血冻住。

河水在冰面下流动，推动他们不断撞上冰层，不断下沉。罗马、铜板挣扎几下，终于没入冰面之下。等到金蟾赶到岸边时，河面上就只剩了一个冒着点水汽的冰窟窿了。

有金兵汇报大宋飞马落水之事。金蟾听了，问道：“在他们沉下去之前，你们有没有在那小个子的脑袋上穿那么几箭？”“风字号”面面相觑。

有头目道：“没有。可是这么冷的天气，他们又沉入冰下，根本无从换气，哪里还有活头？”

金蟾冷笑摇头，伸出左手食指，抵住自己脖子上一个铜钱大小的红疤，嘎声道：“连这脖子被一箭洞穿——我都能活，他怎么就一定冻死淹死？人命，不是那么简单了结的。沿河搜索，活要见人，死要见尸！”

正所谓：良臣将走投无路，奸佞仍赶尽杀绝。

第三回　庆余生豪杰初会　忆旧情苦侣重逢

造化弄人，常常令人措手不及。敌变作友，友变作敌，恩变作怨，恨变作爱，所见皆是。世易时移，许多人不由自主地改变了自己，还懵然不知。故此，什么不共戴天、生生世世的咒愿，还是少发为妙。恨一个人时，何不先宽恕他三分，留得余地，也好日后相见；爱一个人时，也不妨保持三分清醒，自尊自爱，不致成人累赘。

单说罗马与金蟾睽违再见，为那疯汉追杀，坠入黄河。一沉入水中，头上便是厚达寸许的河冰。他几次想要破冰出去，可是水中无从立足，那刚才还脆弱不堪的冰面，这时却显得牢不可破。

阳光从冰面上隐约透过，罗马眼前白蒙蒙、青森森的一片。铜板在他身边挣扎游动，罗马模模糊糊抓住铜板的缰绳，虽仍无力破冰，但是心里却不由安稳下来。

随波逐流，罗马渐渐失去意识。寒气透骨，河水仿佛汇入无底深渊。忽明忽暗，铜板渐行渐远。罗马心如刀割。忽觉眼前亮光刺眼，有一人大笑道："这位大哥好贪财！"

罗马眼前的景物慢慢清晰，只见一个白衣少年，不过二十上下年纪，剑眉星目，猿臂狼腰，正似笑非笑地看着他，那笑容似乎充满挑衅，咄咄逼人，可是却莫名地不让人讨厌。

有道是：

年少万兜鍪，意气挥方遒。

雄词传千古，仗剑斩仇头。

罗马头痛欲裂，道："铜板呢？"

那少年冷笑道："大哥，你再贪财也有个限度。能活着就不错了，别惦记几个铜钱了。"

罗马喘息道："我的马，我的马叫铜板，马呢？"

那少年这才明白，"哈"的一声笑了出来，道："这名字有趣！"指了指外面道，"它没事，在外面——不过左后腿好像有点不对。"

罗马大吃一惊，连忙挣起，不由又是一阵头晕眼花。

那少年笑道："你倒是有情有义。"给他披了一件棉袍，这才扶着罗马来到外面。

却只见一个格局整齐的院子，断壁颓垣，地上尽是破衣碎瓦，一片狼藉。靠东有一间塌了半边的马棚，棚里生了个火堆，有个中年汉子正在往里填柴。铜板站在火旁，身上的毛已干了，正弯着脖子舔自己的左后腿。

那中年汉子看他们进来，站起身道："辛兄弟。"声音又低又闷，宛如重鼓轻敲一般。那少年点了点头。

罗马早已奔过去，抱住铜板的脖子。铜板抬起头来，舔他一下，又回头去舔左后腿。罗马拉开它的头一看，只见那腿上近膝处鼓起一个大疙瘩，用手一触，又硬又滑，好像是个筋包。铜板蜷着这腿，根本不敢以之着地。

少年赞道："多亏你这匹马撞破冰面，不然我们想救你也救不了。"

罗马摁着那筋包，心疼得眼泪簌簌而落，听见这少年的话，突然想起来，问道："楚凤鸣……我这马还驮着一具尸首，你们可见着了？"

少年与那汉子对望一眼，摇头道："没有，当时就只有你们两个缠在一起。"

那自然就是尸首在水下滑脱，不知被冲向何方了。想到楚凤鸣一世英雄，最后竟落得这般下场，罗马不由心如刀绞。他本来就在发烧，这大喜大悲的冲击，终于使他支撑不住，眼前一阵阵发黑，几欲昏倒，那少年就又把他扶回屋里去了。

那少年初听罗马召唤"铜板"时，还只觉得好笑，待看到罗马与铜板主仆情深之时，突然想到久远前听过的一个传说，便问道："敢问这位大哥怎么称呼？"

罗马躺在床上昏昏沉沉，随口报了自己的姓名。那少年大吃一惊，起身敛容，拱手道："原来是'大宋飞马'到了。我看你被金人骑兵追杀，只知必是我大宋好汉。却不料三生有幸，竟救了这般了得的大人物。"

原来这少年姓辛，名弃疾，字稼轩，乃是山东义军首领耿天王的掌书记。

那耿京麾下的天平军，虽然号称二十万，但实则尽是农民出身。金人扫荡北方，他们渐渐支撑不住，辛弃疾因此才奉命潜行，随同义军副帅贾瑞及一行数人，奔赴临安，要与朝廷联络，打通归宋之路，正过黄河时，刚好就救了罗马、铜板。

这辛弃疾年纪虽小，却机警大胆，藏起了罗马、铜板，只用三言两语便搪塞了沿河搜索的"风字号"追兵，这才带着这一人一马，来到现在藏身的所在。

他见闻广博，曾听说过罗马、铜板在塞外的事迹，这时得以验证，不由又惊又喜道："数年不曾听说你们的消息，只道在军中效力，怎么会沦落至此，又引来这么多金兵追杀？"

罗马一向罕被人当作个人物，被辛弃疾一礼，窘得面红耳赤，道："我……我算什么……不算什么……"狼狈好久，方将自己盗尸斗马、楚凤鸣殒身殉国的事说了。能将楚凤鸣的事迹公之于众，而不致令他埋没，罗马不由也在心酸之余，多了几分慰藉。

辛弃疾与贾瑞等听得热血沸腾，都道："好一位壮士！"

辛弃疾击节道："我们赶路匆忙，竟不知发生了这样的大事！金人占我家园，毁我宗庙，杀我父老妻儿，宗望气焰嚣张，看扁我华夏儿郎，便是需要楚大侠这样的英雄，给他当头痛击！"

罗马垂泪道："可是好人没有好报，楚凤鸣最后连个葬身之处都没了。"

辛弃疾振眉道："话却不是这样说的，青山有幸，侠骨留香。楚大侠超凡脱俗之人，哪有一具棺椁能盛得下他的忠肝义胆？唯有黄河千古，为华夏龙脉，能与之合一，如此方能称得上是魂归故里。"

他这话说得慷慨壮烈，罗马听了颇为受用，不由也就觉得，黄河果然是楚凤鸣最好的归宿。

罗马发烧，烧了三日方退。铜板腿上的筋包，虽经热敷，却也不见好转。辛弃疾眼看罗马无碍，便不愿再耽搁自己的行程，与两个同伴向罗马告辞。

罗马送他们出了屋子，既知他要到临安去面圣，不由又担心起高宗皇帝来。

那赵构由一个磊落少年变成今日的权谋之徒，罗马最是知根知底。这人当日能眼睁睁看着汴京陷落，今日也就未必想要重整山河，眼看辛弃疾热血天真，不由脱口道："去临安，小心。"

辛弃疾把眉一挑道："小心什么？"他意气风发，忠义拳拳，罗马也不忍心泼他冷水，犹豫一下，只道："朝廷里有人……有人拖后腿。"

辛弃疾哈哈大笑道："罗大哥，我看你名满天下，却还在北方放浪，就知道你是吃过小人亏的。一朝被蛇咬，十年怕井绳，这也是人之常情。"他把笑声止住，却从马鞍下掏出一只染血的布老虎，道，"这只布虎是我们刚到这空宅中时，我在院子里捡到的。可是你看，它的主人呢？"他双目灼灼，盯着罗马，“我北方的百姓，朝不保夕，日日受金狗荼害。我们是真的等不起了。朝中人多势杂，掣肘之事我早有预料。但是事在人为，只要我们努力，未尝不能推开这些阻碍，助朝廷解救北方百姓于水火。”

这少年仿佛旭日初升，熠熠放光。他与两个头领翻身上马，向罗马拱手道：“罗大哥，剑在壁上，其锋自钝；马放南山，良驾亦驽。我从临安回来，自然会去鸽子山拜访，期盼着能与罗大哥一同南归。”

罗马为之折服，与他们拱手相别。次日，空屋寂寞，他又担心铜板病情，便牵着它上路，回鸽子山去了。

鸽子山地处鲁南，传说唐时安史之乱，有位大将军中伏，被叛军十倍围困于此。人困马乏，走投无路之际，乃以信鸽传书告急。三日之后，援军赶到，内外交攻，一举大胜。事后论功，人人都说，多亏鸽子搬兵。此地遂名鸽子山。

鸽子山因此便与驿传结缘。早先济南府便在山下设了驿站，后来战乱一起，驿站荒废了。过了两年，却在山里又建起一座山寨。寨中的成员，过去多是各处驿站的逃兵，现在聚集起来，不运财，不保镖，专在兵荒马乱之时，给人递信报事。

这时还有闲暇余情写信的，自然非富即贵，山寨接下活儿来，每封信所抽佣金也都不菲。再取杜甫诗句“烽火连三月，家书抵万金”之意，索性便给这山寨立名为“万金堂”。

万金堂中有堂主四位：大堂主朱十三，专擅相马，胯下滚火麒麟，日行千里；二堂主胡刚，专擅驯马，胯下白龙出海，日行八百；三堂主刘世信，专擅治马，胯下灰燕儿，日行七百。

半年前万金堂马匹不够，朱十三亲自下山采买良骏，正赶上罗马在山下路过。朱十三一眼看出铜板非同小可，顿时走不动路了，缠着罗马便要让他割爱。罗马只当他是在说梦话，根本不接他的茬。

朱十三追着罗马争取，追来追去，越来越快，变成了滚火麒麟大战铜板——结果自然是铜板轻松取胜。朱十三心服口服，下马请教，这才知道眼前之人，便是驿兵中的传奇人物，于是索性便将铜板带罗马，一道请上山去，奉为万金堂四堂主。

罗马本就是漫无目的地游荡，能有个地方容身便可安定下来。只是他天生不合群，虽是个四堂主，也从来不参与万金堂的大事决议，只是默默负责堂中接下的最急的信件。朱十三等既拿他没有办法，倒也觉得省心。

此次闯营盗尸，乃是罗马从陕西送信回转，得到了消息。他私自下山，结果楚凤鸣遗尸冰河，马伤了后腿，人发了高烧，可谓输得淋漓尽致。二者搭档以来，何曾吃过这样的大亏？罗马沮丧焦虑，更不由想起当日在金国上京时，秦双曾对铜板做出的预言——那时的小病终成大患，这也是老天爷对他们过去祸殃宋廷的惩罚么？

一时间，罗马既担心铜板的伤势，又害怕走快了加重铜板的伤势；既想早点确定铜板的伤情，又怕伤势太重。他踌躇半天，不能面对。从那荒村到黄狗坡再到鸽子山，罗马他们来时只用半日，回去却足足走了小半个月。

这一日，一人一马好不容易回到鸽子山。只见山下一间茅屋，屋前一根旗杆，上面没有旗帜，却挂了一副马鞍马镫。马镫随风晃动，相互撞击，“叮叮”作响。旗杆下面一张桌子旁，万金堂专司代写书信的胡先生揣着袖筒，正靠着墙根晒太阳。

山路无人，胡先生远远地便看见他们回来，连忙起身相迎道：“四堂主，回来啦！”忽看见铜板一瘸一拐的，惊道，“铜板怎么了？”

罗马靠近万金堂，越是紧张，惊呼道：“刘、刘三哥在山上么？”

万金堂三堂主刘世信一辈子给马儿看病治伤，医术令人信赖，可若是这时他刚好下山送信，那就真要急死了。

胡先生急忙点头道：“在呢在呢！”忽然压低声音道，“四堂主，昨日山上来了两位不速之客，指名道姓说是要来找你的。几位堂主没怠慢了他们，好好地在山上款待着呢。”

罗马一愣。他一向孤僻，汴梁城破之后，更是独来独往。大宋飞马之名虽曾轰动一时，可是天下间真正认识他与铜板的，除了万金堂的弟兄们，又有何人？

他心中奇怪，一言不发地走过胡先生身边，走出老远，才想起忘了问问那两人到底长什么样子，转念又一想，反正上山去，也就见着了，伸手拍了拍铜板的脖子，低声道：“铜板，谁还能来找咱们呢？”心中隐隐有所企盼，却不敢相信。

罗马不由便拉着铜板走得快了些。铜板也似乎有所感应，摇头摆尾，甚是兴奋。

万金堂名号虽然响亮，但其地盘就只是半山腰的十几间平房，一座马场而已。堂中原有驿兵三十多人、快马二十多匹，可是这时驿兵及马匹多在外面奔波送信，一眼看去，山寨里空荡荡的，很是空旷。

罗马径直来到议事大厅前，先让铜板在院中等候，自己径直进屋，才一推门，恰好听到里边一人说道："'风字号'如此可恶，金人狡诈卑鄙，实在又胜……"声音有分教低沉坚毅，令人心生信服。

罗马心头巨震，猛地推门叫道："阮，阮大哥！"

只见议事厅中，正对坐清谈的五人同时截住话头。左首的两人猛然站起，其中那头戴蓝巾，身穿灰衣的中年汉子猛地上前数步，叫道："罗马！"抓住罗马的手臂，道："你……你这几年来杳无音讯，可让我们担心死了。"那正是大侠阮飞到了！

罗马喉头哽住，说不出话来，反手攀住阮飞的手臂。

万金堂三位堂主也都站起身来，惊喜交集道："四弟，你果然无事！"

却见这三人，朱十三又高又瘦，五十上下年纪；胡刚矮小敦实，四十上下年纪；刘世信是个麻子脸，也在不惑之年。这三人颊上都曾有伤，虽已痊愈，但疤痕宛然，狰狞可怖。有分教：

> 昔日奔走送军机，今日为民通信息。
> 万金堂中兄弟在，乱世神通是飞骑。

他们既然做的就是传信递信的买卖，消息自然灵通得多。罗马数日前被"风字号"追赶落水，他们几乎是在第二天就知道了，几番避过金人，沿河搜索，却都一无所获。后来阮飞上山，说起此事，都是痛心疾首，没想到罗马却活蹦乱跳地回来了。

罗马道："没事！没事！"

阮飞哈哈大笑道："仍是这般话少！"把手一引，道，"你看谁和我一起来了？"

在他的身边，另有一个瘦小汉子，穿黑衣戴青帽，面色蜡黄。罗马此前一眼扫过，并不认识，可是这时仔细再看，却又觉他的面目似曾相识。

只见那人嘴唇颤抖，双目之中泪水盈盈，突然间把帽子一摘，披下满头青丝，道：“罗马，是我！”

她的声音清脆，宛如玉片相击。罗马大叫一声，先往后退一步，几乎难以置信，再猛地往前一扑，将来人展臂抱住，叫道：“秦双！”

眼前这人不是他千回百想，直将肚肠磨烂的秦双又是谁！

秦双放声大哭，罗马也是泪水簌簌。两人昔日在金国因相马相识，因赛马结合，本是一对天成佳偶，可是在汴梁城只因钦宗的一句昏话，便被拆散。这时终于重逢，怎不激动？

朱十三等人已被惊得呆了，道：“怎么，这位秦兄弟居然是个女的？”阮飞哈哈大笑，连忙解释道歉。

原来秦双与他北上，为了省些麻烦，便扮作男装，即使来到万金堂，也不曾暴露，可这时与罗马重逢，却再也藏不了了。

二堂主胡刚笑道：“我还以为老四就知道伺候他那匹黄毛铜板，原来私下里连媳妇都有了。”

众人哈哈大笑，罗马、秦双又羞又喜，绷不住劲，哭着哭着也笑起来。罗马被胡刚提醒，顿时想起外面的铜板，连忙拉住秦双，道：“铜板伤着了，它的左后腿上鼓了个包，都不敢着地，你快去看看！”又对刘世信道，“三哥，你也去看看。”

大家都知道铜板对罗马很重要，顿时都不敢大意，出来查看铜板伤势。秦双与刘世信都是难得的好马医，查看伤情，询问前后的变故后，已可确定——铜板是在跑得血脉偾张之时坠入冰河，筋络急速收缩，卡住了血管。

阮飞皱眉道：“若是如此，可要多久才能彻好？”刘世信沉吟道：“虽不是什么大病，但却算得上麻烦，须得三个月内不间断地针灸熏艾，方可痊愈。”

罗马听说铜板能够恢复，这才放下心来，拍着铜板，脑门碰脑门地安慰它。铜板却不领他情，大头一甩，将罗马晃开，“扑扑”响鼻，只顾去蹭秦双。秦双也久未与它相见，摸着它的长鬃瘦骨，眼泪簌簌而下。

他们也算是一家团聚。阮飞在旁边看见，叹道：“以后你们两位快马驰骋，比翼双飞，旁人只有羡慕，追都追不上啊！”罗马嘿嘿傻笑，秦双啐道：“阮大哥，将来罗马要欺负我，你可只许帮我，不许帮他！”

众人又是一阵大笑。罗马看见阮飞，却突然想起楚凤鸣，心头一痛，道：“楚，楚兄弟死了，阮大哥。”

阮飞正在替他们高兴，忽听他提起别人，不由微微一愣，道："谁？"

罗马强忍悲痛，道："楚凤鸣，你师弟……他死了。被金人射杀，半个月了。我……我这趟就是去给他收尸的。"

阮飞整个人微微一僵，叹道："是他？"

罗马不料他这么镇定，道："金蟾还活着！他训练了'风字号'，说杀了你……其实却是楚兄弟。我和铜板也是被他逼下黄河的。我和铜板去抢尸体！"他只顾把这些意外一股脑儿说出来，想要让阮飞难过些。

他这些年来说话，本来已经利索多了，可是一到紧要时候，却还是颠三倒四起来。

阮飞不知道金蟾昔日城下中箭，又死里逃生，对金蟾在此露面，并不放在心上，只长叹一声道："原来是他。"

罗马乍见楚凤鸣的尸体，伤心得几欲仰天大叫，告知阮飞时，犹自带着哭腔，可见阮飞如此镇定，意外之余，不觉又多了几分不平，不由就直愣愣地看着阮飞。

阮飞微觉尴尬，轻轻咳嗽道："几年没有楚师弟的消息，只知道他是在闭关练剑，原来也已重新入世，为国捐躯了。太行山一脉，以后还有谁呢？"

一番话说得公允堂皇，却根本听不出同门师兄弟的情意。

罗马不料他如此薄情，顿时心凉了半截，想要为楚凤鸣讨个公道，又不知从何说起。秦双忽觉气氛尴尬，抬头来看二人，她并不知道楚凤鸣是何许人，这时只能轻轻拉扯罗马衣袖。

朱十三等三位堂主都是见过了世面的，自然发现气氛不对。朱十三打趣道："老四这一趟憔悴不少，你赶紧去洗漱修面，打扮得精精神神的。不然吓坏了我这弟妹，咱们万金堂的罪过不小。"

胡刚也道："不错！我让厨房多炒两个菜，你们老情人、老朋友的，晚上好好唠唠。"

罗马低下头来。阮飞笑道："多谢几位堂主。"

正所谓：逢乱世忠奸毕现，处红尘善恶难分。

第四回　谋双圣大侠走险　铸一心流寇合兵

知己暌别，再相见时，往往感到陌生。便是伯牙再世，子期重生，四目相对，也会尴尬。究其原因，不过是一个人在回想故人时，脑中所忆所想，往往都只是一个过去的“他”；而这人后来的经历、变化，却全然无法预料。可是世人无知，重逢之时，见到对方不似自己的预期，往往便先失落沮丧了。

且说罗马回到自己屋中，待要去打水洗漱，却提不起精神，便往床上一倒，呆呆出神。能与秦双、阮飞重逢，固然令他欣喜若狂，可是阮飞对楚凤鸣之死的冷漠，却令他如鲠在喉。

那古剑少年昔日骄傲狂纵，可是人却耿直热情，缠着阮飞比剑，虽不可理喻，但其实也是对阮飞的看重。罗马与他相依为命之际，更是能清清楚楚感受到，那少年剑客实在是因为将师兄视为无瑕无垢的偶像，这才忍不住斤斤计较。

可这时楚凤鸣为国惨死，阮飞甚至连多说的一个字都没有，怎不令人心寒？再想起过去阮飞两次拆散自己与秦双，虽然都有充分理由，可是这时想起，总不免令人灰心：这位大英雄的眼里似乎只有天下，而没有人情，任何事只要与家国大事冲突，他都会马上毫不犹豫地舍弃。

突然之间，罗马对阮飞的印象已有了翻天覆地的变化——此前的患难相交，已变成了无情利用；大仁大义，也全然成了虚情假意。罗马心中一片冰凉，不由想到，阮飞这次冒险来到鸽子山找自己，又有什么目的呢？

正在胡思乱想，突然房门一开，一个人走了进来。罗马欠起身子，眼睛看到，脑子还没反应过来，先就从心里笑开了花。

只见秦双已换了女装，端了盆水，在门口笑道：“你这懒家伙，还非得我来打水伺候么？”罗马大乐，一跃跳下床来。

只见秦双披下头发，着一身淡青的衣裙，盈盈而笑。她脸上黑黄的颜色已经洗去，露出白皙肌肤，端着木盆，亭亭玉立。罗马看得呆了，道：“双，双儿！”

秦双面上一红，道：“看什么，没见过么？快来洗脸！”把水盆放在桌上，将毛巾递来。罗马嘿嘿傻笑，洗手洗脸，虽闭上了眼，鼻端却不绝传来秦双身上缕缕幽香。

他与秦双自从当日塞外定情，到如今已分别五年有余，日夜想念，如今哪里还忍得住？往脸上撩了两把水、拿毛巾随便一擦，就算洗完了，把毛巾一扔，回手就把秦双拦腰抱住。

秦双吓了一跳，在他肩上轻轻一捶，道："做什么？"已被罗马扑倒在床上，"啊"了一声，羞得满面飞红，道，"光天化日的……"已被罗马吻住了嘴，挣扎几下，身子柔软下来，也抱住了罗马的腰。

他们当日虽不曾办什么喜事，但夫妻之实已是有了，这么多年相思煎熬，这一吻自然荡气回肠，良久才把四唇分开，秦双微微喘息，笑道："猴儿急的。"

罗马用力将她抱住道："我可再不让你逃走了！"

秦双轻轻摩挲他后背，哽咽道："自己好端端地在这儿当山大王，说得却似我没良心一般。你，你怎么不去找我和阮大哥？"

当日汴梁城破之后，罗马自然有的是时间，可以去南方李纲丞相处找她。可是罗马一则深感自己有愧宋廷，二则害怕高宗因为怪罪自己而连累旁人，因此一直都只在北方游荡。可是这些话他实在不愿在这时说起，笑了笑，只道："你们是怎么找来的？"

秦双道："汴梁城破时，我只以为你也遇难了，几乎就不想活了。幸好不久阮大哥又带来消息，说你曾去东平城宗泽将军处搬兵，我的心这才放下一半。这些年来，我和阮大哥一直都在李大人府里当差，为的就是你要找我时方便打听。"说到这里，想到自己数年来苦等不获，提心吊胆的苦楚，狠狠地一口咬在罗马肩膀上，恨道，"你个负心薄幸的，偏就不来，是不是在这儿有压寨夫人啦？"

罗马给她咬得"哦"了半声，忍痛笑道："怎会有的？有你这样的好姑娘在先，哪还有女子能让我动心？"

秦双啐道："我才不信！"

罗马笑道："便是我肯，你想铜板肯么？别的姑娘靠近它，还不被它一蹄子踢飞？"

秦双眼珠转了转，笑道："就是那匹色马，我才不信它。"话是这样说，却也相信以罗马的口才卖相，不会有人再看上，放下心来，身子向下沉了沉，将头偎在罗马胸前，道，"你放心，有我在，铜板一定没事的。"

罗马越发欣慰，伸手轻轻摩挲秦双脸颊，只觉触手滑腻，宛如凝脂，不由道："双儿，你，你比以前更好看。"

以前秦双在大漠上纵马驰骋，肤黑发枯，可是这次一见之下，虽然已过了五年，但她却发如黑瀑，面白如玉，其光彩照人，俊秀亮丽，竟似比之以前，更要出色。

秦双撒娇道："我以前不好看么？"虽然有心窘他，却也知道罗马所说确属实情，不由得意道，"南方的水土养人，没有大风大沙，人家的脸色自然要好看些。我啊，到底是老了，那些临安的小姑娘才叫嫩得掐得出水来……"说到一半，突然想起，改口道，"将来你去了南方，不许只盯着她们看！"

罗马哭笑不得，随口道："放心，我也去不了南方。"

秦双一愣，道："什么？"

罗马仍是不愿多谈，道："没什么。"

秦双叹道："你啊，真像阮大哥说的，总是这般吞吞吐吐的，不爽利。"自她进得屋来，已不下四五次地提起阮飞。罗马本就对阮飞有了芥蒂，这时再听他的名字，不由越发不快起来，哼了一声，道："他……他也未必时时都对。"

秦双叹道："我这几年来，多蒙他的照顾。罗马，你莫怪他不近人情，须知这些年来，他为光复中原，四方奔走，呕心沥血，实在已付出太多了。"

罗马更加不快，仰天躺了，将双手枕在脑后，一言不发。秦双见他排斥，也不敢再多说什么，只枕在他的胸口，两眼亮闪闪地望着他的脸。

正在这时，却听门外脚步声响，有人大叫道："老四、老四！"乃是胡刚来叫他们，该到前头用饭了。

罗马携秦双来到前面，朱十三等万金堂留守的驿兵一见秦双的女装，一起喝彩。秦双再与大家见过，分宾主落座。

朱十三大笑道："阮大侠与秦姑娘虽已到了一天，可是大家担心老四的安危，却没有心思好好坐下来说说话。怠慢之处，阮大侠多多包涵。至于秦姑娘，反正也是我们弟妹，就不客气了。"秦双满面绯红，在桌下轻轻一掐罗马。

胡刚笑道："山寨之中没有好招待，阮大侠莫要怪罪。"阮飞微笑道："岂敢，岂敢。"

众人举杯共饮。朱十三笑道："阮大侠扬名天下，我们如雷贯耳。这一回有缘相见，阮大侠何不说说你的传奇，也让我们长长见识。"

阮飞笑道："哪有什么传奇，都是大家夸大其词了。"

胡刚道："哎，我们这老四是个闷葫芦，三棍子打不出个闷屁，明知道他是个人物，也问不出什么彩儿来，阮大侠你可不能再谦让了。别的事情咱们不知，盗山河图，杀银太岁，保卫东京，辅佐李相，哪一件事说起来，不是让人热血沸腾的？"

罗马听他们又说起昔日之事，不由抬起头来，看了阮飞一眼。

阮飞三指捏着杯沿，将酒杯在桌上微微转动，想了一想，笑道："如此，那我就随便说上一个故事，给众家寨主下酒。"

朱十三等人都鼓掌称善，罗马想他会提起自己，不由微微紧张，又低下头去。

阮飞微笑道："那我就说一说，去年，我去杀那妖道郭京的事。"

罗马一愣，胡刚已惊叫道："郭京那厮，原来是你杀的么？"

阮飞微微冷笑道："郭京那厮，当日用什么六丁六甲阵取代了汴梁的城防，致使国都沦陷，他却早早缒索出城，远远逃了。天下英雄莫不恨之入骨，我杀他，也是为了出这一口恶气。"

朱十三拍桌道："杀得好！这妖道若落到我们手里，我们也将他剁成肉泥！"

阮飞冷笑道："郭京知道自己罪大恶极，逃走之后便隐姓埋名，三年之内，居然没有人能发现他的踪迹。直到去年夏天，金人一路南下，打到了临安，圣上出海靖难，这妖道才突然在临安现身，更向金将宗翰觍颜邀功，卖国求荣。宗翰授予他国师之号，更命他在临安城内夸官三日。"

朱十三与胡刚怒道："好个无耻狗贼！"

刘世信却道："好毒的金狗！"

胡刚不解道："怎么？"

刘世信唇角微翘，道："郭京现身，大宋的好汉必不饶他？定然蜂拥而至，誓杀此贼。可是金兵把守严密，郭京那厮据闻武功又不低，有冒险行刺的剑侠，还不都是自投罗网？"

阮飞不料他一个驿兵居然有这样的见识，不由微感意外，点头道："不错。当日的郭京，正是金人诱杀我大宋义士的香饵。到了他夸官第三日，死在金兵阵中的大宋好汉已计有包括'开阳神枪'在内的三十七人。"

大宋年间，武人以使长枪为正宗，朝廷市井，名家辈出。"开阳神枪"窦含章，被誉为江南第一花枪，与河北卢燕并称南窦北卢。他去行刺郭京，冲过金兵的三道封锁，便彻底陷入敌人的包围之中，力竭而亡。

刘世信叹道：“可叹我大宋明明兵多将广，对付一个郭京，却要做到以一敌百才行。”

阮飞点头道：“此话不假。郭京的武功不过是一流之下二流之上。真要与窦锋扬交手，恐怕根本敌不过神枪二十招。可是金人却以重甲骑兵将之护卫，在临安那种不算太宽的街道上，六马并辔，便已将路堵了个结结实实。任何人想要冲入阵中，再杀出来，都几乎是不可能的事。”

朱十三大笑道：“可是阮大侠却做到了！”

阮飞微微摇头，道：“我也无法做到。我之所以能够全身而退，其实是全靠秦姑娘的快马。若是论起功来，却得是秦姑娘居首。”

罗马一怔，回头去看秦双。

秦双抬起头来，挥手笑道：“阮大哥别胡说。”她虽穿回了女装，可是言行之中，却还是缺少一般女子的婉约。

胡刚拍桌子道：“你们就别卖关子啦！”

阮飞微呷一口酒，笑道：“在临安城中，郭京夸官必经的兴平大街上，有两座酒楼。左边的一家，名叫朵颐楼，是哥哥经营；右边的一家，唤作玲珑阁，是弟弟所开。这兄弟俩一奶同胞，虽是隔街竞争，却从不曾忘了先父的遗训，舍弃兄弟情义。因此在两座酒楼的顶上，一向就横担着一根梁木。这根梁木跨街将两座酒楼连贯，象征着兄弟俩分家不分心的决心，因此又被称为‘手足木’。那一日，我便是从这根‘手足木’上直接跳到了郭京的身后，一刀割断了他的喉咙。”

朱十三等遥想阮飞自半空中一跃而下，须臾间了断国贼的豪勇之态，不由一起心折，纷纷道：“好痛快！”

阮飞笑道：“杀郭京，其实再容易不过。难的是，我怎么从骑兵密不透风的人马之中逃走——我在下来时，其实是有准备的。挥出那一刀时，我的腰上一直就绑有一根绳子。那绳子一头拴我，另一头越过头顶上的‘手足木’蜿蜒下楼，远远拴在秦姑娘的呼雷兽上。我跳下的同时，秦姑娘开始挥鞭策马，到我一刀杀了郭京时，呼雷兽奔出十丈，我身上的绳子刚好绷紧，直接把我原地带上半空，翻过‘手足木’，凌风飞渡，落到铁甲重兵的包围之外。金人还想抓我，可是我在呼雷兽的牵引之下，每一纵身，都有七丈以上的跨幅，哪有人追得上的？”

众人虽是在这么久之后耳闻，却也惊心动魄。朱十三赞道："妙啊，如此神通，岂是金狗能够料到？"胡刚大笑道："累死他们也碰不着阮大侠一根寒毛啊！"

阮飞微微点头道："这纵马牵引之术，有个名字叫作'龙卷风'，我与秦姑娘练习半月有余，专为于万马军中，刺杀金人大将准备。不料第一次使用，却用在了汉人的身上。"

社稷倾覆，敌人穷凶极恶并不足畏，却是汉奸的卖国求荣才令人绝望心寒。郭京虽死，可是这世上，又还有多少郭京在误国误民呢？在座众人，一时一起沉默。

唯有罗马，格外在意的，却是那"半月有余"，心中不是滋味，回头再看秦双那春水双眸，芙蓉玉面，忽然间便已是醋意横生，犹豫半晌，终于还是问道："阮大……大侠，你们来找我，到底有、有什么事？"

阮飞与秦双都是一愣。

阮飞笑道："我带秦双来找你，不行么？"罗马满面通红，道："我……我……"实在不好意思说出"你不是这样的好心人"之类的言语。

阮飞见他尴尬，哈哈大笑道："好了好了，只是玩笑。我这趟北上，本来确非为了寻你而来。实在是后来无意间听说你在鸽子山，这才赶到——兄弟，你就在山东，这真是太好了。"

罗马隐隐不安，望着他，几乎不敢听下去了。

只见阮飞慢慢收拾脸色，向着万金堂众人郑重道，"靖康之变，徽钦二圣为金人所掳，实为我华夏亘古未有之耻。风闻金人为绝我等迎回二圣之念，两年前已将他们送往极北五国城。可是如今，"他压低声音，慢慢道，"我却得着密报，金人又秘密押着二圣回到中原了。"

众人不由都是难以置信。朱十三道："他们想干什么？"

阮飞咬牙道："金人鄙陋势利，却又贪心不足。他们占领北方数载，始终名不正言不顺，因此竟想出了个泰山封禅、二帝随同的主意。可是这样也好，倒让我少跑了一番路程。"他神色严峻，双目几乎露出凶光，"他们计划在惊蛰日祭天，而我就要在那之前，营救二圣于山东，好送他们回朝！"

这是好大的一个计划，朱十三等人面面相觑，全都张口结舌。罗马看他们少见多怪，越发不悦道："那你找我干什么？"

阮飞道："我若将二圣救出，必遭金人倾巢追捕。二圣千金之体，不容闪失，则一定要有快马载着他们及时脱险。天下快马，你的铜板自居第二，又有谁敢称第一？”

罗马心头一松道：“可是铜板伤了。”阮飞却微笑道：“这个你放心，刚才你回房时，我已经问过秦双了。以她的医马之术，可保铜板在一个月内恢复如常。到时候，有你的铜板，有她的呼雷兽，徽钦二帝摆驾中原，必是万无一失。”

罗马原本以为铜板受伤，推却此事已是理所当然。不料阮飞却是这般咄咄逼人，不由又羞又怒，额角青筋胀起道：“金人有‘风字号’，我们的马若多载一人，一定跑不过的！”

阮飞微微一愣道：“‘风字号’真有这般厉害？”

罗马原本只是急于推搪，口不择言。这时听他问起，又想到了那如蛆附骨一般的骑兵，不由神色一暗，缓缓点了点头，道：“厉害！”

却见阮飞目中精光一闪道：“那么，可能，我就需要咱们鸽子山的弟兄们，来帮我一把了。”

罗马吃了一惊，朱十三等三人也都愣了。

阮飞目光灼灼，缓缓道：“以马制马，以快敌快，以鸽子山骑兵，挡住‘风字号’的追击。”

罗马不料他这般贪得无厌，连朱十三等也不放过，脱口道：“那太危险了！”

阮飞却截口道：“但能救回徽钦二圣！”他的视线缓缓在朱、胡、刘，三人面上扫过，“营救之事，自是凶险非常，就是阮某此来，也早抱定了不成功便成仁的决心。可是国难当头，阮某衷心期望，能与各位并肩一战，拚却一死，不负我男儿之身。”

朱十三等热血激愤，猛地一拍桌子，喝道：“阮大侠但有差遣，我们鸽子山的弟兄刀里来刀里去，火里来火里去，皱一皱眉头，都不算好汉！”

正所谓：英雄莫问出身处，熔炉炼出足赤金。

第五回　鸽子山厉兵秣马　回天盟众志成城

这世上有一种人，天生便有领袖群伦的气质。芸芸众生之中，直如沙中金砾，引人注目，令人不知不觉，便起追随侍奉之意。这些人果决坚毅，智力体力，都远胜同侪，而行起事来，更是勇往直前，令人心折。人们跟了他，再也不用费心辨别方向，只需听他安排，便可安心前进——只是前进的方向是否正确，他们却也看不见了。

单说鸽子山上，朱十三等既然归顺了阮飞，第二日起便停止了驿送的买卖，而将先前派出的驿兵陆续召回。这一边阮飞已连夜写好了九封书信，又分别配以剑穗、飞刀、玉佩等小物件，由朱十三派人，分头送出。

罗马看得奇怪，问道："这是做什么？"阮飞笑道："营救双圣之事，非同小可。我虽有万金堂相助，却还是不够，因此才请朱头领送信，召集帮手。"

罗马又问道："那么那些剑穗、玉佩又是从何而来？"

阮飞长叹一声道："当日金人攻入东京，朝廷南渡。许多北方人追随圣恩，举家南迁，可大多数人还是不能离了故土，只能忍辱偷生。其中又有些武林志士，实在咽不下这口气，便纷纷向李纲大人投书，愿在朝廷光复中原之时捐躯以报。他们往往会随书附上剑穗、飞刀等信物，言明不论何时何地，只要信物送回他们手上，赴汤蹈火，他们决不皱一皱眉头。"

这些又小又旧的物件，原来都有这样令人热血沸腾的来历。罗马看着其中一块苍白的指骨，心情激荡，一时说不出话来。

阮飞叹道："李纲大人府上，这些抗金的信物不下千件。这次我来，责任重大，李大人因此才特许我任意用人。我拿了剑穗、马鞭、飞刀、铜牌、玉佩、铁笛、木梳、金锁、断指，共九样信物——这就代表着九个一等一的高手。"将那指骨放在最后一封信上，面色凝重道，"九个，这已经是决战之前，我能找来的最强帮手了。"

罗马听出他并无信心，不由又想起了楚凤鸣："可惜……可惜楚兄弟死了，不然他多厉害。"

阮飞听他又提起自己的师弟，不由一僵，回头看看罗马，终于还是摇了摇头道："罗马，我知道你与凤鸣交好，因此对他格外看重。但是我跟你说，他不行。"

罗马一愣，已是气红了脸。阮飞却毫不客气，继续道："凤鸣剑法虽高，但我听他的事迹，便已知道，他独来独往，仍是一个江湖客而已。不听调遣，任意妄为，这样的人，绝打不赢这场宋金之战——其实一个人若没有必死的抗金之心，再怎么厉害，也就只能拖我们的后腿而已。”

罗马全未想到，阮飞会这么严厉地批评楚凤鸣，可是不知怎的，听来颇有几分道理。他又气又急，不甘又被阮飞随随便便占了上风，拼命去想，忽而想到此前偶遇的辛弃疾，直如抓了一根救命稻草一般道：“人手若是不足，何不去找山东义军帮忙？耿京耿天王手下能人不少，若有他帮忙，一定能救回两个皇帝。”

阮飞却只摇了摇头道：“此事过于机密，行动之人在精不在多。义军虽然勇猛，但人多口杂，难免走漏风声，因此，还是要靠武林中人动手。”

罗马所说，都被他驳回，只觉自己的思想行动，无一不是幼稚可笑，不由闷闷不乐，每日只是陪着秦双，给铜板治腿。

他和秦双初相逢时，喜乐无极，后来同房数日，却渐渐地有了隔阂。分别了这么久，两人都已不是当初塞上只知赛马、驯马的单纯男女，秦双总爱说些国家大事，诸如阮飞如何为国为民，李纲如何忍辱负重，高宗如何励精图治之类。

可是对于罗马来说，这些人和事，恰恰是他最不喜欢，又最不相信的。

于他而言，阮飞是一个无血无泪的铁人，李纲是个不择手段的高官，而高宗……在这个世界上，也许再也没有人比他更了解高宗赵构了。

当日他在东平城御花园中跃墙惊驾，与当时的康王赵构一番长谈，就知道，当初那个热血报国的青年，早已经死在了汴梁城里。现在登基在位的高宗，其实只不过是一个被刻骨铭心的出卖和难以启齿的痼疾，折磨得不正常的病人而已。

他便不接秦双的话茬，唯恐话一说出来会引起争吵。可是，他嘴又笨。原来五年来的日思夜想化作话语，反反复复的，就只是“我想你”这三个字而已。一见面时说过了，便再也没了，即便再说一次，多说几次，也没有那种刻骨铭心的味道了。

他便只是闷着，秦双开始时还一个人唧唧呱呱，后来渐渐感到没趣，话也就越说越少。两个人明明曾经那么相爱，渐渐四目相对时，却只剩了相顾无言而已。

好在秦双对铜板的救治，果真是立竿见影的。铜板所受之伤，若按照老法治疗，自然是针灸熏艾，慢慢恢复，但秦家祖传秘法，却是别有他途：建一个木架，拉起一张网兜，每天三个时辰，兜着铜板的肚子，将它整个悬空挂起，却在它那左后腿上，吊上一块二十斤重的铁锭。

铜板一开始还畏缩不适，拼命将伤腿蜷起，可是铁锭沉重，慢慢地到底是把它这条腿给拉直了。这马儿发现挂起来也没什么，伸直了腿也没什么，便什么都无所谓了。每日悬在半空中时，三条腿自然垂下，一条腿被拉直，把个大头往网兜缆绳上一搭，懒洋洋睥睨众生。

这样的牵引，效果却是出乎意料的好。伤腿被外力拉直，筋脉骨节全都因此打开。不出十日，原本那鹅蛋大小的筋包便已化得看不出来了。

刘世信啧啧称奇，心服口服，秦双这时才开始用针灸熏艾，加快铜板的康复。

而这段时间里，阮飞此前所送出去的英雄信物，果然换回了更多的好汉前来。

最先到的，居然是山东武林的独行大盗，“铁面鹰”沙思归。这人横行鲁南，掌中一口四尺七寸长的撩刀，杀人越货，手下向来不留活口，在这乱世之中，早被传得魔王也似。那一日他随着找他的信使上了鸽子山，一身黑衣，一张青面，一双金睛，一口长刃，让人看了，不由自主打心底发寒。

鸽子山的驿兵只道他来者不善，慌忙通报阮飞，阮飞迎将出来，沙思归已将信物飞刀掏出，托在手中。阮飞拱手道：“早就知道‘铁面鹰’盗亦有道。你的相助之恩，阮某没齿难忘！”

沙思归又将飞刀收回，冷冷点了点头道：“什么时候动手，你通知我便是。”便在万金堂住下了，每日深居简出，几乎不见踪影。

第二个随信使赶到的，却是蓬莱剑派的传人，“碧波水剑”秦之遥。蓬莱剑派本为山东武林名门大派，剑法以飘逸出尘著称，后来金人破鲁，蓬莱剑派倾以全力保卫孔庙，与上万金兵浴血苦战，到后来终于等到金主下令不得损毁圣人庙宇时，蓬莱剑派几已无人生还了。

秦之遥来到山上时，披发蒙面，沉沉道：“当日我避祸自保，称病在家，没有追随师门同死，每每想起，都羞愧难当。如今我已无颜面对世人，只望这一次，能够一死以慰师门英灵。”阮飞应道：“知耻后勇，难能可贵，秦大侠的神剑，必可饱餐金狗之血。”

秦之遥便将信物剑穗挂回自己的剑上，仰天一笑，声如鬼哭。他便也在万金堂住下，同样也是不爱见人。

他和沙思归两个，一个冷如冰山，一个丧若死灰，除了阮飞之外，几乎不与任何人说话。万金堂的驿兵经过他们的门口，都觉得后颈发冷，浑身不自在。

沙、秦二人之后，一连十余日再没有人上山。这一日，又有两名送还信物的驿兵先后返回山上，可是却并没有高手同行。

阮飞问时，那两个驿兵都道："信物已经送回原主之手，可是那人却说还有事务处理，因此让我们先回来了。"

朱十三放不下心，问道："其余的人会不会事到临头却怕了，不敢来了？"

阮飞却摇头道："这都是忠肝义胆的好汉，一诺千金，断不会贪生怕死。"

果然就在次日晚上，万金堂聚义厅外，忽然响起了一阵清越笛声。众人赶出来看时，只见一个刚刚上山的信使正慌慌张张地策马赶来。而在议事大厅的房顶之上、银月之下，一个落拓的蓝衫中年人，正踞坐于青瓦上，吹着一支铁笛。

阮飞拱手道："可是'铁笛员外'韩商么？"

那吹笛人将吹罢，铁笛离口，良久方道："国已破，家已亡，妻已离，子已丧。我等着你们来，你们终于来了。"

这人的一字一句，仿佛都浸透着无尽凄楚，令人听在耳中，满心忧伤。阮飞将他迎下来，同样也将他安顿下来。

第四个来的，乃是一个女子。她在白天时上山，骑着一头灰驴，用一只木梳梳着头发。跟着她的那个信使，垂头丧气。

那女子的脸上有好大一块红记，一眼望去，貌容怪异，来到万金堂前，众人忍不住围观。

阮飞分开人群，前来相认，道："桃花娘子，果然是巾帼不让须眉的豪侠。"桃花娘子仍是一下一下地梳着长发，冷笑道："易安居士曾道，'生当作人杰，死亦为鬼雄。'既然大宋男儿无用，我们女子也只好舍命一战了。"

她用一支发簪，将头发盘起，将手上木梳掂了掂，"咔吧"一声，一折为二道："我既来了，也就不指望再回去了。这木梳作为信物，再也用不着了。"

又过两日，第五人与第六人也到了，乃是泰安双秀，挂玉佩的任知书和戴金锁的谢天霞。这两人俱为青年才俊，任知书别号"天衣公子"，一身道家先天气功，已有四五重的火候；谢天霞别号“火哪吒”，一条电光银龙鞭，为武林一绝。

这两人都不过二十一二的年纪，生得俊俏讨喜，虽然任知书雍容些，谢天霞暴烈些，但都不失侠少本色，这一路上早与给他们递信的驿兵成了朋友，来到山上，更是与阮飞一见如故，把臂相交。朱十三等终于看着了有活气儿的高手，不由都长出了一口气。

这四个人来了之后，又是十来天不见人来。

忽有一日，沙思归来问阮飞，道：“你没叫‘嘶风马’么？”

“铁面鹰”与“嘶风马”为山东一南一北两大巨盗，二人虽然彼此不服，却也有些惺惺相惜的味道在。阮飞忧心忡忡，道：“我已派人请了……可是‘嘶风马’邵大侠，怎么也不该这么晚才到。”

如此又过了七八日，去找“嘶风马”邵观海的信使方才回转山上。与他同来的，却有一辆大车，赶车人黑面虬髯，肩宽背厚，长臂如猿。来到万金堂，这大汉大吼一声，道：“阮大侠何在？”

便已自腰间抽出信物马鞭，噙在嘴里，双手在车辕上一撑，重重摔下马来，才在地上一滚，便又坐起身来，双手撑地，往聚义厅爬去。

原来，他的双腿没了。

阮飞等人闻声赶出，看见这等惨状，不由都大吃一惊，急问其故。

那大汉吐出马鞭，一手握了，高高举起道：“俺邵观海来了！金人夺了俺的马，砍了俺的腿，可是俺没死，俺不怕，俺还是来了！”

豪杰纷至，鸽子山上渐渐群情激昂。刚好铜板伤势好了，已能开始恢复训练，秦双也终于腾出手来。于是阮飞详细问了罗马“风字号”的人数，以及其快马飞箭的本领，便与秦双一起，着手训练山上的驿兵，准备破那大金马阵。

这时山上连几位寨主在内，共有驿兵三十七人，马二十五匹。阮飞经过筛选，选出二十四马，二十个人，由朱十三和胡刚各带九人，每日加以操练。

这一日罗马带着铜板到后山散步，便见那些驿兵受秦双教诲，从头开始训练控马之术。那朱、胡等驿兵，尽是些不会武艺之人，只是马骑得好，这回按照阮飞的要求，全都要放开双手，单以腰腿之力控马，顿时一个个吃力万分。

罗马牵着铜板，边走边看，只小半个时辰，便已见七八人跌下马来，摔得鼻青脸肿。

可是这些驿兵竟都毫无怨言。被操练的这二十人固然如此，就连刘世信带领的假作“风字号”的陪练驿兵，居然也都是神采飞扬。

罗马一边着意让铜板试着用伤腿慢慢发力，一边心中忐忑不安。

阮飞营救双圣之事，他其实一直都不赞成。只是他实在太过懦弱，这才不敢当面反对，只是盼着铜板不能跑，阮飞派出的驿兵召不回人，这次行动就此作罢。可是现在看来，万事俱备，营救之事，已似箭在弦上，随时触发了。

他心中的不安却越来越强烈。铜板虽然腿伤已愈，可是好端端的一匹马被吊了半个多月，那条伤腿更是一个多月未曾吃力，到时脚力能恢复几成尚未可知。而“风字号”那恶狼逐羊一般的战法，更是令他每每想起都如堕冰窟。

不知为什么，他越来越肯定，这一次的营救，一定会失败。那些一诺千金的江湖豪客会死，他和秦双、阮飞会死，鸽子山的这一干弟兄，也会死。

罗马终于按捺不住，趁着休息，将朱十三等人远远叫开，问道：“朱……大当家，真的要去营救皇帝么？”

北风之中，朱十三与胡刚、刘世信，都是满头大汗。

朱十三笑道：“当然！”

罗马嘴唇翕动，几次张嘴，终于还是一狠心，道：“你们，不能信阮飞！”

朱十三等面面相觑，不知他葫芦里卖的什么药，强笑道：“兄弟，你这是说的什么话？”罗马道：“太危险了，有去无回……不值得的！”

胡刚大笑道：“兄弟，你看我们像是怕死的人么？”罗马又羞又气道：“不……不！可是……可是别人如何对我们？我们……这样卖命……没用的！”

想到自己当日为解东京之围，奔三阵、赶四门，舍生忘死，后来却几乎被康王扼死，不由委屈得泪如雨下。朱十三等不料他如此认真，不由都沉下脸来。

朱十三哼了一声，道：“是啊，别人是怎么对我们的。扣饷、杖责、剁手指……当官的从来没把咱们当人看。”

原来按大宋朝的军制，各州府最好的兵士可选入禁军之中，饷银丰厚；次一级的兵士，可入各州府官兵，饷银可观；再次一级的兵士，则成为各县士兵，可保温饱；而最差的，才被送入驿站，成为驿兵，饷银少得可怜不说，还经常会被上司克扣。

这些驿兵不是老弱病残，便是不服管教、顶撞上司的刺儿头，被分配到驿站，每日奔波劳碌、忍饥挨饿，比囚徒也好不了多少。偶有差池，便受杖责；若敢违规，帮人带送私信、货物，一经查出，便会被斩断一根指头。

因此鸽子山上的驿兵，双手完好者，不过五六人。便是朱十三自己，左手上也只剩了食拇二指。

胡刚冷笑道："还有往脸上烙字的。"

朱十三笑道："不错，敢逃跑的，都要在脸上留下记号。"他摸了摸颊上的伤疤，冷笑道，"我的脸上，是个'兵'字。"刘世信笑道："我就是个'宋'字。"胡刚骂道："他妈的，就只有我的笔画多，是个'驿'字。"

他们在鸽子山聚义时，亲手用刀削下烙了字的脸皮，这时想起，仍不由恨得两眼冒火。

朱十三冷笑道："若非这宋金之战使得北方沦落，驿站都荒废，只怕我们这些人，或早或晚，或饿或病，都是个死在驿道上的命！"罗马满心激荡道："不错，不错！"

朱十三却与胡刚、刘世信对视一眼，心意相通，微笑道："可是我们好不容易脱身，却还是要去救那两个皇帝。"

前面说得好好的，他们却还是不开窍。罗马满心沮丧，张口想要再劝，朱十三却把手一摆，先截住了他的话头道："兄弟，脸上烙下的'宋'字，可以削掉，可咱们心里头的'宋'字儿，可怎么消？祖祖辈辈吃大宋朝的米、大宋朝的面，那'宋'味，早就渗到你的骨头里了。你说朝廷对不起咱们，所以咱们就该不管它，可是金人杀我们，却只因为我们是姓'宋'的。"

刘世信也笑道："大宋的天下，又不是只有那些狗官、昏君。金狗占据中原，杀的是我们的兄弟，挖的是我们的祖坟，我们把那俩皇帝救回来，怎么着，也能扫一扫金狗面子，替天下的老百姓出口气不是？"罗马张口结舌。

胡刚拍了拍他的肩膀，笑道："想那么多干吗？什么对不对得起的，你又不是个娘们儿。"

正所谓：时穷节现男子汉，乱世横出大丈夫！

第六回　劫双圣宋金斗法　决死战正邪交兵

世人为人所负，往往便谨小慎微，再也不敢信人。两眼所望，皆是人间黑暗。昔日赵构转性，便是如此，今日罗马疑人，更是因之而生。可是一帆风顺的正义，哪有真正的力量？真正的英雄，必是在被辜负、被误解、被抛弃、被伤害之后，仍能不辜负、不误解、不抛弃、不伤害的强人。

且说罗马，只因此前一心报国，反为大宋多番践踏，因此生出见死不救之心，及被朱十三等批评，方自收敛，回想过往，不由也感汗颜。

眨眼间，已至年关。万金堂众人明知大战在即，年后便是九死一生，却也喜气洋洋地贴了春联，包了饺子，格外欢喜地过了一回除夕。

到了大年初三，便有一人在疏疏落落的炮仗声中，驰马奔上鸽子山。

那是一个四十来岁的中年人，重眉方脸，颌下微有髭须，穿一身朴素的灰衣，来到山上，由人带入万金堂。

阮飞正和众英雄吃酒，忽见其人，连忙站起，一揖到地，道："是薛兄么？你可来了。"

那中年人微笑道："铁牌送到时，我就该到了。但是一者，我尚有高堂，还想陪她老人家过个年；二者，我也要好好打听打听金人押送双圣的路径。"阮飞微觉意外道："我在信中并未提及此行目的，薛兄又怎知我们要迎救双圣？"

那中年人微笑道："薛某委身事敌，在金国为官，对其动态总算略知一二。山东地面上能有什么事？阮大侠泼天的胆子，还能干什么事？"

"铮"的一声，蓬莱剑派的秦之遥猛然拔剑出鞘，剑指那中年人，喝道："你这金狗爪牙！"

那中年人面皮一僵，强笑道："骂得好。"

原来这人名叫薛云亭，字梅臣，昔日曾任济南府军事判官一职。后来金人占领北方，蛮夷之人不懂体制治民，几乎将济南府整个府衙都接收了下来。薛云亭忍辱负重，仍任了原职，表面虚与委蛇，暗中却将金人的消息不断送往南方。

阮飞先将他的身份向大家介绍了，又补充道："薛大人忠肝义胆，这些年忍辱负重，也是为了能助我大宋早日收复河山。"

群侠这才释然。那秦之遥重重坐下，端起一杯酒来，一仰而进，喃喃道："得罪了。"

薛云亭苦笑道："我侧身金狗之列，虽是有所图谋，但也确实做过为虎作伥的事情。这位兄弟骂一声，我的心里反而舒服了许多。只望这次营救，能迎回二帝，方能一解我心中惭愧。"

当下便撤去饭菜，将山东的地形图在桌上摆开，由薛云亭详解金人押送二圣的路线。

薛云亭道："二圣于我神州，如同日月之重。此次金人冒险将他们带回中原，自然格外小心。一路而来，不事张扬，更常做瞒天过海、暗度陈仓之态，提防我大宋军民异动。我也是直到他们进入山东境内，济南府派人支援护卫的时候，才打听着他们的大概情况。"

群侠早知金人奸狡，听薛云亭这般说起，不由更加义愤填膺。

薛云亭道："金人于腊月十五，从白风口进入山东，预计于正月十五，将二圣送抵济南金锁楼。那金锁楼由巧匠制造，机关重重，外围又有金人重兵把守，固若金汤。二圣一旦入内，我们便是再有本领，也是回天乏术。"

"铁面鹰"沙思归道："当然是在路上动手！"

阮飞点了点头，道："金人的戒备如何？"薛云亭道："押解二圣的金人有三千人马。其中有四员将领，分别是铜皮铁骨的马末盖、铁爪撕虎的杜尔昆、半人半兽的杜尔罕、金国第一刀客海斯兰，个个都有万夫不敌之勇。"

"哼""嘿"几声，却是秦之遥、谢天霞、桃花娘子等人不约而同发出一声冷笑。

薛云亭指他们倨傲，也不争辩，只道："可是，在我看来，最难应付的，反而还是济南府派出的一百骑'风字号'。"

阮飞微笑道："我们已有了对付'风字号'的法门，这一点，薛兄倒不必担心。"

薛云亭知此，眉宇之间略见舒展道："阮大侠既然已有破敌之法，倒是我多虑了。"接下来，便就着地图，与阮飞等商议伏击金人之处。

群侠之中，能看懂地图的总共不过三五人，桃花娘子眼见他的手指在地图上划来划去，口中“黄狗坡”“瓦子岗”“解印亭”“盘龙谷”“桃仙林”“曹家集”等一大串地名，不由头大，问道：“那我们到底在哪儿动手？”

薛云亭叹道：“金人多疑，为防阻截，行军路线一向非常机密。我只知道他们现在已在临洮，但从临洮到济南，有三条路可以走。黄狗坡、瓦子岗等，都是我们设伏的好地方，可是它们却不在一条路上——他们最后会走哪一条路，我现在实在不知。”

任知书道：“哪条路都堵一下子，不就好了？”

阮飞却皱眉道：“那却是下策了。我们以不足五十人，对抗三千一百人。若是还分散兵力，只怕连最后一点胜算都没了。”

邵观海重重一拍桌子，道：“今天已是初三，距离十五总共还有十二天。我们的前期准备至少又要两天，则现在留给你们确定金人动向的时间，已不过十天了。”

阮飞等人俱是面色凝重。可是就在这时，却听头顶上有人低笑道：“金人后天必走盘龙谷。还有一天半的时间，可还够么？”

众人才抬起头来，只见一人自大厅顶上一跃而下，落在桌子上，轻飘飘几无声息。

任知书冷哼一声，道：“‘贼猴子’辛丁？”那人已笑嘻嘻地抓起桌边半盏残茶，一饮而尽，笑道：“是我。”

只见这人身高不过五尺，瘦骨伶仃，小头短身，一双手脚却似较之常人还要修长一些，这时踞坐在桌上，抓耳挠腮，果然绝类猿猴，原来正是山东赫赫有名的神偷辛丁，有个绰号，叫作“四指通神贼猴子”。

谢天霞瞪目道：“阮大侠，这偷儿也是你找的帮手？”

阮飞上下打量辛丁，微笑道：“不错。”

谢天霞怒道：“我等大好男儿，岂能和这小贼为伍？阮大侠，你是成心折辱我等么？”

任知书也道：“这毛贼是个只识财宝，罔顾廉耻的小人，他若在这儿，我们是真不能待了。”

阮飞尚未答话，辛丁已笑道：“我怎么就辱没了泰安双秀了？我的出身虽不怎么好，可是这些年来观摩《石兰草帖》《孤鹤双梅图》，自觉见识、修养都已经上来了，二位干吗还这么看不起我？”

一句话才出口，谢天霞、任知书已是一个脸通红，一个脸铁青，拍案而起。

原来那一帖一图正分别是他们两家的传家宝。三年前，两物离奇失窃，谢、任遍访山东绿林，知道这事十有八九是神偷辛丁所为。可是几番去找辛丁索要，苦于没有证据，只被他胡乱搪塞、白白羞辱，因此才会结仇。直到今日听辛丁亲口一说，这事才算板上钉钉了。

泰安双秀拉开架子就要动手，阮飞却已插入三人当中，双臂一张，将双方隔开道："谢少侠、任少侠，辛兄弟和你们一样，都是向李纲大人交托了信物的抗金志士。如今大敌当前，有什么误会，还是以后再说吧！"

任知书冷笑道："阮大侠可不要被他骗了。这人身上从上到下，哪有一件东西不是偷的？他交托的信物，也是值得信任的么？"辛丁盘膝坐在桌上，冷笑不语。

阮飞却道："辛兄弟可能妙手空空，身外尽是他人的宝物。可是他托给李纲大人的，却必然是他自己最珍贵的东西。"

谢天霞冷笑道："那可没准儿！"

却见阮飞一伸手，已将辛丁右腕抓住道："辛兄弟号称'四指通神'，不是说他五指缺一，而是他的右手食指有四个指节，因此较之常人，愈见灵活。"他猛地把手往上一举，将辛丁的右手示于众人眼前道，"可是四年前，李大人却收到了那样一根天下无双的断指。"

只见辛丁的右手，食指齐根而断。阮飞环顾群侠，深深叹道："这样价值连城的信物，我还怎么能够怀疑？"此言一出，众人皆是沉默。就连谢、任二少，也不由踌躇起来。

阮飞握着辛丁的手道："辛兄弟，大家走到一起来，是缘分，更是义气。大事完了之后，你若真拿了人家的东西，也就还了吧！"

辛丁眼珠转了转，笑道："我当初偷那字画，本就是气恨任、谢两位公子文韬武略，却只是偷生于金人淫威之下。今日在此见着二位，方知他们是留着有用之身，以待大用。没说的，此间事了，我马上将二物双手奉还。"

一场风波，便这样化解了。阮飞又问起辛丁此前所言"盘龙谷"之事。

辛丁笑道："小弟一接到阮大哥送回的信物，便想着要拿个见面礼来相见。因此，便专程去打探金人押解双圣的行程、路线。只是那些金人也忒谨慎，每日行止几乎都是当时决定。我跟了他们几百里地、半个多月，直拖到昨日，才听着他们往后三天的计划。我拼命赶回来，总算还来得及。"

薛云亭深感欣慰道："来得及，来得及！真是雪中送炭！"

阮飞也颇觉安心，问道："可是你又怎知，我们是要营救二圣的？"

辛丁笑道："那我可没猜着。只是我们这样的人，听风、把风的本事最大，先就知道了二圣入关，我就觉得，这么重大的消息，对阮大哥这样为国为民的大英雄来说，总是不嫌多的。"

却听"呵"的一声，乃是一直沉默的"铁笛员外"韩商笑了出来，喃喃道："好偷儿、好偷儿！"

至此，阮飞招来的九大高手，便都已到齐。时间紧迫，当下便以阮飞为首，秦双、罗马、九大高手、鸽子山三位寨主、三十三名驿兵，共计四十八人，饮血酒、誓日月，成立了"回天盟"。

正所谓：

> 曾记英雄志，热血敢回天。
>
> 成败何足道，正气在人间。

盘龙谷距离济南三百五十里，圆如陶碗。回天盟快马加鞭，于初三夜里赶到谷外，草草修整。初四一早，群侠迎着旭日光辉，向谷内一望，便只见大大小小的坟茔挨挨擦擦，林立谷底。只余一条羊肠小道，笔直地横贯其间。

原来民间所谓，此地山形如龙，谷形如珠，那山谷之内，实为风水佳所，葬身的好去处。

群侠见了那易攻难守的地形，不由都喝了一声彩，当下便分头准备：由邵观海带人，在谷内埋设炸药；由辛丁带人，去侦测敌情；其余人等，养精蓄锐，以备一战。

邵观海早先在鲁北做没本的买卖，金人多次招降，全都不予理睬，惹恼了金人平北军的元帅完颜宗望。宗望设伏将他拿住，亲自砍断了他的双腿。邵观海虽然侥幸不死，但下盘既废，一身的功夫便不余二三成，想要报仇，难比登天。

他个性倔强，实在咽不下这口气，因此才转而制造火器。半年多昼夜不休，四处搜刮，居然就给他弄来了满满一车、近千斤的火药。原打算找个机会，豁出命来，行刺炸死宗望，却不料先是宗望为楚凤鸣所杀，后是阮飞召集众人营救双圣——这批炸药，到底是用上了！

另一边辛丁等也带来金人的消息：押解二圣的金兵日暮时扎营，只距盘龙谷十五里。预计明晨出发，辰时便可抵达盘龙谷。金营中的四大高手并无异状，反倒是金蟾率领的“风字号”，却是在金营正队之后五里地外另扎了一座营，显得比较蹊跷。

谢天霞笑道：“是金人不和，因此分成两路了么？”

阮飞看了一眼罗马，微笑道:“交相呼应，呈掎角之势，这是‘风字号’为了提防宋人设伏，才刻意保持的距离。”

邵观海也皱眉道：“我的炸药，到底该炸哪一边？”

罗马听到“风字号”，便觉得胸口发闷，道：“五里……他们一下子就赶过来了。我们一动双圣，他们马上就能赶到了！”

“哗啦”一声，却是朱十三等鸽子山驿兵，听他说着长他人志气、灭自己威风的话，心中都是不服，一起在马上举起了他们的藤盾。

那大盾由阮飞精心设计，用双层油藤混合人发编造，又轻又韧，刀砍不穿，枪扎不透。每一面都是门扇大小，椭圆形状。这些天来，驿兵们都训练得能够单手提盾，行进时每两人编为一组，双甲一合，直如蚌壳一般。

朱十三笑道：“我倒要看看，有我们这铜墙铁壁挡着，‘风字号’可怎么来去如‘风’！”

众人眼见此一战，金人的部署皆在预料，不由都是意气风发。阮飞便又重新明确了明日一战各人的任务：

朱十三、胡刚率领二十骑驿兵，带五十枚邵观海特制的炸雷，于前路阻挠“风字号”的支援，务求拖延至少三炷香工夫;盘龙谷中，“碧波水剑”秦之遥对金国第一刀海斯兰，“天衣公子”任知书对铁爪撕虎的杜尔昆，“火哪吒”谢天霞对半人半兽的杜尔罕,“铁笛员外”韩商对铜皮铁骨的马末盖;桃花娘子、辛丁，阻挡前后的金兵；“铁面鹰”沙思归则为八方掠阵，随时支援各方。

所有人都不求杀敌，而只要为抢入中军、营救二圣的阮飞、薛云亭争取时间。而他二人一旦得手，便会立时以轻功，携二圣自山坡上退走。在那山坡上，罗马、秦双严阵以待，只要二圣上马，便一路向南，再不回头地冲回宋土。

而整个盘龙谷的行动，也就应当在半炷香的时间内完成。

所有计划，都天衣无缝。西风呜咽，荒草萧萧，这一群去国离家的英雄，几乎每一个的眼中，都有着拼却一死的坚毅。

是夜，罗马带着铜板，远远避开群侠，来到盘龙谷西侧的一片荒地上。

初四的弦月，鱼钩似的吊在天上，深蓝的夜幕中，群星璀璨，亮得吓人。星野之下，是一片深灰色的茫茫荒原。冷风在荒原上驰过，寒意浸透人衣。铜板甩了甩长鬃，有点犹豫地看着罗马。

罗马翻身上鞍，微一踌躇，终于把牙一咬，双膝猛磕铜板，喝道："铜板，跑吧！"

于是铜板猛地向前冲去。荒原很平坦，但它的左后腿好像还是不太敢吃力，因此奔行之时格外颠簸。罗马在冷风中伏下身，在它尖尖的耳朵旁大声吆喝，催它加速。

"豁啦啦"的马蹄声响彻空旷的天地，一人一马全力以赴，反复奔驰，不一会儿，便都累得大汗淋漓。

忽而有一人策马而出，打横拦住了铜板的去路，喝道："罗马，你这么跑，会把铜板伤着的！"

罗马吃了一惊，勒住缰绳时，自己也已气喘吁吁。只见星光下，一道倩影骑着一匹格外高大的花马，静静伫立。星光在她的身后那么密、那么亮，清清楚楚地勾勒出这一人一马的轮廓。

那，正是秦双和她的呼雷兽到了。

这两个月来，罗马和秦双日渐疏远。到了今天，虽然两人一直在努力维持关系，究其原因，仿佛只是觉得不能令过去的等待和煎熬白费了而已。想到往日虽然分别，却因彼此思念，甜蜜充溢心间，罗马有时甚至怀疑，自己现在根本是在做一场噩梦了。

此时寒夜如水，旷野空寂。罗马眼前的秦双，变回了过去的样子。罗马张开口来，哽咽道："双，双儿……"

秦双叹息一声道："铜板是你的命根子，你这么催它，它会伤着的。"

她不提还好，这么一提，罗马心中的恐惧顿时发作开来，他的泪水滚滚而下："双儿，铜板跑不快了……我现在再怎么催它，它就是跑不快了！"

原来铜板伤愈，也有近一个月了。罗马每日和它进行恢复训练，可是铜板的速度却再也没法恢复到十成。其速虽然不算慢，但天下无双的"大宋飞马”这个名号，却真的当不起了。

罗马泣道：“你……你没有治好它……铜板废了……它跑不动了……以后怎么办？明天怎么办？”

“嗒”的一声，秦双轻轻跳下呼雷兽。她来到铜板身后，伸手在铜板的左后腿上轻轻按了一遍，想了一会，才又来到铜板前面。那马儿瞪着圆溜溜的眼睛，看她一眼，又转过头去。秦双笑了笑，将那颗大头抱在怀中，向它眼中望去。

罗马坐在鞍上，天地间一片空茫，星星亮得，竟似要砸到他们的头上了。

秦双忽然抬起头来，道：“罗马。”罗马道：“嗯？”

秦双咬了咬牙，道：“我已经把铜板治好了，但是现在，你让它变慢了。”罗马一惊道：“你胡说！”

秦双道：“还记得我以前跟你说过，铜板为什么是无敌的快马么？除了本身脚力雄健之外，还因为它和你心意相通、配合无间，以及它百战百胜、无比自信——这三个条件，缺一不可。可是现在，它却因为输给过‘风字号’一次，自信心受挫。它是马儿，不知调整，你这做主人的，这些天来，可帮过它么？”罗马一怔，竟无言以对。

秦双道：“你没有。最和它心意相通的你，这些天来，根本没有去信任它。你疼它、爱它，时时陪着它，可是你怕了。你是真的相信，铜板就是跑不过‘风字号’的——你不光没有帮它，反而在不断消磨它。铜板跑不快了，至少有你的八成责任！”

罗马回想这些天来自己的所思所想，不由又是惭愧又是内疚。

秦双轻轻抚摸铜板的鬃毛，手顺着铜板的长颈，滑到罗马的腿上，便轻轻攀住了他的膝盖。她躺在地上，将脸靠在罗马的腿侧，柔声道：“你要学会相信铜板和我。罗马，铜板是天下最快的飞马，而我是你的妻子，这两件事，永远也不会改变。”

罗马念及自己的懦弱，又羞又愧，又喜又忧，不由放声大哭。他俯身下去，将秦双抱起，侧放在鞍桥上。秦双环住他的脖颈，安慰道：“没关系的，没关系的。以后都会好的，明天……明天你只要跟住我就好了。”

正所谓：拼智计决胜千里，有信心谁与争锋。

第七回　一声雷香销玉殒　两行泪地裂天崩

《三国演义》中，诸葛亮火烧司马懿，眼看就要成功，但遭天降大雨，浇熄烈火，救了那奸雄一命。诸葛先生功亏一篑，这才留下了“谋事在人，成事在天”的喟叹。世人行事，莫不以计划为先，可是结果却往往南辕北辙。想那智慧如诸葛先生者，尚有无力回天之感，我等凡人，自然更是强求不得。可是人生在世，若是只怕失败，裹足不前，成功便遥不可及。

话说建炎五年正月初五，辰时一刻，山东济南府城北三百里外的盘龙谷，押解二圣的金人队伍终于到达。只因道路狭窄，三千人足足拉出一条二里多长的长线，队头眼看都要出谷了，队尾却才刚刚进来而已。

这队伍两端细长，中间一小段却稍显臃肿，仿佛是一根细长的树枝长出瘤一般。在那瘤正中，是一辆双马拉辕的平板大车。车上坐着两个男子，蓬头垢面，白袍褴褛。天气寒冷，这两人瑟缩着靠在一起，几次想用一床开线的棉被把自己裹住，可是车旁跟随的金兵却每每在他们刚刚裹好的时候，就伸出长枪，将棉被挑开。那两人早被金兵吓怕了，一见长枪伸来，便放开了被角，拼命躲闪。

而在大车两侧，分前后又步行着四人，一个怀中抱刀；一个腕扣铁爪；一个赤身露体，伏行如兽；一个高大魁梧，如同铁塔。

这四人自然便是金国“刀、爪、兽、力”四大高手，而他们监管的那两个白袍男子，当然就是被金人掳走的徽钦二帝。

眼下他们并没被绳索捆绑，可是别说反抗，甚至不敢稍做逃跑之状，真像是被养熟了的鸡鸭，又是可怜，又是可笑。金人逗弄他们，屡试不爽，“嘎嘎”的笑声传到山坡上，各自藏身的回天盟群侠早咬碎了钢牙。

一步一步，这队伍终于走到了邵观海预定的设伏位置。

忽然之间，阮飞长身而起，大喝道：“射！”

山坡另一头，正是眼力无双的“铁面鹰”沙思归。两人手中各持火箭，“嗖嗖”两箭，射下山来。山路上邵观海埋好的炸雷一经引发，顿时在距板车二十步之处，“轰轰隆隆”地向两边炸将开来。

火药一经引燃，烟火四起，宛如两条巨大的黑龙，猛地从地下钻出。

霎时间，已将附近的金兵炸得皮开肉烂，更将金兵队伍，切成了前中后三段。

与此同时，秦之遥、韩商、任知书、谢天霞、桃花娘子、辛丁、薛云亭、沙思归、阮飞，已一起现身，猛地冲向了金兵的最中段——那在连绵不绝的大爆炸之中，安然无恙的平板马车。

山坡上的邵观海捡起沙思归的弓箭，仰天向空中射出一支冒着红烟的箭。五里开外，在罗马他们看不到的地方，朱十三等鸽子山驿兵看到红烟提起了藤盾与炸雷，也向着气势汹汹的“风字号”，发动了他们的冲锋。

如是顺利，他们只需半炷香的工夫，就能救下双圣；而只需三炷香的工夫，就能彻底摆脱“风字号”的追击！

硝烟弥漫，盘龙谷底的金兵一片鬼哭狼嚎。群侠如同九支快箭，猛地射入阵中。

“碧波水剑”秦之遥撕掉面上的青巾，倒提长剑，疾步向前。他如鬼魅一般，闪过迎面而来的金人，披散的长发迎风而动。

数年前，他因为一时的怯懦，眼睁睁看着同门赴死，这令他长久以来寝食难安。而如今他终于踏上战阵，虽然身处险境，但心中，却是终于坚定而平静。

他的眼睛眨也不眨地盯着马车前那黄面金睛、黑衣长刀的金国第一刀客海斯兰，心中不由战意如沸。这些年来，他卧薪尝胆，苦练师门剑法，此前与阮飞切磋时，已然不落下风，因此才来对付这最厉害的对手。阮飞曾经再三和他说，海斯兰盛名之下，绝非易与之辈，他这一仗不一定要赢，只要能将之拖住，便是大胜。

可是秦之遥却已经暗中打定主意，要将这金国第一的用刀高手，刺杀于自己的碧波剑下。

他决心要死在这一次的行动之中。师门既歿，旧耻已雪，他在这世上，可算了无牵挂。但求最后一战，能够酣畅淋漓，不负他一生所学；若能多拉个金国第一高手垫背，则更堪欣慰。

他聚精会神，手中的一口长剑直被真气催得泛出五色光华。那金国第一刀海斯兰也看到了他，脚步微错，已与他正面相对。

偌大的战场，一时间仿佛只剩两人。身遭的狼奔豕突，尽皆不入眼中。

秦之遥只觉平生再无这般喜乐安然，大笑一声，正待飞身进招，忽然只觉两臂骤紧，竟然已被什么东西拦腰捆住了。他吃了一惊，低头看时，只见一条小指粗细的铁链，已然深深地陷入他的衣下。

“咯”的一声，铁链骤然发力，已将秦之遥拦腰绞成两段。长长的铁链鲜血淋漓，一端在铁爪杜尔昆的手上，一端在疯狗杜尔罕的颈上。这一对怪物兄弟，放声大笑，又去找别的对手了。

秦之遥大意之下，一招未交，便死于非命。回天盟此前的部署，顿时都乱了！

负责八方接应的沙思归，只因先要射箭而下来得稍慢一步，才一入阵，便看见秦之遥被截为两段，又气又怒，大吼一声，挥刀便取杜尔昆。他身后紧随而来的“天衣公子”任知书被他抢了对手，才自一愣，旁边的“火哪吒”谢天霞就已经扑向了杜尔罕。

“叮叮当当”，杜尔昆用的是一双铁爪；“吭哧吭哧”，杜尔罕用的则是自己的牙齿。

任知书四顾茫然，正好看见铜皮铁骨的马末盖要路过，当下便起手一掌，先打将过去。落手处“噔”的一声，马末盖毫发无损，却给他推得一个趔趄，回过头来，嗷嗷叫着来和他决战。

这么一来，却苦了“铁笛员外”韩商。

回天盟九侠的武功，以阮飞考量，是秦之遥、沙思归最高，任知书、谢天霞次之，韩商、桃花娘子、辛丁、薛云亭又次之。因此事先部署时，才会针锋相对，以上驷对上驷，下驷对下驷。却不料秦之遥一死，沙思归妄战，却将一个懵懂无畏的下驷韩商，送给了金军杀气腾腾的上驷海斯兰。

“嚓”的一声，一道刀光亮如厉闪。韩商铁笛折断，血流披面，交手不及三招，便被海斯兰斩杀当场！那金国第一刀客斩杀一人，兀自冷如冰山，打量一下场内战局，见杜尔昆、杜尔罕、马末盖尽都支撑得住，便昂然往一旁桃花娘子的身后走去。

桃花娘子正忙于抵挡想要回头救援的金兵，忽然感受到背后杀气，心下已自慌了，手脚一慢，便有数个金兵从她身边突破，想要回头阻挡，整个人却被海斯兰的杀气震慑，动转不灵了。

便在此时，却有一道刀光斜斜飞过，逼得海斯兰立时横刀招架。原来是阮飞担心群侠都给这金国第一刀客逐个击破，逼不得已，中途变向，先来拦他了。

“叮叮”声不绝于耳，阮飞短刀出手，招招搏命，瞬间已将海斯兰逼得节节后退。

可是整个局面却已逐步失控。没有沙思归掠阵侵袭，大车前后的金兵慌乱过后，又镇定下来。尚有余力去救双圣的只剩了一个薛云亭，金兵们集中攻他，长矛利刃，却也将他逼得近不得大车。

好端端一场突袭，忽然间却变成了一场鏖战。罗马、秦双、邵观海在山坡上看得清楚：沙思归战杜尔昆，任知书战马末盖，都略占上风；谢天霞与杜尔罕战平；桃花娘子、辛丁、薛云亭缠斗金兵，都渐处下风，但性命无虞。只有阮飞战海斯兰占尽了优势，仿佛下一招都能要了那金国第一刀客的性命。

眨眼间，已过了半炷香的时间。山谷之中，金人放出的召唤“风字号”的黄色信烟都已随风淡去。

罗马忧心如焚道：“时间到了，来不及了，叫他们逃吧！”秦双咬牙不语。邵观海却捏紧了双拳，道：“还有机会！”

罗马侧耳去听，远处朱十三他们拦截“风字号”的炸雷，似乎也没了声息，不由越来越觉不安道：“‘风字号’要来了！”邵观海却道：“朱寨主他们至少能撑三炷香。我们这边只要阮飞能赢，沙思归、任知书就马上能赢！整个战局就可以改变！还有机会，还有机会！不能让秦之遥、韩商白死了，我们一定能救回二圣的！”

只见那大车之上，徽钦二帝挤成一团抱头而坐，不敢看那战场一眼。

罗马欲哭无泪，烦躁难当，连带得铜板都紧张起来，抖耳摇鬃，刨地不已。

不知不觉，又是半炷香的工夫。那海斯兰的功夫极为怪异，长刀在手，虽不及阮飞的攻势迅捷，可是一味防守，却防得滴水不漏。

罗马忍无可忍，叫道：“再不走……”

突然之间，盘龙谷的入谷处马蹄如雷，一队黑衣轻装的骑兵已疾驰而来。有一个沙嘎的声音，以金国言语大叫道：“小的们，让路啦！”

“呼啦”一声，金兵、金将四散奔逃，简直比遇见敌人还要害怕。

那队骑兵从谷中小道。笔直插入谷中。回天盟的群侠才感压力稍轻，那骑兵们便已到眼前。

罗马在山坡上惊叫道：“‘风字号’！怎么会这么快的？”

弓弦声响。山谷之内，桃花娘子尚未反应过来，已被万箭射身，尸身为冲力带动，直飞出丈许远；薛云亭匆匆抓了个金兵做挡箭牌，可挡得了上身却挡不住下身，一双腿子被十七八支羽箭贯穿，疼得身子一晃，露出脸来，被数箭贯颅而死；谢天霞正与杜尔罕斗得难解难分，眼见那疯狗分心，连忙一刀将其人头砍落，还不及转身，便也成了箭靶，给射成刺猬一般。

“风字号”只在盘龙谷中一过，便已将回天盟三大高手了账。罗马在山坡上看得肝胆俱裂，叫道：“完了！完了！”

却见山谷之内，无论是回天盟的阮飞、沙思归，还是金营的海斯兰、杜尔昆，都躲在道旁的坟丘之后，给那如织的箭雨逼得抬不起头来。空地之上，只余一干遭误伤的金兵翻滚哀号。“风字号”射了两回箭，因箭支无法穿透坟丘伤人，便只往来驰骋，耀武扬威。

大头粗身的金蟾在谷口处以汉话叫道：“阮飞，这回是不是你？是不是你？你跟我耍心眼儿，老子弄死你个王八蛋！”

他的声音宛如恶魔，罗马听在耳里，已是寒毛倒竖，叫道：“快走！快走！”

情势如此，任谁也知道不可能拯救“双圣”了。

秦双问道：“可是阮大哥他们怎么办？”罗马额上青筋蹦起，“没救了”这三个字在舌尖上滚了三滚，到底是不忍说出。

忽然之间，一支如椽巨箭已自“风字号”占领的谷口中射来。如同一道黑光，猛地掠过数座坟丘，卷起零落的纸钱、枯草。

“噗”的一声，那箭正中谷中西南角上的一座孤坟，坟土炸开，任知书一声惨叫，竟被那穿坟而出的一箭射穿了肚腹。

罗马在山坡上已吓得魂飞魄散。上一次他独骑盗尸时，并未见过这“穿云箭”，只知“风字号”的羽箭又多又准又快，阮飞因此才设计了那蚌壳一般的藤盾。可若是“风字号”有这样破坏力惊人的巨箭在侧，则那藤盾何异于纸扎，而朱十三等的拦截又何异于送死？

他又怕又悔，头脑之中一片空白。忽见秦双猛地一动，竟是已催动胯下呼雷兽，猛地从山坡上往山谷中冲去了。

罗马目眦尽裂，叫道：“秦双！”不及多想，也催铜板衔尾而下。

这两匹马俱是万中选一的良驹，一前一后从那山坡上顺势冲下，金蟾眼尖，先就看见了他们，大声招呼“风字号”调转方向，可是却已来不及了。

秦双来到平地，大喝一声，已是提起双手食指，往呼雷兽的耳后狠狠插下。那马儿吃痛，顿时人立而起，“呜昂昂”一声长吼。

却见谷中金兵的马匹一听到那吼声，忽然间全都惊慌失措，东躲西逃，发癫一般，止也止不住。

罗马紧跟在秦双后边，铜板听呼雷兽一叫，也吓了一跳，“腾”地跳往旁边。不过这吼声铜板已听得多了自然旋即无事。

秦双已冲进坟地，叫道：“阮大哥，快走！”

阮飞却在一座坟头后一跃而起，叫道：“救双圣！”

其时“风字号”阵脚大乱，射出的箭全无准头；海斯兰本领虽大，却也怕被“风字号”误伤；金蟾人在谷口，鞭长莫及，果然是趁乱救人的好机会。

秦双听他发话，立时不假思索，拨马便往那大车冲去。罗马见她还要冒险，一颗心都要跳出来了，在后边拼命追，叫道：“秦双，等一等！等一等！”

可秦双控马之术天下无双，在坟群与惊马之中穿梭，丝毫不受影响。罗马控马之术不如她，铜板这时的脚力又没有优势，追了几步，他与秦双之间的距离，却是给拉大到了数丈。

转瞬之间，那呼雷兽已在双圣栖身的大车前掠过。秦双骑术精湛，乱军之中根本不用下马，只在鞍上款扭蜂腰，探身一捞，便已一把抓住年岁较大的白袍男子的衣襟，借呼雷兽的冲力将他拽到半空中。

可是罗马在后边，却见那两个白衣男子的脸在这一瞬间，全都现出了惊骇之色！

忽然间，他已明白个中缘由。罗马血贯瞳仁，嘶声大叫道：“秦双！”

“轰”的一声，那大车猛然炸开，火光一瞬间便吞噬了秦双与呼雷兽。

罗马瞪大双眼，只觉热浪拂面，呼雷兽硕大的身躯自火光与黑烟中如同断线的风筝一般飞出，摔在地上时已是血肉模糊，不成样子。

罗马转向那已化成一团浓烟烈火的大车，喃喃道：“秦双。”忽然间一支血箭破唇喷出，他在鞍桥上稍一摇晃，已是人事不知。

正所谓：救难时机关算尽，情浓处阴阳相隔。

第八回　无名火割袍断义　失心疯苦海沉沦

生死无常，被衰老折磨，慢慢逝去，是生命的慈悲。而一个生机勃勃的人被突如其来的灾难消灭，才是命运的真正严苛之处。红颜薄命，天妒英才，无论多么意气风发，未来多么光明的人，都可能在一瞬间逝去，失去所有，而只供生者祭奠。所以，人，应当格外珍惜自己活着的时光，以及身旁人活着的时光。

且说罗马，前一夜刚与秦双言归于好，转眼便在盘龙谷中亲见秦双被炸得尸骨无存，不由大叫一声，已是口喷鲜血，人事不知，再醒来时，三魂七魄都似飞在了天外。

却见眼前枯枝蔽天，原来已身处一片树林当中。罗马一惊爬起，叫道："秦双，秦双！"一旁阮飞黯然道："秦姑娘，已经死了。"

罗马转过头来，只见一片枯林之中，阮飞、辛丁，浑身血，一左一右，颓然靠在树上休息。阮飞左臂上鲜血淋漓，这时正艰难地用单手包扎。而在不远处，铜板正四仰八叉，躺着休息。

罗马想到秦双之死，不由悲从中来，道："这……这是哪里？"

阮飞道："此处距离盘龙谷三十里地，咱们总算暂时逃开'风字号'的追捕了。"

原来当时发生爆炸，呼雷兽被炸得不成样子，可是却未马上死。躺倒在地，不住辗转嘶叫，声声不绝，反而将"风字号"彻底绊住了。回天盟这边，沙思归、邵观海舍命断后，阮飞、辛丁都是轻功过人，罗马被铜板驮着，三人这才得以脱逃。

罗马泣道："那大车怎会爆炸的？"

辛丁道："想必是金狗奸诈，在车下藏了炸药，又在那两人身上连了引信，只要有人令那两人的身子离开了大车，便会马上引燃炸药……唉，好狠的狗贼，竟然想将我们一网打尽。"

罗马道："那两个皇帝，就这样被炸死了？"

阮飞却微微一笑道："现在想来，这泰山封禅的消息也许只是金人放出来钓我大宋志士送死的香饵而已。车上那两人只是替死鬼，真正的徽钦二圣必是安然无恙，还受困于金国。”

罗马目瞪口呆，道：“你……你还笑得出？”

阮飞看他一眼，猛地挺身站起。他的身上虽然血迹斑斑，却仍然收拾得干净利落，一双眼更是亮如闪电，不见丝毫疲态：“为什么不笑？如果二圣死了，秦双他们才是白死了。可是现在二圣活着，我们就总有一天能把他们救出来，让秦双、朱十三、回天盟的兄弟，都死得有价值！”

他居然还能说得振振有词，罗马想到那一张张笑脸，一具具血肉模糊的尸身，不由得恨从中来，叫道：“什么叫死得有价值？人都死了，还谈什么值不值？我早就说，‘风字号’惹不得，你偏不听！你偏不听！”

阮飞见他如此暴躁，不由稍觉意外道：“我们歃血之时便知道此事凶险。谁死谁活，都是心甘情愿。秦双、朱十三、沙思归惨死，我们生者固然悲痛，但他们未尝不是含笑殉国。”

罗马叫道：“你说得好听！”阮飞摇头道：“说得好听？兄弟，你未免也太小看我阮飞了。今天若不是中途生变，我被海斯兰绊住，去亲手解救双圣的一定是我。可我若是被炸死了，绝不会有半句怨言。”

罗马一字一顿道：“可是你没死。秦双死了，可是你没死！”

阮飞长叹一声道：“秦双死了，我的心里也难过，她是我的妹子，若能代她一死，我阮飞决不皱一皱眉头。可是罗马，你须得明白，害死她的是金人,不是我。我和你一样,我会记着她的死,我一定会给她——给他们——报仇。”

他滔滔不绝，说到“报仇”二字，罗马才终于振奋起来，叫道：“好，我们去给秦双报仇！大不了也是一死！”

话才出口，罗马已知唐突。果然阮飞苦笑摇头，道：“报仇？怎么报？找谁报？”

罗马张了张嘴，却说不出一个字来。

阮飞叹道：“敌强我弱，力量悬殊。我等有用之身，实在不能轻掷。”为今之计，我们只能暂时撤退，回到临安，与李纲大人商议下一步的行动。秦双他们的仇，先记着吧。”

他说得极其沉重，且言之有理，可是罗马听在耳中，却觉得格外不舒服。

他抬起头来，怔怔地看着阮飞，阮飞却道：“罗马，跟我回去吧。李纲大人也一直都想见你。你的快马一定能在将来收复中原的决战中，派上用场。”

罗马听他最后到底还是拐回到了“忧国忧民”的套路上，不由哑然失笑，一步步向后退去，道：“阮大侠，你真可怕。”说完转身欲行，却被阮飞拉住了袖子。

阮飞道：“你到哪里去？”罗马咬一咬牙道：“他们都信你，他们都死了。我再也不信你了，我再也不能跟你走了！”

阮飞叫道：“你不是‘风字号’的对手，你去替秦双报仇，只是白白送死。"罗马的心中一片冰凉，终于对这个人彻底失望：“不用你管！”奋力一挣，“刺啦”一声，袖子竟给撕烂了一片。

罗马看了看那布片，索性将之撕下，往两人之间的空地上一扔，咬牙道：“我什么都不用你管！”说完来到铜板跟前，铜板已一骨碌站好。

罗马飞身上鞍，头也不回地冲出了树林。

冷风拂面，旷野荒芜，罗马凭着一时血勇，单人独骑，与铜板回头去迎金蟾的“风字号”。

行了数十里地，他心中的气愤稍消，便渐渐怯了，回头看看，郁郁难平；可是眼望前途，心中却不由想：我若就这样莽莽撞撞地与“风字号”正面碰上，铜板跑得再快，还不是被他们的乱箭迎头射杀？

想到这里，他将铜板一引，在路边几块如磊巨石后藏住了身形，斟酌进退。

忽然间蹄声如潮，“风字号”一行六七十骑已自西北方怒气冲冲地驰来。罗马吃了一惊，顺手挽起弹弓，从石缝中偷眼望时，只见金蟾当先领骑，气急败坏，杀气腾腾，越奔越近。

突然之间，一阵强烈的恐惧感自罗马的心里翻起。

他的手中挽着弹弓，钢丸已扣在皮兜里，可是面对金蟾那一张厉鬼附身一般的丑脸，鼓了几次勇气，竟都没有一击必中的把握。他的脑中轰轰作响，好像金蟾已经发现了自己，并且对着他张狂挑衅：“楚凤鸣死了，沙思归死了，那么多又聪明又厉害的人，全都拿老子没办法，你一个又笨又弱的，以为能伤到老子的一根寒毛？老子刀也扎不死，箭也射不死，你老婆便是被我炸死的，你又能把老子怎么样？”

罗马汗如雨下，捏着皮兜的两根手指竟是无论如何也放不开了。

“风字号”的速度何等之快，哪还给罗马犹豫的时间？只“呼啦”一声，金蟾便已自大石数步之处掠过。

罗马大急，手一摆，还想瞄准，可是石缝就那么宽，他握着弹弓的手才一摆动，就已经撞上石壁了。

他用力过猛，石壁又粗粝如刀，顿时便将他的指节划得皮开肉绽，鲜血不绝渗出。

罗马死死握住弹弓，两眼圆睁，却只盯着石壁出神。石壁上仿佛浮现了秦双的音容笑貌，他的耳畔忽然又响起了秦双丧命时，那“轰隆”“轰隆”的巨响。

“风字号”呼啸着在他身旁通过，罗马坐在鞍上，垂下手，垂下头，忽然之间，被巨大的沮丧和羞愧，压弯了腰。

眼睁睁地看着妻子惨死，而杀妻大仇近在眼前时，自己却临阵退缩。这样的耻辱，于男人而言，何异于自宫之痛？罗马眼睁睁看着“风字号”越走越远，对自己又是厌恶，又是绝望，藏身在巨石之后，不由放声大哭。

这一哭，更是泄了他的元气，令他再也没有与金蟾一战的心力。

罗马失魂落魄，随着铜板，就那么不知死、不知活，不知渴、不知饥，浑浑噩噩，无昼无夜地走了下去。

也不知过了几日，他忽然惊觉铜板似乎许久没动，这才稍稍恢复了神智，抬眼一看，原来是老马识途，已经带着他回到了鸽子山上的聚义厅外了。

当日他们仓促离开鸽子山，能战的尽都死在了外面，现在山上只留下了以胡先生为首的七八老弱看家。罗马触景生悲，待要拨马逃走时，胡先生等人却已发现他了。一个个又惊又喜，将他拽下马来。

盘龙谷一战，回天盟几乎全军覆没，这消息早已在山东传开。胡先生等又惊又怕，正没个定夺，忽见罗马回还，顿时将他当成了主心骨，再三追问盘龙谷的详情，以及万金堂的将来。

罗马心丧欲死，草草说了一遍当日的情形，又道：“将来？万金堂还有什么将来？我们还有什么将来？”

驿兵们听说“风字号”如此可怖，不由更害怕起来，再看罗马如今的熊样，终于全都知道大势已去。当天晚上，便有人搜刮山上还值点钱的东西，连夜逃下山去了。

如此又过了两日，山上已只剩下罗马一人。人去山空，越见悲凉，罗马满心凄苦，更加没有生气。若不是还有铜板要吃要喝，恐怕就要给自己一个了断，好与秦双在地下相聚了。

一眨眼又是半月。这一日，罗马为铜板草草打了半捆草，便又回到自己的房中僵卧，正半睡半醒之间，忽听有人在外面叫道："这里可是鸽子山、万金堂么？"罗马吃了一惊，不由睁开眼来。

有人道："已经荒了，看来挺久没人住了。"却有另一个人道："可是这黄毛马还在。罗马不可能丢下它的。"便又大声叫道："罗马？罗马！"竟然是找他的。

罗马懵然坐起，隐约觉得声音有几分熟悉，愣了一会儿，才下地出去。

阳光刺眼，在他眼前十几骑人马正在聚义厅前围着铜板站定。那黄毛马俯首垂尾，见他出来，甩鬃低嘶。

刚上山来的人中，已有一人飞身下马，大笑道："罗兄果然还在！"

只见那人猿臂狼腰，丰神俊朗，眉宇之间满是少年人的锐气与正直。罗马稍一辨认，心中更是五味杂陈，喃喃道："你……是你回来了……"

原来那人正是当日在黄河边上，曾救他一命的义军将领辛弃疾。

辛弃疾笑道："不错，我们正是从建康回来了！受到圣上接见，很快就要带领山东的二十万义军，把金狗打回老家去了！"说完拍了拍肩上的包裹笑道，"我现在就带着圣旨，耿天王已被圣上封为山东天平节度使，我也被敕封承务郎。罗大哥，你看，朝廷还是没忘了我们这些中原将士的！"

罗马脑中一片混乱，道："好……好啊……"辛弃疾笑道："罗大哥，你曾说过，鸽子山上也有一支队伍，何不与我们一同赴东山，归入耿天王麾下，聚沙成塔，成就一番大事？"

他是如此意气风发，罗马在他映照之下，越发觉得自己暮气沉沉，不由颓然道："鸽子山，已经散了。"辛弃疾一看山上的情状，便已料到三分。笑道："那也无妨，你跟我走，也算我没白来这一趟。"

他说得理所当然，罗马却只觉身心俱伤："我……我没用……不值什么……算了吧。"

辛弃疾大笑道："大宋飞马若是没用，这天下还有可用之人么？罗大哥，宋人抗金，必然要解决金人铁骑，耿天王的骑兵若是有你指点，何愁不百战百胜？"说完竟不由分说，拖了罗马便要上马。

罗马又羞又急，挣了两下，发狂起来，吼道："我不去！我哪也不去！

我跑不动了！铜板也跑不动了！”两手乱挥，把身子扭得跟泥鳅也似，拼命就往地上坐去。

辛弃疾不料他忽然翻脸，几乎被他一掌拍在脸上，后退两步，便见罗马已躺倒在地，手刨脚蹬，号叫不已。

辛弃疾从南方回来，力主绕道来此，收编鸽子山，却不料鸽子山“散了”，而罗马又撒泼打滚，直如山民野妇一般不争气，不由也有些羞恼：“你不走就不走！少了你一个,我们未必就破不了金人的‘铁浮屠’‘风字号’！”

一声呼哨，便已带着随行众人，上马而去了，行不数步，忽有回转，居高临下，对着罗马道：“罗大哥，我不知道你曾吃过什么亏，让你再也不能信任朝廷、信任义军。可是人活在世上，忠、义，你都不信了，你活着还有什么意思？”

罗马躺倒在地，双手捂着脸，呜呜哭泣。在这一刻，他最憎恶和怨恨的，反倒不是金人、不是金蟾、不是阮飞……而是他自己，那个曾经疏远秦双，又眼睁睁看着秦双惨死的废物；那个令铜板再也跑不起来、被金蟾吓得连弹弓都放不开的胆小鬼。

他不明白，自己为什么就这般懦弱。死算什么？他为什么不能死？输算什么？他又为什么不能输？他都已经对自己这般绝望了，可是为什么就还是不能放下一切呢？

他却还是想活。因为只有活着，才有可能去给秦双报仇；只有活着，才有可能像以前一样，纵马飞驰在广袤的天地之间；只有活着，才有可能再回到家乡去，种几亩田，盖几间房，娶妻生子，过几天开心日子。

铜板歪着脖子站在一旁，看他蜷着，渐渐不安，终于低下头来，在他肩上一咬，已叼住他的衣领，轻轻一拉，便将罗马原地衔起。

罗马猝不及防，连身子都还没展开，就已吊在铜板的唇边，手脚不着地。他想要挣，又怕伤了铜板的牙口；想要站，又觉太没面子，僵了片刻，到底是忍耐不住，自己都被这怪异的姿势弄得笑开了，这才两腿一沉，重新站到了地上。

他近一个月以来，第一次笑出来。说也奇怪，困扰多日的心结竟也随之冰释。

铜板将他放开，罗马用双手在脸上狠狠一擦，猛地喝道：“好！死就死了！”反手抱住铜板，叫道，“咱们两个，要给秦双报仇！”

铜板“嗤嗤”喘气，鼻息让罗马的臂弯一片濡湿。

这些天来，罗马都没有好好照料它，这马儿身子更瘦了，而一身长毛，则是又长又乱。夕阳的余晖将它焦黄的身子镀上了一层金光。

罗马轻抚它的长鬃，手掌贴在它的颈后，感受它那铁条一般的筋骨，不知不觉，也挺直了腰杆。

这一人一马，虽无言语，但在这一刻，却终于心意相通，重新有了“再次上路”的勇气。

正所谓：舍生取义难为事，知耻后勇非常人。

第九回　鬼门关送君千里　阳关道去国一骑

这世上英雄，向有两种：一种人无所畏惧，砍头只当风吹帽；另一种人却是满心畏惧，只能强撑着战胜敌人。那无畏之人，本身无血无泪，什么惊天动地的大事，于他都与喝水吃饭无异，虽则强大，其实也不过是个铁石心肠的怪物。唯有那些知道疼、知道怕、知道活着有多好的人，勉强战胜畏惧之后再去战胜敌人的英雄，才是人类之中最伟大者。

单说罗马，沉沦月余，终于重新振作，在山上喂养铜板之余，又给自己弄了一顿饱饭，好好休整一晚，次日一早，出门一看，只见朔风凛凛，鹅毛大雪纷纷而降。

罗马迎风而立，深吸一口冷气，打个寒战，抖擞精神，这才牵出铜板，三下鸽子山，去投奔辛弃疾。

他已决心要随辛弃疾加入耿天王的义军，训练出一支足堪与“风字号”抗衡的骑兵，为秦双报仇、为楚凤鸣报仇，为抗击金军、收复中原尽一份绵薄之力。

大雪遮路，罗马害怕有什么坑洞伤了铜板，因此往往不敢让它快跑，每日只是留着余力，走走停停，慢慢往东山而去。

现在他与铜板又人马合一，行进时一起一伏，全都自然和谐，暗合天道，因此那马儿虽然半个多月没怎么跑，但每多走一步，却都令罗马多信一分：现在真要跑起来，速度足可以超过当日奔赴盘龙谷之时。

北风呼啸，晚冬的这一场雪，令本就艰难的山东民生又苦了三分。白雪笼盖四野，这一人一马往往行上半日，才能看见一二行人。罗马的手脚常常被冻得麻木，这时便也跳下鞍来，和铜板并肩奔跑。

这一日接近午时，他们正趁着阳光赶路，忽然远远地只见一骑快马迎面而来。马上之人神色凝重，面目依稀熟悉，罗马才要想那人是谁，那人却也看到了他，勒缰止步，讶然道："罗马？"

他的声音又低又闷，听了直令人不适。罗马听见，才想起他来，道："贾将军！"原来正是耿天王麾下，曾与辛弃疾同往建康面圣的大将贾瑞，当日在黄河边上，也与罗马说过几回话的。

贾瑞点了点头道："你怎么会在这里？"罗马稍觉腼腆，道："我……我想加入耿天王的义军……"贾瑞一愣，旋即哈哈大笑道："当日我们上鸽子山请你，你都不来，现在才想通了么？"他的语气中，似有取笑之意，罗马不由不喜，只点了点头。

贾瑞止住笑声，叹了口气，道："可惜，太晚了。"罗马一愣，抬起头来。

贾瑞叹道："我们也是回来才知道，原来十几天前、正月十五，驻守东山的义军将领张安国猝然叛乱，耿天王遇害，天平军四散；张安国率领五万义军，已于日前投降了驻扎在济南的金兵了。"他长叹一声道，"现在世间已无耿天王，已无天平军！"

罗马满心的期待骤然落空，直如一盆冷水当头浇下，惶然道："那……那你……那辛弃疾又怎么办？"

他这问题已切近机密，贾瑞稍一犹豫，仍是把他当成信得过的朋友，道："大势已去，山东我们是待不了了。因此我和辛兄弟打算再次南渡，返回建康，报效朝廷。只是耿天王惨死，辛兄弟咽不下这口气，因此才让我携带诏令先行，他和其他弟兄却取道济南，要去将那背信弃义的张安国宰了，以告耿天王在天之灵！"他双眉紧皱，忧心忡忡道，"罗马，你若真想抗金报国，就和我一起走吧！"

罗马却是心乱如麻，问道："辛兄弟……辛兄弟他去哪儿了？"

贾瑞叹道："济南，黄狗坡！"罗马跌足道："当初逼得我坠河……后来更毁了鸽子山的'风字号'就在济南盘踞。辛弃疾去杀那叛徒，太危险了！"

贾瑞却摇了摇头，叹道："何须什么'风字号'？黄狗坡驻有金兵五千、叛军五万，辛兄弟总共只带了五十骑，就想闯营杀人……唉，根本是飞蛾扑火！我看他是只想要拼却一死，以报耿天王的知遇之恩吧！”

罗马大急，道：“我去拦下他来！”贾瑞叹道：“来不及了……他们前日就已出发，从东山赶赴黄狗坡。按照行程，今天午后就该到的。我们现在的位置距离济南尚有两百余里，铜板再快，你赶过去，也总是要两三个时辰的。那时，天都黑了……”

话音未落，罗马却已猛催铜板，拐下大路，斜刺里穿过田野，直奔济南而去。

罗马的脑中，不断地闪过楚凤鸣千疮百孔的遗体，不断地闪过桃花娘子被箭支带动、横飞数丈的尸身。冷风扑面，他清清楚楚地知道，如果他不去阻止辛弃疾的话，那个满心抱负、热血激昂的少年的下场，也必然与那两人没有任何区别。

雪野茫茫，如同流动的大江向他身后退去。在罗马的眼前，仿佛又出现了秦双与呼雷兽的身影。

女子、花马，领先他和铜板十丈，奔跑时扬起朵朵雪尘。那一次他没有追上她、拦下她，这一次，他能救下辛弃疾吗？

铜板轻盈地在雪地上跑着，长毛如旗，鼻息如雾，蹄子敲在大地上，“咚咚”作响。

两百里的路程，他们只用了不到一个时辰便已跑完。青色的济南城，在遥远的雪野尽头，宛如一块坚硬的方砖。

罗马熟知黄狗坡的位置，向西一兜，再跑一盏茶的工夫，就已居高临下地看见了驻扎于坡底的金军大营。

只见旌旗招展，营帐井然，那五万五千的营盘覆压十数里，乌压压如铅云坠地。

罗马的心中一惊，可是看到那些往来如蚁的兵士马匹穿梭忙碌，秩序分明，不由又舒了口气——看那情形，此地并未受到惊扰，想来辛弃疾尚未闯营闹事。

可是那营地中马上便出现了变化：从营盘的东北方向，有一支五十余骑的队伍忽然自山道上出现，无旗无号，无声无息，瞬息之间便已逼近金营。营门前的守卫正要往前一拦，忽然那些骑兵已喝道：“辛弃疾在此，张安国何在？”

那一句话，似乎是五十余人一起吼出，声音整齐，元气充沛。罗马虽与之相隔数里，却也听了个真切，直吓得差点从鞍上跌下来，暗道：“完了完了，辛弃疾看着是个聪明人，难道竟是个糊涂鬼？这般明目张胆地踹营，哪还有半分胜算？”

再看这一行人胯下的坐骑，一个个落蹄紊乱，步幅不均，竟没有一匹是真正的好马，当真冲突起来，连逃都是逃不快的。

可是他却不知，辛弃疾在天平军中端的是铁面无私、义盖云天，将士上下，莫不畏之如虎。那五万叛军虽已负了耿天王，可是面对这昔日掌书记时，却都不由心中打鼓。

守营的叛军只稍一犹豫，辛弃疾所携的五十骑便已冲入营中，一边往中军急冲，一边仍是在叫着：“辛弃疾在此，张安国何在？”

他们既没有亮出兵刃，又没有喊打喊杀，五万叛军不由都弄不清其来意。更有甚者，看到守营的都放他们进来了，便认为是友军。在他们看来，辛弃疾过去“抗金报国”的漂亮话说得好听，其实到底也是个识时务的。从临安回来，知道耿天王已死，因此就来投靠张将军了。便有人争先恐后地给指路道：“就在前边，直走没错！”

果然前面中军帐中，张安国挺身而出，双手各端着一杯酒，远远便笑道：“辛兄弟终于从南边回来了？可想死哥哥了。”话音未落，辛弃疾已跳下马来，抢上两步，一拳打在脸上。

张安国猝不及防，仰天要倒，已给辛弃疾一把抓住腰带，往起一提，直接摔上刚好驰过的坐骑。

辛弃疾飞身上鞍，喝道：“走！”

五十骑义军再不发一言，马不停蹄地便自金营西北角穿出。

前营的人不知到底是怎么回事，后营的人不知发生过什么事，眼睁睁看他们绝尘而去，中军大帐中，方有两员金将醉醺醺地走出来，骂道：“张安国，休要与辛弃疾废话！他若是肯降，就马上进来喝酒;他若是不降……张安国？张安国你在哪里？”

罗马站在山坡上，直被眼前的情景惊得下巴都要掉下来：辛弃疾闯营、辛弃疾叫出叛徒、辛弃疾一拳打昏叛徒、辛弃疾带着叛徒出营……

那意气风发的少年，竟用那些不快的马，打了所有人一个措手不及，以致不动一兵一卒，不伤一毫一发，便完成了这样的壮举！

自辛弃疾闯营开始，他的心便高高提起。好不容易等到辛弃疾穿营而出，这颗心猛然放下，竟不由两腿发软，一屁股坐在了雪地里。脑中翻翻滚滚地只在想：怎么可能？怎么可能？

辛弃疾那毫不犹豫的行动，如行云流水，巧妙自然，他虽只是远远观望，却也如同亲身参与一般，这时周身舒泰，充溢胸襟的便尽是成功后的喜悦，与战无不胜的信心。

就在这时，金营之中，忽然升起两道黄烟。黄烟直冲霄汉，在白雪覆盖的山坡间显得格外醒目。罗马正要去追辛弃疾，看到这烟，顿时心头一沉。

这烟他已见过两次，第一次见过之后，他跌落在冰河之中；第二次见过之后，秦双惨死在盘龙谷。

那正是金营召唤"风字号"的信烟，现在它们第三次升起，辛弃疾又会遭遇什么不幸？

罗马久久凝望那黄烟，终于把心一横，飞身上鞍，轻抚铜板长颈，喃喃道："这次辛弃疾会平安脱险的，因为这次，就是我们两个和那见鬼的'风字号'的决战！"

"风字号"在山路尽头出现，黑衣快马，宛如鬼魅。

自从盘龙谷之战以来，他们在山东屡战屡胜，连续扑杀多股义军。天平军中的张安国便是被他们吓破了胆，才会背叛耿京，率众投降。

金蟾仍然跑在最前面，白马银甲，大头粗身，宛如磨盘成精。罗马深吸一口气，猛地一催铜板，一人一马，施施然自山路中绕出，长声叫道："金蟾匹夫，大宋飞马在此！"

"大宋飞马"四个字传入金蟾耳中，直比定身术还要管用。金蟾猛地勒马止步，后面的"风字号"也都停下来。

金蟾的忽地哈哈大笑，笑了良久，方把笑声一收，叫道："大宋飞马，你居然还在北方！"罗马冷笑道："铜板跑得快，我哪里都能去！"

金蟾大笑道："好！盘龙谷一战，只杀了秦双一个，我本来就不甘心。你又送上门来，正合我意！"罗马有样学样，也仰头笑了两声，道："我虽杀不了你，可是我却能气死你！我送上门来又怎么样？金蟾，你这辈子也别想动我一根汗毛，因为你永远也追不上铜板。你那两条短腿追不上，你训练的'风字号'也追不上！"

这一段刻薄恶毒的话，正是罗马等在此地反复推敲才想出来的，这时滔滔不绝地背出，顿时将金蟾噎住了。

拙嘴笨腮的人骂起人来，格外令人难以忍受，金蟾一张丑脸忽而黑，忽而紫，猛地大吼一声，道：“老子把你打成肉酱！”

“豁啦”一声，金蟾已催马冲来，“风字号”自然紧随其后。罗马强自镇定，犹然立在原地不动，直待“风字号”离他已不过两百步，这才猛地一拨铜板，斜向东南而去。

他这般托大，根本就是对金蟾和“风字号”的羞辱。金人骑兵气得“嗷嗷”乱叫，乱箭齐发。可是罗马选择的这一段路，百步一弯，半里一折，他依靠山坡遮蔽，竟令那些如蝗飞箭尽都无功落空。

转眼之间，铜板已与“风字号”一前一后冲出山路，相隔四百步，金人的羽箭即便射到，也已歪斜无力。

前方又是漫漫无际、无遮无挡的平原，“风字号”发力追赶，铜板奋力向前，竟如一根铁线拖着一大串鱼虾一般，在雪地上飞快地掠过。

铜板跑得比以前更快了。罗马在瘦马耳侧吼道：“铜板，跑得好！”想到自己与铜板终于达到了秦双此前所说的境界，可是斯人却已早逝，眼中早是热泪盈眶。

那瘦马紧紧咬着嚼子，把脖子伸得笔直。它今日已先全力以赴，奔行了快一个时辰，现在被“风字号”追赶，更需要集中全部精神。罗马的话传入它的耳中，它的长毛被北风撕扯，皮下的血肉宛如燃烧一般，不断迸出越来越大的力量。

金蟾已被他们气得发疯，他催促“风字号”快追的声音离着这么远，罗马都听得清清楚楚。

远山渐渐改变形状，雪野如同巨大的宣纸不住被向后抽走，终于露出了边际。

眼前的景物，蓦然变得熟悉起来，罗马吃了一惊，旋即记起方向，不由慌张，左右观望，犹豫是否应该调头转向，又该向哪边转向。

他与铜板这时心意相通，气息相连，他的心一乱，铜板的脚步顿时不稳。“风字号”在后面瞧出破绽，大呼小叫，不断缩短与他们的距离。

三百步，两百步，一百步，若不是他们这时也已倾尽全力，实在腾不出手来射箭，只怕那闻名天下的大宋飞马，当时就已凶多吉少。

罗马心下越乱，回头看时，金蟾的丑脸竟已距他不及十丈。

那凶人喝道：“罗马，我今天就送你和你老婆团聚！可惜，你老婆被炸成一团烂肉，我怕你到了那边，也认不出她来！”

罗马血贯瞳仁，想起秦双之死和自己上一次时的懦弱可耻，不由把心一横，紧紧抱住铜板的脖颈，叫道：“铜板！这次若是死了，下辈子我做马，你做人！”

他心意已决，自然与铜板重又和谐，飞马骤然加快，金蟾眼看到嘴的鸭子要飞，早急得破口大骂。

一骑逃，百骑追，风驰电掣转过一片树林，前方又是一片空旷。夕阳下，雪地被涂上一层淡淡的粉红，视野所及，竟连一片脚印都没有。

罗马大吼道：“铜板，冲啊！”

“嗒嗒嗒嗒”……铜板已带着那上百骑“风字号”，旋风一般冲上一片冰面！

这正是当日罗马、铜板落水的地方。当日无论是他们还是金人，都是远远看见冰面，便即收势，然后才小心翼翼地踏上去。可是这一回，冰面为大雪覆盖，罗马虽已认出地势，可其余的人、马，却都没有察觉。

“喀嗒嗒嗒”，上百匹快马都全速冲上黄河冰面，四百枚铁蹄纷乱地敲在积雪下的河冰上。只因个个全神贯注，无知无畏，因此居然有近九成的马匹，一瞬间安然奔行于冰面。

可是转眼之间，马匹都察觉蹄下触感不对，有那胆怯迟钝的，不及调整便已重重摔倒在冰上。身子向前滑行，又一个撞一个地撞倒了更多的马匹。

身边“风字号”下饺子一般地倒下，罗马两眉倒竖，大吼道：“铜板，你行的！”

铜板把头一低，四蹄翻飞，只把冰面当草场，直直向前而去，铁蹄敲击冰面，雪尘、冰屑四溅。

金蟾大叫道：“跟上它！跟上它！摔倒的给老子爬起来！跟上它！跟上它！”

“风字号”中便有四五十骑，跌跌撞撞地追了过来。后边那些摔倒的，也都骂骂咧咧地爬了起来，牵着自己的坐骑，勉强向前。

突然间，在喧闹声中，一种细弱却令人毛骨悚然的裂响声渐渐响起。

那些步行的“风字号”面面相觑，突然间同时失色，想要回到岸上，却已离来岸超过数十丈。还来不及往回多走两步，“咔嚓”一声，冰面已然碎裂，几十个人、几十匹马，瞬间已翻入河水之中，人喊马嘶，浮沉数下，终于全被流水推到了冰层之下。

罗马与铜板上次落水，“风字号”的人都看在眼里，本应引以为戒，可是这一次的河冰却冻得颇为结实，以致这么多人马压上来，一开始并无异样才都懈怠了。

却不料水火无情，坚冰说裂就裂，“喀喇”一响，一个直径十数丈的冰窟窿骤然呈现，瞬间断了众人的退路。

“喳——喳——喳——喳”，从那冰窟窿的边缘又延伸出数道裂纹，直追前面的“风字号”与铜板。马群驰过的冰路逐渐碎裂，越裂越快，如影随形一般，距离马群越来越近。

仿佛是一把黑色的巨剑劈开雪野，剑锋所向，便是那才刚刚抵达河心的马群。

“风字号”的人骇极而叫，却还是被逐一吞噬。河面上越来越响的，是河浪摩擦冰面所发出的、令人毛骨悚然的“沙沙”声。

罗马拼命抑制自己向后张望的冲动，整个人半立于鞍上，大喝道：“铜板，跑啊！跑啊！跑啊！”铜板鼻息如鼓，长毛凝冰，艰难向着前面的河岸冲去。

罗马屏住气，咬着牙，感受铜板起伏，恨不能将所有的力气全都借给它。

突然间“咯噔”一声，铜板的两只前蹄已踏上河岸。罗马心头大喜，等铜板再向前跑出几步，终于还是忍不住一勒缰绳，兜转回头，来看“风字号”。

却见偌大黄河，空空荡荡，两边是茫茫雪原，中间是一条几乎横断河面的裂缝。那裂缝自对岸而起，终于距此岸十丈处，开始时极宽极阔，后来却越来越窄。在尖端处，几块碎冰载浮载沉，有一个阔肩大头的怪人正拼命想借它们的浮力，爬上前方完好的冰面。

原来“风字号”，已尽数被冰河吞噬，只剩金蟾一人了！

罗马自鞍上跳下，铜板呼呼喘息，罗马的心更跳得几乎要撞破胸膛。

他望着金蟾，望着那魔鬼一般的凶人。金蟾本正在挣扎，忽而感受到他的眼光，却也抬起头来，恶狠狠地与他对视。

傍晚的最后一抹余晖下，金蟾那通红的小眼睛里满是恶毒。他看着罗马，龇出牙来，猛地以手拍水，直似要跃水而出。

罗马吓得往后一躲，金蟾到底没上来。他沉下水去，水面上“咕噜噜”地冒了几个气泡，便再也没有动静了。

罗马呆呆地看着冰面，直到暮色模糊了眼前景物，这才回过身来。铜板喷了个响鼻，罗马道：“走吧，我们去南方！”

他不忍再让铜板劳累，便只牵着铜板慢慢向前走去。

前路虽然渺茫，前方虽然一片黑暗，但在这一刻，他还是愿意相信，这世上总会有希望，有光明。

正如那首词所赞：

渡江天马南来，几人真是经纶手？长安父老，新亭风景，可怜依旧。夷甫诸人，神州沉陆，几曾回首。算平戎万里，功名本是，身外事，汝知否？

国有旧恨新仇，愧对众华发苍头。当年堕地，而今试看，风云奔走。绿野风烟，人间草木，东山歌酒。待他年，整顿乾坤事了，为亡者寿。

（改自辛弃疾《水龙吟·甲辰岁寿韩南涧尚书》）

注：辛弃疾归宋发生于南宋绍兴三十二年，比本文所述时间晚了足足三十一年，为了故事编排，而将之提前。

C+ 神探·武厨

白少邪

一

每年五月，龙门公安局最是清闲。春寒已过，夏热未到，空气清爽。

中午休息，办公室里就像在开自助茶会，几个警员围在一起，把从楼下美食城里买来的中餐、西点、零食、水果放了一桌子。

一群人刚吃完，一股浓郁的香味就从门外传来。一个穿着连体运动服，背着超大背包的少年火急火燎地冲进来，直奔刑警队长原柏零的办公室。

原柏零正在沙发上打坐，软得跟豆腐块一样的海绵坐垫在他屁股下面就像是块汉白玉，看不到半点压痕和褶皱。明明是有点做作又带点滑稽的姿势，被他做来却是潇洒自然，就像他不是在繁华市中心的老旧楼房里，而是在瀑布旁边的悬崖峭壁上。

茶几上的一盒饭已经放冷，少年把饭菜全倒进垃圾桶，然后从包里拿出一个保温瓶，用空碗盛了一碗汤。

汤的香味实在太诱人了，几个警员忍不住好奇地在门口张望。

有人开口问道：“小朋友，送什么好吃的来啊？怎么也不跟大家分享分享？”

卢灰走过去，咧嘴一笑，然后毫不客气地关上了门，把那群人的愤怒和怨念拦在门外。

原柏零终于舍得睁眼，恹恹地问道：“又是什么东西？”

“太极八卦羹，有名的道家斋菜，食材都是刚运来的，再晚几分钟就不鲜了。”

这道太极八卦羹由一道弧线分成了两块，一边是茶绿色，一边是淡红色，红中有绿点，绿中有红点，是标准的太极图案。

原柏零尝了一口，的确美味。但他向来不是一个贪食的人，而且一连半个月吃多了卢灰送来的美食，难免有些腻了。

自从“厨王”汪道鸩宣布要举办“厨王”大赛，寻找传人以来，江湖上一大半武厨都忙碌起来。知名的不知名的，有戏没戏的都在摩拳擦掌准备奔赴赛场，哪怕比不过也能膜拜高人长长见识。

在武林中，武厨是个很奇特的身份，他们和武林侠客一样功夫深厚，却不喜好打打杀杀，一心把武学用在烹饪上。

要论现代社会最知名的武厨形象，当属周星驰扮演的“食神”。就像电影里表现的那样，越是历史悠远的门派越是卧虎藏龙，如少林寺里的扫地僧，又如武当山膳房里出来的汪道鸩。

汪道鸩是武厨中的传奇，十九岁时初出茅庐就跑去挑战“厨神”卢虚。卢虚是卢灰的曾爷爷，无论在地位还是武学造诣上都有“现代张三丰”之称，而且是个活动的美食博物馆。

那一战下来汪道鸩和卢虚打了个平手，获得“厨王”的称号。接着，他对外宣称，以后想要挑战“厨神”的，就得先拿下他这个“厨王”，所以接下来的十年，卢虚老头子乐得清闲，上门找汪道鸩踢馆的武厨却数不胜数，不过都败下了阵。

比厨跟打擂一样，都是要下赌注的，汪道鸩的规矩是赢了他的能拿走“厨王”的名号，输了就要送他一份独门食谱。十年来他靠这个法子搜集了上千本食谱，惹得同行们个个垂涎三尺。想当他的徒弟未必是真，但想要那千本食谱肯定不假。

卢灰作为卢家子孙不学功夫，却在钻研食谱上有惊人的天分，同时也是个美食专家，所以这阵子常有武厨悄悄来找他试菜，跟他同住的原柏零因此也多了很多打牙祭的机会。

卢灰指着那碗羹，说：“这道菜不光味道好，而且还有功效。你再打坐试试，看有没有什么感觉。”

原柏零闻言脸色认真起来，试了一会儿，惊讶地说：“肚子里好像有两股力，走成了一个太极。”

原柏零并不是江湖人，他是特种兵出身，因伤退役后，在这个历史悠久的公安分局当起了刑警队长。后来在一桩案子里他认识了卢灰，得知在现代社会背后居然还藏着一个武林，于是认了这个活武谱当顾问，学功夫，还和他一起解决了几桩与武林有关的案子，因此被武林第一司法机关“壹扇门”聘为私家捕快。

原柏零还在感受太极真气的余韵，门口突然有人敲门。

卢灰过去打开门：“对不住，今天你们吃不了。”

敲门的女警神色怪异地说：“不是，外面有个人，点名要找队……哎？”

话说到一半，有人从背后把她推开了。

一个女人站在那里，清丽的面容，高挑的个子，带卷花的马尾辫，一副邻家姐姐的形象。

那女人动了动鼻子：“这个味道，是太极八卦羹？”

原柏零扫了眼桌面，保温瓶的盖子已经盖上了，除非有透视眼，否则很难看到里面装的东西。

“打底的羹汤看来加了芋泥，一边铺了红茶龙井的茶汁和叶蓉，一边用了樱桃红枣和笋丝，哦，还有冬瓜糖？茶叶、芋头和竹笋闻起来很鲜，还带着几分仙气，如果我没猜错的话，应该是从武当山的茶园和逍遥谷现采来的吧？真气加得这么重，普通人可吃不了。”

她说这一长串话的语气很平淡，就像只是照着食谱读出来。

但原柏零和卢灰的脸色都变了。

原柏零是戒备，这年头能在警察面前提“真气”两个字的，要么就是看多了武侠小说的神经病，要么就是江湖人士；而卢灰则是惊叹，自己的味觉再灵，也不可能比她厉害。

原柏零让女警去做事，然后把女人请进了房里。

卢灰没走，好奇地在一旁打量着。女人和他对上眼，问：“你就是卢家最有出息的曾孙？”

卢灰有些惊奇，这辈子他听得最多的评价就是出格、叛逆、不成器。但凡混武林圈的，无不吐槽他败坏卢家的名声。没想到现在居然有人说他有出息。

“哎哟，别这么夸我，怪不好意思的。”

原柏零把他按到沙发上：“不要高兴太早。”然后回头看着女人，“你是什么人，找我有什么事？”

她抬腿走到桌后，坐到了原柏零的办公椅上，拍拍扶手，调整坐姿，一副天子巡视的尊贵姿态。

半晌，她不紧不慢地说：“你可以叫我娘娘。从今天起我将迷晕一百个人，不出意料你现在就能找到第一个试验者，他被我下了药，症状是昏迷、血管发黑。”她把一个红色的小玻璃瓶放在桌上，“这是解药，只在昏迷一小时以内有用，一旦超时人就可能有生命危险哟。想让我说出另外九十九个试验者是谁，你们必须满足我一个要求——让我吃东西。”

几人愣了几秒，原柏零打电话给医院，卢灰则拿过药瓶，从背包里取出装备开始检测。

他们都没有把这个看似疯子的人说的话当成玩笑，哪怕它有可能真的只是个恶作剧。

二

三分钟后，卢灰确定玻璃瓶里装的是中药，但他分析不出药物成分。

没多久，原柏零得知公安局附近的龙门大学附属医院里收了一个急诊病患，全身血管发黑，皮肤上如同蛛网，经过再三检测，医生始终查不出他的病因。

自称娘娘的女人道：“你可以放心地把解药送过去，也可以通知‘壹扇门’，不过我讨厌跟那群卫道士打交道，有你代表他们跟我交涉就够了。”

原柏零说：“我就这么送药过去，报告没法写。”

“别从我这里套话，你会有办法解决的。”她看眼墙上的挂钟，提醒道，“时间不多了。”

卢灰说：“我去吧，你看着娘娘。”

原柏零按住他：“我去，她不会走，不用看着。”

他了解这一类自动送上门的犯罪嫌疑人，喜欢刺激、以自我为中心、哗众取宠。龙门公安局是她的舞台，也是她的战场，在定出胜负之前她不会逃走。

原柏零离开后，卢灰拿出手机，满脸谄媚地问：“偶像，合个影行不？”

娘娘说：“拍吧，反正不会有人能认出我。”

虽然她一副笃定的模样，卢灰还是拍了照发给熟识的江湖情报店，让他们查查这女人的底细。

发完彩信，卢灰刚想开口，娘娘道："别问我太多问题，那样只会消耗我的体力。如果你找不到我能吃的东西，我会饿死，然后那九十九个人的生命……"

"请给个点餐范围，中餐西餐，素食荤食，有无忌口，有什么喜好？"

娘娘回答："唯一的要求就是——合我胃口。"

卢灰苦着脸挠头，这范围大得就跟女人口里的"随便"一样，根本随便不了。

医院里，瘦弱的青年病患躺在病床上。

几个小时前，他在附近的公交车站等车，突然毫无征兆地倒地昏迷，身边的好心人把他送到医院。

从他随身携带的书包来看，他还是个大学生，因为包里没找到手机，所以一时间联络不到他的亲友。

原柏零趁医生不注意，把解药喂到他的嘴里，几分钟后，他皮肤上的黑网慢慢淡去，没多久人也清醒过来。

大学生接过原柏零的手机，看了娘娘的照片，表示他对这个女人毫无印象。他不记得自己为什么会昏倒，昏倒后也没有任何感觉，就像只是睡了一个无梦的觉。

原柏零记下他的名字和身份证号，让他写下最近几天的饮食和交际情况，然后带他来到江湖认证的中医馆，找杏林高手给他做个全身体检。

大夫认出让大学生昏迷的药叫黑蛛丝，此药能够麻痹人的经脉。这种药很古老，配方也不稀奇，没多少技术含量，稍微想点办法的都能弄到。

现在原柏零可以确定娘娘的威胁论并不是恶作剧了。

但她到底是谁，为什么要下迷药，是怎么下迷药的，为什么偏偏选在这个时候，会不会和"厨王"大赛有什么关系？

正想着，原柏零接到了卢灰的电话，说和娘娘一起在停车场等他。

他加快步伐回到局里，见着卢灰便抬手要打。

卢灰抱头求饶："我想带她去'厨王'大赛，那么多厨子，总有一个人能做出合她胃口的东西。"

原柏零听了放下手，看着坐在车盖上的娘娘，若有所思。

卢灰的想法虽然不经大脑，却跟他的思路不谋而合。如果放娘娘在这里，她随时有机会向另外九十九名无辜的人下手，而“厨王”大赛里卧虎藏龙，就算她想动手脚也不是那么容易的事，兴许到了那里就能弄清楚娘娘的真正动机。

半晌，他打定主意：“等等，我去打声招呼再走。”

原柏零通知了“壹扇门”，又报告了上级，这才收拾好行李，开车带着他们赶往大赛场地。

这一路走了八个小时，沿途娘娘没有吃任何东西，甚至连水也不喝，似乎真打算不达目的就绝食到底。

三

“厨王”大赛的举办地点是武当山的豆腐沟。

站在武当山金顶向西南远眺，山脚下隐约可见几户人家，那便是豆腐沟。很久以前它叫南溪沟。明朝永乐皇帝大修武当山时，夫役有三十多万，每天要派许多人下山去买菜。挑菜上山的人，肩膀磨肿了，腿和脚也跑肿了菜还是不够吃。那时张三丰在武当山做饭，发现南溪沟的山坡上长着大片的黄豆秧子，不长虫、不生病，便建议大家把黄豆做成豆腐，既美味，又能省掉挑菜的工夫。

到了冬天，张三丰把豆腐放到屋外，一夜就能冻成蜂窝豆腐。这种冻豆腐洁白细嫩，吃起来像牛肉，但比牛肉经嚼，用来炖蹄髈味道醇厚，营养丰富，用来炒瘦肉既脆嫩又鲜香，而且能放许多天不坏，不仅能当季食用，还能撕成薄片自然风干，后来还成了武当山特产。

要做这冻豆腐必须满足三个条件，南溪沟的黄豆、武当山的泉水，还有零下二十度的自然冷冻环境。因此南溪沟慢慢被人称为豆腐沟，并流传至今。

往豆腐沟前进的路上，原柏零一行偶尔能遇上背着大锅的武厨，还有飞檐走壁的武林人士。

卢灰说：“那些也是厨子，他们在山里采野味。”

好的武厨对食材极为挑剔，哪怕是油盐味精之类的佐料都要自己配制，一切食材必须取于自然，亲手加工。有的武厨为了做一道菜，甚至不惜耗费数年，走遍大江南北寻找原料。对于他们来说，厨艺不仅是艺术，更是从身到心的修行。

一段山路走下来，填了一肚子牛肉饼的卢灰累得气喘吁吁，饿着肚子的娘娘却气定神闲，脚步从不减慢，脸色也毫无变化。

靠近豆腐沟，远远就能看见半空中飘着炊烟，村庄正门上挂着“厨王”大赛的横幅。

一个五大三粗、一脸横肉、宛如屠夫的男人等在门口，见到原柏零，上前亮出“壹扇门”的牌子：“我叫丁党，是‘壹扇门’的食堂大厨。你们交代的事上头已经听说了，老板让我给你们找好住所，再多找几个人看住犯罪嫌疑人。”

原柏零点头道谢：“麻烦了。”

丁党把他们带到一间农舍，总共有两间睡房，没有厅。把里间的床铺挪开，下面藏着一间牢固的石室。石室里有灯，有透气孔，桌椅板凳水和食物样样不缺，甚至还有个简易卫生间，看起来不像牢房，倒像是闭关修行的地方。

丁党说：“以前朱元璋打天下时被元军追到武当山，就曾躲在这里。”他说着，拿出一卷细丝线，“安全起见，我得防止你用功夫。”

娘娘大大方方地张开手：“请便。”

丁党挥出丝线，动作飞快地围着她来回转动。

卢灰向原柏零介绍道：“是天禁丝，能渗入经脉，封住人的内力。”

娘娘的周身很快被天禁丝缠满，衣服外面就像罩着一层透明的网，不时闪现出星星点点的光。她举起胳膊，手脚依旧活动自如，只是动作无力了许多，就像是被打了麻药。

“职责所在，得罪了。”丁党道，“我也是参加这次大赛的武厨，希望我做出来的食物您能喜欢。”

娘娘侧过头，一声不吭。

丁党也不介意，把她送进石室后松了口气，回头摆出好客的笑容，咧嘴道：“今晚有人要跟我比厨，你们有没有兴趣参观？”

原柏零眼前一亮，可卢灰却说：“我走不动了，等弄好了再叫我。”

说罢，卢灰摸到厨房去烧热水洗澡，打算先睡一觉再说。

原柏零一人跟着丁党进了山，才知道参观比厨原来不是看着他站在炉灶前抖抖锅铲那么简单，而是要从跟随他找食材开始。

他们在林间穿行，路过一段三米宽的山涧，丁党轻松跳了过去，回头问原柏零："需要帮忙吗？"

原柏零摇头，看着被道冲刷得光滑无比的石头，运了气踩上去，再借力冲到对岸。

"轻功不错。"丁党赞道。

他早就听过原柏零的八卦，知道原柏零是武林中出了名的混世魔王卢灰的徒弟。本以为一个连真气都没有的小孩未必能教出什么名堂，没想到还不到一年，卢灰就能把一个初学者调教到如此地步。

原柏零点头收了这声夸奖，不卑不亢地跟上他的脚步。

过去他也来过武当山，但走的都是旅游通道，从没像这样另辟蹊径，只觉得眼里的一切都很新奇。

他们踏足的是最原始的无人区，偶尔能遇上唐朝、明朝的古道，但更多的是连野兽都不会走的崎岖山路。一路上也能遇到不少新奇山珍，包括原柏零在八卦羹里见到的一种罕见的笋类，可丁党却看也不看，走了一个小时，背后的背篓始终空着。

原柏零拨开挡在脸前的一根树枝，问："你到底要找什么，我能帮忙吗？"

丁党站在悬崖边上，抓住一根树藤，扯了扯试试力度。接着，整个人往前倒去。

原柏零忙跟过去，弯腰见丁党拉着根树藤，把垂直的峭壁当成了跑道，健步如飞。

原柏零吸了口气，也找了根树藤，先是用特种兵的速降动作对着峭壁蹬腿往下落，没几步忽然觉得没劲，干脆换了姿势，将真气散布到双脚和腰部，然后学着丁党的模样面朝下小跑起来。

薄薄的云雾打在脸上，带着丝丝清新和凉爽，让人忽视了重力，有种飘飘欲飞的感觉。

世俗的烦恼和压力都一扫而空，整个人仿佛与风融为一体。

丁党转头见他跟了上来，咧嘴一笑，然后伸手比了个五。

原柏零则回以一个 OK 的手势，示意收到。

又往下跑了五十步，两个人不约而同地停了下来。

丁党悬在半空，抽出腰间的小刀，砍断石壁上的山藤，只见藤叶筑起的绿墙后有一个山洞，里面传来淅淅沥沥的水声。

四

看到山洞，原柏零的脑中闪过网上盛传的段子：武侠片十大定律。其中，主人公坠崖必定不死——不是像张无忌那样走狗屎运获得绝世宝典，就是被隐居在山谷的神医所救，运气好的神医还会有个女儿……

不过丁党找到的只是个普通的山洞，里面没有琅嬛福地，更没有九阳真经，只有一条狭长的通道，不知要通往哪里。

原柏零打开手电筒，近在咫尺的流水声听起来有些奇怪。

从进洞起水声就没有停过，可走了半天他都见不着一滴水，石壁干得要命，连苔藓都看不见。

丁党说："这是黄龙洞。"

原柏零有些吃惊："我以前去过黄龙洞，它不是这样的。"

黄龙洞是武当山中一个天然的岩屋，洞内空气干而不燥，润而不湿，四季清幽凉爽，是历代修炼之士向往之地。传闻洞里有一泓泉水，四季不竭，曾有一条黄龙在此得道升天，黄龙为谢此地的养育之恩，留下一颗仙丹，仙丹使这里的水清冽甘甜，能治百病。

当然，刨除这个具有神话色彩的典故不说，黄龙洞附近的药材资源也是很出名的。

武当山历来有"十道九医"之说，这除了和他们长期探寻长生之术有关，也因为山中草药资源极为丰富。七叶一枝花、江边一碗水、头顶一颗珠、天麻、五灵脂、金钗等名贵药材在此均有出产。明代大医学家李时珍到武当山采药时曾在此居住，还在黄龙洞中修改《本草纲目》。

丁党说："这是黄龙洞的另一个分支，还没有开辟成景点，但黄龙洞里的泉水流向这里。"说着他停下脚步，"到了。"

原柏零皱眉往两旁一看，还是一处通道，不前不后，没什么特别之处。不过他没有多问，而是静候丁党的行动。

丁党给右手戴上一只硬邦邦的黑色手套，然后开始运功。

原柏零感到一股气流隐隐袭来，连忙退后一步，将真气凝聚在双眼，仔细观察。只见一团红色的真气随着丁党的动作凝聚到他的右手，没多久他的手套开始变红，就像炼炉里的热铁。

丁党将手伸向墙壁，居然拽下了一大块石头。

水声忽而变小了，丁党挥手让原柏零过来参观。

他收回定在红手套上的视线，探头往丁党开出的大洞里看去。

原来墙壁中间还有夹层，里面流淌着清澈的山泉，密密麻麻的小鱼在水中游动。小鱼游动的时候头部会发出浅蓝色的荧光。

“这些鱼在黑暗的夹缝里繁衍了上万年，慢慢进化成你现在看到的样子。”丁党的声音在洞内引起一阵回音，显得悠远而庄重。

原柏零的心里生出一丝敬畏。大自然铸就了这般美景，令人忍不住想要膜拜。

不过他没有流连太久，就担心起另一个更现实的问题：“这些鱼能吃吗？”

丁党一愣，道：“我不打算吃它们。”

他卷起袖子，把胳膊伸进洞里，在水底摸索了一会儿，掏出一块手掌大的石头。

石头白得近乎透明，上面满是小洞，有的从头贯穿到尾，整块石头就像是千疮百孔的蜂巢。

这些鱼就像是武当山的活化石，长年以溶洞深处极为罕见的水草和微生物为食，喜欢在碱性的暖石里筑窝存粮。于是武厨们把暖石存放在洞穴里，几十年后再取出来，石头里便蕴含着一股特殊的味道。

丁党说：“这块石头是我师父二十年前放进去的。”

丁党说着，拿出一块崭新的暖石，放进水里：“这一块等我死了再让徒弟来取。”

原柏零看着他小心翼翼将洞补好，莫名地想起以前看过的纪录片。靠山而生的居民无论在山中取什么食材都会留下根茎；靠海而生的渔民们为了来年的收成则会“网开一面”；而生在资源匮乏的高原和沙漠里的古老族群为了维护生态平衡，死后会奉献出自己的身体，让动物啃食。

人在繁衍，万物也在繁衍，岁月变换，生生不息。这不禁让原柏零想到了太极。两仪生四象，四象生八卦，浩瀚宇宙间的一切事物和现象都包含着阴和阳，生与死，表与里。

离开洞穴后，他们拉着藤绳折返，登上悬崖的途中他们遇到一个废弃的鸟窝，里面有几颗颜色鲜艳的鸟蛋。丁党把蛋收起，语气随意地说："看来今天的主食有着落了。"

等他们回到村子，天色已经渐黑了。

村中心的擂台上早围满了人，卢灰也找到最佳的位置，见到原柏零，冲他招了招手。

跟丁党比厨的是个驼背的老太婆，祖上是唐门，非常擅长用药物培育食材。

她的厨具是一块黑黑的石板，看着不起眼，但水一滴上去马上就沸腾了。

丁党用的则是一个半米见方的铁砂鼎，看上去不像是用来做菜的，倒像是道士的炼丹炉。

两个人先当着围观者的面口头约好，这次比厨，谁能让娘娘吃东西谁就赢，输的人则交出一份上好的食材。

原柏零这才发觉原来整个村里的厨子都已经知道了娘娘下迷药的事，有这次比厨开了头，不管成不成都能激起大家的挑战欲，这样势必会有更多人来给娘娘试菜。

丁党拿出那块暖石，放入鼎里，再把鸟蛋像耍杂技一样来回抛向空中。本来是三个蛋，等动作快起来，鸟蛋好像变成了几十个。

卢灰说："这样打蛋除了能把蛋黄蛋清打均匀，还能隔绝外界对蛋液产生的影响。"

原柏零点头："不愧是武厨。"

他本来以为《食神》里在掌心煎荷包蛋纯属虚构，现在看来，功夫加上厨艺绝不是在搞噱头。至少无论是在深山里用内力取石，还是在灶台旁用功夫打蛋，普通人是做不到的。

另一边，唐门婆婆在石板上刷了黄油，再撒满小米。接着，她拿出一根大得惊人的红竹笋，开始用菜刀雕花。菜刀看着又笨又重，在她的手里却像轻盈的柳叶刀，灵活地飞舞在笋肉上。

丁党把三个蛋往铁砂鼎边上一扔，刚好把鸟蛋齐齐打破，蛋液落入鼎里，蛋壳则飞到外面。他飞快地盖上鼎盖，用纯阳内力给鼎加热。

唐门婆婆把笋雕成了一座塔，塔里有三层。她灌入不同的调味料，然后把烘烤得半熟的小米塞了进去，再放上石板继续烧。

原柏零突然留意到婆婆无论做什么都是单手，另一只手永远放在石板上，便问："她是用真气给石板加热的？"

卢灰目不转睛："嗯。"

如果是以前，原柏零会觉得这样既无聊又浪费，但想起那块传承了几十年的石头，他顿时觉得武厨简直是武林中最热血的职业。

十分钟后，两边都做好了。

丁党从鼎里取出暖石，把凝固在里面的蛋液从暖石的洞里取了出来——居然是一碗热腾腾的面。蛋面吸收了暖石的味道，乍看之下不起眼，里面却别有乾坤。

唐门婆婆的则是三色饭，小米被烘烤后，里面有浓浓的黄油香，加上各色酱料，看起来精彩纷呈。竹笋的清香吸走了黄油和酱料的油腻，留下一股浓郁的笋香，令人食指大动。

娘娘被带了上来。她已经一整天滴水不沾，脸色微微露白，但看到摆在台上的面和米饭，她只是"啧"了一声："看着就倒胃口。"

围观的厨子们义愤填膺，丁党也有些失望。

唐门婆婆冷静地看着她，问："闺女，你是不是有病？"

五

婆婆问得非常认真，没有半点讽刺的意思。原柏零和卢灰互看了一眼，都明白了她的用意。

吃不进东西其实有很多种原因，有的是为了减肥，有的是挑剔味道，有的则是有病吃不了。例如得了厌食症，或者被切了胃，那就只能吊葡萄糖续命。

然而娘娘却说："我没病。"

"我给你看看。"婆婆一个飞身就到了娘娘面前，不由分说把住她脖子上的脉，动作轻快得就像一只雏鹿。娘娘想躲，奈何天禁丝限制了她的动作。

原柏零小声问："唐门还会医术？"

卢灰回答："自古医毒不分家，知己知彼才能百战百胜。"

唐门婆婆给娘娘诊着脉，突然皱起眉头“咦”了一声，问：“你到底几岁？”

这话问得格外蹊跷，在场的人无不奇怪。

娘娘闷声不答，卢灰凑过去追问详情。

唐门婆婆说：“这闺女的外表才二十出头，可脏器却比我这老太婆还老。”

“是练功练成这样的，还是中了什么毒？”

婆婆思索了片刻，回答：“说不清。”

原柏零也走过来，想了想问：“如果五脏退化，是不是会影响味觉？”

“会。”

卢灰说：“可她的鼻子没有问题。”否则之前不会看也不看就认出那道太极八卦羹。

唐门婆婆说：“嗅觉灵敏不代表味觉也好，你们掰开她的嘴。”

原柏零毫不迟疑地照做，娘娘不从，原柏零便一狠心卸了她的下巴。

婆婆用一根细细长针擦了擦娘娘的舌头，娘娘愣了愣，忽而脸色剧变，像是吞了什么恶心至极的东西，弯下腰开始干呕。

卢灰见娘娘这种表情，好奇道：“那根针淬了什么药，味道让人这么难受？”

唐门婆婆狡猾地一笑，一张脸灿烂得就像菊花。

卢灰打了个冷战，有种不好的预感：“行了，您别说了，我自行想象。”

这一试，确认了娘娘的味觉毫无问题，但却留下了一个新挑战——连丁党和唐门婆婆的拿手绝活都入不了娘娘的眼，还有谁能做出她吃得下的东西？

等人都散了，卢灰和原柏零回到房里，把比厨留下的蛋面和三色饭分食，两人吃得津津有味。

原柏零没让娘娘回到密室，而是故意让她在旁边围观他们进餐。他觉得饿着肚子看人吃东西能促进人的食欲，尤其卢灰吃东西的样子特别让人眼馋。

不过娘娘意志顽强，完全不受他们的影响，闭着眼坐在床上休息。

卢灰见原柏零频频观察她的脸，说：“你别乱猜。”

“猜什么？”

“武侠又不是修真，没那么多天山童姥的神功可以练，放眼武林上下五百年，那种奇葩顶多只会出现一个。”

原柏零“哦”了一声，旁若无人地讨论起娘娘的异状：“年龄没问题，那就是有病了。”

“也可能是保养得不好，不是说现代白领压力特别大吗？有的人二三十岁器官就衰老得跟五十岁一样，都是累出来的。”

“那是工作劳累又不经常锻炼的人，练武的不会这样。”

“功夫不全是强身健体的，也有自虐型的。”卢灰说到这里，突然想到什么，“其实食物也有。”

他记得百年前的武厨们曾把食物分成道派和仙派：道派的讲究养生，把药理融入饮食里；而仙派的注重享乐，哪怕是毒药，只要爽口，照样做出来吃，也不管会不会吃死人。

道派的厨子都很唾弃仙派的厨子，视他们为暗黑料理界的败类，但总有人受不了口腹之欲的诱惑，所以仙派料理从来不缺市场。直到鸦片在中原泛滥，仙派中的败类厨师竟然把它们用在菜里，武林公盟一怒之下彻底把仙派禁了。于是仙派渐渐销声匿迹。

卢灰把卷成一团的面塞进嘴里，含糊不清道：“也许不是味道的问题，关键是谁做的。兴许她看上了哪个厨子，只想吃心上人亲手做的东西……不是有句话说情人眼里出西施吗？”

猜来猜去都没结果，直到夜半三更，他们被吵醒，忙过去打开锁揭起盖子问：“怎么，终于饿得受不了了？”

娘娘仰着脸看着他们，说：“第二个人会梦游，梦到自己在一团火里，为了消热到处找水，最后淹死在湖底。”

原柏零的心里“咯噔”一声，这是——死亡预告？

“谁？谁被下了迷药，人在哪里？”

娘娘诡异地一笑：“你们猜。”

六

卢灰和原柏零都没有忘记九十九名人质的事，但来到豆腐沟后他们确实放松了警惕，毕竟武厨对药理都有研究，谁敢在他们面前班门弄斧？不过既然娘娘开了口，他们就不能置之不理，当即跑了出去。

原柏零去叫醒丁党，想找帮手；卢灰则去喊唐门婆婆，如果娘娘暗算人的方法是下迷药，找骨灰级的专家最管用。

丁党起来以后听到情况也是一惊，他们刚刚出门，就见卢灰慌慌张张地跑来，说："婆婆不在屋里。"

几人同时觉得脑袋发胀，卢灰反应过来，忙问："附近哪里有湖？"

丁党赶紧带着他们去。

最近的湖在五百米开外，看着不大，但水极深，里面长满了水草。

到了湖边，只见水上浮着一个瘦小的人影。原柏零正要跳下去，湖对面突然飞来一个人，他踩着一根树枝滑到人影边上，把人轻轻往上一提，带到了岸上。

来人大约三十岁，面相普通，穿着一身不服帖的休闲西装，头发剪得短短的，像是某个大公司的职员。

他把救上来的人翻过身，大家一看，正是的唐门婆婆。

卢灰的心提到了嗓子眼："死了吗？"

来人点了婆婆身上的几个穴位，不多时，婆婆翻身吐出一口水，人还迷迷瞪瞪的，但显然还活着。

原柏零松了口气，这才问："你是？"

卢灰说："是'厨王'汪道鸩。"

原柏零有些错愕，不管是"厨王"的名号还是汪道鸩这个名字，给人的印象都是仙风道骨，或者不拘一格的。再加上他略带传奇色彩的经历，下意识就觉得这人就算没有与众不同的长相，气质想必也不同凡响，怎么真身就这么——普通？

丁党俯身把唐门婆婆背到背上，准备带回去救治。

"厨王"直起身，递出一张名片给原柏零："你好。"

原柏零没留心名片上写了什么，只注意到他递名片的时候用的是双手，背部还倾斜了十五度，完全是兢兢业业的小职员形象。

卢灰问："你怎么会在这儿？"这里不是进豆腐沟的必经之地，"厨王"半夜三更出现在这儿实在有些蹊跷。

汪道鸩说："我在附近找明天要用的食材，看到你们鬼鬼祟祟的，就跟踪过来了。”

卢灰一愣：“你在附近？不对啊，你什么时候来村里的？”

“半个月前就到了，一直在山里闭关。”

原柏零狐疑道：“这副打扮，闭关？”再休闲也是西装，怎么看都跟深山不搭调。

汪道鸩假咳了一声，似乎在掩饰尴尬：“除了闭关以外还要去代课，在学生面前习惯穿正装。”

原柏零又看了看那张名片，发现上面写的职位是附近某所小学的名誉校长。好吧，很多武林人士都有副业，有的是为讨生活，有的是因为兴趣，有的则是为了伪装自己，例如“壹扇门”对外就是个一条龙清洁公司。可厨子不是见不得人的身份，想赚钱大可以自己开家店，窝在厨房里耍功夫卖手艺，就像武林泰斗卢虚，他就有家老字号面馆。谁见过一个厨子当校长？

卢灰把原柏零的心里话问了出来：“你代什么课？”

汪道鸩说：“语文。”

卢灰八卦地凑过去：“求内情。”

汪道鸩往后一缩：“说来话长，还是改天再说吧。食材不等人，过了时辰味就会变，先走一步了。”他说着，一个转身就消失在月影里，来也匆匆，去也匆匆。

丁党背着唐门婆婆，早就不见了，卢灰他们也赶紧回村里，等着婆婆苏醒过来。

唐门婆婆醒了以后，完全不记得自己是怎么跑到湖里的。

她从来没有梦游的毛病，也找不出身上有中迷药的痕迹，最后只能唉声叹气道：“一把年纪居然中了小妖精的暗算，丢人啊！”说完就进屋去收拾行李，表示要退出“厨王”大赛。丁党在旁边劝了半天，却怎么也拦不住她。天一亮，唐门婆婆便头也不回地走了。

这结果让大家都不好受，可再怎么骂娘娘也没用，她什么都不肯说，连饿死都能忍，还有什么是忍不得的？都二十一世纪了，就算是江湖人也不兴严刑逼供的。

“连唐门的都中招了，难道她不是用的迷药，而是用蛊？”原柏零猜测道。

卢灰说：“来之前我已经检查过了，她身上应该没有带蛊。”他以前从蛊师手里得到过秘籍，对蛊虽不精通，却也算小有研究。

“把这两样都排除了，除非她会超高级的催眠术，否则就只剩下一个可能——她有同党。”

“那这个同党现在就在豆腐沟里？”卢灰做了个夸张的苦脸，“我最痛恨猜谜游戏。”

太阳升起，豆腐沟里的人都醒了，三三两两地聚集在一起讨论唐门婆婆的事。原柏零慢慢走到他们中间,像潜入深海的鱼,悄无声息地侦查起来。卢灰和他兵分两路，到村外租了头小毛驴，晃晃悠悠到了汪道鸩就职的那所希望小学。

那所学校是武当山捐助建造的，房子建得很扎实，收的学生一半是留守儿童，一半是住在偏僻山区里的孩子。

汪道鸩还是穿着那身行头，正在一间教室里监考，走来走去很有威严的样子。几分钟后刚好到了下课时间,他收好试卷出来,跟卢灰打了声招呼:“陪我去食堂。”

汪道鸩每天上午要在学校代两堂课，还负责学生们的课间餐。

卢灰笨手笨脚地帮忙生好柴火，汪道鸩煮了水，把晚上挖到的夜松茸拿出来，淘好米打算做营养粥。

夜松茸极为罕见，外面带着一层土一样的壳子，和昙花一样，只在夜里的某个时刻才会破壳而出。要烹饪它很简单，因为松茸本身已经是极品，任何调味料加在它身上都只会画蛇添足，难的只会是怎样摘取它，同时保持其鲜度。

卢灰看了一会儿，问：“听说你有一千本食谱，都是比厨赢来的？”

汪道鸩说：“没那么夸张，顶多记了六百来个菜，大多是我天南地北四处搜集来的。”

“那为什么你是武厨里的 PK 王？”

汪道鸩谦逊地回答：“当年我跟你曾爷爷比厨，虽然评委判我们平手，但实际上我是输了。当时我们定的赌注是，只要我输了就帮卢虚前辈挡住所有找他比厨的人,因为他不喜欢用厨艺来赌胜负——”他顿了顿,补充道,“其实我也不喜欢出风头，但既然输了就要信守承诺。”

“原来你是我家老头子的挡箭牌啊！”卢灰简直有些同情他了，好好一个低调内敛的温吞青年，偏要装高傲狂狷，惹得一群江湖人惦记着，这多考验心理素质啊！卢灰接着说："你既然不爱出风头，为什么要举办'厨王'大赛？"

汪道鸩认真地说："我想把食谱传出去。举办大赛只是为了有个合适的平台，只有这样才能把优秀的武厨都聚集起来。"

对厨师来说，食谱就像祖传秘方和独家专利，从不轻易外传。卢灰有些奇怪地问："为什么？"

"好的东西就应该普及。"

这是个很简单的道理，但不是每个人都有觉悟去实行，毕竟这里面牵扯到太多利益。

"你就不怕这样会砸了同行的饭碗，招人嫉恨？"卢灰问道。

"其实也不只我一个人这样做，卢老先生也从不隐瞒自己的食谱，但凡有人向他请教，他一向知无不答，我很尊敬他这点。"

的确，卢虚能在武林里封神，除了功夫出神入化，靠的就是他的这份无私和豁达。不过卢灰知道老爷子没有那么伟大，其实就是好为人师，喜欢展示才艺而已。

汪道鸩说："这件事你暂时不要告诉其他人，我准备等大赛结束之后再公布。"

卢灰当然知道这事不能传出去，不然不光大赛不用比，那些玻璃心的武厨就能用唾沫星子把汪道鸩给淹了。想到这，卢灰突然动了心思："反正你也要传出去的，不如把食谱给我瞧瞧？"

汪道鸩看着他说道："你又不是武厨。"

"可我是活武谱，对食谱也有研究啊。"卢灰指着那锅营养粥，"松茸粥是有营养，味道也鲜美，可对小孩子来说太清淡了。"

汪道鸩皱起眉头："没错。"这个问题他早就发现了，却苦于无法解决。他看着卢灰跃跃欲试的样子，问："你有办法？"

卢灰说："你可以把粥煮干一点，外面包一层肠衣，做成蛋包饭的样子，再淋上乌梅汁或者藏红花酱。"

汪道鸩愣了几秒，豁然开朗。

七

原柏零边想着几个可疑人物的信息边走回房间里，一进门就看见卢灰盘腿窝在凳子上，闭着眼睛，很有节奏地把四脚的凳子当摇椅摇来摇去。这动作看着非常不稳，每晃一下就像要翻倒，但他就是有本事找好平衡点。

“在想什么？”原柏零按住他的头顶，问。

卢灰说：“背谱。”

卢灰有把各种武谱具象化，在脑海中演练记忆的习惯，而且一旦沉进去就跟走火入魔似的，不理清头绪誓不罢休。虽然这时候研究武谱时机不对，但原柏零也没有再干扰他，而是去看了看娘娘的情况。

娘娘坐在密室的角落，面容隐约有几分憔悴。

“还不饿，你真要修仙吗？”

她闻言，翻了身，躺到了地上，似乎想借此减缓热量的消耗。

“只要能填饱肚子，吃什么真的有那么重要吗？”原柏零不懂，他当兵的时候历经过无数次有演习，在野外时，压缩饼干就是最美味的粮食，必要时为了活命，哪怕是老鼠的肉也得吃，“你知不知道现在全世界都在闹粮食危机，每年都有数百万的人饿死，平均六秒就有一个儿童因为饥饿丧命。”这么多人还饿着肚子生命垂危，她居然能在这个聚集了全国最好厨子的地方绝食，他觉得这简直是最奢侈的死法。

半晌，娘娘问：“你见过绝症病人吗？”

原柏零说：“见过。”

“得了绝症的人为了活命需要进行放疗，头发会一把一把地掉，身体越来越瘦，最后人不像人，鬼不像鬼。但这还不是最可怕的，最可怕的是就算这样每天受折磨，他们也只不过能多活几年，甚至几个月。而这短短几个月的时间里他们能得到的只有没完没了的痛苦。”

原柏零不懂她为什么突然说起这个：“你有绝症？”

娘娘没有回答。

原柏零想，她虽然连害了两个人，但第一次准备了解药，第二次又提醒他们去救人，虽然态度乖张了点，却没有要伤人命的意思。从这点来看她也不完全是个坏人，说不定她会做出这种令人匪夷所思的举动，是因为背后有什么难言之隐："其实你有什么目的不妨直说，能帮的我一定会帮，没必要故弄玄虚搞这么多花样。"

"我的目的一开始已经说过了。"

这句话说完以后，她又恢复了那副要死不活的样子，怎么也不肯开口了。

"厨王"大赛就要开始了。参赛的武厨们陆陆续续来到豆腐沟，一些江湖吃货也跑来一饱口福，原本平静的村子眼看着热闹起来。

唐门婆婆被暗算的事早就在这里传开了，不少武厨使出看家本领想让娘娘张口，可她就是油盐不进。

娘娘的身体很自然一天天消瘦下去。中间也有人试着将食物灌进她的嘴巴，可灌多少她就吐多少，恨不得连胆汁都呕出来。后来看她的情况不对，又有杏林高手出面给她输液维持生命，谁知药液一进血管她就浑身抽搐。

豆腐沟里来的人越多，原柏零查共犯的事就越棘手，他觉得再这么熬下去，不等第三个受害者出现，娘娘的死期就已经不远了。他烦闷地回过头，看看还在那里没完没了晃凳子的卢灰，忍不住问道："什么谱子这么重要，把你迷了这么多天？"

卢灰伸出手，比了个五，过了一会儿，又弯起一根指头。

原柏零知道他这是在倒计时，默默地等着。

不一会儿，卢灰睁开眼睛，眼神有些错愕地道："他居然会收集仙派食谱。"

"什么仙派？"

卢灰转头看向原柏零，跟他解释了一下道派和仙派菜系的区别。

卢灰已经把汪道鸩收藏的食谱全部背完了，让他意外的是这些食谱中居然有一道仙派名菜。那是用一种毒草作为配料烧出来的菜，据说吃起来又麻又香，一入口浑身的毛孔都会炸开，再好的辣椒都比不上它的爽快和热辣。

"不过这道菜吃下去很伤肺，吃一顿好比抽了一条烟。"

"那不就跟慢性毒药一样？"

"差不多。仙派菜大多是慢性毒药。"

"这样的菜在被禁以前会有市场？"原柏零惊讶地问。

卢灰点头："有，就像人人都知道吸烟有害健康，但还是抵不过诱惑要抽一样。仙派菜的味道很独特，尝过就很难忘记，吃多了嘴就会变刁，所以很多人明知道它会伤身还是会……啊！”他的脑子里劈过一道闪电。

原柏零也意识到什么，皱眉说："脏器衰老。"

"嘴刁。"

他们一人一句，最后不约而同地看向关着娘娘的内屋。

这么多武厨做的东西她一样也看不上，难道是因为她想吃的是已经绝迹的仙派菜？

"是。"

面对娘娘的答案，原柏零和卢灰都怔住了。他们已经习惯了这个女人每到关键时候就装哑巴，没想到这次她居然干干脆脆地承认了，她想吃的就是仙派菜。

"你为什么不早说？"原柏零问。

娘娘讽刺地笑了笑，没有回答，卢灰却明白了："因为就算说了也没有人会，就算会，也没有人肯做。"

自从武林公盟禁了仙派菜以后，仙派就成为武厨的禁忌，所有仙派食谱早在百年前就被清理干净，当时的仙派武厨也被勒令改行，并禁止收徒。虽然难免还是会有漏网之鱼，但就算知道食谱，也没有武厨敢冒险尝试，因为这不仅会触犯"壹扇门"的律法，还会被武厨界除名，终生不能下厨。

"就算是特殊情况下也不能做？"

可卢灰还是摇头："就算娘娘是自愿要吃也不行。"

原柏零沉思了片刻，问："你知道有哪些武厨会做仙派菜？"

"我曾爷爷，他是武林活化石，几乎无所不知；汪道鸩有仙派食谱，他肯定也会；还有唐门婆婆，仙派菜就是从唐门兴起的。至于其他人，就算会也不敢对外声张。"

卢灰的曾爷爷去了喜马拉雅山搜集食材，一时半会儿联系不上，唐门婆婆又被气走了，剩下的只有汪道鸩。可他要是出了手，别说是"厨王"，连厨子也做不成了。

原柏零说："不管行不行都得找他试试。"

"行。"

明天大赛就要开始了，按惯例汪道鸩今天会在村里会餐对参赛者发表鼓励性的演讲。

不过直到太阳完全落下，汪道鸩都没有出现。

负责张罗大赛的丁党也有些急了，派了“壹扇门”的人去找。学校那边说汪道鸩今天没有上课，他闭关的地方也不见人影。

就这样找了一个晚上，直到第二天上午，汪道鸩还是没来。

八

“厨王”不在场，比赛就毫无意义可言。日上三竿，所有武厨都聚集在广场上议论纷纷。

以汪道鸩的人品，绝不可能放鸽子，所以他失踪肯定是遇上了什么突发事件。但以他的功夫，谁能轻易暗算他？

聊着聊着，有人想起了娘娘，猜测是不是她又动了什么手脚。不管这女人什么来头，有什么本事，既然连唐门婆婆都中了招，汪道鸩栽在她手上也不是不可能的事。大家越说越觉得可能，纷纷跑到关押娘娘的房子前面，想要讨个说法。

原柏零和丁党挡在了门口。丁党说：“我已经去问过了，可娘娘现在饿得昏昏沉沉，意识不清，根本回答不了问题。”

武厨们都是不远千里赶来的，哪里肯罢休，都想把她揪出来强行逼问。

僵持间，卢灰拍了拍原柏零的肩膀：“把我带到房顶上去。”

原柏零看了卢灰一眼，发现他双目炯炯，一副志在必得的样子，便没有多问，运起功提着他的脖子上了房顶。

卢灰站在那里，俯视众人。大家很好奇他的举动，纷纷仰头望着他。

卢灰眯着眼睛，笑道：“你们这么心急，其实不是想找‘厨王’，而是想要他的千本食谱吧？”

武厨们也不遮掩，有人问：“是又怎么样？”

卢灰得意地说：“他已经把食谱传给我了，今天只要你们之中谁能满足我的要求，我就把千本食谱奖励给谁。”

他这话一出，大部分人都半信半疑。

一来卢灰活武谱的名头不是吹出来的，食谱他也收集了不少；二来整个江湖的人都知道汪道鸩是卢虚的超级粉丝，很有可能把食谱传给他的曾孙。

跟他学过太极八卦羹的大叔问：“你有什么要求？”

卢灰比了比手指："很简单，一道仙派菜。"

所有人先是愕然，接着满脸羞愤，恨不得要脱掉鞋扔到卢灰的脸上。

在场面失控以前，原柏零不得不补充道："他不是在开玩笑，也不是耍耍你们。"他把娘娘要吃仙派菜的事解释了一遍。

"想知道汪道鸩是不是被娘娘下了药，只有让她吃了东西，有了力气才行。我知道做仙派菜会触犯禁忌，但现在情况特殊，如果有人愿意破例，我虽然不能保证他不受处罚，但会向'壹扇门'争取宽大处理。"

八卦羹大叔叹气道："年轻人，你的保证能有多管用？如果以后都不能当厨子，赢到食谱也没意思了。"

他这话说出了大家的心声，有人摇摇头准备走。

这时卢灰又说："如果是把仙派菜改良成道派菜呢？"

丁党被他的话吸引："你是说把道派菜，做出仙派菜的味道？"

"也可以这么说。"

"这可比把斋菜做出肉味要难多了，而且一样是用了仙派食谱，还是不合规矩。"

"那你们可以一起做，所有人都参加，到时候法不责众，'壹扇门'总不能把整个武林一大半的武厨都给开除了吧？"

卢灰的提议还真勾起了大家的兴趣，不少人已经在低头沉思，似乎正琢磨着如何下手。

八卦羹大叔不放心，又强调了一遍："你真的肯拿出千本食谱当奖励，不怕'厨王'反对？"

卢灰说："'厨王'自己估计都被娘娘给下迷药了，我这样做也算是在救他。"

大家又信了几分，关系稍好的厨子甚至聚在一起开始讨论。

村子里原本焦躁的气氛一下子被调动起来，又充满了活力与生机。

折腾了一下午，等到时近黄昏，汪道鸩还是下落不明，而第一道改良版的仙派菜已经出锅了。

这道菜叫蓬莱细雪，主料是花菇豆腐和鱼子，河豚汤打底，色香味俱全。但河豚的毒很难完全去掉，吃多了会影响人的心脏，所以这道菜被归到了仙派。

几个武厨联合起来，用深水里的鱼肉取代了河豚来熬汤底，样子跟蓬莱细雪一模一样，但味道却完全不是那回事。

要用不同的食材做出相同的味道几乎是不可能的。何况道派菜讲究清淡滋补，仙派菜讲究狠辣刺激，完全南辕北辙，改良仙派菜难于登天。

连着几道菜上来，样样都达不到要求。有的厨子不信邪，非要娘娘亲自试菜，于是原柏零把气若游丝的娘娘抬了出来。

她睁眼看看那几道菜，抽抽鼻子嗅了嗅，马上厌弃地把头别开了。

过了一会儿，她抬抬眼皮，努力抬头望着一个方向。周围的武厨顺着她的视线看过去，只见丁党正端着一个砂锅走过来。

那砂锅有两个手掌宽，透气孔里腾着红色的热气，气味闻起来格外诱人。

大家不约而同往两边让了一步。

丁党一步步走过来，把锅放到娘娘的面前，揭开盖子。

砂锅中间有道太极弧线，分成两个格子，左边是红彤彤的糊糊，右边是白汪汪的清汤。

娘娘凑近了一点，脸面微微颤动，似乎在压抑着某种激动的情绪。片刻沉默以后，她将手伸向调羹，盛了一勺红糊糊，在众人怔愣的目光中，颤抖地放到嘴里，"啪嗒"了两声就吞了下去。

这是她绝食以来第一次吃东西，胜负已分。在场的武厨都被镇住了，一人不甘心地问："你做的是什么菜？"

丁党说："鹤底红。"

这道菜也是仙派名菜，样子看着不起眼，却是用十二种红色的食材研磨出来的，工序既复杂又讲究，还要用真气加热半个小时，非常耗内功，可以说是最难改良的一道菜。可就算再难，他已经成功了。

八卦羹大叔有些难以置信："你怎么改的？"

丁党说："我没有改，这就是鹤底红，原封不动。"

周围的人不断吸冷气，看他的眼神就像在看一个疯子。

卢灰问："那汤又是怎么回事？"

他说："是毒蛇涎，另一道仙派菜。不过，两道菜的副作用能相互抵消。"

娘娘吞了两口鹤底红，又饮了几口蛇涎，原本毫无生气的脸上慢慢注入了几分生机。

原柏零注视着她的表情，问：“这算是过关了吗？”

娘娘点了点头，沙哑地说：“他在黄龙洞。”

九

没多久，原柏零在黄龙洞找到了昏迷不醒的汪道鸩，跟前两个受害者一样，他想不起自己到底是怎么被暗算的。

回到豆腐沟后，汪道鸩对大家的救助之情表示了由衷的感谢，为表诚意，他把千本食谱送给所有尝试改良仙派菜的武厨。这结果虽然令人意外，却也是皆大欢喜。

“厨王”大赛就这样落下了帷幕，娘娘在豆腐沟里又养了两天，终于恢复了元气。

原柏零打算将娘娘带回“壹扇门”受审，丁党表示他可以代劳。原柏零看了眼丁党和善的眼神，再看了眼娘娘，发出一声冷笑。

这时卢灰向丁党伸出手：“补贴拿来。”

丁党一愣，皱眉问：“什么补贴？”

“我们两个被你们一群人利用了一路，倾情演出，难道不兴给点补偿？”

“我……”丁党的目光一僵，无言以对。卢灰于是又转向娘娘：“你跟他是一伙的，可以代给，或者让唐门婆婆和‘厨王’给也行。”

娘娘站起身，释然一笑：“好了，把我身上的东西解开吧。”

丁党尴尬地看了他们一眼，过去解了天禁丝。

原柏零也不惊讶，而是看向门外：“你们也都进来吧。”

话音刚落，汪道鸩和唐门婆婆便走进屋里，各自找了一张椅子坐下。

唐门婆婆指着娘娘说：“我跟这丫头原先可不是一伙的，只是在给她把脉的时候发现她的身体是吃仙派菜吃坏的，所以起了疑心。后来这小子找到我……”她又指了指汪道鸩，“听了他们的目的，才打算配合一下。”

其实在娘娘第一次提起绝症病人时，原柏零就已经隐隐触摸到整件事的真相。

他曾经找人调查过那个中毒的大学生，他的家里是开饭馆的，爸爸是厨师，妈妈因为癌症晚期去世。据他们的街坊邻里所说，他妈在医院里治疗时受了很大折磨，后来只剩下三个月寿命，被接回家里等死。他爸每天好吃好喝照顾着，把本来已经不成人形的老婆养得珠圆玉润，还比预期多活了三个月，临终前可谓走得格外安详。

对普通人来说，满足口腹之欲或许只是一种享乐，但对受着病痛折磨的将死之人来说，享乐却是一种恩赐。

娘娘那句对绝症病人的感慨和大学生的经历不谋而合，所以原柏零当时就怀疑他们是一伙的，所谓下迷药只是自导自演。后来唐门婆婆出事，他曾经动摇过，怀疑自己可能猜错了方向，可等汪道鸩也失踪了，他就认定了这群人都是同谋。

娘娘重新自我介绍道："我的原名叫海辛娘。"

海辛是少数民族的一个姓，这个姓氏在武林里代表了一个赫赫有名的仙派武厨家族，所以她的真名就像一个禁忌，不能轻易在旁人面前提起。

仙派食谱因为和鸦片扯上关系被禁了一百年，也被妖魔化了一百年。海辛娘祖上九代都是仙派武厨，自从禁令出来以后整个家族受到无数打压，到了这一代，她已经是唯一的传人，所以她就算为了试菜把五脏六腑都吃坏了，也要把仙派食谱给传承下去。

汪道鸩是在湘西收集食谱的时候认识海辛娘的，当时她在一个癌症村里给绝症患者掌勺。她知道仙派食谱有害，所以只给绝症病人下厨，将死之人不会再奢求长生，只想好好享受最后的时光。

汪道鸩之所以和海辛娘结缘，是因为他钻研膳食养生已经多年，一直以来困扰于一个问题，那就是怎样改进道派菜的口味。

道派菜虽然利于养生，营养丰富，但长久食用并不能满足口腹之欲。就好比他在学校食堂做的松茸粥，对小孩子来说还不如洋快餐那种垃圾食品吃起来有滋味。

后来汪道鸩开始立志于将道派菜的滋养和仙派菜的美味合二为一，可是百年前的那道禁令却成为巨大的障碍。他曾经数次向"壹扇门"申请对仙派食谱实施解禁，将之用于道派食谱的优化和改进，但"壹扇门"担心解禁之后仙派食谱会被有歹心的人利用。于是汪道鸩提出举办"厨王"大赛，挑选出对改良仙派食谱有兴趣、也有天分的武厨，和他一起改善食谱。

最后，"壹扇门"同意给汪道鸩一次尝试的机会，但他们不能让武厨们知道这次尝试是在许可之下的，因为一旦大家认为"壹扇门"对仙派食谱的态度改变，很可能会做出越界的事。于是海辛娘出面，不惜使出苦肉计唱了一出白脸，逼迫参赛的武厨们参与到汪道鸩的计划里。

如果不是卢灰的搅局推动了进程，提出改良仙派菜的本来应该是丁党。

在看过汪道鸩的食谱后，卢灰隐隐已经猜到他的目的，因为早年他就听曾爷爷提起过，道派菜要发展下去不能故步自封，而是要包容和创新。

所谓的道，不是要强硬给他人自认为最好的东西，而是根据具体情况作调整，针对不同需求的人群，要给予他们最需要的。道派菜这些年越做越精致，就是因为它并不仅仅只为了养生，也要让食客获得满足与快乐。

作为利用卢灰和原柏零的补偿，汪道鸩亲手为他们做了一道菜——蓬莱细雪。

初看之下，它和大赛时的那件失败品没有什么区别，但等到下了筷子，他们才发现原本的汤居然变成了一道凉菜。

汪道鸩说："总有一天，武厨界不再有道派与仙派之分。"

他们都知道这句话意味着什么，海辛娘的眼角闪现出泪光，唐门婆婆也想起了自己的祖辈，不禁有些唏嘘。

原柏零将蓬莱细雪喂到口里，一股浓郁的香甜立刻在他的舌头上化开。就像初春里阳光照射下的雪花，在适宜的温度里慢慢地融化，渐渐地，连心都要跟着一起化了。

他知道融化他的不仅仅是这道菜的味道，更是这群武厨近乎痴傻的浪漫。他们倾尽一生，不求闻达，只求将食材利用到极致，以此来答谢大自然的馈赠。

人法地，地法天，天法道，道法自然。

男儿剑底有黄金

马　鹿

一

七月酷暑时节，武林大会即将开始。

青云派震惊了整个江湖。

谁都没有想到，这个专门帮人干些杂活、收拾烂摊子的门派，竟真能操办起武林大会，而且办得有声有色。

要知道，如今的武林大会已是集比武和交流为一体的盛会，参与者来自五湖四海七八十个大小门派，少说也有四五百人。操办的门派不但要准备合适的场地、安排对决日程，更要负责一众人等的食、住、行，治疗受伤的侠士……这一切，都离不开一个字：钱。而这，正是青云派最缺的东西。

青云派虽然门徒众多，但组织松散，在江湖上的地位偏低，门派中发生的事情经常是江湖人茶余饭后的笑料。平时帮人搬运、扛尸、扫战场还凑合，至于操办武林大会……

这么说吧，从年前天渊派因内部纷争把本次武林大会的操办权丢给青云派起，整个江湖便都等着看笑话。

笑话没看成，反成了佳话。

青云派接待工作有条不紊，食宿安排体贴入微；而紧随各项安排更是惊艳四座。陆续到达的各路侠士，从挑剔、难以置信到喜出望外，终于，在武林大会开完后，所有人都惊叹着承认：这不一定是最精彩的一次武林大会，但一定是规模最大、安排最周到的一次武林大会。

然而……问题是……青云派上哪儿搞来这么多钱？众人百思不得其解。

别说他们想不明白，就连青云派北斗堂堂主柴荣也想不明白。

按说，柴荣算得上是青云派的顶梁柱。

作为前代掌门的关门弟子，他年纪小资格老，一派上下，除掌门之外，见面至少也得叫他一声“师叔”。

他天分不算高，但很肯吃苦，那股初生牛犊不怕虎、不撞南墙不回头的傻劲更是放眼江湖无人能敌，十三岁硬挑武当长老，十五岁恶战武林盟主，输得彻底，却让他声名远播——比起天资过人、少年成名的现任掌门楚宇或许差些，可也算得上是江湖上无人不知、无人不晓了。

派中事务，除掌门之外，数他最有发言权。

此番武林大会，楚宇杂务缠身，忙得连人影都见不到，柴荣自然也得扛起重任。无论谁见到他，都要招呼一句：“柴老板，发财啊！”

这真让柴荣郁闷了。老板？别说笑了！他固然穿上了门派发的光鲜的新袍子，可袍子下面还是那带洞的旧内裤！

“嘁，有几个破钱还这般小气！”柴荣也在青云山上下遍寻楚宇，气得直跳脚，“还说什么‘现在就剩我们兄弟俩了，有福同享有难同当’，全都是放屁，穷得当裤子的时候抓着我不放，漫天撒钱的时候就不见人影了！”

要知道，为解决本次武林大会的开销，柴荣有大半年都在外奔波，四处奔波，累得脱形，愁到秃顶，统共不过攒下二十两银子，简直无颜面见祖师牌位，若不是还要代表门派参加武林大会，真想干脆就这样一辈子浪迹天涯。

没想到回来一看，门派上下屋子也敞亮了，衣装也光鲜了，整个一副“树小墙新画不古”的暴发户模样，真令他又震惊，又疑惑。

这算是人数的胜利？

青云派立派宗旨是“扶危济困，义不容辞”。几代掌门都遵循了这一宗旨，于是努力把青云派建成了方圆五十里内最大的……收容所。走江湖的出师弟子们每隔一段时间总要捎回两三个孤儿，在家的弟子也习惯每天早中晚饭后绕山一圈，找找有没有被随手抛进来的弃婴。

门徒一多，消耗就大，存不下钱，可也因此有了充足的劳力。别的门派短时间完成不了的又脏又累的事情，在青云派手中都易如反掌。移山伐木盖几座楼、几个比武场地，自是不在话下。

可是……比武场地且不论，楼盖起来，要内部装潢……光几尺窗帘布就要五钱银子，实打实真金白银的买卖，不是单靠卖力气能搞定的——否则，柴荣这个派中二把手，也不至于这五六年都和掌门挤在一间阴暗漏雨的小草房里。

那……是楚宇把派中物什一股脑卖光了？

别说笑了。外人看青云山高耸入云，横贯东西，挺像那么回事，可柴荣心里清楚，这荒山野岭的，既没有矿脉，也不长名贵树木，物产也不丰饶——若非如此，祖师爷也占不到这块地——别说用它换到开武林大会的钱，就算刮三尺地皮，也未必能凑够参会江湖人士的那点酒钱。

到底……

"……峨眉派还是不温不火啊！"

"青城派不也是？老门派都这样啦。横竖名声在外，怎么也不缺徒弟交学费，不用那么搏命啦。"

叽叽喳喳的议论钻入耳蜗，柴荣抬头一看，自己竟不知不觉走进江湖酒馆里来了。沉吟片刻，他摸出两个铜钱，叫一杯薄酒，在柜台边找了个座。这次武林大会，他忙于探寻本派的资金来源，竟忽略了大会本身，眼下会程已过半，正好趁此机会了解一下大会形式、各派强弱、亮眼新人、狗血八卦。

"那个柴荣总算不是出来闹场的啦——专注搞笑十二年，一朝转身变靠谱！"

一上来就听到自己的名字，柴荣抽搐着脸把脑袋埋低，心中竖起中指：啥叫一朝靠谱，爷从来都很靠谱！

"可不！竟一下闯进江湖门派前列呢。"

啊？为调查所累，柴荣几乎总是最后一秒才赶到比武场地，匆匆解决战斗又匆匆离开，只觉得对手全都不堪一击，谁知不经意间竟已进了前四名。

这么多年的刻苦练习没白费，少林、武当、峨眉掌门们的拳脚棍棒也没白挨啊，俗话说什么来着？男人的伤痕就是勋章！柴荣心中的小尾巴悄悄地翘了起来。

可下一刻，得意的火焰却被一盆冷水当头浇熄。

"他是不错，可青云派这次整体的表现……算是令人大跌眼镜了吧。"

“何止！简直是愁云惨淡啊！除了柴堂主，竟然连一个进前十六名的都没有，从武林大会开办以来，这还是第一次吧。”

“什么？不可能啊！”

“青云派虽穷，但门徒基数大，从中总能挑出一些适宜习武的苗子；加上大家普遍没有其他出路，训练异常刻苦，一成的天分往往能转化为十成以上的威力，所以向来不缺优秀弟子。往届的武林大会上，通常前八名中少说也有两到三名。”

“这次怎么竟然……”

“不过他们是牵头召集者，辛苦啊！”

“唔，说得也是呢，这次场面上恢弘大气，细处也体贴周到，无论比武场内还是场外都有条不紊，实属不易，估计他们这几个月忙于准备，无暇他顾吧！”

“楚掌门忙得都没机会出来露一手了——要是他能出来，搞定这些杂鱼还不是妥妥的！”

一席话夸得柴荣五脏六腑无一处不舒坦，暗地里连连点头。谁说不是呢！掌门之外，派中至少还有三个与自己不相上下的高手，本来，就算打不进前四，也不至于进不了前十六名的——这次自己的成绩最好，也是因为回来得最晚，因祸得福没被差去做苦工吧。下次可就不会再这样了。

“禁军后备队的成绩格外好啊……”

“里居然有三个进前四名。”

柴荣一惊。

刺耳的关键词蹦进耳蜗，将柴荣从飘飘然的半空“砰”地打落地下。

山中无老虎，猴子当大王啊！

所谓禁军后备队，是个组建不到十年的新门派，他们重金聘请早已归隐山林的前代武林盟主挂名掌门。据说只要进派镀个金，多半都能在禁军中混个位高权重责任轻的肥差。

门下聚集了一大批游手好闲的膏粱子弟，聚在一起练些三脚猫功夫，搜罗价格令人咂舌的稀奇兵器，顺便以“行走江湖增长阅历”为名，带着狗腿子们四处游荡。

柴荣从来看不惯他们吊儿郎当的作派，又三番五次被对方用高价抢走心爱的剑谱、称手的武器、合身的衣服……在心里十分厌恶禁军后备队。

居然让这群纨绔子弟在自家门前抖起威风？

柴荣咬牙，暗恨正统门派一个能战的都没有。

不过，自己已然进入前四名，离武林至尊的宝座还有两战——对手都是禁军后备队门下。

“嘿嘿。”柴荣轻笑一声，摩拳擦掌跃跃欲试，全身上下每个毛孔都通透起来，“就让爷来告诉你们这群小王八羔子‘江湖’两字的真正含义！”

二

柴荣万万没有想到，竟有人把他通往胜利的道路挡了个结结实实。

更没想到，挡在这道路上的，竟然是楚宇——他的掌门师兄，如父如兄、如师如友的师兄。

那是柴荣四进二比赛的前夜。

在两个人共用多年的房间里，柴荣总算见到暌违将近一年的师兄。

他瘦了许多。本就不丰满的两颊如今更是向下塌陷，眼窝凹得吓人，肩膀和手肘处的骨头更是像锐利的刀锋，仿佛马上就要戳破皮肤割裂衣袍，支棱出来。若不是他行走时一如既往地昂首挺胸，迅捷如风，嘴角边也挂着一贯英气逼人的笑，柴荣几乎要认不出来。

“师……师兄。”在灯下看清他，柴荣的重逢之喜立刻烟消云散，心中一酸。这一年多，他究竟承担了怎样的压力，付出了多少艰辛，才如变魔术般筹来这么多钱啊！

“柴师弟，”楚宇迎上前，给他一个拥抱，坚硬的胸骨撞在柴荣厚实的胸膛上，“我还以为你赶不回来了。”

“哪能呢！”柴荣嘿嘿傻笑着，“爷要不回来，谁来治那些不知天高地厚的黄口小儿！”

“我正是为此事而来。”

“嗯嗯！”柴荣却迟钝地没有读出其中声音微妙的变化，“一定不负掌门的期望，把他们打得屁滚尿流，为……”

“不，”不等他说完，楚宇轻咳一声，面带尴尬地插话，“不是……这个意思。”

“啊？”柴荣不明就里，瞪大眼睛。

“我是说……”楚宇微蹙着眉，似乎犹豫着，又或许是为难，终于，他下定决心似的深吸一口气，“输了吧。”

“啥？”柴荣简直不敢相信自己的耳朵。

“嗯，”楚宇侧过头，不看他的眼睛，沉下声，加重语气，“别再赢下去，到此为止吧。”

“为什么？”柴荣一把推开楚宇搭在自己身上的胳膊，像被针扎了的兔子似的跳起六七尺，“武林大会就在家门口，不争口气怎么行！到此为止？我才不要！”

“原因是多方面的，”楚宇的脸背着光，黑得像一块紫檀，“比如别人都早早出局，只有你一枝独秀，会不会枪打出头鸟？比如掌门销声匿迹，你却大放异彩，派内会不会因此发生动荡？比如……”

柴荣的眉头越锁越紧，终于猛地高声打断：“这算什么狗屁原因？啧！”他难以置信地上下打量楚宇，“一年不见，师兄你竟然变得……变得……”重逢的喜悦、对楚宇健康的担忧，在他心中一闪而过。柴荣高高抬起手，带着满腹怨气用力一拍，面前的桌子碎了一地：“除非我死在这里，否则决不停下！”

“那……”楚宇又叹了口气，“就抱歉了，师弟。”

话音未落，他脚尖一点，向后飞出一丈有余——说时迟，那时快，只听“哐当”一声，房间落入无边的黑暗。

在楚宇脚尖一挪之时，柴荣便知不好，忙脚下生风追出去——到底还是慢了一步，“咚”的一声，重重地撞在陡然出现的金属墙上。

“师弟，莫要莽撞行事。听师兄一句，等这两天风头过去，为兄给你赔罪。”楚宇轻声道，“床下便有吃食和水，房中黑，行动小心，别伤到自己……”

“呸！”柴荣用力啐了一口，一滴热泪不争气地滑落眼角。竟还备好吃喝了，那意思一早就已算计好了吗？

比全力奋战时被人从旁一榔头砸到更难受的是什么？莫过于被最亲密的人从背后捅一刀。

黑暗中，柴荣前额抵着金属墙，缓缓地、缓缓地滑倒，碰撞带来的眩晕繁乱了他的记忆，疼痛令它们变得格外清晰，冰冷的触感放大其中的点滴——每拖曳一寸，就有无数张楚宇的脸从脑海里滑过：胜利时不露声色却掩饰不住得意的脸，手把手教自己招式时认真的脸，接管帮务后拆东墙补西墙却无论如何都凑不够钱苦恼又无奈的脸……

终于，他落到地面。他从来没有觉得自己如此弱小，如此不堪一击。双手环抱膝盖，柴荣把头埋低，蜷缩着哭了起来。

不知过了多久——黑暗中，时间似乎总是特别漫长，又格外短促——柴荣听到遥远的地方传来缥缈的钟声。

是午夜青云山顶古刹的钟。听上去，就像是……

对决开始的提示钟。

柴荣猛地站起来。前四名对决——明天就要进行！

真的就这么放弃？

开什么玩笑！

他抬起手，袖子胡乱一抹，眼泪鼻涕糊得满脸黏糊糊的。当年下山去找武林高人们比试，全派上下围追堵截也没能拦住他！若因为这种莫名其妙的理由和这样下作的机关，就打退堂鼓，岂不是越活越回去了！

柴荣扶着金属墙站起来，又在上面探索着，这里敲敲，那里叩叩。黑暗剥夺了他的视力，却让其他感觉更加敏锐——不多时，他就发现，围绕四周的是一块整铸的大铁块，非但没有机关，就连透气的缝隙也只在无法触及的天顶上留下了四五道而已……

“嘁。”柴荣撇撇嘴——他金蝉脱壳的逃跑功夫在青云派中久负盛名，楚宇自然不会不知道，于是这次索性来个全方位密封金钟罩，不给他任何脱身的机会。

“可是，”柴荣蹲下身，摸了摸脚下的地——住了这许多年，也没挤出钱来铺砖，雨天总是格外阴湿，平日里对它多有抱怨，如今却陡然可爱起来——柴荣笑了，“掌门师兄，我虽不善飞天，却还颇能遁地啊！”

说着，他在散了一地的木料中摸出一条桌腿，向着正下方被踩得夯实的泥地，用力抡下去。

遁地。说得简单，做起来又谈何容易。

尤其对决就在明天早上辰时一刻——从现在算起，也只有不到四个时辰。

柴荣只恨自己思维笔直，竟蹲在地上傻哭许久，若是因此耽搁对决，岂非抱憾终身？

思及此，他一刻不敢停歇，加快手上的动作，飞也似的挖着。

四周很黑，只有天顶上的通气缝漏下一点稀薄的月光，就着这点微光，柴荣小心翼翼地确认着挖掘的深度和方向。

铁屋内几乎是个封闭空间，无比闷热，不多时，柴荣便气喘吁吁，汗如雨下。他停下来，抓起放在床下的水一通乱灌，正想多喘几口气，可抬头一看天光，疑心外面已经很亮，便又迫不及待地继续深挖下去。

汗水从他的眉梢、脖颈滚落，开始是一滴滴的，渐渐便汇成细流，一条条蜿蜒着，像热带雨林里缠绕大树的绞杀植物，吸走他的气力。纵然他平日锻炼充分，体能丰沛，也无法阻止那一波波越来越清晰的，从手臂、腿、腰腹、后背和肩膀袭来的酸疼……

缺氧。撞击的眩晕再次袭来，他开始感到气闷。每次抬起手臂，都比上一次更加吃力，留下的刨痕也总比上次要浅一些。

耳边响起"嗡嗡"的声音，像是情人酥骨的呢喃："放弃吧，别折腾了，歇歇吧，多累啊……"

柴荣用力甩甩头，牙关一紧，将舌尖咬出一个破口，尖锐的刺痛让他稍许清醒一些，他不敢放过这样的时刻，忙又举起桌腿，不断地向下挖、挖、挖……

房间里的土堆积起来。挖掘面越来越湿，也越来越松。终于，挖掘的方向由向下，变为平直，又变为向上……

终于，在满手的老茧被磨得变成新生的水泡时，柴荣看到极近的地方透出明亮的阳光。

他手脚并用翻钻出来，用力大吸几口气，支着被磨得只剩下半根的桌子腿站起来，一拐一拐地向比武场奔去。

眼看辰时就要到了。

禁军后备队派出的弟子杨鹰早已衣袂翩飞、玉树临风地站在场上，四周挤满人头攒动的观众，担任裁判的长老们陆续在场边就位——唯独万众瞩目的另一主角柴荣，还迟迟不见踪影。

"喂，老头，"杨鹰朝看上去年事最高的一位裁判扬了扬下巴，"若是他赶不到，便算我不战而胜了吧？"

裁判心照不宣地点点头——他手边，倒计时的沙漏早已提前开始流淌。

“不战而胜个鸟！”

杨鹰嘚瑟的笑容未能保持三秒，便被旱地拔雷的一声怒吼劈僵。

转头一看，山路那边，一个土黄色的人形迎着风狂奔。他衣冠不整，混乱肮脏，全身上下无一处不沾满泥土，脸上还糊着灰黑色的不明物，手中举着半截木茬子，活脱脱一个从深山老林里蹦出来的野人。

比武场内外一片哗然。大家都疑惑地死盯着那人上下打量：这谁？

跑得近了，才认出是柴荣。

于是“哄”的一声，全场爆笑。

“他是来搞笑的。”

“就爱闹这种幺蛾子。”

议论声纷纷传开去。

杨鹰不屑地翻个白眼，转过脸。

“柴堂主，”裁判长老哭笑不得，“您就——这样来啦？”

“怎么？”柴荣斜倚在那秃木棍上，一脸的不以为然，大声说道：“这武林大会衣冠不美者难道还恕不接待吗？”

“呃……”裁判不知如何回答，只得讪讪地另寻话题，“您的武器呢？”

柴荣指了指支撑自己的残桌腿：“就它。”

然后，柴荣和杨鹰联手，为满怀期待的观众献上了本届武林大会以来最诡异的一场对决。

杨鹰装束齐整，武器精良，双目炯炯，准备万全；柴荣衣衫褴褛，一上场便体力不济，动作迟钝，摇摇欲坠。

杨鹰如台风过境，来势汹汹，步步紧逼；柴荣像刚破壳的雏鸡，连路都走不稳，看似随时都要跪倒下去。

可柴荣坚信自己的实力较对方高出不止一点，只要磨到对方疲累，便能轻松取胜；杨鹰也觉得柴荣已是强弩之末，不多久便会自己倒下。

两个人各有盘算，都不肯放松。对决很快进入僵局。

杨鹰身边剑气生风，随手一指，柴荣身上便是一道浅浅的血痕。

柴荣的桌腿……初看仿佛只为支撑之用，偶尔举起乱打一阵，根本算不上武器。周围观众笑柴荣的别出心裁，可又不得不为他暗捏一把汗——五十招过后，众人悬着的心渐渐放下，那木棍看似僵死，关键时刻却哪儿闹心出现在哪儿，一晃神便看它不见，转眼又从难以想象的方向钻出来，竟将杨鹰的致命招式格的格，挡的挡，化去大半。

问题是，杨鹰的剑到底也是削铁如泥的高级货，一条半路出家当武器的桌腿在它面前，简直像纸糊的一般不堪一击——几次对磕之后，半条桌腿变成了两根短棍，又变成三支连环钉，再变成六七颗飞弹……

忽然，那六七颗飞弹像被鞭子抽了似的，猛地向杨鹰上中下三路齐齐飞去！

“切！土老帽，还想翻身？”杨鹰讥讽地一笑，剑身一长，木弹纷纷化作木屑，漫天飘飞。

说时迟，那时快，柴荣趁着木屑模糊视线的瞬间，紧逼两步，贴上前去，掌拳齐出！

杨鹰躲闪不及，被拍得飞了起来，在空中打了个滚，才重重地摔落地下。

柴荣有一刻迟疑，最终还是退回来，原地摆了个守势，等杨鹰站起来。

杨鹰支起身，掏出折在袖子里的手帕擦嘴角边的血痕——谁都没想到他竟在瞬息万变的武林大会比武场上做出这般茶馆里消闲的动作，大家一时都愣了。

更没想到，他开口第一句话是：“脏死了，乡巴佬别乱碰我衣服啊！”

场内外无人不目瞪口呆——杨鹰竟没有趁这个机会反击快攻，而是不断低头拍打衣服上被柴荣盖上的黑手印。

柴荣眨眨眼。是了，杨鹰一直只是远远地用剑尖刺、拨、挑，从来不近身对抗，若非如此，体力空虚如柴荣者，即便意志再坚强，也不过可以死撑防御，不可能像现在这样还有思考对策与反击的余力。

他怕的难道是……既然这样便好办了。

柴荣扬眉一笑，清清嗓子，对杨鹰高声道：“我要攻过来了哦！”便一搓地，把自己像一大包生活垃圾一样丢了过去。

杨鹰吓得像小姑娘一样“啊”地尖叫一声向旁避开：“好臭！不要过来！”

柴荣意外地摸到他的七寸，士气大振，连累也忘了，灰黑泥泞的脸上露出两排明晃晃的大白牙：“我衣服脏，身上臭，三年不洗澡，五载不刷牙，跳蚤股间养，虱子头上长……”念着自编的顺口溜，扭着节奏一路跳舞一般攻过去，“你若碰到我，保准就命丧！”

杨鹰的脸都扭曲了，毫无章法地四处闪避：“别碰我！好恶心！呕！”

柴荣追得更欢："来来来，这位小哥，跳蚤虱子打包便宜卖，还送臭虫哦！"

杨鹰吓得剑都戳到了自己身上，痛叫一声，"嗖"地闪到一边："喂，"他在背对观众的地方夸张地做着口型，"演得差不多对得起观众就可以了，赶紧认输下去啊！"

"认输？"柴荣还有点喘，可高昂的斗志让他的声音提高了八度，"就凭你？"

"不是早谈妥了吗？"杨鹰把声音压得更低，"打个几下就……"

"就什么就！"柴荣好容易逆转战局，看到胜利的曙光，加上体力眼看透支，求胜心切，根本不及分神细听，"谁和你这种洁癖娘娘腔谈？"柴荣哑着嗓子叫嚷着，拼尽全力向前冲去。

"咚"的一声，杨鹰避让不及，被撞出去，拍在观众席旁的树干上，喷出一口鲜血，滑落下来。

"嘿，小子！"柴荣追前一步，身体一晃走不稳了，只得支着膝盖边喘边嚷，"有种再站起来啊！喂……"

又是"咚"的一声——柴荣自己，也直挺挺地倒在地上。

三

再睁开眼时，已是月上九霄。

柴荣发现自己躺在房间里。

周围的铁壁已撤去，被彻底翻过的泥土散发出清新的香气——这次武林大会，帮中房屋多半翻新做招待用，只有在山坳僻静处的这几间草房，保留着麒麟皮下马脚的窘迫。

这样的窘迫却是最让柴荣习惯舒坦的。

暖白色的月光透过破洞的屋顶漏下来，洒在脸上，仿佛带着丝丝凉意，让人醺醺然——柴荣伸了个长长的懒腰，顿觉全身上下无一块肌肉不酸软，无一个骨节不疼痛，一时间仿佛又回到与杨鹰死磕的场上——真是险象环生，若是对手强大些许，或者至少有点干劲，自己早已扑了五六条街。

然而……柴荣仔细品味着对决的细节，总觉得有哪里不对劲。

是了！杨鹰的反应太消极了。即便他的实力的确略逊一筹，但若是一心一意地拼招式，自己未必能有胜算，可他多半只是点到为止，甚至摆个花架子就退了，竟是一副……等自己投降的样子？

“认输吧。”

“不是谈妥了吗？”

——对决时杨鹰的话犹在耳边回响。

“别再赢下去，到此为止吧。”

——楚宇之前的交代不合时宜地跳出来凑热闹。

两句话交叠在一起，互相拆解，组合，一些原本看不见的事实，渐渐从迷雾深处浮现出来。

禁军后备队，富得流油，挥金如土；青云派，穷得叮当响，武林大会。

几个关键词在脑海里高速飞转，互相追逐、碰撞……

我的师兄才没有这么软蛋。

不可能吧……

“看来你已经知道了。”

房间那头传来楚宇的声音，柴荣惊得猛坐起来，痛叫一声又倒下去：“师兄！你……什么时候来的？”

屋里只有稀薄的月光，柴荣看不清楚宇的脸，只听他向这里踱着，轻笑道：“你当是谁帮你包扎的？”声音清朗，带着点戏谑调侃——正像熟悉的那样。

柴荣不由长松了一口气，这才发现，从回到门派见不到楚宇的那刻起，自己的心一直都是高悬着的。

“你想问什么，就问吧。”楚宇在他床头坐下来。破旧的小床应声“嘎吱嘎吱”地响起，就像柴荣小时候夜半无法入睡，楚宇坐在同一个位置给他讲故事的时候一样。

“唔……师兄，你收人钱了吧。”

“是。”

“收了多少？”

“八万两。”

楚宇的音调虽然平静，柴荣却能听出音色上的颤抖——不消说楚宇，他自己也是心头一凉：“为了武林大会？”

“是。”

“师侄们也是为此让了？”

“是。”

一阵尴尬的沉默。

“我就不明白，”柴荣咬了咬下唇，“禁军后备队的这些家伙，就算只是在家中闲坐，每月也能有五六十两进账，又为什么要来抢这个风头？”

“他们都是些拿不起笔、读不进书的，在上进好学的富家子弟面前自然抬不起头，老爹面上也不好看。混一个武林大会的高位回去，算衣锦归乡，上禁军挂个名，一年少说能多混一千两，这样油水肥厚的美事，那群蚊蝇还不像闻到屎味儿似的往上冲？”

“那你就由着他们吗？”柴荣的脾气又上来了，声音一大便震得自己胸腔疼，“把武林当成什么了？！”

又是一阵尴尬的沉默。

许久，只听楚宇在黑暗里幽幽地长叹一声：“……我只是真的好想办个能在武林史上大书特书的武林大会。”

“为……”

“小荣，”不等柴荣问出口，楚宇便提高声音把话抢过去，“别人不记得，你当不会不记得吧，十二年前，我们跟师父见世面，去武当派那个武林大会，看了许多想都不敢想的新异玩意、出奇招式，凑了许多自己都弄不明白的热闹，高兴得不得了——回来时，也是在这间屋子里，师父说……”

“说想要在青云山上，也办一次那样的武林大会。”柴荣低声接道。

回忆像潮水一样浮上来，湿润了他的眼眶。

“是啊，办一次那样的大会。对我们来说就是梦想。你记得大师兄吧，为了攒钱，烧炭下窑去，便再也没上来；还有出海去，银子托人带回来，人却没回来的三师弟……”

楚宇哽咽了。

柴荣也觉得鼻酸眼热，接不上话。还有去城里做帮佣的四师兄，为了多挣点钱，兼了四五家的差事，一天只睡不到三小时，最后猝死在路上；把好吃的都让给年幼的自己，营养不良未能挺过伤寒的小师兄……以及那个一年前为了筹钱出门打零工——从做伙夫、干农活、到掏大粪、倒马桶等——只要给钱便什么都干的自己。

这样搏命，前赴后继，无非是因为，大家心中都有同一个梦想：在青云山上，办一次成功的武林大会，那样就算是“大”门派。从此天下闻名，也能开门招徒收学费，门下弟子进各种武馆、镖局，给人当私人保镖，或是考六扇门、禁卫军，都要容易许多。徒子徒孙们便不用像前辈们那般，在江湖上处处受人冷眼，苦苦挣扎为生。

“但是申请总也不成……”楚宇道。兑了硬生生咽下的泪水，声音变得朦胧，像是春日清晨的薄雾。

便是他不说，柴荣又怎会不清楚，青云山居处破旧，环境差，地方偏僻，往来不便——拒绝的理由千变万化，但万般挑剔浓缩下来无非一个字：

穷！

穷！

穷——

“天渊派甩手放鸽子，好容易才有这天上掉馅饼的机会——下一次又不知要等到什么时候，怎能怠慢？可准备时间只有一半，我派并不富裕，几乎所有的门派建筑，不是要推倒重建，就是要彻底翻修，还要购置各类家什，安装各种设施，招徕八方小商贩来周边开店铺、做生意——到处伸手要钱，能怎么办？

楚宇的语气失去了一如既往的出尘淡定。

柴荣几乎不忍听，想要宽慰一下他，却又不知说什么好，只得艰难地抬起臂，抚了抚他枯瘦的后背。

“我也觉得这事很恶心。”不过须臾，楚宇便恢复了平静，可声音依旧是浸透盐水般嘶哑，“我楚宇一生光明磊落，晴耕雨读，自食其力，不曾为权贵折腰。可年近而立，却要屈膝乞食……”他的语尾不能抑止地一抖，“每思及此，我便食不下咽。”

难怪他瘦得如此骇人。

柴荣的心揪起来，掌门师兄十三岁便在武林大会上以“天玄剑”闻名天下，自那之后未逢败绩——若不是出身青云派，他早能把武林盟主的交椅坐穿。他对后辈们耐心温和，故而派中如今都以为他是温吞水般的老好人，只剩跟在他身后长大的柴荣知道，这位师兄行事审慎、心高气傲，从不和跃入高堂的江湖混子多说一句话，亦不在风波里蹚浑水、捞油水。

青云派没有软骨头的家伙，而在这其中，楚宇是脊梁骨最硬的一个。

被迫做如此肮脏的交易，他该是怎样的难受呢？

而自己，非但不为他分忧，竟还怪罪他给他添乱，真是……

柴荣在心底默默抽了自己两个巴掌："师兄，对不起。"

"不，"楚宇苦笑着，拍了拍他的头，"是我太急，没有说清。何况，若我自己在场上，也会克制不住，想要赢吧。"

柴荣张了张嘴，想要说什么，却没有说出口。半晌之后方问："那现在，我……应该退出吗？"

楚宇抿唇，长叹口气，摇摇头："若是你，出门下馆子，出了五倍于一般馆子的菜金，回家却发现拉起肚子，可会善罢甘休？"

柴荣摇摇头。但凡有点脾气的，都会计较到底，何况……

何况是像禁军后备队这样作威作福惯了的官宦子弟。

楚宇又叹一口气："你若不愿意，我便……"

"不，"柴荣捏紧拳，咬着下唇，"你是掌门，关乎青云派的荣辱——我去。"

四

八月初八。

如今，武林中已极少有人知道，是从什么时候开始，孔方兄的腐臭一点点浸透武林大会；一如极少有人知道，是从什么时候开始，武林大会的决战之日，定在谐音"发发"的八月初八。

正值盛夏，本就酷热难当，加上前来观战的各路豪杰里三层、外三层地将比武场围了个密不透风，再耐热的人也难免汗湿重衣。

可柴荣额上却一滴汗珠也没有。

旁人赞叹他内功深厚，自控得当，不愧是打进武林大会决战的高手。

他自己却知道，这不过是因为他很冷，打心底地深深地发冷。炽热的阳光烤在他的皮肤上，不过像一枚不起眼的火种，落入了极地无边的冰霜中；躁动的蝉鸣，在他的耳蜗里旋转成天鹅的引颈挽歌……

他站在场中，穿着对手提供的新衣，配着对手提供的花腰带，戴着对手提供的镶玉软帽——看起来简直像个新科状元般威武抖擞。可再光鲜亮丽，也不过是一只供人嬉笑的猴子。

甚至连剑也不是他自己的。

剑柄上的木头赤裸着，黏糊糊的，不知是他掌心的汗，还是其他别的什么。没有剑鞘，剑刃和剑柄一样呆滞地暴露在空气中，迟钝的边缘凹凸不平，像是孩童糖蛀的牙齿。

对这一切，柴荣漠不关心。既然一定要输，那武器的优劣，又有什么意义？

但握着光秃秃的剑柄，柴荣还是忍不住想起自己的剑：用细丝整整齐齐缠好的剑柄；打磨了一次又一次，光可鉴人、轻薄锐利的刃——但凡见过他用剑的人，都要问他，究竟是哪家店能把剑保养得这么好。

似乎很少有人相信，他这样一个性格暴烈毛躁的家伙，真能平心静气做如此精细的事。

大概也很少有人相信，就是这个冲动好胜的柴荣，竟真能接受一场必输的对局。

柴荣忽然很想笑，笑高谈阔论预测战况、你推我搡热烈下注的人——他们张望的未来，就是自己手中的结局，这一刻，柴荣简直觉得自己是主导历史流向的命运之神。

他又很想哭。他喜欢胜利，喜欢对局的刺激，喜欢更快、更流利的剑法，这些，是身无长物一生孤苦的他短暂的生命中不多的亮色，而现在，都要被夺走。他觉得自己简直像一个被抢走心爱玩具的孩子。

但他既不能哭，也不能笑，只能像木鸡一样呆呆地立在场中，紧紧地绷住心中的那根弦，生怕稍有不慎，心中好不容易立起的堤坝便会被汹涌的情感冲垮。

预定时间过了小半个时辰，柴荣的对手才施施然乘轿而来——大家都好脾气地等着，仿佛也没有人记得超时取消资格的事儿。

看到他的轿子行近，柴荣的脸黑了一层：那抬轿的脚夫，赫然与柴荣穿着相似的衣装。

“哟，柴少侠，”轿子里的人扶着侍女款款而下，“你今天的衣服真精神啊。”像是怕柴荣气不死似的，笑眯眯地提醒。

男生女相，面善心黑，这人正是禁军后备队中被称作“将军”的真正首脑夏侯旭。

“闲话少说，拔剑。”柴荣发话，提起手中的剑横在胸口。

“别着急嘛……”夏侯旭嘴上虽这么说，却先一步挥袖而上。

他的武器是两柄袖剑，比常用的剑要短得多，比起匕首却长而又直，配着他那高档丝绸缝制、色泽艳丽的宽袍长带，称得上是飘然善舞，缤纷炫目——不多时，围观群众中已爆出“真如公孙大娘在世”“剑器无双”的纷纷赞誉。

柴荣冷笑。

真是天下定而武人死。如今这样华而不实的剑技，竟也能得此谬赞了。要知道，临敌对决，最重要的是实用，夏侯旭的剑法，为了好看，特地穿着碍事的博带长袍不说，还常要将手足伸到全无必要的位置，一个招式里往往有四五个破绽，对于柴荣这样经验丰富的老手来说，简直比杨鹰还要不堪一击。

他不堪一击，柴荣却连正经的一击也不能使出。

这场对决，变成柴荣与自己的战斗，他发现，原来输也是这么难的事情。要拼命压抑自己内心的求胜欲，要避免戳到夏侯旭那满身破绽，还要摆出激战正酣的架势——为给杨鹰的事情赔罪，柴荣答应师兄，这一场一定“输得好看”。

夏侯旭完全不体谅他的辛苦，大抵心中有了必胜的保证，胆气十足，一路张牙舞爪，错漏百出地攻过来。

只可惜，不合时宜的衣服把炎热的残酷加倍，不过一盏茶的工夫，他额头、鼻尖上便纷纷涌出油油的汗珠。

支撑他出招的，最初是糟糕的技巧，继而是不值一提的蛮力，不久之后便只剩下世家子弟的骄傲了。

风起，吹鼓硕大的衣襟。

夏侯旭连忙吸口气，妄图稳住身形，却来不及了——他下盘功夫本就不稳，这下更是如狂风中的落叶一般被斜带出去，向柴荣剑刃上撞……

这样还能输？柴荣的喉结上下一颤，用力咽下口水——这可怎么办？

无奈之下，他只得慌忙挪腾闪躲，好容易才管住自己的脚，没有下意识地顺势踹夏侯旭的命门，转过剑尖，别扭地接一个“啸天龙吟”，举剑拔地而起，堪堪避过，却不小心“哧啦”一声，把夏侯旭的衣袖划破了一条长口。

仿佛富人都难免有些怪癖，杨鹰如此，夏侯旭亦然。只见他登时柳眉倒竖，二话不说举剑向柴荣咽喉刺去。这招带着盛怒，剑气凌人，速度极快，更糟的是，柴荣只想着如何不伤到他，如何让他赢得体面合理，全不防备，只是凭本能感到杀气袭来，举剑一格——“咔”的一声清响，残剑断成两半。

柴荣只觉虎口生疼。心下一惊，连忙一点地，向后撤开一丈。

夏侯旭红了眼，也疯了般扑上来，手上的两柄怪剑像吐着信子的毒蛇一般朝柴荣上下要害奔去。

风更猛。

猛烈的风将夏侯旭吹得歪歪倒倒，反而让他的招式更加捉摸不定。

柴荣的心犹如掉进冰窟窿一样，只能挨打，不能反抗，所有以攻为守的招式全都不能用，一面躲避对方的杀招一面还要保护对方不受伤……

真是旭君虐我千百遍，我待旭君如初恋啊！

在剑客心中，求胜与求生本是如影随形。现在没了求胜的心，柴荣发现自己连求生的心都变得淡薄，这场对决，旁人看来险象环生，可在他心中，已成了一句刺耳的笑话——一生中，他从未如此充满黑色幽默感，也从未如此接近死亡。

“唰”“嗖”“咔”数声响过，转眼间，柴荣的身上多出几道深深的伤痕，皮开肉绽，鲜血像泉水般潺潺而下，顿时浸透衣衫——柴荣似乎并没有觉得疼，只是固执地挥舞着手中的剑，像是上古的巫医跳着某种祭神的仪式。

站在一旁的青云派弟子们脸色都变了——那是青云派入门的“云端十三式”。

夏侯旭唇边挂起冷笑。这样基础的招式，但凡练过三五年武，有谁不能轻易破解？在这样重要的对决中使出，简直是寻死！

唇角扬起六十度，夏侯旭的剑刃横向柴荣颈边的大动脉。

“轰隆——”就在剑刃将要触到柴荣的皮肤时，惊天动地的巨响震撼天地。场上根基较浅的人都被吓了一跳，还来不及平定心神，暴雨就铺天盖地地浇下来。

夏秋之交的天气，总是让人措手不及。等看客们匆匆拆下外套盖住头，擦干眼前的水，才看清：夏侯旭的剑已吓落在地，他也不屑捡，生怕被雨淋湿，早已躲进轿子里。接着，评判席中有一个太监般不男不女的声音传来：“对决暂停，择日再比。”

柴荣像没有听到一般，继续在倾盆大雨中舞着剑。云端十三式的三十九种变化被他细细拆解，竟也颇有看头。

迫于雨势，看热闹的人散去大半。留下的，多半都是能看出门道的。场上安静下来。只有“唰唰”的雨落声，和柴荣那半截断剑发出的轻吟——那声音轻如柳絮，细如蚊足，却幽然不绝，如泣如诉……约莫一炷香的工夫，三十九般变化才演完。

柴荣深吸口气，猛地大喝一声，将断剑向地下甩去。

剑身无声无息地没入土中。

“柴少侠。”

一双道鞋出现在他低垂的视线里。

柴荣抬起头，雨水模糊着他的视线，蒙眬间，他看到幼时把自己虐翻在地的武当掌门。

“道长。”柴荣苦笑，“你也要来笑我吗？”

掌门一笑，弯下腰，把嵌入土中的断剑摸出来递给柴荣：“柴少侠，你的剑，本不是这个样子。”

“师兄，我做不到。”月夜，山间，小草房，柴荣低声说。

“你的意思，”楚宇轻轻叹气——自武林大会开办以来，他叹气的次数便特别多，“是要我去做？”

“不，”柴荣低着头静默片刻，终于深吸一口气，抬起头，“我们都不做——我要赢。”

“啊？”楚宇大惊，“师弟，你疯了？五万多两银子的欠款……”

“我去挖矿，去做店小二，去考禁卫军，去押镖……”柴荣的声音低哑，却很坚决，“我还有徒弟，徒弟也还会有徒弟，总之钱能赚出来，但如果把剑丢了，就找不回来了。”

楚宇不说话了。

两人无言相对片刻，柴荣又开口：“这样大的事，想必师兄也未必拿得定主意吧——不如，按祖师爷的办法来吧。”

楚宇皱眉沉思片刻，缓缓点了点头。

是夜亥时，青云派七大堂堂主及属下执事、参谋并普通弟子代表共三百多人集中到议事厅，乌压压堆了一屋子——不愧是江湖上人口最多的帮派，普通小门小户的剑宗刀宗之类总人数加起来也未必有这么多。

人多，便有众口难调的问题。

大约五十年前，楚宇和柴荣的曾师祖定下规矩：为避免帮内纷争，凡无法解决的帮内分歧，便召集各堂代表等开会投票解决。

现在人已到了。

楚宇与柴荣对望一眼，率先走上大厅正中的讲台。

“弟兄们，”他开口道，声音虽不大，却可以让最后一排的人也听得清清楚楚，“武林大会已近尾声，”他环顾室内，像一位君王扫视他的臣民，“想必大家都会认同，这次的武林大会，就算不是史上最好的，也是史上最好之一。”

场下响起交头接耳的赞同声。

“为了这次大会，帮里每一位兄弟都付出了巨大的努力，其中的血汗和艰辛，只有我们自己清楚。其中，参加武林大会的几位堂主和高阶弟子更是劳苦功高——大家知道为什么吗？”

一阵嘈杂之后，众人把目光重新投向楚宇。

楚宇握紧拳，提高音量朗声道：“他们在武林大会中，主动输给禁军后备队的弟子，以此为帮会筹得五万两银子的资金，才使武林大会能成功地举办——要知道，他们每一个，都有问鼎武林大会榜首的实力，可他们，却为帮会放弃了个人的名利。因为他们都明白，武林大会成功举办，获益的不是一个人两个人，而是整个帮会！”

楚宇停顿片刻，接着说：“现在，北斗堂堂主一意孤行，要在武林大会上获胜，全盘颠覆这个计划，这不但会暴露内情，将我派卷入丑闻之中，而且还将使整个门派背负庞大的债务——这便是我们召集帮内紧急集会的原因，希望借大家的力量，阻止他这个疯狂的念头。”

一席话说得理据清晰，令人信服。台下的人三三两两地凑在一起，纷纷点头。

楚宇偷偷松了口气，走下讲台，向柴荣做了个“请”的动作。

柴荣苦涩地一笑，钉在原地，并没有动：“我的年纪比这里大多数人要小，叫我‘师叔’的，多半也觉得我还是孩子，毛躁爱惹事吧。”

人群哧哧地笑起来。

“我的确毛躁爱惹事，我还年轻气盛，爱掉链子，不能瞻前顾后。不拿剑的时候，我还是个威武不得不屈、富贵不得不淫、膝盖软得不得了，随时可能会下跪的没用的家伙——但我最起码明白，”他猛然抬起头，用力拍着自己的胸膛，“我来习武，就是为了能站着！我每天辛苦练习，流汗、吃苦，手脚都是老茧，不是为了跪下来给纨绔子弟当踏板，而是为了站着，为了以后也能站下去！”

室内骤然安静。

柴荣用力地吸了口气，吸得胸腔和腹腔都一起鼓起来，然后他用尽全身的力气叫嚷道：“我们的江湖，不是这样的江湖！”

连稍重一点的呼吸声都能听得清楚。

不知过了多久，楚宇又是一声长叹，站起身来，把投票用的小木牌，掷入计票用的密封箱里。

青云派操办了一场盛大的武林大会。

并且本派门徒在大会上一举夺魁。

这一切，似乎在开始之前，就已注定了。

尾 声

正是九月初一，秋老虎的天气，阳光甚至比盛夏还要毒辣。

新科武林大会最终胜者，正在这样咬人的阳光下，一步一步地拉着纤。

“看吧，”他的掌门师兄揶揄他，“叫你让一步，你非要争，这下好了，身上的债务比山高，奔涌的利息比黄河深——白给的五万两银子不要，非来赚这一时辰才给两串铜钱的工钱，什么脑袋。”

“是是是，”胜者并没有被激怒，而是调皮地笑了，“我也觉得我脑子被门夹了。可师兄你若是那么明白，为什么和我一起来拉纤了？”

“唉……”他的师兄长叹了一声。

“为什么在我的剑鞘里，换上掌门的青云剑呀？”

“唉……”他的师兄又长叹一声。

“为什么三百八十一票——包括你在内——支持的全是我呢？”

“唉……”

他的师兄只得再次长叹。

他们背后，议事厅里的熟悉脸庞们赤裸着身躯，倾力向前抵住纤绳，整齐地排成一列，队伍很长，很长。

劳动的号子响起来，咸津津的汗滴进土里，他们胼手胝足地拉着自己背上的重担。

但到底，这重担没能压垮他们。

一如这江湖，没有被压成另外一种模样。

全员强迫

红泥小火炉

长达八年的皇位争夺战结束后，曾经的泗北王终于坐上宝座，改元“乾丰”，自此致力于休养生息，修路建桥，兴修水利，百姓总算得以安居乐业。

然而乾丰五年，一场怪病突如其来。

最开始，只是越来越多的人驻足于东街巷口的猪肉铺，张屠夫一手凌厉的“庖丁解猪”利索地将骨肉分解，围观群众看得如痴如醉，拍案叫绝；再后来，市面书店数月无新书，药铺门前常排长队，原因是抄书吏非要下笔无错字，药师非要天平两端无倾斜……

此怪病不会导致身体不适，宫中御医接连数月翻遍古籍不见记载，只能暂且将之命名为——强迫症。

乾丰六年，经太医诊断，皇帝确诊强迫症。

一

我仰天打了个喷嚏。

这时已是金秋十月，街边落叶不绝，习习凉风总能猝不及防地激得人一机灵，但我觉得自己这声喷嚏打得忒不吉利，于是不耐地撇起了嘴，随行小捕快赶忙上前道：“头儿，区区一个小偷小摸的案子哪需劳驾您亲自出马，小的们跑一趟踩踩地儿就得了。”

我白眼一翻：“你们懂个屁！”

这次发生失窃案的王家主营宫廷木器，手艺卓绝，世代受皇家恩宠。听闻当家王申近来深受强迫症困扰，皇帝大手一挥，派了御用专治此症的李太医给王申治病。

给他家破案，总比在衙里要好。

当然，我一口接下这个案子，其实还有其他缘由。

不等迈入王家大门，里边迎头出来一位行色匆匆的大夫，模样瞧起来很年轻，笨重的药箱也没让他脚步慢下一分，我一向眼尖，逮住他与我擦身而过的瞬间行了个礼，道：“这位可是李太医？”

李太医脚步一顿，连忙回礼道：“捕头大人好，想必是来查王家失窃案的？”

“正是，‘大人’二字不敢当，在下姓朱，叫我朱捕头就好。”

我还想寒暄一番，此时另有一名大夫匆匆登上门阶，向我俩行了礼之后由王家下人请入了门，我不由得疑惑：“这是……？”

“朱捕头有所不知，王老爷昨晚刚好与那窃贼打了个照面，吓得不轻，这会儿人还昏迷着。”李太医说着，身旁小厮急得不行，在他耳边低语几句。

我见状，立马心领神会：“李太医可是有要事？那便不打扰了，若查案中有需太医协助之处……”

李太医笑道：“定当协助，知无不言，言无不尽。”

随即拜别。

几个随行小捕快眼望着马车渐远，便开始夸李太医气质不凡，我一边赏了他们一句“瞧你们这出息”，一边哼着小调进了屋。

一进门，便有一阵扑面而来的神清气爽。

王家前院呈现出极致的对称，青石排列有致，两棵老树分踞东西，连树冠枝叶也修剪得一模一样，早听闻王家老爷王申患有强迫症，想来病得不轻。

王家上下仆从几乎全集中在了别院，有的在默默垂泪，有的踮脚想要往屋里瞧，我踏进别院时正好听见一众仆从议论纷纷——

“老爷还昏迷不醒？药都灌了三大碗！”

“这怕不是要……”

“呸呸呸，说什么呢。”

“想这么多做什么，而且这不还有少爷在吗……”

给我带路的正是王家的管事邢师傅，闻言喝道：“都议论些什么，小心扣你们工钱！”

众人作鸟兽散，邢师傅叹了口气："朱捕头见笑了，前头就是老爷夫人的卧房，再过去便是书房，我家老爷习惯晚睡，每夜都要在书房待上一会儿，谁知昨晚一去书房刚巧撞见那窃贼……"老管事抹了抹眼角，继续道，"我已命下人远离书房，朱捕头可要先去看看？"

"不急。"我望了一眼，"你家少爷呢？"

"少爷在自己房里休息。"

我挑起眉头："自家父亲卧病在床，他不来跟前伺候？"

邢师傅一怔，随即笑道："朱捕头误会了，老爷夫人没有子嗣，我家少爷名叫王戌，是老爷的侄子。"

三

数年前，王家发生变故。

工匠世家向来是子承父业。王申手艺精湛，但大家并不看好他当家，一来他性情暴躁，患上强迫症后更加吹毛求疵，常常将手下工匠骂得狗血淋头，故而不得人心；二来，王申前头尚有一位兄长，名王酉。

王酉为人谦逊有礼，凭着多年磨炼将一手木工活练得精妙卓绝，可惜，他继承当家的位置后不过五年就意外病故，只留下独子王戌一人。论资质论手艺，作为叔叔的王申自然远胜王戌，这才一举成为新任当家。

如此一来少不得有闲言碎语——哪有什么意外病故，分明是那王申为夺家主位下手害死兄长……近年来王申与王戌叔侄二人越发疏远，渐渐到了水火不容的地步。

我在王家书房四处查看，这屋里盗窃的痕迹一目了然，窗户显然被撬过，上面留有极轻的脚印，若不仔细十有八九瞧不出来——这贼是个惯犯。

我扭头问道："王老爷平时可有得罪什么人？"

邢师傅抹了一把额头："老爷性子急，平时得罪的人着实不少……"

我吩咐手下领邢师傅去将有作案动机的人列个名单，查看书桌前，不由得向窗边多看了一眼。

这脚印有点问题。

高手作案我也不是没遇上过，这类人偷盗起来跟炫技似的，从不在现场留下半点脚印。这样一枚极轻的脚印，反倒像在告诉我这窃贼目的不简单。

听府中负责整理书房的丫鬟说，那贼人偷了柜子中的碎银十两，外加王申珍藏的四幅字画，看起来此贼是瞅着值钱的便乱拿一通。我来到书桌前，随意翻了桌上几本手记，发现其中一本记载的东西有些奇怪，上书：

“乾元十五年九月一十六日，楠木翘头案台右下长纹刻余半寸，改短纹。”

整本皆是诸如此类的记载，具体时间和事件不一，但每个汉字句式都排列得完全一致，乍一看去不像手记，倒像对仗工整的诗文，瞧起来额外赏心悦目。我来回翻阅欣赏了几遍才满足地放下，转而向邢师傅问道：

“王老爷写这些手记做什么？”

邢师傅摇头：“除了清扫整理，老爷平时是不让下人靠近书房这片的，许多事也只与夫人说，兴许夫人会知晓这些手记的用处。”

待丫鬟将王夫人搀来，却是连她也不知。

“我曾问过老爷这些手记是做什么用的，可老爷不回答，我也不好多说什么。”

王夫人自昨晚开始一直亲自照顾王申，双眼红肿，脚步虚浮得像片树叶一般连站也站不住，我只能抓紧问道：“王老爷近来可有什么异常？可有新结什么仇怨？”

接连数问，王夫人只惨白着脸频频摇头，直到被问到“依夫人所见，那叔侄二人关系如何”时，王夫人倏然气急，浑身颤抖：“前几天戍儿出门遭绑架，我家老爷急如热锅蚂蚁，日不能食夜不能寐，不惜重金也要赎他平安。我自十年前嫁入王家，亲眼见老爷待兄长如敬老父，对戍儿视如己出，日月可鉴！捕头大人凭着什么怀疑他加害自家兄长？！”

说着眼皮一翻就要晕厥过去，我赶紧让丫鬟搀夫人回去歇息，一番折腾之后，邢师傅一脸歉然：“实在对不住，夫人对这事一直很敏感，冲撞捕头大人了。”

我挥挥手：“小事小事，对了，你家少爷遭绑是怎么回事？”

邢师傅回道：“皇上为了祭祖大典新订了一批木器，老爷和少爷对此都极为重视，三天前交货是由少爷亲自入宫去送的，回程路上眼见着天要下雨，便选了条山林捷径，结果被山匪劫了去。好在那群山匪只求钱财，我家老爷筹重金赎人，总算有惊无险。”

我又问：“可有报案？”

邢师傅垂首："自然是报了，只是……"他话道这里不再继续，我了然点头——山匪横行多年，官府不可能为了个木匠便脑袋一拍，一朝将其清剿干净。我主管城中事务，对此不好多加评论，只打哈哈蒙混过去。

王家大宅布局简单，除了日常起居的处所，只有一间祭祖的祠堂。王夫人稍作休息又衣不解带地守在床边，而王戍自幼身子不好，躲在自己别院不见人，我带着手下在大宅里溜达了一圈，收获甚微，此时天色渐晚，只好暂且告辞。

临走前，我交代道："估摸明天还得来一趟，再问问少爷的话，劳烦邢师傅提前与他说一声。"

邢师傅连连道谢，感叹道："王家在京城立足多年，与各衙门捕快也算来往甚多，朱捕头您当属其中最为尽心的一位了。"

尽心竭力，忠于所事。然而我在衙门里兜兜转转八年，眼见升迁越发无望，八年回首，一事无成！我闭了闭眼，笑着拱手道：

"您过奖了。"

三

翌日，我起了个大早，把手下那群兔崽子一个个踹醒后，驾出衙内马车直奔宫门口。

一众小捕快内心忐忑："头儿，您要闯皇宫？"

我抄起鞋板挨个拍了过去："想啥呢想啥呢想啥呢。"

李太医平时住在宫中，每日需为皇帝诊脉后再出宫去往王家，我赶在他刚出宫门的当口迎上去，好叫他劈头遇上我这张笑脸。

"李太医！"我佯装讶然，拱手道，"好巧好巧。"

"好巧，"李太医从善如流，回礼道，"想来我与朱捕头十分投缘。"

我继续插科打诨："太医可是要去王家？巧了！我也要去查案，要不一块儿咱们一道？还省了您的脚程。"说着指了指不远处的马车，几个小捕快配合地在那儿挥手打招呼。

殷勤献到跟前，李太医哪有拒绝的理由，只能道："那有劳朱捕头捎一程了。"

马车轱辘压着大道缓慢前行。

我一上马车，第一个动作是将车内靠枕两边一个面对整齐，摆弄半天，李太医便了然道："朱捕头是希望我帮您治疗强迫症？"

"哎！太医聪明，佩服佩服！"

我竖起大拇指，索性不再遮遮掩掩："不瞒李太医，朱某得这病多年，实在不堪其扰。您是天下唯一能治强迫之症的大夫，又长居宫中，平时见上一面都难，想请您救命更是难上加难！这回朱某好不容易借王家的案子与李太医结识，自知唐突，还望太医见谅……"

"朱捕头言重了，行医救人本就是我等分内之事。"

寒暄过后，李太医从随身药箱中拿出一打纸与毛笔："其实强迫症并不难治，此病症结在于患者的意识难以接受客观事物，如鲠在喉，如结于胸。只要明白了症结，再对症下药就可治愈。"

李太医说着，将靠枕向左推了五寸，这下马车内部布局失去对称感，我顿时浑身不对劲起来，仿佛蚂蚁蚀脑，疽虫啃骨。随后，李太医不紧不慢地让我在纸上写下"去往王家途中，马车靠枕向右五寸"，我急忙下笔，而后两眼死死盯着这行字，半盏茶的工夫过去，这字在我脑海中渐渐构成了一幅画面，画面中的我按照纸上的指示，信手将靠枕向右拉了五寸……

这下再抬眼看那造孽的靠枕，总算顺眼了不少。我想起王申的手记，这才明白原来那是强迫症的医治之方，随即向李太医求证，他笑道：

"那确实是王老爷为治愈强迫症所记，依照个人习惯不同，记事方式也有不同。不过，王老爷的情况着实有些难办，他本人被病症折磨得精神虚弱，但同时又希望借助强迫症，将每一件木器打磨得完美无瑕。所以两相权衡之下，李某也只能提供治疗之方，真正如何应用是由王老爷自行把控的。"

说完，又叮嘱道："朱捕头初次用此记事法治病，难免不习惯，若之后有疑问，可再来与我详谈。"

"多谢李太医，"我赶忙道谢，忽然眼珠一转，"只怕李太医宫中事务繁忙，若要再请教您，怕是要等朱某升迁至宫内侍卫才有机会了。"

我当然是有意旁敲侧击。

李太医乃近年皇帝面前的新贵，一句话顶旁人十句，若有他的美言，自个儿升迁之路必然更加顺顺当当。我心头狂跳，仔细注意李太医的神色，谁知这人仿若油盐不进，挑起帘子望了一眼外头。

“朱捕头可记得两年前此处是何地？”

闻言，我跟着瞧了一瞧，摇头道：“不记得。”

不记得也很正常，普通人家的强迫症多是折腾自己，皇帝则牵一发而动全身。宫中有一处望月楼，登楼可观全京，为了将京城打造成心中登峰造极的完美格局，单单此处脚下这一条路，皇帝便大兴土木，先后命人改道了二十四次。

试问谁还能记得这街以前是个什么模样？

李太医收手袖中，笑道：“伴君如伴虎，宫中人心难测，兴许不符朱捕头这般期许。”

我自知讨了个没趣，只得连声应和。

四

进了王家门，我和李太医分走两边，他前去为王老爷诊脉，与其他大夫交换意见，而我则去往王戍的别院，继续昨天的查案。

我手底下的捕快经过昨天一番走访，搜来的线索并不多——那窃贼遇上王申之后翻墙逃窜，不知踪影，也再不见其他的脚印，市面上也没有失窃的赃物流出，于是从窃贼本身着手的线索断绝。再看邢师傅列出的名单，足有三页，有待逐一排查。

最后便是官府报案记录。

王家记录在册的报案共有三次。第一次是王戍状告王申下药毒害生父，最终因证据不足未能立案；第二次是王戍遭绑，因不过一天人已经平安回家，也草草结案；第三次便是此次的失窃。

我正捏着报案记录沉思，身后忽然传来几声轻咳，正是王戍终于到场。

这人一如传闻中那样身形瘦弱，肩上披有玄色裘皮大衣，一副弱不禁风的恹恹模样，入座后丫鬟捧来了手炉给他暖着，看得我不由得在心中反复斟酌字句，生怕一不小心，此人便跟王夫人一样作势要晕。

没想到我还未开口，王戍率先哼了一声：“朱捕头这两日不外出抓捕窃贼，尽在王家四处盘问，想来是认为此次失窃乃是内贼所为了？”

王戍今年刚满二十，正是少年心性，我不与这小公子一般见识，索性答道：“确实，这窃贼显然功夫上乘，但所盗之物都算不上什么绝品，事有蹊跷，所以得调查仔细些。”

我故意话锋一转：“王公子对那窃贼的身份可有什么头绪？”

王成面无表情道：“没有。”

我穷追不舍：“公子觉得那窃贼是为财而来，还是为王老爷而来？”

王成道：“我自然希望他是冲着王申来的。”

他如此直言不讳，反倒叫我眉头一蹙：“王公子当真认为是王老爷毒害令尊？听说此前公子遭遇山匪，王老爷可是焦急万分……”

“那又如何？”

王成重复道：“他表现得焦急，又能说明什么？”

这话经他口中说出不像反问，倒像是质问，我心说看来传言诚不欺我，这叔侄二人果真水火不容——至少在王成这边，他对王申的厌恶可说毫不掩饰。

反而没什么好问了。

没半盏茶的工夫，我见着王成进门，又眼见着人起座离开，手下的捕快踮着脚尖探头探脑，问我：“您吃瘪了？”

我说道：“去，让王夫人过来。”

“您昨天不是问过她话了？难道您又有新发现？”

“倒也没什么，”我摸摸下巴，“我怀疑她昨天说了个谎。”

王成自幼体弱，但说起话来锋芒毕露，显然是骄纵惯了，可见王夫人所言不假，无论出于何种目的，王申确实没委屈过这个大侄子。她的谎言是在另一句话上——

“我曾问过老爷这些手记是做什么用的，可老爷不回答，我也不好多说什么。”

手记只不过是医治强迫症的方法，并非什么见不得人的事，既然夫人开口问过，王老爷有何不答的缘由？

五

她手中应当藏有什么东西。

我冷眼看着王夫人脸色由红到青再泛白，额头冒汗，紧绷的神经促使她下意识地捏紧了袖子，我猜测那东西恐怕就在她袖内，又不禁想究竟是什么东西，让王夫人非得随身携带才能安心。

“老爷，老爷兴许是说过，我昨儿个一时忘了……”

我眉头紧蹙，决定诈她一诈：“书房桌上可是还有其他手记，让夫人藏起来了？”

“你……你……”

王夫人倏地后退几步，一见她这种反应，我便知自己诈对了，游刃有余地循循善诱起来：“夫人可知知情不报，阻挠官差办案该当何罪？”

“可这，这跟失窃案没有关系，我，我……”

我开始信口胡诌：“这也不一定，或许其他物件只是障眼法，窃贼真正的目的正是王老爷的手记，而夫人将手记一藏，岂不是逼得贼人再来光顾一回？”

这下王夫人彻底怔愣当场，半天才抖着手将袖中的东西取出。

果然是手记。

被藏起来的手记不多，只有薄薄一册，但记载内容与其他的完全不同，不像诗文，倒像是族谱，我仔细一看，发现这记载的是王氏历代当家姓名，并且每相邻两人间加了短线相连，上标“父子”的亲属关系。

整册皆是将一串人名循环重复抄写。我翻了几页，最后视线落在了一处——王酉与王申分明是兄弟，但在这本用于治疗强迫症的手记里，王申却硬是将两人关系一如前列那样标成了“父子”。

王夫人掩面呜呜哭泣：“这几个月来，老爷一会儿说要把当家的位置还给侄儿，一会儿又将故去的兄长当作老父，将戍儿当作胞弟，说什么子承父业，自己这当家坐得天经地义……这哪是什么强迫症，分明是精神错乱，疯魔了！”

我盯着手记，这种工整一致的书写方式本该极其满足我的强迫症心理，此时却让人不由得感到一阵头皮发麻。

“夫人没将这事与李太医说说？”

王夫人摇头：“王氏家大业大，多少双眼睛虎视眈眈！我想着家丑不可外扬，所以才将这些手记藏起来，谁也没有告诉，更何况李太医还是宫里人，这若是传到皇上耳朵里，咱们指不定连御用木匠的名头也得丢……”

我一腔想骂人的念头在肚子里滚了百转千回，最终只能狠狠叹了口气，主人家都不愿与大夫说实话，他一个外人更不好插手，正思忖间，邢师傅慌慌张张地跌进了别院里。

“夫……夫人，”邢师傅颤着声音说道，“老爷，老爷他疯了！”

我立在门外，大夫丫鬟进进出出脚不沾地，没人分得出闲心瞧我一眼。门内里室传出王老爷经久不绝的嘶声大吼，一会儿像在哭，一会儿又像在笑，好像隐约能拼出什么话来，却抑扬顿挫得不成调子，其间还混杂着女人的尖叫和哭声。手下的捕快们一开始还跟着头儿站了一会儿，没多久就受不住跑远了。

还有一人站在门外另一侧的，正是王戍。

我看他一眼，走近：“王公子不进去？”

“王申害我父亲，众人皆知我们叔侄不合，这时做戏，岂不像兔死狐悲？”王戍耸耸肩，反问道，“朱捕头查案查得如何？”

“恐怕失窃案可暂放一边，”我向里头扬扬下巴，“王公子不想知道令叔父为何会变成这副模样？”

王戍笑了一笑。

“我王家历来子承父业，王申玩儿斧声烛影的把戏，最终被自己的强迫症折磨致疯，也只是罪有应得而已。”

我道：“你果然知情，那前几日遭遇山匪也是你有意为之？”

王申为缓解强迫症的痛苦，不惜在手记上将王酉写作自己生父以顺记载，然而上至祭祖拜庙，下至团桌吃饭，种种细节时常提醒王申事实不可改变，他便冒出了索性将当家的位置交予王戍的念头——权当他没做过这个当家的，那记载可不就顺了嘛！

可是，怎么舍得拱手让人？

那是他费尽心力才坐上的位置，就凭那小子，那毛头小子！

王申兀自挣扎中，下意识将让位当作最后的救命稻草，此时却突然传来消息，侄儿遭山匪绑架……

那病弱公子面对我的逼问，施施然地一笑，爽快承认道：“正是。”

我阴沉着脸：“敢在官差面前如此直言不讳，王公子着实胆识过人。”

“王申自己发疯，能怪得了谁人？”王戍道，“不妨给朱捕头一个建议。”

“洗耳恭听。”

我原以为这小孩儿要说些趾高气昂的气人话，谁知竟是莫名其妙地说了一句："我家祠堂与书房离得极近，朱捕头若有兴趣，可以去瞧瞧。"

思索再三，我还是决定依王成的话去一趟王家祠堂。临走前我回头望了一眼，越过层层人墙，眼见王申跌在地上来回打滚，指甲在脸上划出一道道血痕。王申原本正当壮年，该是意气风发的时候，此时双眼凹陷，脸颊瘦得不成样子。

我捏紧腰刀，抬步向祠堂走去。

六

祠堂对家族来说是重地，加上它不在窃贼的逃跑路线上，因此昨天我带着人只将门前路踩了一遍，并未入内。整座祠堂外观严谨对称，庄严肃穆，我仰首打量了一番，随后"吱呀"一声，推门而入。

祠堂中站有一个人，正抬着头瞻仰神位。

"李太医？"

那人转过身来，拱手道："朱捕头。"

"您怎会在这儿？"我满心讶然，快步走近，"王老爷发了疯，邢师傅正四处寻你救……"说着蓦然一顿，狐疑地看向他："王成的意思，是让我来找你？"

话一落地，下一句便脱口而出："是你助他逼疯王申的？"

李太医负手而立，望向上方供奉的神位："正是。"

语毕，一道寒光向他劈头砍去，我的刀出鞘极快，落刀更快，可连碰也没碰到一根头发，那李太医居然转瞬不见踪影！

"朱捕头这些年破了不少案子，虽追名逐利，但心有正义，是个人才。"

声音从身后传来，我冷冷地侧身看他，李太医一派风轻云淡："正因如此，李某才想着该与朱捕头谈上一谈。"

"这身手……那窃贼就是你？"我沉声道，"你究竟是谁？"

"在下江湖第一骗子，李游。"

"真名？"

李游笑道："假名。"他随手从木桌上取来一本族谱："每个人的精神承受力各有不同，我本以为王戍遭绑的消息足够王申发疯，没想到他竟撑住了，无奈之下，我只好扮作窃贼唬他一回。”

他把族谱递给我，伸出一根食指点了点：“很简单，只用扮成王戍，叫他一句‘兄长’……”

我一摸族谱就发觉有异，只见底封有一处被墨汁浸透，族谱将王氏各代各脉记载详细，王西与王申并排，但二人间的那“兄弟”两字也不知被反复涂了多少回，力透纸背。

“这样做你能得到什么好处？”我问道，“王戍花钱雇你的？”

“王公子与在下之间确实有个交易，不过，李某的雇主另有他人。”

李游点燃两炷清香，突然道：“朱捕头可知，昨日宫里为何急召我回去？”

我双目紧盯着李游，打算寻机会将人制住再说，正在这时，忽然传来了沉重的钟声，由远及近，如同石入静潭泛起圈圈涟漪。

宫里出事了。

李游上了香，缓缓道：“那朱捕头可知道泗北王？”

泗北王，这是当今圣上曾经的封号。自古长幼有序，当年新帝继位没多久，身为胞弟的泗北王便举起了清君侧的大旗，发动兵变，新帝在动乱中病逝，泗北王一口气吞下了皇位大权。

为了稳定民心，他没有赶尽杀绝，而是将自己以前的封号给了侄子，我犹疑道：“你是说先帝之子，泗北王？”

李游点了点头，钟声悠长。

“昨日，泗北王失踪了。”

同样的强迫症，同样的斧声烛影，同样的叔侄关系。王戍自导自演一出绑架案，泗北王莫名其妙闹失踪……我感到喉头艰涩异常，手中接来了什么东西，低头一看，是李游将王西的牌位递了过来。

我似有所感，耳边响起了邢师傅说过的一句话——

“皇上为了祭祖大典新订了一批木器，老爷和少爷对此都极为重视，三天前交货是由少爷亲自入宫去送的……”

木器，木器。

用力将牌位一按，果真有一侧被他按动，木牌翻面，上书：弑兄夺位，天理难容。

“你要用同样的方法，逼疯皇帝？”我咬牙一字一句道，“你跟王戍做的交易就是这个？你们竟敢？！”

“王戍年轻，所谓初生牛犊不怕虎，正是此理。”

“是泗北王雇的你？”

“非也，说起来，此番实属迫于无奈，”李游叹了口气，“在下本不想接这单生意，奈何，雇主给的酬劳实在太多了。”

“酬劳？”

李游谦逊道：“京中庶民五百万人，每人出十文铜板。”

七

乾丰五年，一场怪病突如其来，京城无数百姓患强迫症。

宫中有一处望月楼，登楼可观全京。皇帝耗时十年，数次改道修路，京城百年历史沉淀被彻底抠挖干净，高阁凭栏一望，整座京城绵延数里与天相连，大道笔直地向外延伸，宏伟谨严。

而为了这幅眺望的极致景观，京城街坊巷中有楼房分切两半，中间横辟一路；有人祖宅被夷为平地，数年颠沛流离……京城犹如交错纵横的蛛网，背后五百万双或哀或怒的眼睛。

我喉头发紧，宫中的钟声连绵不绝，不知响了多久。

“为什么告诉我，”我艰难地问道，“你不怕我揭发？”

李游拍了拍我的肩膀：“且不说人微言轻，朱捕头本身便是为利而接的案子，想必其中的利害关系，你心里应当明白得很。王申这当家坐的名不正言不顺，多年来一直遭人非议，王戍自然不愿重蹈覆辙，所以需要有朱捕头这样急于功名的官差，帮他为王申的发疯归结到窃贼上去。”

“……你们倒把人拿捏得紧。”

“过奖，不过在下还有另一层用意。”李游拱手道，“说来，朱捕头只是个捕头，那把龙椅上坐的人是谁，与您并无多大干系。”

——朱捕头虽追名逐利，但心有正义，是个人才。

他从袖中摸出一张纸条，笑道：“这上头是泗北王此时的所在，李某第一次接这样有趣的生意，因此实在有些好奇，您这样的人会做出怎样的选择。”

只要找到泗北王，或可投靠攀附，或可……

君臣，官民，亲属关系。你会做出怎样的选择？

李游将纸条展开，我垂眼看了一会儿，转身大步向门外迈去。

破落院见闻录

八刀红茶

这便是侠，这便是江湖。

一

白半寸是昨日三更天时死的。

我记得清楚，山外太平镇王更夫的竹梆子“咚咚咚”，一快三慢，清清楚楚。我摸黑到院子南角撒尿，回来时，就见白半寸的大躺椅摆在院中，看上去孤零零的。

白半寸斜靠在那张大躺椅上，一动不动。几片赤红的残叶从老树上落下，转着圈飘落到他身上。我提着裤子跑过去，突然恶臭扑鼻，那是他断臂处伤口腐烂散发出来的味道。我伸出手指探了探鼻息，又俯下身子趴在他胸口听了听心跳，皆无。

白半寸就在这样一个漆黑的夜晚，在自己心爱的躺椅上悄悄死去了。他死时双眼圆睁，死不瞑目。

我抱着他的尸首到后院外的乱坟岗里，选了个早就挖好的空坟，默默叨念一句阿弥陀佛，随意扔进去，填上土。

破落院外多了一个坟头，江湖上少了一位剑客。

仅此而已。

破落院里已经死过太多的大侠、剑客、高手、名宿，我早已见怪不怪。

破落院的名字在江湖上流传已久，究竟是怎么得来的，谁也说不清楚。我只知道，大望山破落院号称“江湖上最后一块栖息之地”，很让人神往，但直白地说，不过就是残疾收容院罢了。

江湖多争斗，有胜，便有败；有赢，便有输。脱毛凤凰不如鸡，落败的大侠、剑客们晚年大多凄惨不堪，江湖人出手不爱留情，败的一方缺胳膊少腿是家常便饭，被人砍得生活不能自理更是常态。死了倒算解脱，死不了的免不了受人白眼，更有那种专爱欺负弱小残疾的“英雄”，还要给他们再补上两刀。

江湖人谁都明白：人在江湖飘，哪有不挨刀？所以，他们大都快意恩仇，今朝有酒今朝醉，但也有人居安思危，会为自己留个退路的念头。于是，破落院应运而生。

破落院建成已久，早忘了这是谁的主意，只知道当年江湖一百零三个大小门派联合招标，江南富商们投资，在这大望山深处建了这么一间小院。富商们初始还觉得占了大便宜，花几个小钱，养一票成名武人，日后商场倾轧，请个把高人出手，再难的问题，一剑、一掌、一拳也就解决了。日子久了，富商们才瞧得明白，这院中之人不是断手断脚，便是痴傻呆儿。富商们心思落空，便没了投资的劲头儿，这破落院也便日渐地破落了。院中原本有三个管事，后被富商们调走两个，只有周管事留了下来。

周管事有学问，精算计，出口必是之乎者也。他是落第秀才，空有一肚子墨水，十几年屡考不中，到如今早年的意气风发已被世事消磨干净，他在这破落院中怡然自得。说起来，一帮江湖鸟人和他这落第秀才搅和到一起，也算绝配。院中的诸事被周管事归置得井井有条，可再有条理，缺钱终归还是缺钱。院中房舍几十间，由于少修缮，废弃了一半。因为付不起工钱，帮工由原本的二十多人变成了现在的两人——我和厨娘张寡妇。

我叫李多福，自幼无父无母，本是破落院外大望山下太平镇上的乞丐，过惯了忍饥挨饿受人白眼的日子。几年前周管事下山采购，碰巧在街头遇见了我。他见我年纪轻轻流落街头，心有不忍，便把我收进了破落院，让我当了一个小杂役。他没钱发我工钱，我也不想要，只求一日三餐顿顿都能吃饱。周管事是个好人，我一直这么认为。

破落院中住的，大都是当年在江湖上风光一时的人物，一时落败被人打没了半条性命，便爬到这里苟延残喘。

这院子不大也不小，不富也不贫，只有一样，安宁。江湖仇杀到不了这里，进了这院子，便等于是退出了江湖，这是百年来江湖上难得一致认同的公约。

当然，也曾有坏了规矩的先例。

五十年前，青城剑客仁无寿与五虎断门刀掌门彭铁头赌斗，彭铁头大败，双手手筋被挑，这辈子再也没了拿刀的可能。彭铁头成了废人，心灰意冷地来到破落院，傲慢的青城剑客秉承着斩草除根的至理，追到破落院中，一剑封喉。

江湖哗然。

一百零三个大小门派联手发出怒目令，黑白两道缉拿仁无寿，青城派掌门宣布把这位三代上下天赋最高的剑客逐出师门。仁无寿在黄河险滩龙沙滩旁被十二大水鬼、三十六小水匪围住，亡命之徒们用分水峨眉刺刺瞎了他的双眼。仁无寿仗着技艺惊人，杀出一条血路，捡了半条性命。他在将死之时想起了破落院，花了十锭金子请了黄河以北最好的车夫连夜将他送到破落院，然后他坐在破落院的门槛上傲视群雄，仰天大笑。

群雄们杀不了他。杀他是为了维护破落院公约，不杀他也是为了维护破落院公约。

仁无寿活了下来，享年七十岁，一年前去世，后半生再未踏出破落院半步。我和他很熟，作为一个盲人，他经常有认错路的时候，比如把厨房当成茅厕，把灶台当成茅坑，这个时候我总会适时出现，把他从灶台上拽下来，系上他的裤腰带，纠正他的错误做法。他去世后，我把他的尸体扔在了院后乱坟岗里，鉴于他的奸诈，埋他的时候，我没有默念阿弥陀佛……

进了破落院的人，大都这样落魄，没了奢望，只想求个好死。

白半寸也是这样的人物。

二

白半寸原名白落鸣，一个带着书卷气的名字，是我们大望山周边乡下人取不出来的。他师出剑派名门点苍山，是点苍十三子中排名第一的高手。

点苍山的剑法，一快，二俊，出手如奔雷闪电，起手如流风回雪，所以点苍派也有“一剑点苍，花重锦官”的美誉。点苍山有两大特产，一出快剑，二出小白脸。这话我是听阿九公说的，阿九公是我们破落院最老的人，我还没来破落院当杂役的时候，他就到了这里。阿九公爱喝酒，喝酒就爱说些江湖轶闻。阿九公说，点苍剑法精髓便是快，所以成名剑客都是快剑，而练出快剑的，大多是些小白脸，小白脸啊没有好心眼，所以这点苍派的人品，是一代不如一代。

阿九公一说到这里，总要把嗓门一扬，喊得全院都听得见。每当这时候，白半寸斜靠在自己那高高的躺椅上，双眼一闭，假装睡了过去，也不出言反抗，只是伤口疼痛难忍时，才哼上一声。

白半寸对点苍派，是有怨言的。

“白半寸”是他来到破落院半月之后，我们给他起的绰号。他来的时候左右两臂已断，看那伤口，是被人用利剑切断的。他的粗布衣服上脏兮兮的，尽是血渍，走到门口，晃了晃，一头栽了下来。我本以为他死定了，拿把铁铲子就去院外刨坟，坟坑刨了一半，周管事不忍心，给他灌了碗鱼汤，还真给喂活了。活归活，破落院里没有郎中，更没有钱请山外的郎中来为他看病，只好任由他那伤口慢慢腐烂下去。天热，伤口处生了蛆，他也不叫嚷，就躺在躺椅上，歪着头，斜着眼，瞅着蛆虫慢慢蠕动，有时一看便是大半天，不发一言。

我在一旁看着，心里不落忍，端着盆清水拿着湿毛巾强忍着恶臭替他清洗伤口，这时他才醒过神儿来，一声叹息，喃喃自语，又要讲起那个他已经讲过一万遍的故事。

“半寸，就差半寸……”

白半寸眼神散乱，脸色颓唐：“点苍掌门应该是我的！半寸，就差半寸……”

名剑客白半寸在大望山孤零零的破落院里，喊出了满心的委屈，回答他的是山风的低吼和破落院所有人的白眼。

我听得腻歪，默默收拾起毛巾，端起脸盆就要离开。白半寸腾地在躺椅上坐了起来，看着我，眼神里含着祈求之色：“多福兄弟，别走啊，听我把故事讲完好不好，这里没人爱听我的故事，只有你啦，不讲出来，我……我实在憋屈……”

他声音轻如蚊蚋，仰头看着我，似乎生怕触怒了我一般。江湖上赫赫有名的点苍山名剑客白落鸣竟然叫我是兄弟，作为太平镇上人见了扔石头，狗见了咬屁股的小乞儿，我瞬间陶醉了，得意之情溢于言表。虽然他的故事我已经听过无数遍，我仍然喜滋滋地把脸盆放在地上，坐在了他旁边。

“讲嘛，大剑客，有话你就讲嘛！”我挥挥手，大度地批准了他的乞求。

有了唯一的听众，白半寸的眼中也有了亮泽，脸色好了许多。

“我大名叫白落鸣，不是你们起的绰号白半寸。”落魄的剑客先低声为自己辩解一句，正了名，他偷偷瞧我，见我没有生气的迹象，这才继续说道，“我八岁入点苍，十一岁得掌门授剑，剑名紫电，十四岁练成点苍快剑，十六岁成为点苍十三子之一，十九岁出点苍下江南，连败江南二十三位名剑客，名震江湖，江湖上有人赠我雅号紫电快剑白落鸣。常听人说，出名要趁早，我也是这般想的，十九岁，我便成了名剑客。”

白半寸骄傲地说着自己的经历，如数家珍。我很佩服他，明明被人砍成了这副熊样儿，吹起牛来还是如滔滔江水绵绵不绝。

名剑客又怎么样，废了就是废了。

他沉浸在往日的荣耀中，身子靠在椅背上，嘴角竟然微微泛起一丝笑意。我看在眼里，忍不住讥讽道：“再厉害，两条胳膊还是让人给砍没了。”

我轻轻一句话，撩拨起了白半寸的怒火，他再次挺直腰背，坐了起来，怒火无处发泄，身子剧烈地摇晃着，像一条大蚯蚓一样。

“我没输，我没输，我没输……”白半寸像道士念咒一般喋喋不休地重复着这三个字，“是天落歌这个混蛋耍阴招，耍阴招，耍阴招！”

他愤怒地再次喊出了天落歌的名字，我知道这个人，阿九公曾经说过，天落歌是点苍派的现任掌门，风流倜傥雄才伟略，是江湖上一等一的人物。

我想不到，面前这个残废竟然会和现在的点苍派掌门有瓜葛。

“你瞧不起我这残废，以为我借他名头抬高自己是不是？”毕竟是混过江湖的名剑客，他冷笑一声，点破了我的心思。

我虚伪一笑，连说没有。白半寸没有追究，他也不敢追究，得罪了我，以后连个喂他吃饭的人都没有，饿也饿死他。当年的名剑客，现在生死全在我手里，我更觉得自己厉害了。

“天落歌有什么了不起。”残疾人白半寸继续自吹自擂，往自己脸上贴金，“我和他同属点苍落字辈，我比他大半岁，入门比他早半年，他八岁半入点苍，十一岁半得掌门授剑，剑名奔雷，十四岁半练成点苍快剑，十六岁半成为点苍十三子之一，十九岁出点苍入中原，侥幸连败中原二十二位名剑客，得了个匪号奔雷快剑天落歌……”

“也很厉害。”我挠挠头，衷心地赞了一句。

白半寸再次像蚯蚓一样，身体剧烈晃动起来，看来残疾剑客又生气了。

“他明明比不过、比不过我！”白半寸仰着脖子，望天大喊，“他什么都比我差，他入门比我晚，练剑比我晚，打败的剑客也没我多，他就是比我差！”

“可你还是被他砍成了残疾。”我无奈地陈述事实。

“那是阴谋，阴谋！”白半寸激动之下再次强调，“那是他的阴谋！就差半寸，半寸！”

“一切都是从五年前开始的。”白半寸急不可耐地向我讲述天落歌的阴谋，“五年前，八月初六，前任掌门病故，那时我正在江南行走，听闻噩耗，回山奔丧，自古师如父，我是掌门亲传弟子，自当在他灵前尽些心意。”

白半寸说得很诚恳，我斜着眼，不以为然地说道：“你是想夺掌门之位吧。”

白半寸被我说中心事，“嗯嗯啊啊”一阵敷衍。当然，我是看不透这些事的，这些也是阿九公告诉我的。阿九公说过，别看白半寸如今像死狗一样，当年在点苍山上，也是要资历有资历，要能力有能力的人物。点苍派的掌门，历代都是在点苍十三子中选拔，当时白半寸在点苍十三子中剑术名列第一，这掌门按说本是他的。

这破落院中，除了周管事，我最喜欢的便是阿九公。阿九公喜欢和我聊天，他似乎能知天下事，江湖上各门各派的往事没有他不知道的，他脾气也好，从来不打骂我。在心里，我把他封为破落院第二好人，第一当然还是周管事。

白半寸见我走神，不满意地闷哼一声，提高嗓音说道：“按情理，我是点苍十三子中排名第一的高手，这掌门之位非我莫属，可是！可是我那些瞎了狗眼的师叔们非说我气量狭小有勇无谋，不足以担掌门大任，他们一致推荐天落歌那个小人当掌门！他剑法没我好，入门没我早，凭什么当掌门？我不服，大闹师父灵堂，在灵堂前拔了剑，要天落歌与我一对一赌斗，赢了的当掌门，输了的滚下点苍山。

“天落歌在点苍十三子中排名第二，剑法上的造诣比起我来始终差了那么一成。我们点苍一派的剑法，都是快剑，比的是谁出剑快，谁快，谁便占了赢面。我和天落歌早年学剑时交过手，他出手速度始终比我慢上半拍，我知道这场比斗，我赢定了！”

“可你还是让天落歌砍成了残疾。”我看不惯他吹牛，再次打击他。

“那是阴谋，阴谋！”白半寸再次强调他的阴谋论，“天落歌这个卑鄙小人，居然应下了这次赌斗，他要我三天后在比武场相见，到时候点苍同门做见证，决出新掌门。我觉得胜券在握，答应了他。三天后的正午，我们在比武场碰面，他白衣翩翩，好不潇洒，我一身青色短衣打扮，比起他来也差不到哪里。”

残疾人白半寸不自觉地又在我面前吹起了牛。

“山上的七位师叔一同到场，我有心要在这几个前辈面前赚足脸面。天落歌说刀剑无眼，我们是同门手足，为了区区一个虚位便以性命相搏实在太不应该，为了安全着想，他提议我们用木剑比斗。木剑又怎样，若是动起手来，在木剑上灌注内力，照样能要人性命。我想着尽量满足他的要求，免得他落败后找些无关紧要的借口当说辞，便答应了。奉剑小童在兵器库里找了两柄木剑交给我们，一样的三尺白杨木剑。

“我们两人师承相同，一样的点苍快剑，一样的招数，一样的内力，相差实在不大，我们斗了几百招不分胜负，可打到后来，他耐力不如我，出剑明显比我慢了半拍。我们点苍的剑法，慢了就是输，我瞅准机会，用出了点苍快剑中最精髓的一招——‘一剑点苍’，长剑探出，直奔对手胸口，凭着速度直刺，一点儿不留后手，这是不要命的打法。天落歌见我出剑，也用了这‘一剑点苍’的招式，要在这一招上与我拼出胜负。我瞧得清楚，他出剑时依然比我慢了半拍，我以为就要赢了，心里满是得意，可胸口突然一痛，就见他的木剑直挺挺插进了我右胸，我的木剑离他身体还有半寸！天落歌一招得手，毫不留情，手腕外翻，在木剑上灌了内力，把我右臂砍去啦！”

白半寸哀叹一声，老泪横流，鼻涕混着眼泪一块儿流进了嘴里，根本没有名剑客的风范，那窝囊样让我有一种站起来抽他两耳光的冲动，可我还是忍了下来。李多福你可千万不能欺负残疾人，我心里如此暗想着。

“你学艺不精，让人砍了也是理所应当。”作为一个听众，我尽量客观地评价。

白半寸受了刺激，高傲的内心受到了不可治愈的伤害，身子剧烈抖动，躺椅让他摇晃得咯吱咯吱直响。

“我不服，不服！明明我的剑比他快，我不会输，不会输！”他像一个臆想症患者，妄图扭曲早已发生的事实。

“可你还是输了。”我毫不怜悯地陈述事实。

“是啊，我还是输了。”窝囊废白半寸轻叹一声，落寞寂寥的表情像看透人间至理的哲学家，很是让人肝儿颤。

“我也不明白啊，我明明出手比他快半拍，同样的招式用出来，为什么他先刺中了我。我日日想，夜夜想，想了一个月，终于找出了答案。”

“为什么？”我微微有些好奇。

“我的剑，还是不够快！”他坚定地点点头。

“我不甘心就这样败给天落歌。同门取笑我、排挤我。我忍辱负重，拖着半残之躯，在点苍山下不远处租了一间民居，练起了左手快剑。我冬练三九夏练三伏，披星戴月闻鸡起舞。天落歌的画像挂在我床头，我每日起床后啐它一口，每晚睡觉前还要啐它一口，由于唾沫星子太多，画像每半月就要换上一幅，为了求真求像，我总找成名的画家为他画像，单是画像钱，五年来我就花了几百两银子，花尽了我半生积蓄。”

“败家子！”我翻翻眼皮，忍不住骂道。

白半寸脸上却写明了执迷不悟：“这钱花得值！每次一抬头，我就看到天落歌的脸上挂满了唾沫星子，那份成就感你又怎么能体会！”

意淫狂白半寸的语气里满是骄傲与陶醉，这次我连骂都懒得骂他了。

“终于，我用了五年时间，练成了左手快剑，出剑与当年的右手一样快，不，比当年的右手剑还要快！我单枪匹马，一人上了点苍山，要与已经贵为点苍派掌门的天落歌决斗。我等了五年，就是要等一个机会，我要争一口气，不是想证明我了不起；我是要告诉人家，失去的东西，我一定要拿回来！”

白半寸最后一句话说得慷慨激昂，煽情异常。我听得耳熟，疑惑地问他：“这么煽情，这么豪气，这么有水平的话是你自己发明的么？”

白半寸脸上一红，可他没有半分犹豫地大声说：“当然！”

“天落歌五年未见，愈发贵气了。这个虚伪小人热情地接待了我，当他听说我来挑战，很是爽快地答应了。和五年前一样，又是在那个练武场，又是七位长老做证。奉剑童子在兵器库里拿了两柄三尺白杨木剑……”

“不用说啦，我知道，你又输了。”我懒懒地打了个哈欠，直接说出了结果，我实在没有兴趣再听他的唠叨，“赢了您老就不会到这儿来了。”

我拍拍他肩膀，以示安慰。

“是啊，我又输了。”白半寸的眼神像划过天际的流星一样，迅速暗淡，“还是和五年前一样，我们交手几百招，最后同时用出了点苍派最精髓的一招‘一剑点苍’，还是和五年前一样，他的剑先刺中了我左胸，手腕外翻，顺势砍断了我左臂，我手中的剑离他胸口，还是差了半寸！

“五年苦练，一切没有任何改变，我还是打不过他！一瞬间，我心灰意冷，倒了下去，我想索性死了吧，左右双臂已失，活着也是废人了。我躺在地上，看着断臂在地上滚落，我用的那把木剑落在我身旁。都没了，什么都没了，我躺在地上，等着天落歌给我最后一剑。可是他没有杀我！他诡异一笑，俯下身子，把自己的那柄木剑也放在了地上，两柄木剑整整齐齐摆在一起！一瞬间，我瞳孔放大，我亲眼看到，我亲眼看到……”

白半寸又像大蚯蚓一样扭动起来，呼吸急促，胸口起伏不定，气短之下说话也结巴起来：“我亲眼看到……看到他用的木剑比我的木剑长了半寸！

“不是我出剑慢，不是他武艺高，是他的木剑比我的长了半寸！

“他收买了奉剑小童，在那剑上做了手脚！我想揭穿他的阴谋，他却让人把我扔下了山，没有人信我，没有人信我啊！

“卑鄙啊，卑鄙！”

那天下午，破落院内不时响起白半寸的长吁短叹，他那天精神奇好，说起话来滔滔不绝，我知道他大限将至，这是回光返照的迹象。

“多福兄弟，”他突然靠在躺椅上，冲我讨好一笑，“故事你都听清楚了？”

“当然。”我擦了擦流到嘴边的鼻涕，不耐烦地点点头，这个被他讲了无数遍的故事，我简直可以倒背如流。

“多福兄弟，我这辈子是没指望啦，只有一样，这胸口的怨气啊，实在出不来。你帮我把这故事传一传，让大家都知道，这一传十，十传百，传的多了，说不定天下人便都知道了天落歌的德行啦。拜托兄弟，拜托兄弟……”

他想讨好似的拍拍我肩，以示亲昵，可肩膀抖了抖，才想起自己早没了胳膊。

“没时间啊，我要去刷马桶了。”我站起身，端起盆子，和白半寸说了最后一句话。我明显看到了他失望的神色，他想冲我发火，可又不敢。这位大剑客在自己将死之时，连我这样一个小杂役都不敢得罪了。

不是我狠心，破落院中几十口人，每人都有自己的不幸，若要一个一个可怜起来，怕是我每天都要哭成个泪人儿，见得多了便就习惯了。他们风光之时从来不会正眼看一个小杂役，落魄之时却争着在一个小杂役面前赚眼泪，博同情。

孬种！

这是我在心底给这些大侠们下的定议。

那天，白半寸似乎一直郁郁寡欢，长吁短叹，午饭未吃，晚饭也未吃。我端了张寡妇做的刀削面来喂他，他像赌气的孩子一样紧闭着嘴，我无奈之下把面抹了他一脸，任他自便了。到晚上再见他时，他已经变成了冰冷的尸体。

我在他的坟前立个木牌，写上他的大名——白落鸣，仅仅是孤零零的三个字，没有点苍山，没有剑客。

周管事端了厨房剩下的刀削面来到他坟前，夜风袭来，面上沾染了几丝沙土。

三

那天天气不错，太阳暖烘烘地晒进院子里，一切如常。

阿九公拿着一卷《论语》坐在院中，念着之乎者也，我打小不认字，对文人有种骨子里的崇拜。我知道这书里都是圣人之言，几次央求阿九公给我讲讲。阿九公断然拒绝，他说人分三六九等，我天生是使力的贱命，听些江湖轶闻壮壮胆气开开眼界也就够了，至于听什么圣人之言，那就大可不必了。这话说得虽不入耳，可也在理，再加上阿九公给我讲的那些江湖野闻着实有趣，日子一长我便忘了这档子闲事。

长白三匪裹着厚棉袄窝在墙角阴影下，后背靠在墙上来回蹭着痒，一根大烟袋在三个人手里轮流转着，烟袋锅子里呼哧呼哧冒着烟，即便在这破院子中，三人依然刀不离手。长白三匪原本是关外白山黑水里的绿林人，老大叫崔大猛，老二叫崔二猛，老三叫崔三猛，三人是亲兄弟，学的都是野路子，不知道年轻时在哪学过几招刀法，虽不精妙，可也能勉强混混日子。既然是混，就总有混到头的日子。

一年前，三人鬼迷心窍，劫了北方最大镖局——龙威镖局的一趟小镖，三人至今说起来，仍然确信那次做得利索，两个镖师，六个趟子手加一个车夫全都被割了脑袋，没留一个活口。可就风声还是传了出来，龙威镖局当家龙三爷是少林出身，名门正派的高足，要势力有势力，要实力有实力，放出话来要收了三匪人头。一句话吓破了三匪胆子，龙三爷还没出关，三匪就先入了关，直接躲进了我们破落院，在这糟院子里过起了苟且的日子。周管事背地里嘱咐我离他们远点，说这三人身上匪气未退，心不在这里，躲过风头还是要出去的。他怕我跟着他们学了匪气，走了歪路。

其实周管事大可放心，这三个匪类，还真没进我眼里。

苏六坑搭了梯子早早爬上房头晒起了太阳，虽然少了一条腿，可往上蹿那一下，仍能看出他卓绝的轻功底子。苏六坑是个典型的飞贼，一双鼠眼整天滴溜溜乱转，但凡脑子正常的人，一瞧他那双眼，立马就能猜出他的职业，那股子贼气隔着三里地都能闻得到。他不善藏气，却是个好飞贼。

阿九公曾跟我说过，苏六坑当年是江湖上能排得进前五的大贼，他年轻时曾师从武当，练不成长拳短打，可武当的梯云纵却被他练得炉火纯青。这样的天才在这样的名门里本该有个好前程，可他偏偏压不住那股打心底里泛出来的贼性。他在武当待了三年，三年里武当山上下天天鸡飞狗跳。屡教不改，他最终被逐出武当。对于苏六坑这种人来说，被逐出师门是天大的幸事，没了武当的约束，飞贼苏六坑的名头越来越响，苏六坑不但爱财，也爱姑娘们的清白，那几年，提起苏六坑的名字，富豪们怕，未出阁的姑娘也怕。

一年前，他的眼线被六扇门的神捕们盯上，眼线架不住神捕们的好手段，一番拷打下供出了苏六坑的藏身地，神捕合围，苏六坑被快刀削断一条腿，愣是单腿蹦进了破落院，保住一条性命。可我知道少了一条腿对于一个飞贼来说意味着什么——江湖与他无关了。

那天大家都很闲，大侠们闲，我们也闲。

我蹲在厨房门口，瞅着张寡妇做饭，白色的蒸汽从大蒸笼里腾腾地冒出来，白面馒头的香味扑鼻，我不时咽着口水，张寡妇闷头给炉灶添着柴火，这个女人寡言少语，每天低着头忙来忙去，似乎总有忙不完的活计。她很少跟我们说话，即便说起话来，也是轻言轻语，一个女人在这破落院里进进出出谋生计，总少不了流言蜚语，更何况她还是一个寡妇。

周管事打开账本计算着用度，一筹莫展。冤大头富豪们已经清醒了，给这院子的花销是越来越少，连周管事的薪水也已经欠了三个月。可院子还要开着，废柴大侠、飞贼、盗匪们还要养着，日子还要过着，全江湖的爷们儿都想靠这院子续命，可这院子里的生计，却偏偏只有周管事一个人在想法子。周管事是个好人。

然后，唐未央来了。

唐未央来破落院的时候，声势大极了。

身后十几位唐门飞弩策马而来，卷起腾腾尘土，马蹄声此起彼伏，轰隆隆直响，好像要地震一般。

唐未央就这样领着这十几个杀气腾腾的骑兵一路奔来，只是他没有骑马，徒步跑在最前面，屁股上中了一支三寸长的小弩箭。这不算严重的伤势并未拖慢他的逃命速度，但影响了他奔跑的姿势——一拐一跳，偶尔俯下身子手脚并用爬上一阵，唐门公子唐未央就这样用人类绝难模仿的姿势逃进了破落院，当他翻进破落院的门槛时，明显呼出一口长气。

三支弩箭插在了门外三步的土地上，十几个骑士勒住座下骏马，马儿打着响鼻，不满地在原地转起圈圈。

唐未央烂泥样地抱着门槛哈哈大笑，摇头歪脖子扭肩膀，纤细的右手从蜀锦长袖中伸出，戴着玉扳指的手指头朝里勾了勾，鼻子里哼出一句："唐家小爷的命，也是你们几个下贱杂碎就能取的么。"

唐未央一口浓痰吐在门外，脚却定定站在门内。

骑士们没了先前的威风，只能默默对着唐门公子行注目礼，没有人敢冲进破落院，一纸破落公约，压住了所有人的杀意。

江湖多诳语，可在这件事上，江湖爷们儿却格外在意，谁都不想死，留条后路，是所有爷们儿难得一致的念头。

唐未央这轻佻的言语似乎激怒了面前十几个汉子，领头的唐门骑士眼角微微一挑，凌厉的眼神扫过门梁上那块破旧的门匾，层层灰尘早已把匾额上的字迹遮盖。

我听周管事说过，这匾额是破落院初建之时，江南富商们花了大价钱，废了大心血打造。当时富商们还没见过这满院子缺胳膊少腿的歪瓜裂枣，还存着揽天下英杰为己用的小心思，自然舍得出血本。这木匾的材质是琉璃香木，出自黔南丛林深处，极不易寻得。琉璃香木号称虫兽不侵，雨雪不浸，遗香百年不散。匾额上的字乃当年江南第一才子柳三变所题，柳三变一生多舛，虽有八斗之才，却无丁点功名，早年科考误扯进了舞弊大案，早早便断了仕途，不惑之年依然是布衣之身，养成了清高孤傲尖酸刻薄的习性，受不得铜臭熏染，墨宝极少流出。想当年，不知道富豪们费了多大工夫，才请动了这尊大神。

到如今，破落院日渐破落，院中杂七杂八的东西加叠在一起，似乎也比不上这牌匾金贵。可就这么一个金贵的物件，周管事任由着它挂在门上，不理不问。眼看着尘土遮覆字迹，阿九公每次来庭院散步的时候都痛心疾首，看看门匾长叹一声“宝珠蒙尘”，每当这个时候周管事都笑呵呵地回他一句——“蒙尘能防贼惦记。”

马上骑士看看门匾，抽出随身短弩，也不见瞄准，手一抬，一扣扳机，五发三寸长的短弩箭疾射而出，钉在门匾上，后箭打前箭，五支弩箭打在同一点上，四支被死死钉入门匾中，只余下一支露出箭尾，强劲震得灰尘扑簌簌落下，柳三变的草书这才露出龙蛇之骨。

“少爷既然想在这里安家，当下人的自然要把这匾额打扫干净，免得哪个小贼瞎了狗眼，看不清破落院这三个字，真冲进这院子闹出一两条人命，惊吓了少爷，那可不妙。”

骑士说话不阴不阳，声音不咸不淡，尘土扑簌簌落在唐未央脚下，唐未央脸上早没了轻浮劲儿，不自主向后退了几步，

“少爷年纪轻轻便进了这糟院子，怕是耐不住寂寞，要是想出院了，提前知会下人们一声，咱爷们儿也好有准备，免得这大好头颅落到别家手里。”

自称下人，却毫无下人的规矩。

领头骑士嘴角带着讥笑，把手中短弩挂在马背一侧，向身后打了个手势，众骑士瞬间松了手中缰绳，马儿得势，齐声长嘶，马蹄奔踏溅起阵阵泥土，呼啸而去。

唐未央站在门口，眼瞧着众人背影远去，脸上的惶恐逐渐平复，待到那轰隆隆的马蹄声再也听不到，俊俏的小脸儿上终于露出了沾沾自喜的神色。

“妥了。”

轻佻地吹了声口哨，理了理头上散乱的发鬓，掏出白手帕擦了擦脸上的冷汗，华美的蜀锦大袖一挥，唐未央摆足了架势，轻迈脚步，转身踏进了破落院。

那年唐未央二十一岁，是破落院自开院以来最年轻的破落客。

四

自唐未央踏入破落院那一刻起，一切都开始变得不正常了。

“有朋自远方来，不亦乐乎。”阿九公放下手中的《论语》，摇头晃脑说出一句古语，美滋滋一笑，老脸上一股刻意的亲热劲儿。

崔家三猛死死盯着唐未央手上的玉扳指，手中刀握得更紧了。

“唐门的贵气，怕是这糟院子里的死老鼠都要闻到喽。”苏六坑腾地从房顶上坐起来，仰着鼻子猛吸一口气，自言自语一声，意有所指。

张寡妇和我都是太平镇里的贱民，平日里从没见过这种贵人，蜀锦素雅如雪，不带一丝褶皱，晃花了我们的眼睛。

唐未央高昂着脑袋，背负着双手，瞬间反客为主。

“上茶，”唐未央朱唇轻启，嗓音悦耳，“知道这小地方偏，也没那么多规矩，把昨夜三更天的露水烧开，再来点秋末冬初的金线小菊泡一泡，再加一勺蜀中金家铺子的白砂糖。”

他大袖一挥，站在了那里。

张寡妇站在厨房门口，呆若木鸡。端茶倒水是她平日里的活计，可让唐未央一说，这个老实的寡妇便什么都不会做了。她拿不出三更天的露水，不知道金线小菊是什么，白砂糖听过没见过。她窘迫地低下头，双手在围裙上不断地搓着。

周管事眉头一皱，轻轻叹了口气，倒了一杯白水端到唐未央跟前。

“既然知道是小地方，将就着喝一口，润润喉舌吧。”

大白碗配白水，一样的洁净。我本以为眼前的贵人必要勃然大怒，没想到唐未央接过白水咕咚咕咚猛灌几口，喝了个干净。

“从蜀地出来，赶路赶得急了。”唐未央人畜无害地一笑，轻轻一句话遮去了他来时的狼狈，“山川甘露，不逊菊茶，不逊乎，不逊也。”

大白碗放还周管事，唐未央摇头晃脑说着我听不懂的怪话，与阿九公对视一眼，两人哈哈大笑，一时间两人竟然有了些莫逆之交的感觉。

“卖皮肉的小白脸，你当这是你们蜀中的唐门么，上头罩着下头哄着？告诉你个不开眼的东西，进了这糟院子，是龙你得盘着，是虎你得卧着。喝菊茶？说古语？你问过崔大爷手里这口刀么？要想在这混下去，识相的，先来哄崔大爷开心。”

墙根里的崔大猛豁然站了起来，二猛、三猛跟在老大身后，三条黑黝黝的汉子晃着膀子走出墙角下的阴影，狰狞凶猛的面孔暴露在阳光下，崔家老大手腕一抖，长刀亮出，不是上品宝刀，却足够锋利，刀尖遥指唐未央手上那枚玉扳指。

唐未央脸上带着惊恐，后退，摇头。

崔大猛的眼睛眯了起来，眼睛缝里带着丝丝杀意。

破落院不是大江湖，可也不是烧香拜佛的大庙，这院里住的，更不是吃斋念佛的大和尚，亡命徒们聚在一起，总要生出些事端，大贼打小贼，大匪打小匪，大剑客打小剑客，破落院里的规则是——只要不闹出人命，随你们折腾。

所以崔大猛出刀，没砍脑袋，没削脖子，普普通通一招力劈华山，砍向唐未央的胳膊。

我没有看错，唐未央明显在害怕，他站在原地，两腿如筛糠，哆哆嗦嗦，一副站不稳的样子，只有手在衣服里一阵摸索，陡然甩手。

崔大猛地惨叫！

单刀掉落，崔大猛摔倒，粗壮的汉子哀号不止，大手捂着血糊糊的脸颊，脸上是无数细小的钢针，密密麻麻。唐未央的手里，是一个精致的小银盒，针就是从那银盒里撒出的。

“暴雨梨花针，五步必杀的利器，唐门巧夺天工的物件，没救喽。”

阿九公右手捋着下巴上白花花的胡子，摇头晃脑下了结语，话里带着几分对唐未央的恭维。

“山风多寒，这糟院子阴冷，莫怠慢了唐公子，我那老窝旁边的屋子还不错，请唐公子在那边歇息吧。”

周管事点点头，要张寡妇和我去给他安置。

阿九公是破落院破落客里的主心骨，得了他的恩惠，唐未央的好日子便来了。

明眼人都对阿九公那点儿小心思瞧得明白。唐未央是蜀中大户唐门里的公子，论起江湖地位，是可以和少林武当掰掰腕子的角色，论起财力势力，唐门中人独霸蜀中，庙堂江湖皆有唐家人的位子。谁都不相信唐未央能在这糟院子里久居下去，所有人都认为这不过是大户人家里的公子哥儿闹闹脾气，耍耍性子，来这院子里尝尝新鲜，品品滋味。过个三五月，待这大少爷过腻了这穷苦日子，还得拍拍屁股回他的唐门，当他的公子做他的豪门贵胄。此时若能和这公子结交，日后总有说不得的好处。

阿九公是这般心思，其他人也是。

周管事曾经私下里叮嘱我，要我好生款待这位公子爷，他说唐未央和这院子里的其他人都不同，若能得未央公子垂青，日后他出院回府之时，便是我飞黄腾达之日。

飞黄腾达我是不想的，我本是太平镇上的小乞丐，蒙周管事收留才苟全性命到如今，周管事是我的大恩人，他说什么我照做便是了。

唐未央的优越性首先体现在他的伙食上，破落院中钱粮无多，可即便这样，对于唐公子的伙食，我们却不曾懈怠。每顿饭，皆是一荤一素外加一碗老酒。酒是破落院外大望山下太平镇上深巷子酒铺里自酿的老酒，五十文一坛。一坛能斟出五碗，我往酒里兑了清水，这样一坛就能斟出十碗，可即便这样，还是让周管事整日里心疼地唉声叹气。肉食是周管事亲自在大望山中的猎户家里买的，大望山不小，飞禽走兽遍地，山里的猎户靠山吃山，日子倒也不算难过。念着老邻居的情分，猎户们给的肉食，总要比镇子上的商家便宜许多。

可唐未央似乎从未发现过我们的难处，整日里抱怨酒淡肉涩，难以下口，说是难以下口，却一顿饭未曾落下，平日里唐公子冷眼瞧着众人的粗茶淡饭，也没丝毫的歉意，似乎这伙食是他应得的一般。

诸人打着不与豪门争锋，有心结交他的小念头，强自忍了下来，就连吃了大亏的崔家三猛也是敢怒不敢言。崔家老大中了唐未央的暴雨梨花针。但凡唐门暗器，件件带着剧毒，这唐未央身上的物件也不例外。

崔家老大脸上的钢针早已被剔除干净，脸却被那钢针扎得稀烂，没几日便变得乌黑，伤口里散发着恶臭，脓水横流不止，豆大的苍蝇围着他面首整日里飞个不停。二猛、三猛曾低声下气去向唐未央求解药，唐未央却一声冷笑，摆足了架子。

“你们可曾听说暴雨梨花针下有过活口？”

公子爷一声冷笑加一句话，堵住了俩汉子的嘴巴。

暴雨梨花针，唐门独创，江湖十大暗器之首，其霸道狠毒，在暗器中确为翘楚。这些是阿九公告诉我的，我是乡野里的野孩子，初听时只觉得新鲜，现在真真切切地见到了崔老大的惨状，心里反倒有些不忍了。

崔老大在哀号三日后无助地死去，死时左手紧握着刀子，右手抓着二猛、三猛的大手。兄弟两个抱着崔老大的尸首号啕大哭，待到嗓子嘶哑再也发不出声响，这才在院子外面找了块儿空地匆匆埋了。

谁都知道，唐未央已经触犯了院子里的规矩，院中不禁打斗，却严禁仇杀，只要出了人命，任你天大的角色，也得乖乖滚出院子。

可规矩是规矩，事儿还得人做。院子里的人，谁也不想惹恼了这唐门里的贵胄，索性睁一只眼闭一只眼，装起了糊涂。

二猛、三猛找阿九公去评理，要将唐未央逐出院子。阿九公捋着胡子哈哈一笑，说道：“这糟院子处在深山之中，毒虫遍地，该不会是你们老大在地上窝得久了，被毒虫咬到了伤口吧。”

院中的主心骨一句话打发了两个土包子，再深的仇怨也就埋到了心里，日子恢复了平静。

五

大波澜是在卢豹子到来后掀起的。

卢豹子人如其名，身形如豹，七尺大汉，这糟院子总有些装不下他的感觉。他是三天前到来的，本是济南府的响马，一把红缨子虎头长枪在北六省的绿林里颇有名气，卢豹子是绿林里出了名的硬茬口，聚啸山林，打着替天行道的幌子，做着不分黑白的浑事儿。有利赚时，挥刀便是人头，无利讨时，出口便是道义。

半月前，他盘踞的鬼儿沟的寨子被官军捣破，一众兄弟死伤无数，等逃到这破落院时，已经只落下他一人。

照他所说，他卢豹子纵横绿林十几年，大小阵仗无数，鬼儿沟的寨子也不是没遇到过官军围剿，哪一次都守得如铁桶一般。唯独这次，官军请了雷家堡的高手助阵，带上了雷家堡的利器霹雳雷火弹，单是这霸道火器还好应付，水来土挡，火来水淹，可雷家小生们偏偏还带上了蜀中唐门的从不外传的暗器！铁背蜈蚣满天乱扔，沾上皮肉便是个死，暴雨梨花针像不要钱的肉包子，人手一件儿，甩甩手就是银针乱飞躲无可躲，鬼儿沟的悍匪抵挡不住，被官军破了寨子。十几年的苦心经营毁于一旦，上百场的亡命搏杀只搏出个过眼云烟，上百条汉子的性命没了，卢豹子虎落平阳，到如今只身逃进了这糟院子，过起了寄人篱下的日子。

卢豹子边说边叹气，一张苦瓜脸上满是愁容，大鼻孔里“呼哧呼哧”喷着晦气，偌大的身躯以极其拧巴的姿势佝偻着，夕阳余晖下映衬出些兮英雄气短的意味。

早在这糟院子里看惯了这等戏码，本就一无所有的我连仅剩的同情心也已消磨殆尽，默默听着他讲完属于自己的故事，把干巴巴的两个窝头放到他碗里，说出了同样干巴巴的两个字。

“吃吧。”

卢豹子啃着硬如石块的窝头，有些失望地看着我，这失望的眼神我再熟悉不过。每个初到破落院的人，在讲完他们凄惨悲凉的往事后看到我平静如水的反应，总是生出些失望。

他们期盼我流出一两滴同情的眼泪，说一两句宽心软语，然后长叹一声人生无常，陪着他们号啕大哭一场，博他们一个欢心。

可我没有。

这里不是婊子卖笑的秀春楼，这里是江湖的最后一块栖息之地——破落院。

失望便失望吧，待到失望得彻底了，便是绝望。绝了那些杂七杂八的念想，安安心心在这破落院里做个破落客。

卢豹子在进入破落院半个月后终于适应了院子里的清冷生活，虽然依旧嫌弃窝头难咽，可不会再砸了装饭食的小碗，虽然依旧会在半夜里蹲在墙角对着并不高大的院墙号啕大哭，可不会再在大白天里让人看到这样一个五大三粗的汉子流出羞死人的眼泪。

卢豹子终于明白，在破落院里，曾经破落的往事不是博得同情的资本，仅仅是供人调笑的笑料，任人揭起的疮疤。

没有几个人能在这个院子里活出个人样来，除了阿九公和唐未央。

可是唐未央的好日子在卢豹子到来后，戛然而终。

六

那是卢豹子入院后的第十六天正午。

那天如往日一般，天气甚好。崔家二猛、三猛两个爷们儿蹲在墙根儿底下无聊地画圈圈，苏六坑躺在屋顶上亮出瘪瘪的肚皮晒着太阳。周管事抱着大算盘噼里啪啦敲着，口中念念有词，不知道又在打什么小九九，张寡妇像只老鼠，一头钻在厨房里没头没脑地忙东忙西。破落院中诸人的伙食并不算多，可她似乎总有忙不完的活计。这个本分的寡妇存了报恩的心思。她早年丧夫，生计艰难，多亏周管事不惧闲言碎语把她留在这院中，她总想着多做一些事，便能多报上些恩情。

乡野小镇里的苦女人，眼界浅，少心计，给一点恩惠便看成是天。

我像往常一样给众位破落户送饭，左手端着一碗窝头，右手举着托盘，窝头分给苏六坑、卢豹子众人，盘里是唐公子的吃食，一荤一素两盘小菜。荤菜是熏鸽腿，这山中的飞禽，少了油腻，多了几分新鲜，倒也算得美味。素菜是凉拌荠菜，菜是张寡妇自己在山间采摘的，洗干净，放在蒸笼里蒸了八分熟，撒了盐巴倒了香油，倒也可口。

我把两个窝头扔上房顶，苏六坑眼也没瞅，腰也没挺，还是在房顶那般躺着，只是伸出了一只右手，就那般轻巧地稳稳接住了窝头。瞧他举手投足间的架势，还带着一流飞贼的机灵劲儿。

可惜断了一条腿啊，我看着他空荡荡的裤管，轻轻叹了口气。

"多福小哥，又要给那唐家少爷送饭啦，今儿又是什么饭食，闻这味儿可把肚皮里的馋虫勾出来啦。"

"烂荠菜一碗，死鸽子肉一盘，还不值得您老那宝贵馋虫跳出来作祟。"我冷言冷语回了一句。

"投胎可是门儿大学问，选对了亲爹，进了这糟院子都高人一等呐。"苏六坑在房顶上扯着尖嗓子乱哼哼。

"姓苏的，再乱嚼舌头，可连这窝头都没得吃了。想吃好的回你的江南，就怕到了江南，不出半个时辰就有人让你变成一条老阉狗吧。"他当年风光之时没少做采花之事，污了不少姑娘的清白，人人对他恨之入骨。

苏六坑闻言果然变成了闷葫芦，窝头掰成一块儿一块儿塞进嘴里，翻身继续晒他的大太阳。

墙根儿里的卢豹子突然走了过来，他高大的身形站在我面前，像一座小山，遮住了大半光线。他本是粗犷的脸上难得挤出一丝微笑，嘴角扬起，胡子密密麻麻挤在一起，像一窝乱草。

“多福小哥，”他瓮声瓮气地喊出我的名字，七分恭维，三分生硬，他用大手指指着托盘里的吃食，问道，“这吃食却是给谁送去的？”

“自是唐家公子。”我斜他一眼，冷声回道。

“不知是哪个唐公子？”他眼睛一亮，沉声再问。

我有意杀他的锐气，让他再丢一丢本就不多的颜面，清清嗓子说道：“自然是蜀中唐门门主唐维风之子，唐门的少当家，蜀地的贵公子唐未央了。”

一个是被官军破了寨子的臭响马，一个是初出江湖遍寻刺激的豪门公子，两人间的差距好似天与地一般，我本以为他会自惭形秽，给我闪出一条道路，拿着他的窝头灰溜溜退到墙边。

可他没有。

卢豹子冲我一抱拳，带着几分豪壮之气，隐有几分当年聚啸山林的大响马风采，说出话来，却是分外客气。

“多福小哥，小的当初盘踞山林，见的多是粗莽武人，听说这蜀中唐门是江湖上一等一的大家，这大家中的公子，想必定是风采无两，如今近在咫尺，还请小哥行个方便，让咱也瞧瞧唐大公子的风采。”

他说得甚是恳切，明明比我大出了十几岁，却称自己是小的，我终究还是孩子心性，被他有意无意地恭维几句，还真有些飘飘然起来。

“那……”我略一沉吟，眼珠儿一转，说道，“那你跟我来吧，只能在门口远远瞧上几眼，若要凑得近了惹恼了唐公子，他要把你赶出这院子，那我可不帮你说话。”

我有心吓他，故意夸大了唐未央在这糟院子里的地位，他却毫不在意地一笑，说了一声“遵命”。

唐未央初来之时，便被阿九公安排他住在自己的那间内院里，那院里空闲房屋还有几间，我挑了间还算齐整的屋子，把唐公子安顿下来。

这俩人，阿九公多闻，唐公子豪贵，都是上等人物，在一起处着倒也其乐融融，闲暇时聊聊江湖逸事、朝野传闻，天暖时便在院中的石桌上手谈几局，这日子过得好不舒适。

我端着酒菜，领着卢豹子进了那内院，卢豹子果然听话，站在那门口远远地瞅着。

我进了院子，瞬间换上一副笑脸。

院中有大树遮盖，比前院多了几分荫凉，大树底下小石桌旁，唐未央与阿九公一老一少，各执黑白子，正围桌厮杀。

我见两人兴致正酣，便端着那饭菜小意侍候一旁，待到那棋局分出了胜负，这才上步把饭菜端了上来。

唐公子满脸遗憾，轻声一叹，对着阿九公说道："老先生棋力本高一筹，为了后生小子的颜面却处处留余地，这黑白战阵里没了厮杀味儿，都是人情呐。"

唐未央是豪门贵胄，自小耳濡目染下，对这人情世故颇为通达。

却听阿九公捋着花白的胡子哈哈一笑，赞道："哪里是我留余地，分明是公子天资聪颖，技高一筹啊。"

两人互相拍着恶心人的马屁，满面欢颜。

我站在一旁，低眉顺眼地说道："公子爷，歇息歇息，吃些饭吧。"

唐未央听我说话，瞬间收敛笑容，冷冷看了眼托盘里的吃食，端起那碗酒品了品，厌恶道："怎的还是这粗茶淡饭！"

他语气之中带着明显的责备之意，我惶恐低头，解释道："咱这糟院子本来就没有进项，张嘴吃饭的人又多，就是这般吃食，也是周管事费了好大心力才凑齐的，公子爷您大人不计小人过，便忍耐一二吧。"

我心里满是火气，嘴中的话语却说得愈发谨慎了，心中泛起的火气，强自压着，我唯恐一言不慎得罪了这公子爷，若是日后他出了院子再入唐门，记起这嫌隙，再来这院中为难周管事，那可大大的不妙。周管事是我的大恩人，我是万万不能让他担这罪责的。

我低头垂手，等着这颇为骄横的大家公子再出言奚落。我心中早就打定了主意，无论他说些什么，我只是应着便好。

料想中的冷言冷语未曾到来，只听到耳边"砰"的一声闷响！

我亲眼看到唐公子未央被一记毫不留情的边腿踢到白皙的脸部，整个身体像风筝一般飞到半空又重重落下！

行凶者是卢豹子。

卢豹子像一只凶猛的野兽蹿到唐未央落地之处，狠狠又是一脚，抬手再是一拳，口中呼喝着。

“姓唐的，你还我鬼儿沟的山寨！

“姓唐的，你赔我鬼儿沟七十八条汉子的性命！

“姓唐的……”

唐未央被卢豹子揍得哀号连连，我目瞪口呆地看着眼前的一幕，好一会儿才回过神来，喊道：“卢大哥，快快住手，这可是唐门的大公子，你这般打下去，可是会闯大祸的！”

卢豹子早没了之前的顺从样，碗大的拳头如雨点般落在唐未央身上，听我话语冷笑几声，回道：“你们这些瞎了眼的鸟货，只当他是唐门里的贵公子、蜀中的大人物，却不知他为何来这破落院！

“他勾搭他亲爹的侍妾美姬，脱了裤子和他小娘滚大床，盗卖唐门一十八种暗器毒药的图纸配方给雷家堡的爷们儿。他吃里扒外、违背人伦，做尽了猪狗不如的蠢事儿，早就被唐门在族谱上除了姓名。他亲爹唐维风亲手发了五毒令，命唐门飞弩取他狗命！你们当他还能回那唐门？

“告诉你们，他再也回不去啦！

“唐未央出了这院子便是死路一条，他算是烂在这糟院子里啦！

“告诉你们……”

七

唐未央再也回不了唐门了。

这是卢豹子亲口说出的大秘密，它就像是唐未央最后一块遮羞布，被这北七省里出了名的大响马瞬间撕了个粉碎。

如卢豹子所说，事情是这样的。

唐未央，自幼生得俊俏，在唐门中素有白玉无瑕美公子的赞誉，再加他天资聪颖乖巧伶俐，最得唐门门主唐维风喜爱。多宠爱便多放纵，多放纵便少管教。唐未央整日不思上进，一不读书二不习武，整日流连声色犬马，待到成人之时已然无从改正。唐未央二十二岁著书《蜀中群芳册》，书中尽列蜀地一百二十一家大小勾栏里的头牌婊子，以声色歌艺床笫手段为据，为婊子们一一做了排名。一时间，《蜀中群芳册》成为青楼常客们的参考宝典，而唐家公子未央性好渔色之名也传遍蜀中。

若唐未央只是在外放荡，那也就罢了，可偏偏他把这浪荡劲儿带进了唐门内。

二十三岁那年，唐未央之父唐维风雄风不老，于江南水乡花重金购得美女一位，名唤碧水儿。按唐未央日后所说，这碧水儿一口吴苏媚音动人心扉，洛神之姿撩人魂魄，端得上是女人中的女人，尤物中的尤物。

采花的高手惹上了有主的名花，况且那主儿还是自己的亲爹，这风流债算是写成了。一个贵公子，一个俏佳人，两人在唐门深宅里一拍即合。若单单只是偷情，唐未央还落不到今天这等地步，偏偏碧水儿却还别有所图。

世人都道蜀中唐门暗器毒药举世无双，却也知青州雷家堡火器火药威力非凡。唐门独霸蜀中，雷家堡显赫中原，明面上井水不犯河水，暗地里少不了较劲。一个暗器毒药，一个火器火药，可名声却都是如雷贯耳。两家都走的是偏门。若论势力，这唐门乃百年大家，比起雷家堡根基上还要深上一层。两家暗地争锋，雷家处了下风，便动起了小心思。碧水儿便是雷家家主的一条妙计。雷家家主雷无火本意是要这碧水儿将唐维风迷个七荤八素，盗出唐家唐门一十八种暗器毒药的图纸配方。可唐维风虽然年老却不昏聩，任那枕边风吹得再猛烈，也不露半点痕迹。

老子不松口，儿子却好算计，碧水儿把唐未央迷得神魂颠倒，不出三个月便让这唐未央盗出了图纸配方。碧水儿携带图纸配方溜之大吉，回了雷家堡。雷家堡得了唐门秘器，声势大振，从此江湖上只有一个雷家，再无唐门。唐门上下一片惶恐，彻查窃贼，揪出唐未央，唐未央却事先得到风声，溜出了蜀中。唐门门主唐维风无地自容，饮毒酒自尽，死前发出五毒令——凡是唐门中人见到逆子唐未央，皆可杀之！

一代翩翩贵公子，旦夕间便成了这糟院子里的破落客。我蓦然想起唐未央那日初来破落院时，身后便跟着一队杀气腾腾的唐门飞弩。

卢豹子的拳头还在落着，这个万人杀阵里拼光了所有的江湖悍匪，他一不敢再去向官军叫阵，二不敢到雷家堡拼命。他把一腔怨气发在了同样一无所有的破落客身上。

孬种！

这是我给七尺大汉卢豹子下的定议。

“若不是你盗卖唐门利器，那雷家堡又怎会这般难以对付，我那鬼儿沟的寨子怎会被夷为平地，我那七十二条活生生的汉子怎能成了鬼儿沟的孤魂野鬼！”

他吼得那样义愤填膺，好像他鬼儿沟的七十二名响马便是这手无缚鸡之力的唐未央所杀。

“她……她不是婊子，我……我是真心爱她的。”

他抱着头躺在地上呻吟，说出一句不着边际的话。我微微一怔，才明白过来，他说的便是那故事里的烟花女子碧水儿吧。

我突然明白唐未央的不同，不是因为他唐门少主的身份，而是因为另一种东西。他和死去的白半寸，活着的苏六坑、卢豹子都不同，我可以嘲笑他们，谩骂他们，对于唐未央，我却不能，因为我在他身上找到了一丝熟悉的感觉。此时此刻，在这糟院子里，他不再属于唐门，不再属于江湖。或者说，他比这院子里所有人真实，他从没生出过妄想，从他嘴里从来听不到什么“天下第一”，“武林第一”，这些经常从白半寸、苏六坑、卢豹子嘴里吐出来的词汇，即便他们已经只剩下一条胳膊、一条腿、半条人命，可他们依然在妄想，至死也是。

他们或出身草莽，或出身名门，他们满腹经纶，或有一身手段，他们满嘴仁义道德——或兄弟情义，或替天行道。

他们打着这天大的幌子，出手便是要人命，靠着权术、杀戮为生，明明一副蛇蝎心肠，明明一脑子贪欲，却总要给自己披上一身好端端的人皮，让自己理直气壮地站在阳光底下。

而唐未央没有，自始至终他都守着他的本分。茫茫尘世，尽是污浊，我没指望人人都能和菩萨一样悲天悯人。只要不存害人之心，便已是大善！他从没有算计过一个人，从没有杀害过一个人。他有富贵，却是天降。偌大一个唐门中，他不斗、不争、不抢，得了个浪荡公子的名号，世人瞧不出他的良善，却给了他一个不检点的评价。他又有何罪？寻花问柳、爱他所爱。若这都是天大的罪过，那卢豹子又是什么？阿九公又是什么？崔家三猛又是什么？唐未央是一个人，活人，普通的活人，有着七情六欲，偶尔摆摆架子、甩甩脸色、装些与众不同的大活人，比这院子里所有道貌岸然之辈都要真实的活人。

我很诧异自己能在一瞬间把唐未央看得如此透彻，伴随而来的是一丝怜悯之情，我提醒自己眼前的唐未央已经一文不值，可那怜悯之情在心中丝丝蔓延，不曾减退半分。

于是，我开口喝止了卢豹子。我知道这个行为在这糟院子里不合适，可我还是做了。

桌上一碗兑了白水的老酒还未动，被我一下泼了个干净，黑瓷碗狠狠砸在卢豹子脑瓜子上，再掉落在地，四分五裂，化为片片碎瓷，卢豹子捂着脑袋，那血顺着指缝儿流了出来。

他回头看着我，怒目圆睁，脸上尽是腾腾的杀气。

我半步未退，依然是那张冷脸对着他，一笑。

“卢大哥，你不要以为我年岁比你小，叫你一身大哥便是应该。您来这糟院子时日短，不懂规矩我不怪你，可您要有心。您问问他们，我多福对这糟院子里的糟货叫声大哥是给了多大的脸面。您不要以为当年风光时纵横齐鲁地界儿便是多大的能耐，您要真是能耐大，也到不了这里啃窝头。这院子里当年风光的不少，现在半死不活的也不少，人走到哪儿就得守哪儿的规矩……”

我话头一顿，见卢豹子右拳紧攥，又是一声笑。

“我知道卢爷您武力无双，这一拳砸出来我多福是没有半点还手之力，可您别忘了，但凡在这院子里住一天，您吃的就是我们破落院的饭，睡的便是我们破落院的床，真要惹恼了咱，就算饿不死您，把您撵出这院子，雷家里的高手，官军里的虎贲都饶不了您吧。

“不错，卢爷您名字里带个‘豹’字儿，可进了这院子，咱说您是猪您也得认，说您是狗您也得学两声狗叫。

“甭学大家闺秀、深宅小姐，在这院子里耍性子，可真没人卖您脸面。”

我一番话说完，假装关心似的掸了掸卢豹子身上的尘土，他身子一侧，轻巧巧地避了开去。

他站在我身前好一阵子，重重地呼出两口粗气，也不顾那头上的伤口依然血流不止，双手一抱拳，在我身前恭恭敬敬鞠了个躬，说道：“多福小哥，受教了！”

他话语刚落，便迈着大步出了这院子，再也不看唐未央一眼。

能在这糟院子里低头，他不是个蠢货。

我弯腰低头，拽起地上的唐未央。唐未央眼神依然迷离，嘴里喃喃自语。

"我……我是爱她的，我真的是爱她的……"

我瞧他虽然鼻青脸肿，倒也没有大伤，将他扶到桌上，安慰他吃些东西，我看得清楚，他迷离的眼中竟然流出一行眼泪。

在一旁假寐多时的阿九公突然睁开一双蛤蟆眼，捋着花白的胡子呵呵一笑，慢悠悠地说道："唐公子，这内院阴凉多寒，晒不到太阳，我这一把老骨头烂死在这里也就算了，你是年轻人，身强力壮，可别靠在这院子里靠坏了身子，你拾掇拾掇，去外院住吧。"

他话说得客气，却暗藏棒打落水狗的心思。当初初闻唐未央身份，是他第一个把唐未央请进了这小院子，如今听闻唐未央早已一文不值，也是他第一个把唐未央甩了出去。

对于阿九公，我是不能摆出冷脸子威吓的，我敬他三分，更惧他三分。敬他是因为他满腹经纶，惧他是因为曾听周管事提起，阿九公当年是江湖上的大人物，与出资建这破落院的江南富商有极深的交情。

阿九公是有后台的人物，我这糟院子里的小杂役，实在没什么胆量与他叫板。

我轻叹一声，又是一出世态炎凉的老戏码。

唐未央把蜀锦长袍一撩，大袖一挥，冲着阿九公微微一拜，淡淡说道："有劳老先生挂心了。"

一句话说完，也轻飘飘地走出了院子。

看着唐未央的背影，我突然发现，他也是有些骨气的。

八

唐未央的糟日子就是从那天开始的。

唐未央两手空空被阿九公踢回了外院，此时他已不再是蜀中的贵公子，更像是一只被扔进了狼群的小羊羔。破落户们之前对唐未央的敬畏、谄媚一扫而空。

崔家二猛、三猛不再畏惧他背后的权势，崔家老大的冤死早让这两个悍匪对他恨之入骨，新仇加旧恨，亮拳头、捅刀子，一切手段都落在了唐未央略显单薄的身上。卢豹子因为揭发真相有功，被外院的破落户们尊成了头儿。卢豹子似乎再次找到了在鬼儿沟里的风光，粗犷的脸上带了几分遮掩不住的喜色。

折磨唐未央似乎已经成为破落户们最大的乐子，就连喜欢趴在屋顶上晒日头的苏六坑都舍了他最心爱的日头，加入了玩弄唐未央的大部队里。仅有一条腿的苏六坑发明了一项让他欣喜无比的运动，与唐大公子赛跑。苏六坑亲口制定了看似公平的规定，跑输了的人要学一天狗叫。

可苏六坑永远都不会输，即便他只剩下一条腿。每当唐未央即将超越他时，一旁观赛的卢豹子、崔老二、崔老三等人就会对着唐未央一顿暴打，唐未央无数次倒在地上，看着苏六坑像小白兔一样蹦蹦跳跳到达终点，然后哭哭啼啼地学一天狗叫。

破落院不再沉闷，天天欢声笑语。

我曾无数次想去阻止破落户们这无聊的举动，可都被周管事拽到了一边。周管事的脸上无喜无悲，唠唠叨叨的教诲听起来字字诛心。

“多福啊，唐未央今天这个地步，那是自作自受。他本是唐门的贵胄，一辈子本可衣食无忧，可他偏偏碰了不该碰的东西，做了不该做的事情，逾越了本分。人贵在自知，守本分，才能安安稳稳地熬过这一辈子。你不过是这破落院中的小杂役，出了这院子怕是比那唐未央还要不如，凭你这点分量，又能维护他什么？让他重回唐门？还是帮他找回那个出卖了他的姘头？”

周管事一连串的问题让我哑口无言。

“其实你什么都帮不了他，你只能凭着这杂役的身份帮他在这破落院中找回一点尊严，可在破落院里捡起来的尊严，有和没有，又有什么区别呢？”

是啊，这样的尊严，有和没有，又有什么区别呢？

我无从回答周管事的问题。我明白周管事所说的道理，可我终究还是不忍袖手旁观。

是的，我不忍心。

唐未央不属于这个糟院子，他和这个院子里所有的人都不一样。可是我找不到解救他的办法，周管事说得对，我只是个杂役，仅仅是个杂役。

我只能像所有人一样，眼睁睁地看着他在三天后走向死亡。

九

那天正午，太阳比起往日格外毒辣。

破落户们缠着唐未央玩那个他们百玩不厌的赛跑游戏。我虽然天天给这些糟货们送饭，此时却几乎已经认不出唐未央的模样了。

他华美的蜀锦大袍被苏六坑、崔二猛等撕了个粉碎，你一块我一条的披在了身上，裹在了头上，那样子丑到了极点。他原本白皙俊俏的脸庞已经不复存在，肿胀淤青的脸上布满尘埃，干干的嘴唇像龟裂的大地一般。他已经不再享受小灶待遇，只能像其他人一样啃那硬邦邦的窝头，可即便这样，他也吃不到多少。我亲眼见过几次，卢豹子把他的窝头生生抢走，好似当年在齐鲁地界抢到了真金白银一般高兴。唐未央只能忍着、让着，不敢出声。

就像此时一样。

苏六坑单腿蹦蹦跳跳往前跑着，轻轻松松蹦过了终点。双腿健全的唐未央看着众人脸色，胆战心惊，跌跌撞撞地向前蹭着。

迎面便是卢豹子的一记重拳打在脸上！

“你这废物，两条腿还跑不过一条腿，看你一副傻模样，就只剩下了吃饭睡觉的本事！我鬼儿沟七十二条汉子的性命也是你这废物害的！”

卢豹子一边骂，一边打，崔二猛、崔三猛一边助阵，一边抹着眼泪鼻涕，这两个悍匪是想起了被暴雨梨花针射杀的自家老大，他们只记得自家怨恨，却忘记了明明是他们见财起意在先。

腾腾怒火在我心中蔓延，就在一瞬间，我忘记了周管事的叮嘱，再也不忍心当一个看客，大喝一声“住手”！

没有人停手，拳头还是噼里啪啦地落在唐未央身上，唐未央蜷缩成一团，哀号连连，他们都装作听不见我的话，还是打着，他们把所有的失意与不满全部怪罪在这软弱的小羊羔身上，逞尽了威风。

我一声冷笑，这群糟货，是真听不见也好，假装听不见也罢，我还是有法子整治他们。

我把那篮子窝头一个一个掰碎，扔到地上，再一脚一脚踩碎。

首先停手的是卢豹子，然后是崔家两个悍匪，最后所有人都停了下来，呆呆地看着我，敢怒不敢言。

“打吧，打吧，”我冷笑着出言挑衅，“今天的饭没得吃了，再打两拳出出气吧，明天的饭也没啦。”

我猖狂地在这些破落户眼前走来走去，一脚一脚，踩着本就成了碎末的窝头。

卢豹子看了我一眼，一声不吭地转身离开，独自走到墙根，像个老汉，颓然地把自己窝到了墙角的阴影里。

崔家二猛涨红了脸，强自争辩道："这小子杀了我大哥，我就是打死他，也是应该！"

"破落院里不许杀人。"我背着手，冷笑依然挂在脸上。

"可他就是在破落院里杀了我大哥！"他还在争辩。

"不是他杀的，是毒虫咬的。"

我拿出阿九公的话来，断然堵上了他的嘴。

他怔了怔，甩甩手，蹲到了墙根下。

破落户们作鸟兽散，破落院再次变回了那个沉闷的院子。

我俯身拉起地上的唐未央，从怀里掏出仅剩的一个窝头递给他。

"吃吧，唐公子，"我尽量让自己的话听起来温柔一些，"以后他们要是再打你，你便来找我，我来整治他们。"

我拍拍胸脯，大包大揽。

他坐在地上，摇摇头，散乱的发鬓如被风吹散的野草一般，遮住了他肿胀的面容。

他沉默良久，一声轻叹。

"我……我真的受不了啦，多福小哥，他们天天打我，我真的受不了啦……"

他把窝头攥在手里，却一口不吃。他长吁短叹，眼泪止不住地流着，眼前的他与初来院中时早已判若两人。

"唐公子，恕小人冒昧，说句不该说的，您早知如此，又何必当初呢？"我看着他的惨样，没有忍住，说了一句心里话。

他抬头看看我，迷离的眼神里带着几分赤忱，片刻后便再次低下了原本高傲的头颅。

"我……我真的爱她的，这话我给她说过，她不信。现在我给你们说，你们也不信。可就算是不信，我也要说，我是真的爱她……"

他唠唠叨叨地说着不知所谓的话语，又是几滴眼泪滴了下来。

"我再也回不了家啦，我再也见不到她啦，你说，这样的日子还有什么活头呢？"

他抬起头看着我，眼中一片黯然。

我无言以对，只能笨拙地回道："活着……活着便是好的。"

他抬头看天，突然神经质地一笑，自言自语道："好，这又有什么好呢？"

他明明是个活人，全身上下却没有一点活气，身上那股绝望的味道，与院外坟堆里的腐尸相似……

我再也说不下去，内心像被无数针芒刺透了一般，逃也似的离开。

我不知道我在躲避什么，直到在那天半夜看到他高高悬挂在房梁上的尸体，我突然明白，我是因为无力解救他而感到羞愧。

他是在夜深人静的时候上吊死的，用裤腰带打了个结，脑袋套了进去，没扑腾几下就断了气儿。

周管事把他抱下来，摸了摸鼻息，确认他死了，便拖到院外，挖了个新坟，埋了。

卢豹子是个细心的人，在埋他之前撸下了他大拇指指头上的玉扳指，悄悄送给了后院的阿九公……

尾　声

唐未央就这样在破落院里消失了，除了那枚偶尔能在阿九公手上看到的玉扳指，这里再也没有唐未央的一丝痕迹。

几年后卢豹子也死了，又几年阿九公也没了，崔家二猛、三猛也都不见了，我忘记了他们的死法，或病死，或老死，或者被新来的破落户玩弄死，只有一样相同，他们和白半寸、唐未央一起，都埋在了破落院外的坟堆里。

破落院依然在这山里开着，虽然破落。

周管事说，只要这世上还有江湖，就还有破落院。

道是无晴（节选）

李　亮

楔　子

在这世界上，有一个地方叫作“江湖”。

这江湖不在水底，而在人间。

这江湖中没有吃草吞泥的小鱼小虾，却有纵横四海的巨鲨大鲸。

载酒高歌的侠客、杀人不眨眼的魔头、生死与共的兄弟、不共戴天的仇敌……个个都有着翻江倒海的本事。

——其中更有矫矫难见的蛟龙，风华绝代的奇男子。

他们，各有本领。

在东都洛阳之外，有一处富甲天下的庄园，唤作锦绣。占地千顷，仆从万人，集四海奇珍，有宇内宝库。

山庄之主姓李，乃是李唐后裔。他们这一家人既传下敌国之富，又承有倾国之貌，更习有李唐向来不外传的长生剑术，因此，又被称作“三绝世家”。

“三绝世家”屹立江湖三百年之久，传到这一任的家主，更加了不起。传说中，这位李公子的每只眼睛都和舜帝一样，有两个瞳仁，因此得名“重华”。

李重华今年不过三十岁的年纪，可是却已经剑折武当清明子，琴胜长安李风龄，棋争杭州刘国手，画平金陵吴一鸣。

因此，他就是这世上，最英俊、最风雅、最了不起的男子。

又有一个人，人人敬仰。

左长苗祖籍陕西，世代为农。有一次，大侠萧晨被武林败类暗算，重伤昏倒在左长苗家的田里，为时年六岁的左长苗所救。

萧晨后来把一身武艺倾囊传授。左长苗十六岁开始闯荡江湖，使一柄有刃无尖的挺天剑，十余年来疾恶如仇，除暴安良，侠名举世无双。

他长了一张黄焦焦的脸，因此得了个外号，叫作“瘟虎”。

除此之外，鬼王韩夺天人人畏惧、“食人剑”刁毒人人厌憎、花妖张拓人人喊打……

男儿本自重。

既然有了一身非同寻常的本领，当然就要恣意张扬，活他个轰轰烈烈，天下无双。

但是人在江湖，比本领更能决定成败的，是命运。

这个故事要讲的，正是九日九夜，发生在江湖中的，一些英雄好汉的——

一段命运。

第一天　杀心·震

——*震上震下。万物萌动。*

1. 乱

九月初一，洛阳锦绣山庄。

巳时，有雨。

雨是小雨，牛毛一般，窸窸窣窣。宏伟华丽的锦绣山庄笼罩在这蒙蒙烟雨中，雕梁画栋、水榭亭台、奇花异草，更见风致。

一身红衣的沈纱快步走过幽长曲折的回廊，穿过东花园，来到重华公子的闭关石室。古柏之下，这一间由白菊环绕的白石小屋，正是锦绣山庄真正的禁地。

菊瓣沾雨，低低垂下。

石屋门前，小厮兰琴一手打伞，一手提着食盒，怯生生地站着，不敢叫门，也不敢走。看见沈纱来，马上求救似的一路望过来。

沈纱的红衣沾雨，在这晦暗的天色里也不由发乌了。她低声问道："公子还是不肯吃饭么？"

兰琴道："是。"

沈纱咬了咬牙，将食盒接过，道："你走吧，这里交给我。"

兰琴如蒙大赦，施了一礼，道："多谢三姑娘。"逃似的走了。

沈纱看他走远了，这才掂了掂食盒，对剑室里道："公子。"

剑室中毫无回应。

这间由整块汉白玉掏成的小屋，周长二十五步，高二丈三尺，雪白无瑕，价值连城，是重华公子闭关悟道的圣地。除他以外，从无第二个人进入。

甚至就连外围的这片菊园，非他许可，擅入之人也有杀身之祸。这一次沈纱来到门前，其实已经是拼着被他重罚的勇气了。

沈纱深深地吸了口气，叫道："公子，你还好吗？"

剑室中仍然寂然无声。

自从左长苗诱拐丁绡私奔远遁之后，重华公子就把自己关进这石室里，不吃不喝，无声无息，迄今已有三日。

沈纱实在担心他的安危，终于叫道："公子，纱儿实在不放心你，纱儿要进来了！"

她放下食盒与纸伞，运起内力去推那剑室石门，重逾千斤的石门，发出"咕隆"一声闷响，向内闪出三寸。

石屋内忽然有人清清楚楚地道："你想让我杀了你？"

那声音虽然不大，落入沈纱的耳中，却如霹雳一般。沈纱整个人都是一震，又惊又喜，又悲又怕，一时间竟已热泪盈眶，叫道："公子……公子，纱儿好担心你！"

那石屋中人，自然就是重华公子，道："我没事，你走吧。"他是如此冷淡，仿佛连一个字也不愿意和她多说。

沈纱心中酸楚，道："公……公子……丁绡走了，你还有纱儿……"

忽然间"轰隆"一声，沈纱方才勉强推陷三寸的石门，猛然间又复归原位，将她不及收回的双腕震得生疼。

雨丝终于濡湿了她的衣衫，砭肌生寒。

重华公子道："再多说一个字，我就真的杀了你。"

沈纱站在室门外，眼泪和着雨水已将她的脸颊整个打湿了。她用手背掩住自己的嘴唇，不让自己哭出声来，大声道："我去杀了她好不好？让我去杀了他们好不好！"

石屋之中又没了声音。

沈纱慢慢向后退了两步，猛一回身，已是哭着跑出了菊园。

最初，那只是一次普通的会面。

"瘟虎"左长苗现身洛阳，求见重华公子。这本可成为一段武林佳话。毕竟他二人一东一西各负盛名，此次终能一见，不免令人生出风云际会之感。

左长苗是一个与重华公子截然不同的人：他的个子很高，人又瘦，稍稍有点驼背，整个人看起来总有点不精神。黄焦焦的一张脸上，两道眉毛重得像是用毛笔蘸了浓墨反复描过似的。他的话不多，可是出乎意料的是，很斯文。

重华公子慷慨好客，自然是对他热情招待。岂料，左长苗做客三日之后，竟就不告而别，而同时失踪的还有重华公子的宠姬丁绡。

山庄中人因此都在传说，定是这两个人有了苟且之事，因此才连夜私奔了。

这一切风言风语，沈纱根本无法相信。

先不说左长苗那病夫一般的样貌，乡农一般的装扮，如何能与重华公子相比？就是丁绡她自己，又是什么天仙下凡一般的人物了？她怎么就能让一个才认识三天的武林大侠，不顾声誉，不顾前程，并且惹下重华公子这般大敌，与她私奔？

沈纱离开剑室后，在东花园里停了停，擦干眼泪，勉强平复心绪。

她愤愤不平，更为重华公子不值。

左长苗与丁绡走后，重华公子如遭重创，失魂落魄，令人看在眼里，疼在心上。若依沈纱的性子，自然是要将那对狗男女抓回来，碎尸万段，方能解恨。可是重华公子却实在太过善良，只把自己关在剑室中，默默承受痛苦。

可是石屋虽保护了他，却也让他再看不到外面的沈纱，看不到沈纱为他做的一切。

沈纱咬着嘴唇，心中的委屈渐渐化成怒火。

——她这样爱着重华公子，可是重华公子的心里却从来都没有她。

——重华公子这样爱着丁绡，可是丁绡却为了一个只认识了三天的男人就背叛了他。

她求之不得的，丁绡却弃若敝屣。沈纱一想到这一点，就已经气得浑身发抖。她猛地站起身来，往跨院的入松居而去。

重华公子的身边一向有三位亦徒亦友的随从。长者名为薛傲，擅使一十三路泼风刀；次者即是丁绡，精通三十六路流云刀；沈纱则是最小的，掌中七十二路洗眉刀，堪称一绝。

这三人在锦绣山庄中，都有自己的别院，薛傲的是入松居，丁绡的是掩月楼，沈纱的是镜阁。

入松居中遍植松柏、青竹，一年四季郁郁青青，冷气森森。

才一入院，沈纱便已在竹柏清香中，闻到一股扑鼻酒气。薛傲的书童点雨和飞墨，一左一右，正坐在廊下的竹椅上打瞌睡，被沈纱一脚一个踢得醒了，慌慌张张地跳起来，叫道："三……三姑娘！"

"你们大爷呢？"

"大……大爷……"飞墨擦着口水，道，"大爷在！"

沈纱哼了一声，就去推门，点雨慌忙将她拦住，叫道："三姑娘，大爷喝醉了……"

沈纱怒气上涌，一把推开点雨，飞脚踢开入松居的大门，喝道："薛傲，跟我去杀人！"

入松居平素典雅整洁的房间中一片狼藉。

一个年轻人躺在满地的酒壶酒坛间，醉眼乜斜，满身酒渍，大笑道："三……三妹？你……你要杀谁？大哥……大哥帮你出马！"

这一摊泥一般的醉汉正是锦绣山庄除重华公子外的第一高手，因为相貌俊美，皮肤白皙，而得名"雪狮子"的泼风刀薛傲。

沈纱气得双眉紧蹙，道："什么时候了，你还喝酒？你还喝成这样！"

薛傲笑道："什……什么时候了？"

"丁绡出走，公子闭关，整个锦绣山庄风言风语乱成一片，你不出来主持大事，却只顾在这儿喝酒！"

"什……什么大事……这世上……"薛傲笑嘻嘻地道，"哪有什么你我能做的……大事……”

“别的你不能做，杀人你还不能做？”沈纱怒气冲冲地道，“丁绡、左长苗，这对狗男女辜负了公子的信任，令锦绣山庄蒙羞，我们当然要杀了他们！”

薛傲一愣，在地上半仰起身来，直勾勾地看着她。

毫无疑问，他是一个很英俊的年轻人，即使现在醉了，一旦打醒精神，那两道又黑又挺的剑眉往起一立，也仍是那么英气逼人。

“我们马上起身，去追那对狗男女——他们走不了多远！到时候，丁绡交给我，你去对付左长苗！难道你的泼风刀还怕他的挺天剑么！”

薛傲吃吃地道：“不……不……”

“当然不怕！你的刀法，是公子所传，除了公子，天下间哪还有人是你的对手？”沈纱冷笑道，“雪狮子对瘟虎，我们倒要让天下人知道，左长苗根本不配与公子相提并论。什么‘东鹤西虎’，公子的一个徒弟就能杀了他！”

“可是，丁……丁绡……”

沈纱咬了咬牙，道：“丁绡你不用担心，交给我！她这两年哪还有时间练武？那骚狐狸只会在床上讨好公子，好好的一套流云刀，说不定早就让她浪没了……”

“你胡说！”薛傲猛地大叫一声，“呼”地一下，将一个酒坛猛地向沈纱砸来。沈纱吃了一惊，侧身一闪，那酒坛在她的身后撞得粉碎。

只见薛傲挣扎而起，可是酒喝得太多，脚下发软，又“扑通”摔倒，口中兀自叫道：“不许你说她……不许你再说她……你不要这样说她！”

他原本因醉酒而粉红的俊脸，现在却已涨得通红，两只眼睛更是红得快要滴出血来。他看着沈纱，真像是随时要扑过来扼死她。

他这神情，倒像是自己遭遇了什么极大的羞辱。

沈纱目瞪口呆，突然脑中灵光一闪，惊叫道：“你……你也喜欢她？”

薛傲正自坐起，听到她这句话，却像是当头挨了一锤似的，又重重坐倒在地，喃喃道：“我……我……”说了两个字，声音里就已经有了哽咽，“我哪里配……”

沈纱往后退去，眼前的薛傲，突然间就变成了她从来都不认识的人。

“丁绡哪里好？”她忽然叫喊出来，“你们一个一个的，都为了那个烂人失魂落魄！”

薛傲坐在地上，久久无声。然后才突然“呵呵”笑出声来，笑着笑着，却又捂着脸哭了起来，道：“让我死了吧……让我死了吧……”他哽咽着抬起头，一张被羞愧和绝望所折磨的脸早已扭曲了，“她走了，我就活不了了……三妹……让大哥再看一看你……三妹……你以后……你以后再也见不到大哥了……”

沈纱狠狠咬着嘴唇，终于一字一顿地道：“那你就去死吧。”

她转身就走，再也不想多看那死狗一般的男子一眼。

2. 逃

九月初一，运城城郊，张记面铺，

未时，有雨。

雨来得很急，几丝沉甸甸的阴风刮过，已是百鸟入林，野径无人。一声脆雷，黄豆大的雨点噼里啪啦地落下，打得芭蕉叶乱摆，面铺的板壁咚咚作响。原本支开的几扇窗户都“啪嗒啪嗒”地摔了下来。

面铺里的光线一下暗了，张老实记不了账，索性擦着手来到门前看雨。才一站定，便见两个来不及打伞的行人飞也似的向面铺奔来。

那两人闯入面铺的凉棚下，放下头上遮雨的袖子。张老实这才看出，原来是一男一女，虽然狼狈，但却实在气宇非凡。男的身材高大，猿臂蜂腰，面如淡金，肩背一个长条包裹，瞧那岁数，该在三十上下；女的娇小玲珑，眉目如画，以青帕罩头，斜背一个黑布包裹，应只二十出头。

两个人略擦了擦脸上雨水，便招呼道：“掌柜的，有什么吃食？”

张老实赔笑道：“两位客官，咱们家的削面、剃尖儿都是一绝，小烧肉的卤子更是秘方特制，都好吃着呢。”

那两人对视一眼，男人颔首道：“那么，就来两碗剃尖儿，卤子重一点。有什么腌干卤食，也都足足地配上，一会儿一起算钱给你。”

这人声音低沉，一个字一个字都说得清清楚楚，带着说不出的威严，令人听后不由自主地就想尽快完成他的要求。张老实心中莫名紧张，到后边去做饭时，走得都有点趺趺撞撞了。

一男一女这才拣了张干净亮堂的桌子坐下。

这张记面铺虽然开在郊外，但靠着官道，平日里的生意也颇可观。张老实一辈子在此经营，到如今已有一间砖房、两个茅棚，八张桌子、二十余张条凳的规模了。

那男人环顾四面，松了口气，道："逃到了这里，应该就没事了。"

那女人道："想起来，真如做梦一般。"

他们四目相对，想到过去的种种，又想到未来的生活，不由心中柔软。男人轻握了女人的手，道："小妹，跟了我，让你受苦了。"

女人微笑道："只要能和大哥在一起，什么苦都是甜的。"

男人正色道："不过，也不会一直苦下去。这一趟虽然走得匆忙，但银子细软也还是带了些出来的。咱们寻一个山明水秀又没人认得我们的地方，垦上几亩荒田，养上几只鸡鸭，生下几个儿女，不消多久，也是一番好光景。"

女人含羞低头，道："一切都听大哥的。"

她如此娇美，那男人不由心旌动摇，捉起玉手，在唇边轻轻一吻。那女人"啊"了一声抬起头来，满面绯红，低叫道："给人看见！"

男人脸色一变，慢慢将女人的手放低，想了想，强笑道："看见……又怕什么？"

他的心里果然还是怕的。女人也知刚才的话说得不是时候，连忙反握住男人的手，道："不怕，我们自然是不怕的。"

男人眼中掠过一抹狠绝，道："我们既已逃脱，就没有了回头之路。真有人追来，怕又有什么用？哼哼，只不过到时候一刀一剑地拼起来，说不定是他们有来无回，也就是了。"

他越这样说，女人越是不安，道："天大地大，他们上哪找我们来？再说现在这乱世，我还真不信谁会有那个闲心，咬着我们不放。"

她这话说的，其实也正是这男人心中暗暗企盼着的。听她又说了一回，自己也就不由更信了一分。

刚好这时张老实已煮好了两碗面条，厚厚地浇了肉卤，又将豆干、卤蛋码得高高的端了出来。那两人好几天没好好吃饭，更兼那面条着实香滑，顿时什么也顾不上了，一人一碗埋头大吃。

男人吃得快些，又叫了一碗。好在这会儿灶房里的火和汤都是现成的，张老实再做第三碗倒也更快了。

忽然有一个人从面铺暗处里坐了起来，狞笑道："你们是私奔出来的？"

那一男一女登时吃了一惊。抬头看时，却见一条凶恶的汉子正从面铺的角落里走了出来。

那个人身材不高，肩膀宽阔，宛如铁铸。一头又硬又乱的黑发，在头顶上胡乱绾了个牛鼻髻，满面油光，半腮针须，一双小眼里满布血丝。

他是运城城外刘家庄中有名的泼皮，名叫朱峰，因为为人蛮横，好吃懒做，大家就都把他的名字倒过来，叫他是“疯猪”。这人平生吃喝嫖赌，坑蒙拐骗，无所不为。昨天夜里在运城赌输了钱，今天一早来到面铺，吃了一碗面，一个酱鸡腿，也不给钱，就在砖房靠墙的背光处，搭了两条凳子，睡起觉来。

张老实看他一脸晦气，更不敢惹，结果后来一忙起来，竟将他全然忘了。及至疯猪自己被雷声惊醒，却又懒懒地不想起来。他的身形被桌子遮挡，又在背光的所在，因此便连那一男一女竟也全未发觉他的存在。

他并未见识那二人方才避雨闯入的身法，一双耳朵只隐隐听说二人私奔潜逃，又带有金银细软，登时就起了歹念。

“唰”的一声，他已自腰后拽出一把解腕尖刀。

“你们这两个狗男女，私奔到这儿来啦，这小妞是谁家的小老婆？跟我去见官！”

那一男一女被他一吼，都愣了一下，女人正待起身，却被男人一把摁住了。

那男人眼珠转动，一瞬间便已将四下打量完毕，道：“这位好汉，怎么称呼？”

疯猪怪叫道：“少他妈跟老子套近乎，老子平生最容不得你们这些奸夫淫妇！少废话，跟老子去见官，男的阉了，女的骑木驴！”

他言语粗俗，那女人被他骂得又羞又怒，可是心里却稍稍安定下来，已猜知这人其实并不知道他们的真正身份。

张老实忽见这泼皮闹事，早慌了神，赶过来，又不敢靠得太近，只把手乱摇，叫道：“疯猪，疯猪你可别给我惹祸呀！”

疯猪把眼一横，骂道：“滚远点！老子这是惹祸？老子是替天行道！扭到官府去，官老爷也不会说个‘不’字！”

他越是这般叫嚣，这一男一女就越知道他不过是个草包。那男人低声道：“咱们别在面铺里动手。”

那女人微一犹豫，默默地点了点头。

——他们这次出逃，最怕的是暴露行迹，引来后边的大队追踪者。因此一路不声不响，唯恐引人注目，留下行踪。

他们这一说话，那边疯猪又叫了起来："嘀咕什么呢？又想要什么花样！老子的眼里可不揉沙子！敢不老实，一人一刀，先给你们放放血！"

那男人拱手道："这位好汉，请放我们一条生路。"

疯猪等的就是他这句话，一俟入耳，面皮上就已经柔和了，道："放你一条生路？也要看你会不会做人。老子昨夜在运城赌钱，着了几个王八蛋的算计，把老娘的棺材本都折进去了——你们要是懂事的，就借些钱来，给老子翻……不，让老子去孝敬老娘吧！"

那男人沉着脸，将自己的钱袋放在桌上推了过去。

疯猪将钱袋往桌上一倒，稀里哗啦，十几两散碎银子滚了满桌。

"他妈的，"疯猪一边把银子往怀里揣，一边骂，"你糊弄我？你刚才说的细软呢？"

那男人犹豫了一下，看了一眼张老实，又向那女人点了点头。

那女人便将那一直放在手边的黑布包裹推给疯猪。

疯猪单手解开包裹，掀开几件衣服之后，果然抖出几条金灿灿的链子，一串圆润晶莹的珍珠，一块翠绿的玉牌，以及几只杂样的手镯。珠光宝气，一时映花了他的双眼。

"他妈的，真是大户人家出来的！"疯猪也不顾那荷包了，一把抓起那些链子镯子，全都塞到怀里去，"看不出你这老小子，病病歪歪的模样，居然还勾引来这样白白嫩嫩的小娘们？真是老天爷不长眼……老子先替你们收着！"

说话间，他又注意到桌子上另外那个蓝布的长条包裹。

"这又是什么？"疯猪伸手就去抓。

"啪"的一声，那男人却先他一步按住了包裹，道："好汉……不要逼人太甚。"

"去你妈的！"疯猪财迷心窍，早已什么都听不进耳，一刀剁向那男人的手腕，"老子就是逼你了怎么样？不服咱们就去见官！"

那男人的手往回一缩，疯猪便已夺过包袱，就在桌上一抖，"咚"、"咚"两声，两件沉重的铁器就掉了出来。

那原来是一把刀、一柄剑。疯猪愣了一下，笑道："呵，居然还是个练武的——练得一肚子男盗女娼！"

他看着这两件利器也觉得心里发毛，可是利欲熏心，也就顾不得什么轻重了，用包袱皮把兵刃卷起来往腋下一夹，道："算你们两个识相！老子这就带着这些呈堂证供上衙门。你们两个不要跑，老实跟来！"

——那两件上好的兵刃，加上那些珠宝，还怕没有上百两银子的价值？

——他今日虽然狗急跳墙，早有劫财之意，可是碰上了这么两只既温驯又有料的肥羊，却也不得不说，真是意外之喜了。

疯猪忙不迭地出门。临钻入雨幕前，脸上已绷不住笑意。

张老实眼见疯猪走得远了，这才上前道："两位客人，受惊了。"

却见那男人面色如常，道："没事。掌柜的，结账吧，另外，我们还要赶路，你这若有雨具，也匀给我们两个。"

他在袖子里掏了掏，仍还有几钱碎银，才要递过来，张老实已经拼命摇手，道："你们被那疯猪抢了那么多东西，哪还有钱，留着自己用吧。我可不能要了！"

一面说，一面在厨房里去摘了两个斗笠来，道："这都是老汉我自己编的，不值什么钱，你们就戴着吧。"

那对男女对视一眼，起身拱手道："如此，多谢了。"

他们戴好斗笠，辞别了张老实，顺着疯猪离去的方向走进雨中。因为不能让疯猪再与别人张扬，故此一等离了张老实的视线，便展开身法，直追了下去。

追出里许，前边模模糊糊，已有疯猪的背影，那女人却忽然停了下来，道："我的簪子掉了！"

那男人一愣，道："簪子？"

那女人道："定是我刚才戴斗笠时掉在面铺了。大哥你先去追那泼皮，我回去找一下。"

事态紧急，她说得又快，那男人不及细想，点头道："好！"

两人便一个向前，一个回头，暂且分手。

那根银簪子其实就攥在那女人的手里，尖端锋锐，与铁锥无异。

那男人心地善良，在自保的同时一直不愿伤及无辜。因此才会要求那女人“不要在面铺动手”，其实就是为了保住那开面铺的张老实。

可是他们被劫，张老实看见他们所藏的珠宝，更看见了他们的兵刃，哪还忘得了？以后若有人查到这来，稍加盘问，岂不就暴露了他们的行踪？

——所以这个人，其实已经留不得了。

那女人在面铺外深吸了一口气，雨沫沾在她的舌尖上，湿漉漉的，竟有一点甜意。

她本身也并不是什么心狠手辣的人，可是为了她和那男人的将来，她却不能不小心点了。

她迈步走进了张记面铺。

却见张老实正穿了领破蓑衣，戴了顶旧斗笠，慌慌张张地往外走，一见她回来，高兴得叫了起来，道：“客官哪，我还害怕追不着你们呢！”

那女人一愣，单手垂下，簪子已在袖中一转，准备刺出。

却见张老实已在蓑衣下拿出一个灰布小包，在手里打开来，里边用油纸包裹的是一只卤鸡，两方酱牛肉，几块腌豆干。

张老实道：“你们前脚走，我后脚就越想越不对劲。你们钱都没了，以后吃喝都成问题呀！我这里别的没有，卤味还有一些存货，你们路上带着，饿了只要买两个馒头，也撑得过去了。”

那女人不料他这般好心，意外道：“你……你这又是何必……”

张老实叹道：“唉，你们是在我的店里被劫的，我这老头子的心里如何过意得去？”

他将那包袱又重新包好了塞过来。那女人稀里糊涂地单手接了，有点不知所措。

“对了，你回来干吗来了？忘了什么东西么？”

女人稍一犹豫，道：“我……我掉了一根簪子。”

“哎哟！”张老实笑道，“那可丢不了，这店里也没别人来。”

他低下头，就在刚才那女人坐过、经过之处，转着圈地来回找。那女人站在原地，看着他那花白的头顶在自己眼前转来转去，心里一软，忽地把手一翻，亮出簪子，道：“在这里……掌柜的，我找着了！”

张老实抬起头来，得意道：“你看，我说吧！”

那女人将簪子别回头上，向老头微微施礼，道：“掌柜的，你好人有好报。”

3. 杀

九月初一，大同怀仁村。

酉时，有雨。

雨下得很大，瓢泼一般，火把只能在伞底下才打得住。火光照耀，地上的积水一片明亮，村民被赶至打谷场，一路走得泥浆四溅。雨水寒冷，有小孩哭，但哭声马上模糊了。大人低低地哄着："乖，别哭，可不能哭呀……"

打谷场上一片平旷。怀仁村全村二百二十一口哆哆嗦嗦地站在雨中。扯天扯地的雨线映着微微的火光落在他们脸上，把每个人的恐惧和绝望都放大了。

在他们周围，匈奴的士兵杀气腾腾地瞪着眼睛，任雨水流过他们的额头、眼睛、下颌，像草原上即将扑食的苍狼一般，无声无息。

——以往他们来时，大同城总能将他们挡着。即使偶有失手，龙将军的战报也总会提前传到，好让村民及时撤离。可是这一回，这些蛮人几乎是凭空出现，将村民结结实实地堵在家里，可让人哭都哭不出来了。

村长韦老大在不停地鞠着躬："大王、大王，我们就是老百姓，我们啥都不知道……就是种地的。您要什么您拿去，您饶我们一条活命……"

雨水浇得他睁不开眼睛，山羊胡湿成了一股，直撅撅地垂在下巴上。在他的对面，匈奴的先锋官赤末花红袍金甲，阴沉沉地坐在手下打起的羊皮伞盖下。

赤末花身材魁伟，有一张蟹青色的脸和一双食尸鹰一般的眼睛。

"我要粮草。"赤末花道。

"粮草有！粮草有！"韦老大忙不迭地点头，转身招呼村中十几个青壮劳力去挨家挨户地搜罗粮食，装上匈奴的粮车。

怀仁村占了戍边垦荒的好处，每年的赋税极低。今年交了官粮以后，各家各户都留了上千斤自用的稻米。这些青壮一户一户地搬，累得气喘如牛，也不敢稍停。

"我要金银。"赤末花道。

"金银有！金银有！"韦老大亲自带着几个老人，把在场村民的首饰、钱袋都搜罗来。

“我娘留给我……”有个半大小子护着脖子上的银锁直嚷嚷，让韦老大一脚踹了个趔趄，才闭上嘴。

——也就在这时，韦老大才忽然发现，人群中竟然还有一个陌生人。

那是一个肮脏而狼狈的老人，穿着一件肥大破烂的黑色大氅，赤裸的脚和瘦得青筋暴露的手臂从撕裂的大氅边缘探出来。他的头发很长、很乱，被雨水淋湿，一绺一绺地垂在肩上，他的眉骨很高，颧骨也很高，两只眼睛白蒙蒙的，没有一点光泽，竟像是两堆燃尽的灰烬。

韦老大被他的眼神吓了一跳。

那老人看着他——多么奇怪，那样的眼睛，居然还能看见人——双手合十，向他微微鞠了一躬，乞求他不要声张。

韦老大这时才看出来，原来这人是个怪模怪样的头陀，脖子上还挂着念珠。

——想来是云游到此借宿，反而被匈奴困住的游方僧人吧。

韦老大叹了口气，小声道：“佛祖保佑，让我们平安吧。”

韦老大收了鼓鼓囊囊的两大袋细软，放在赤末花的脚下。

“我也要骡马。”赤末花道。

“骡马有！骡马有！”韦老大涕泪横流，交代几个老实人，去把各家各户的牲口都牵了来。马嘶牛哼，驴子叫唤，反倒让打谷场有了点活力。

韦老大抽噎着，下巴上松弛的皮肤剧烈地抖动着。没有粮食，可以忍一冬；没有金银，可以慢慢再攒；可是没有了牲口，以后的庄稼怎么种？怀仁村十年八年，是翻不了身了。

“我还要女人。”赤末花最后说道，“年轻的、漂亮的……干净的，女人。”

“女人……”韦老大反应了许久，才终于明白了赤末花的要求。

他“扑通”一声跪倒在地，哀求道：“大王，饶了我们吧！闺女们还要活呢！”

“锵”的一声，赤末花蓦然拔刀，一刀就削掉了韦老大的头巾。

“我要女人。”赤末花森然道，“年轻的、漂亮的、干净的，女人。”他的声音毫无波澜，仿佛他现在说的只是一件微不足道的小事，“十个。”

韦老大伏在地上“呜呜”地哭，他被割断的头发凌乱地糊在脸上。他以头抢地，撞得满脸泥水。

但是赤末花只是端正地坐着，把手中细长的钢刀平举。

雨珠打在刀身上，发出“当当当当”密集的脆响。

韦老大猛地站起身来，到人群中去找女人。杜夫子的两个女儿大玉和小玉、孙老头的孙女翠英、胡大牛刚过门的媳妇卢氏、崔寡妇、老薛家的宝儿、老钱家的英英、老魏家的小香、老杜家的玲玲……

最后，韦老大红着眼睛，抓出了自己的孙女小意。

女人们居然并不怎么出声，只是哑哑地哭着，脸上也分不清是雨水还是泪水，被韦老大一个一个拖着手拽出人群后，就都瘫倒在地上了。

匈奴这边出来了人，兀鹰抓食一般将她们一一架走。

韦老大佝偻着站在雨里，打摆子一样哆嗦着，从身子到心窝，全凉了。他看着赤末花，看着赤末花的嘴，生怕那两片薄得像刀削似的嘴唇一张一合，又提出一个什么可怕的要求来。

但是幸好，赤末花已经不再说话了。

他只是坐在那里，若有所思地在雨水里把玩着他的刀——弯弯的、细尖宽身，雪亮的刀——平着、斜着、立着，让雨水淋在上面。

越来越冷的百姓们渐渐发出越来越响的求饶声，而始终伫立在雨中的匈奴人却仍然挺立得如同一尊尊雕像。

那十几个青壮劳力终于搬完了粮食，足足装起了十二辆粮车。一个个累得脚下打晃，又被监工的金兵赶回了打谷场。老百姓们拥着他们，再一次从他们口中确知，自己家中再没有半粒剩米，不由又响起几声哭声。

赤末花忽然站了起来。他缓缓拨开头上的羊皮大伞，仰天用脸接了一阵雨水，然后才低下头来，左手在脸上一抹，右手单手挥了挥刀——钢刀划破雨幕，发出尖厉的啸声。

他大步向前而来，直奔韦老大。

韦老大吓得呆了，往后退了两步，猛地转身就往回跑，一边跑，一边奋力推开够得着的村民，叫道：“快逃，快逃！”

在这生死一瞬的关头，他终于明白这些匈奴人是不会放过他们的。

——无论他们多么顺从，最后的结局，都只是“死”而已。

赤末花手起刀落，“喀嚓”一声，已将挡在他路上的第一个汉人斜肩铲背，一刀削成两片。

这一刀便是一声信号，一直无声无息的匈奴人骤然发出了一阵疯狂的吼叫。吼叫声中，他们猛地冲向打谷场中间的目标——那些已经全然失去了锐气与志气的汉人百姓。

刀刃和枪尖的锋芒在火把的映照下，宛如夜色中海面上的一道白浪，呼啸着拍向海中孤岛。

一瞬间，一直沉默的百姓们终于发出了凄厉的惨叫。二百个人的惨叫盖住了天地间绵绵不绝的雨声，却全然无法遮蔽铁器刺破布帛、划开皮肉、斫断筋骨的声音。

——像是疾行的马群踏上地下扔着的百十个水袋。水袋发出一声声奇怪的闷响，遽然炸开，水浆迸溅。

天上的雨忽然变成了温热的，落在人的手上、脸上，烫得吓人。

地上的积水不知什么时候也变成了暗黑色，汩汩漫延向打谷场外不绝流出。

赤末花穿过混乱的人群，又回到伞盖下坐着。

“多少年来，我们攻打中原，你们便投降示好。一旦我们兵败，你们又马上归顺汉人的朝廷,在我们的退路上捣乱。”他用雨水冲洗着刀上的血，“把你们都杀了，看你们还能反复！”

4. 义

九月初一，太行山黑骨寨。

亥时，有雨。

雨很稀疏,但雨点儿很大,斜打在窗棂纸上,仿佛有几根不安分的手指，在轻轻地敲打。

血的味道很腥，而且有一种奇怪的臭味。史天一坐在椅子上，擦着自己的短枪，想：难道刚才有人还拉了裤子了么?

刚才的打斗已经令聚义厅中的牛油大蜡灭了大半，现在只有几根寥寥燃着，照得大厅里阴一块亮一块。撕烂的帷幕软软地垂在半空中，溅在屏风上的血点慢慢地向下滑落，拉出长短不一的狰狞红痕。

地上杂陈的尸体以各样扭曲的姿势凝固着，偶尔灯影一跳，才仿佛抽动一下。

黑骨寨四大寨主，自今日起，只余史天一人。

史天一微笑着擦着枪，愉快地哼起小曲来："……三弟你为人多么奸诈，要害大哥命染黄泉。大街上买来芦席井口盖，你让大哥坐在上边。本指望他落井被水淹死，哪知道大哥稳稳当当没动弹，咱二人掀开芦席仔细观看，有一个八爪金龙悬在空中。不用人说就知道了，咱大哥不久以后定有江山！"

这小曲唱的是东汉末年，英雄初会，张飞胸无大志暗算刘备的故事。

桃园结义是刘、关、张磕头，黑骨寨上却是陈、黄、马、史四个人拜的把子。最初是陈寨主开山立柜，后来是马寨主上山投奔，接着是黄寨主受邀而来，最后才是史天一少年落草，崭露头角。

他的岁数比陈寨主小了一半多，几位哥哥对他倒一向是当半个儿子疼的。

史天一哼着歌，仔细掏净枪尖上的血槽。他这对短枪乃由精钢打造，右枪长四尺七寸，重十一斤九两，左枪长四尺三寸，重七斤整。双枪又可以组合，拧成一杆长七尺七寸、重十八斤九两的大枪。

他原本是练的九九八十一路梅花枪，用双枪。后来才改了十三路钻心枪，用大枪。

两年前，一个云游的老道士路过黑骨寨下，四大寨主拦路劫之，刀枪齐上反而被人家一双肉掌打得哭爹喊妈。那道士端的是个爱才之人，交手之际，也不知怎么，就分辨出史天一有万中无一的练枪天分。因此不仅没有太为难这四大寨主，更在临行时留下了一部《钻心枪谱》给他。

天道自然，每个人都有自己独特的秉性特质。一个真正的高手，他的武艺决不会是傻练、硬练，熬出来的。反而一定是找到了最适合自己的武艺，使得"心、体、技"三者合一，才水到渠成的。

史天一过去练梅花枪，闻鸡起舞、风雨不歇，所练成的功夫在四大寨主中，也不过排位第三而已；可是等他在钻心枪上稍微下了点功夫之后，那原本一直停滞不前的枪法一下子突飞猛进，令得他的武艺瞬间就将其他人远远甩在了后边。

那狂飙一般的精进，睡一觉起来都判若两人的力量。于别人而言，也许只是惊叹而已，可是对于少年史天一而言，却早已是惊骇加迷恋了。

这一两年来，黑骨寨有什么大小事情，一向是他这位四寨主出头，用枪摆平的。

去年三月，马老三下山扫荡，劫了山东海丰镖局的镖，结果被人家大镖头“铁尾蛟”罗信一路追上山来，一条铁鞭打得马老三吐血，黄老二折剑，陈老大断刀，多亏史天一枪法已成，才七枪将铁尾蛟扎成了短命蛟。

去年九月，陈老大与临近的二风寨莫西风、陆天风饮酒，一言不合，被人家哥俩一路追着打了二十里，丢盔卸甲。要不是随从机灵，带他钻了林子，恐怕黑骨寨大当家当时就得死在路上。后来史天一连夜翻山过寨，枪挑二风寨，力战百人，才算给黑骨寨挣回了一点面子。

今年正月，黄老二下山探亲，回家过年。就那么二十几天的工夫，居然就给他勾搭上了一个姘头。好死不死，那姘头的小叔子却是新近江湖崛起，有名的快剑二郎齐英。给人家追到山上，当场就要给阉了。

史天一出手，和齐英对了三招就解决了他。

那一场对决，虽然快如闪电，可是对史天一而言，却是意义非凡，自从他打开了《钻心枪谱》之后，另一扇金光闪闪、充满诱惑的大门已经向他打开。

——就像是刘备坐在井口，然后才发现自己的命运一样，史天一也是在那一刻才明白自己接下来应该向哪里走。

史天一将擦枪的白布扔下，将两杆短枪装入枪囊背好。又拿起桌上的残酒，喝了一杯。这才拿起一支白烛，将聚义堂中的帷幔、屏风都引着。

他将蜡烛摔在陈老大的尸身上，微笑道：“抱歉，三位哥哥，小弟再也不用为你们那些乌烟瘴气的烂事分心了。”

火苗眨眼间就引着了陈老大的衣袂。

浓烟滚滚，火势燎人，聚义堂中，一时一片通亮。

史天一望着在这儿喝了五六年酒的聚义厅，不由也有些感慨。

——自己过去和这些没出息的哥哥们，可是浪费了多少宝贵时间啊？

——这几个无用之人，多少年来都不知进取，自己方才要解决他们时，甚至连大枪都不用接，直接用短枪使梅花枪法就行了。

史天一心中洋溢着辛酸与快慰，拍了拍枪囊，昂然而出。外面院子里，许多喽兵都听着刚才聚义厅里的火并，全战战兢兢地听着动静，看见火光起，史天一出，都吓得往后一缩。

史天一看他们懦弱平庸的样子,不由叹气。迈步向寨外而行,走了两步,终觉不忍,又转了回来。

一粒雨水落在他的眉心,蜿蜒而下,麻酥酥的。

“我认为,你们都白活了!”他突兀地发表了自己的宣言,“因为你们根本不知道,自己想要什么,该干什么!”

喽兵们都被他这莫名其妙的感慨拍傻了。

“太行山,黑骨寨,立寨二十余年,在太行山的三十三寨中,实力排名也不过二十七八而已。在场的各位,很多已经在山上待了十几年,也仍然不过是个小头目,连五寨主的位子也捞不着——所以,你们这一辈子,注定只是在一个三流的土匪窝里,做不入流的贼寇么?”史天一兀然瞪眼,“你们这样活着,有什么意思!”

喽兵们大眼瞪小眼,实在不知道他在发什么神经。

“人活着得‘值’,不然活一万年,也是白活的。你们想干什么,喜欢干什么,就去把它干好,干到顶尖!干到比别人都强的地步才对!打铁的打出天下最快的刀,他这一辈子就‘值’了!种地的种出天下间最甜的瓜,他这一辈子也‘值’了!你是占山为王劫道的,那你就应该一统太行,独霸中原啊!”

史天一激昂地看着喽兵,被想象中那巨大的成就,兴奋得满脸通红。

“那不是为了名、为了钱,而是为了——”史天一努力地想着词,“为了一口气,也为了让你们突破自己的……那个‘劲儿’!”

“你们根本不知道突破那个‘劲儿’是一种什么滋味。”史天一眉飞色舞,“你们是瞎的!你们一直被那个‘劲儿’拦着,蒙着,看不见更高更远的东西。可是一旦把那个‘劲儿’突破了,啊,天高地阔,万里风光!”

他瞪眼看着喽兵,恍惚间眉心剧痛,仿佛那快剑二郎的剑又已经刺到了那里。

“别人一剑向你刺来,快得好像一下子就能要了你的小命。”史天一用力搓着眉心,“你吓得魂儿都飞了。你觉得自己死定了,可是,‘噗’!死的却是他!原来在关键时刻,你到底是突破了那个‘劲儿’了,你到底还是比别人快了一点!九死一生啊!反败为胜啊!那个痛快,那个惊喜,比喝酒爽一万倍,比赌钱爽一万倍,比干世界上其他任何事都爽一万倍!”

史天一猛地倒竖大指,在自己的心口上重重一戳。

"那个时候，你才会知道，你学武、练枪，是'值'的！"

他的脸上挂满雨珠，仿佛狂热的汗水。

"我要走了！尝过那个滋味，我一辈子也忘不了了！我要去挑战天下间至高至强的武艺，练成天下间至快至猛的枪法！谁敢笑我，我就杀谁；谁敢拦我，我就杀谁！"

喽兵们张口结舌，茫然不知反应。

史天一看他们那无能的样子，不由哈哈大笑，趁着酒兴，去马厩牵了一匹好马，下山而去。

5. 梦

这一晚，沈纱又梦见了丁绡。

美丽的丁绡，风情的丁绡。

那双水汽蒙蒙的眼睛，那双仿佛烟雨西湖的眼睛，一直望着沈纱，像哀怨，像忧愁，像倾诉，像期待。

"烂人！"沈纱骂道，"别拿你勾引男人那一套来对付我！"

丁绡被她骂得啜泣起来，而沈纱却毫不在意。

"没有男人就活不了的烂人，我说错你了么？"

丁绡低着头，肩膀耸动，楚楚可怜。

"你装什么装，你都能做出那些事，还装什么脸皮薄呢？"

丁绡不说话，只是哭着。

沈纱还想说什么，可是突然间，重华公子却出现在丁绡的身边，轻轻揽住那女子的肩膀，嘴唇抵在丁绡的耳边，呢喃低语，也不知在说什么情话。

丁绡笑了起来，捏着手帕的手握成拳头，反过来捶打重华公子。重华公子由着她撒娇，哈哈大笑，挨了几下，便将她捉到怀里。丁绡也娇笑着……

那笑音像闪着蚀骨销魂的火苗，远远地传来，已令沈纱浑身躁动，又嫉妒，又兴奋，以至于自己的呼吸也越来越急促……她想冲过去杀死丁绡，可是一双脚却像是被钉在了原地。

她急得拼命挣扎，却无济于事。眼看着那两人的举止已经越来越不堪，不由终于哭了出来："公子，公子！体恤体恤纱儿，怜惜怜惜纱儿！我在这里！我在这里呀！"

——那是她的抗议，更是她的哀求，一语出口，整个人竟也轻松多了。

那两人忽然停了下来。重华公子放开了丁绡，回过头来，一双格外黑格外深邃的眼睛，眨也不眨地望向沈纱。

沈纱激动得心跳都要停止了，道："公……公子，我……纱儿也喜欢您……"

那温柔俊美的重华公子，果然向她走来。

沈纱看见，那一双重瞳的眸子里满是温柔，直令她一瞬间就醉了。

"公子……"沈纱紧张的声音像蚊蚋一般，"请公子接受……纱儿……纱儿真的很喜欢……"

重华公子微笑着，沈纱羞得再也无法自已。

可是突然间，她闻到了一股酒臭。

重华公子的身上一向是香的。沈纱愣了一下，偷偷睁开眼——可是旋即，一双眼却惊恐得几欲裂眶而出！

眼前靠近她的人，哪是那风华绝代的重华公子，反而是一个邋遢肥胖的中年男子。

"你……你！"沈纱猛地推开他，吓得说不出话来。

那胖子笑道："哈哈哈，我就知道，养着你，总有用得着的一天。"

他竟是同福会的混江龙，沈纱如堕冰窟，整个人都傻了。

混江龙欺身上前，沈纱想要杀他，可是身上却软绵绵的没有力气。想要拔刀，一向系在腰间的洗眉刀却也不见了。

"不要这样，求求你不要这样……"沈纱抵挡几下，一下子哭了出来，"高爷，你饶了我吧，你去找丁绡吧……你不是已经有丁绡了么！"

混江龙不说话，却只是傻笑着。

笑着笑着，他的五官眉眼又开始了令人骇然的变化。一张张陌生而又熟悉的脸孔出现在沈纱面前，同福会的帮众、陕西道上的流民、大宅子里的财主、饭铺子里的掌柜……丑陋的、肮脏的、贪婪的、下流的……那些沈纱以为早就忘记了的人，他们狂笑着，流着口水，向沈纱扑了过来……

"啊！"沈纱猛地惊醒了。

四下一片漆黑，哪还有丁绡、重华公子……以及那些魔鬼？

外面雨声不止，宛如嘈嘈切切的嘲笑。

汗透重衣，心跳如鼓，沈纱掩着脸，“呜呜”地哭起来。

即便是在梦中，刚才那样的羞辱也足以令她感到周身污秽。

想到那些坏人竟敢对自己无礼，想到即使在梦中，自己也得不到重华公子的宠爱，她咬着嘴唇，已将嘴唇咬出血来。

她品尝着那腥甜的滋味，握紧枕畔的洗眉刀，暗自发誓：

丁绡，无论如何，我一定要让你死在我的刀下！

第二天 杀手·蹇

——坎上艮下。祸患临门。

1. 灭

九月初二，西王村懒猴门。

卯时，有雨。

雨如雾气一般，似有若无，只有拂在脸上，濡湿之后，才令人确定，那雨，原来一直没停。

一匹棕毛骏马，被拴在懒猴门门前的旗杆下，心不在焉地啃着地上一撮刚刚冒芽的小草。懒猴门的两扇朱漆大门虚掩着，门楼上的一块黑漆大匾，上书四个大字：变化自来。

懒猴门是北派猴拳三大分支之一。门内所传，三十六式懒猴拳，二十四路老猴棍，虽然名字粗鄙，却端的威力惊人。

猴拳一向以快捷灵动著称，懒猴门却因得了“疏慢”的诀窍，而达到了“返璞归真”“化繁为简”的境界。与人动手时，如同懒猴爬树，老猿翻身，举手投足都是懒洋洋的，可一旦发力，却又快如闪电，力大无穷。

常人与懒猴门弟子动手时，常常连那猴拳从慢到快的变化都没看清，就已给击中了。因此才有了那“变化自来”的赞誉。

但在此时，懒猴门已遭灭门。

在那扇紧闭的大门后，懒猴门院内的第一具尸体，是老仆孙禄。

孙禄追随懒猴门门主孙琅三十余年，耳濡目染，据说懒猴拳早有七八成的功夫，而一手老猴棍使得更是老辣刁钻，是门内唯一一个可与孙琅过招的人。可是他在开门时，即被人一枪刺透心窝。此时他倒在门后，扭颈回头，凝固成了挣扎着向院内望着的姿势。

他那双再也看不见的眼睛，一直“望”着的，就是懒猴门院内，那些弟子的尸身。

懒猴门目前,共有弟子十二人。教练师父袁青,也就是门主孙琅的师弟,功力深厚，身经百战，这些年来，一直由他指点十二弟子的日常操练。

袁青面生桃花癣，相貌怪异，有个外号，叫作“花猴”。他的尸身，倒在院子正中，双肩上各有一个血洞，在被夺心一枪杀死之前，他的两条懒猴拳的铁臂都早已废了。以他为中心，又有九名弟子的尸身，或躺或伏，或赤手或持棍，散布在四周。

之所以只有十具尸身，是因为剩下的最后三个弟子，实在是被吓破了胆，因此逃走了。

穿过前院，进入后院，懒猴门门主孙琅的尸身，挂在院西的桃树上。

那桃树他十年前种下，如今主干已有碗口粗细，三尺以上掐尖，憋出来的几个分叉，也都有茶杯般粗。

孙琅仰身倒在分叉中间,被那桃树托着,手脚悬空垂下,宛如献祭一般。

在他的双手中还各握着半根断棍。杀他的那一枪,正面而来,一枪钻过,将枣木棍一截两段，然后才刺入他的心窝。

因此，他才能有余力挣脱枪尖，踉跄着摔入树中才死去。

桃树叶上接着的雨水，辗转汇合，亮晶晶地滴落在他身上。

史天一看着满门的尸体凝了下神，收枪，转过头来，对那一直站在屋檐下，一只脚跨到门里一只脚还在门外的小孩道:“小猴儿，你有手巾没？”

那孩子也不知是懒猴门的什么人，眼见史天一杀人，已被吓傻了，瞪眼看着史天一,一点反应都没有。

史天一叹了口气，只好走到孙琅的尸身前，潦草地在他身上蹭了蹭枪尖上的血。

“以后得多备着几条手巾了。”他小声提醒自己，举起枪尖来检查了一下，又在半空中接了点雨水，用自己的衣襟擦了擦。

然后他才在枪杆中间一拧，“咔”的一声，将大枪分成两支短枪，收回枪囊。

“小猴儿，”他忽然不放心起那个孩子来，“虽然懒猴门今天被我灭了，你爹也好，你师父也好，还是谁也好，今天肯定是被我杀了。但是，你可千万不能自暴自弃啊！”

小孩看着他，脸上完全是吓坏了的表情。

史天一慢慢向小孩走去，道：“真正的男子汉，必然是历千劫、经万难的。你今日惨遭灭门，更应该发奋练功，准备他日报仇！”他正色道，“你不要怕我，我虽然厉害，却也是血肉之躯，一身武艺，也是一招一式练出来的。你若肯下苦功，将来未必就不如我。”

他如此善良豁达，不由连自己都感动了，索性回顾懒猴门的功夫，为这孩子讲起武功来。

“我和你的叔叔大爷们过招，觉得懒猴门的功夫，真正的杀招，只在‘怪’和‘快’这两个字上。所有猴相怪招，都是掩饰，只为扰乱对手耳目，从而令自己的杀招让人防不胜防，最后一招毙敌。”史天一斟酌道，“可是一个人的心思总是有限的。几分用在杀招上，几分用在虚招上，着实难以把握。”

史天一望向孙琅的尸身：“像这位孙门主的功夫，就是虚招好看，猴相十足，可是棍棒上的力道，反而不如前面那个花脸的汉子。”他摸了摸那孩子的颅顶，郑重道：“三七开。三分卖猴相，七分使杀招。你记住这个比例，将来一定能有所成！”

那孩子在他掌下，剧烈颤抖，终于“哇”的一声，哭了出来。

史天一心安理得，最后拍了拍他，又将枪囊在肩上整了整，这才原路返回，让开孙禄的尸身，出了懒猴门，将大门仔细关好。往后退几步，抬头再看那“变化自来”的黑匾，暗自摇了摇头，叹了口气。

然后解缰上马，继续向北而去。

2. 鬼

九月初二，怀仁村。

巳时，有雨。

雨仍然那么大，和着风，一阵紧似一阵地淋下来。

怀仁村的打谷场上，遍地的汉人尸身仍泡在泥泞里。从外围的疏疏落落，到中间的层层叠叠。惊恐、绝望、乞求、痛苦……都还凝固在这些扭曲的肢体上。只是那些曾经触目惊心的鲜血，却早已经被雨水冲得无影无踪了。

韦老大仰面朝天，倒在尸堆里。他脖子上那几乎切透了的伤口，被雨水冲刷得没了一点血色，边缘又被雨水泡得涨起来，宛如翻起的鱼肉。

他的眼窝很深，大睁的双眼里，因此灌满了积水。雨水又激起涟漪，使得他本来已经失神的瞳孔，因此而微微晃动，像是沉在瓷杯里的两尾蝌蚪。

忽然，韦老大动了起来。

他的尸身猛地向上一仰，然后向旁边一歪，带得他那几乎被切掉了的头，滑稽地甩出半个圈子，这才重重摔向旁边。

然后，一个一直躺在他身下，一动不动的人，慢慢地坐了起来。

是那个不属于怀仁村的头陀。他的肤色很黑——竟似较之他身上的大氅更黑——衬得那一双大而无光的白眼，格外诡异。

他推开韦老大之后，又从另一个人的尸身下抽出自己被压着的腿。他站在从天而降的滂沱大雨中，环顾四下惨死狰狞的尸身，轻轻叹了口气，道："这里，仍然不是地狱。"

他迈步向南走去，双手合十，夹着念珠，赤足踏在冰冷的雨水里，每步溅开一朵银白的水花。

怀仁村的格局，宛如一个"卅"字，中间一横，便是一条穿过打谷场，贯通全村的大路。

头陀这时，就走在这条大路上。

不慌不忙，不疾不徐，宛如雨中一位黑色的国王。

——对看到他的匈奴士兵而言，那简直就是挑衅！

最先发现他的两个匈奴兵士，对视一眼，确信自己没看错之后，登时火冒三丈。两个人一人一支长枪，冲向前去，同时刺向头陀的胸口和小腹。

这一次匈奴南侵，准备极为充分。军中士兵，再也不是以前那样临时拼凑，一边招募，一边发兵。而是踏踏实实训练过两三个月，令这些草原上的剽悍男儿，真正掌握了战场杀人术。

以这两人为例，虽然只是普通卫兵，但经过训练的长矛突刺，早就有了轻易刺穿三张牛皮的力量！

“唰”的一声，两支长枪刺破雨幕，如毒蛇双信，来到头陀身前。

可是下一瞬间，毒蛇双信却被两只凭空出现的手掌挡住。枪尖顶在肉掌掌心，虽将皮肉顶得凹了进去，可是却完全没有办法再进一步。

两支长枪的木柄，骤然弓起，宛如满月。

“咻咻”声中，绷到极致的枪柄猛然弹开，撞上两个匈奴士兵的胸口。两人同时惨叫，倒飞丈许，倒地不起。

头陀松开双手，抛下两根长矛，如同扫落草芥，继续向前。

两个匈奴士兵的惨叫，自然惊动了更多的同伴。

脚步纷杂，左近的匈奴士兵纷纷赶来，直如狼群呼啸，眨眼间便将头陀团团围住。长枪大刀，铁棒铜杵，不管三七二十一地，当头乱打下来。

可是那头陀，却仍在往前走。

他那空蒙的白色眼睛里，没有惊慌，没有恐惧，没有愤怒，也没有思考。生铁一样的脸上，不见任何表情变化。

他只是将那合十的双掌打开，一左一右，一高一低，向外一翻——

一瞬间，他那两只方方正正的肉掌，幻化虚影，竟然同时接住了十几件兵刃！

“噔”的一声，这些兵刃被他的双掌推得交相碰撞，发出一声诡异的闷响。

旋即，那些持有这些兵刃的匈奴，也都如炮仗炸开的纸屑一般，从头陀的身边崩飞。

大雨中，这些匈奴可汗钦点的先锋精锐，昨日夜里如狼似虎的战士，在泥水中翻滚哀叫，却再也没有人能站起来！

马蹄声骤然响起，比雨声更急，比雨声更快！

赤末花赤裸上身，骑一匹黑马，倒提一口大刀，泼风一般，已自头陀的身后，直追了过来！

昨夜杀完人后，他狂性大发，将掳来的汉人女子折磨死了数个，然后酒足饭饱后睡去。因此外面喧闹时，他其实还酣睡未醒。待到得报，这才提刀上马，自后方追来。

——马是好马，刀是重刀！

——人，是匈奴募兵会上，连胜十二勇士的“鹰将军”！

赤末花瞬间已来到头陀身后。他不仅是在马背上长大的草原男儿，更因与汉人交战多年，于九死一生之中，学会了汉人用刀的各种法门。

这时他人在马背上微微侧身，左手横扳刀攥，右手急挑刀头，“呼”的一声，这一刀自下而上撩起，宛如地下蹿起的一道白电。

这一刀，借马势，借人力，借一扳一挑之功，足有“砍山山开，劈海海分”之威。

——更快得令人胆寒。

可是突然间，赤末花眼前的雨幕仿佛歪了歪。

就好像一阵刁钻的大风吹过，赤末花身前的所有的雨线，忽然间稍稍一顿，歪向一旁，然后才正常泄下。

而就在那斜泄的雨水当中，赤末花的黑马更已莫名越过头陀的肩头，腾空而起！

于是，那原本要反撩头陀，成心要将他自股而颈破为两片的一刀，也就此落空，堪堪在头陀的头顶上掠过。

半空中，那黑马失去平衡，翻滚悲嘶。

——它是如何被头陀弄上天的，没有一个人看得出来。

只在匈奴人目瞪口呆之际，赤末花那一人一马，却已自四五丈外，“哗啦”一声摔下地来。

“咔嚓嚓”骨裂声不绝，好好的一匹良驹，已给摔得腿断颈折，眼见不活了。

赤末花在泥水中打了几个滚，才一骨碌身站起。

他没学会走路，就先会了骑马，方才人在半空，眼见不妙，已是提前自马背上跳开，因此虽然摔了一下，却并没什么大碍。

他此前是自头陀身后突袭。飞马之后，正好拦在头陀的去路上。

——这时抬头再看，便正与那头陀的一双空蒙白目相对！

赤末花见惯沙场，杀人无算，自忖无惧于鬼神，却也没见过这般麻木空洞的眼睛。一望之下，已在心中打了个激灵。

但他毕竟骁勇过人，一怔之后，重新站起，大吼一声，已是大步奔向头陀，双手擎刀，望定那头陀的颅顶，恶狠狠一刀劈下！

那头陀抬起眼来，木呆呆地望向那雷霆万钧的一刀。

然后，突然间，他翻手相格。蒲扇一般的大手，在翻转时，轻灵曼妙，宛如黑火。黝黑的手腕，与黑漆的刀杆相碰，“腾”的一声，发出一声钝响。

握刀的赤末花，只觉一股沛然无匹的巨力，猛然间已透过刀杆，向自己传来！

——真要硬接下来，只怕连他双臂都要被震断！

赤末花大叫一声，撒手扔刀。大刀疾速旋转，宛如车轮，“嗖”的一声自他头顶飞过，远远地斜插在民房房顶之上。

头陀仍向前走来。

赤末花血贯瞳仁，双手一探，已抓住头陀的胸襟，用力往起一抬，双脚起处，左泼风、右泼风，一脚一脚尽向头陀两腿胫骨踢去。

——那正是流传于草原上的摔跤扫踢之法。

“砰砰”连声，他已连踢了五六脚！

头陀仍向前走来，稳如泰山。而赤末花的两只脚，却已经疼得用不上力。

——这头陀不是人，是鬼！

赤末花踉跄后退，心中震骇无以言表。

——他是汉人派来阻击匈奴的豪侠，还是要为昨晚汉人百姓报仇的凶僧？

一时间，赤末花的头脑之中一片混乱，种种猜测莫衷一是，唯有濒死的恐惧和绝望，清清楚楚地浮现出来。

脚下一绊，赤末花已摔倒在地，泥水四溅，狼狈万状。不及爬起之际，眼前，那头陀的一只赤脚已经高高抬起，向他踏来。

赤末花把眼一闭，心知必死。

可是那一脚，却迟迟未落。大雨浇在他的头上脸上，直如万针攒刺。赤末花等了半晌，惊疑不定，睁开眼来，眼前却哪里还有那个头陀的影子？

他的身后忽有脚步声。赤末花回身看去，只见大雨之中，那头陀慢慢地，向前、向南而去。

——原来他刚才，只是跨过他而已。

3. 斗

九月初二，洛阳白马寺。

申时，有雨。

雨如斜针，斜织密缝。白马寺寺后的碑林里，慢慢走来三个人。

第一个戴斗笠，虽然看不清面目，可是身形挺拔，浑身上下，都似充满力量，腰后反插双股短叉。

第二个撑黑伞，中年儒雅，颌下三绺墨髯，胳膊下夹着一具古琴。

第三个是个年过五十的老头，什么武器也没有，什么雨具也没有，已给细雨淋湿了肩头。

三个人彼此望了望，老头笑道："难得有人能一次出钱，请动我们三个。也不知是什么样的大主顾。"

戴斗笠的道："我只希望，目标不是什么不堪一击的废物才好。"

撑黑伞的笑道："我却担心，这笔买卖，怕不是那么好做的。"

三人继续往碑林深处走去，转过四五十块石碑后，就在一块青石巨碑下，见到了沈纱。

沈纱打着一把竹骨纸伞，静静伫立。她今天穿了一身桃红色的轻纱短打，只在腰间和腕上系以白绸。

微风中，只见她明媚艳丽，几如仙子。

戴斗笠的叫道："是你要杀人？"

沈纱将他们打量一回，道："我要找的，是洛阳城的杀手中，最好的三个人。"

戴斗笠的笑道："我们就是了。"

沈纱又看他一眼，旋即微微一笑，自腰间掏出三张银票，道："我这里有汇通票号的银票一百五十两，你们每人五十两，先请收下。"

其时洛阳城内的杀手均价，乃是三十两银子左右。一百五十两，已经够买很难对付者的项上人头了。这女子出手如此大方，三个杀手感觉很满意。戴斗笠的走上前将银票接过，分给其余两人。

老头将银票握在手里，犹难置信道："姑娘，你……这是定钱？"

沈纱微笑道："对。"

撑黑伞的笑道："那么，不知姑娘要让我们对付的，是多厉害的目标呢？"

沈纱又掏出一沓银票，单手一抖，亮出面额，道："这次的任务，我只需要一个人。所以，这里的银票一千两，买你们中的随便谁，干掉另外两人。"

因为不能指望薛傲，所以沈纱只好到外面来找杀手。

可是要对付左长苗那样的高手，人多是没用的。故而她虽然约来了洛阳城里最好的三大杀手，却还需要继续甄选，直至最后一人。

雨，忽然凉起来了。阴霾的天空，在傍晚时愈见压抑。三大杀手站在雨中，一动不动。

那老头被雨水迷了眼睛，几乎是哀求一般，眨着眼，望着沈纱。

沈纱握着伞柄的手，不觉用力，指节苍白，几无血色。

——她的命令下得实在不近人情，如果三个杀手拒绝执行，她该怎么办？

忽然，斗笠和黑伞猛地被抛掷出去，呼啸声中，两个较为年轻的杀手，同时动手了！

戴斗笠的是个年轻人，他选择的目标是撑黑伞的中年人。

——因为他知道，单以武功论，中年人也许是三个人中最好的，自己要想赢，必须在体力充沛之际，速战速决；况且中年人的琴音可以及远，自己的短叉却只利近攻，因此不管怎样，一旦动手，自己的目标，一定是这个人！

很巧的是，撑黑伞的中年人的目标，也刚好就是这戴斗笠的年轻人。

他两人不约而同地扔出斗笠与黑伞，扰乱对方视线，同时脚下向前一纵，短叉与铁琴相撞，登时战在一处。

沈纱看着斗笠、黑伞飘落，微微皱起眉来。

只见那年轻人的短叉悍勇非常，自起手时便是反手持叉，与那中年人对战，一叉叉斜撩反刺，步步紧逼。所谓一寸短一寸险，真像是每一招，都要把对方开膛破肚了才可安心。

反观那中年人，单手持琴，拍、挡、砸、撞，把偌大一口铁琴要得风车似的，将那年轻人的攻势挡住之余，尚有二分余力反击。只是铁琴沉重，攻势缓慢，自然也都落空了。

那老头见他二人当真以命相搏，早急得如热锅上的蚂蚁，凑到近前，又不敢加入战团，只在一旁胡乱摆手，对那中年人道:“不要打，不要打!”

又对那年轻人道 :“别上了那女子的当！别被她骗……”

一个“骗”字才刚出口,“嗤嗤”两声，扬起的手腕下，衣袖骤然洞穿，已有两支袖箭，猛地射向那年轻人!

那使短叉年轻人酣战之际，忽而给他暗算，一惊之下，横叉格挡，“叮叮”连响，堪堪将那两箭格开，慌乱中连忙撤步后退。却听“锵”的一声，那持琴的中年人已然出剑!

一片剑光，自铁琴下猛然漾起。中年人以踵为轴，旋身出剑，剑光铺开如同巨扇。扇骨、扇面都是碧油油的，唯有扇缘的沿儿上一点，镶了一道半寸宽窄的红边儿。

——那正是剑锋，切入年轻人的身体，所带出的血光。

年轻人踉跄后退。中年人的那一剑虽快，但好在他闪得也不慢，因此那剑虽已入肉半寸，从他肚皮上横拉而过，但总算是只伤皮肉，未伤内脏。

可是这一边，那老头的袖箭却又来了!

“嗤嗤嗤”三箭齐发，分钉年轻人两肩与心口。

年轻人格挡不及，只得以左臂为盾，“嗒嗒”两声，硬挨了两箭，而格开了射向右肩的第三箭。

可是这一边，那中年人的碧剑却又来了!

人如陀螺，剑光如扇!

“叮”的一声，这一剑自年轻人的右胁下平平切入，入肉七分而止。

——因为关键时刻，那年轻人终于又垂下右臂，以短叉格住了碧剑。

可是袖箭又至，两支钉入年轻人的面门。

于是碧剑再转，一剑自年轻人腹中划过。

血光飞溅，年轻人尸身栽倒。

那中年人猛地将铁琴一竖，“叮”、“咚”两声，间不容发之际，挡开了老头射向自己的两支袖箭。

两箭不中，那老头立即翻身跃走，瞬间隐入临近的石碑中。

——洛阳三大杀手,若那年轻人占了“勇”字,中年人占了“强”字的话，他所占的必然就是“狡”字。

“咚”的一声，中年人左手将铁琴顿在地上，右手斜持碧剑，冷笑道:“老东西，你不是只有这么几支破竹烂木吧？”

雨水化开剑上的鲜血，不绝滴落地上，那把剑身宽阔，式样古拙，原来是一把满是绿锈的青铜宝剑。

碑林之中，那老头叹道：“刚才那个机会都没能杀了你，我已不做奢望了。”

——他决不冒险，决不贪功。一向主张能够在对手完全没有提防的情况下得手的杀手，才是好杀手。

“那你还不快滚？”

“滚，我这就滚。”老头的声音犹豫了一下，道，“可惜……可惜……那一千两……”

“人为财死，鸟为食亡。”那中年人冷笑道，“你是真的会死在这一千两的银票上的。”

“不……我并不太贪心。”老头叹道，“并不想要那一千两。只是这笔买卖你既然吃饱喝足，能不能也让我这老头子有一口汤喝……再怎么说，刚才我也是出了力的。”

中年人哼了一声，终于将铜剑插在地上，而将自己刚才收下的五十两银票拿了出来。

“给你买棺材吧！”他手腕一抖，那团成一团的银票，便飞入了碑林之中。

也就在他扬手发力的那一霎，有一条人影忽而自他身侧的石碑顶上跃出！

——原来那老头原来已在不知不觉间，变换了藏身的方位！

老头人在半空，猛地将双手一张，便听锐声呼啸，一瞬间飞镖、铁蒺藜、毒针、袖箭……已铺天盖地地向中年人射来。

他已经算好了中年人这时兵刃离手，周身均是破绽，再想要格挡躲藏，都已来不及。要想活命，唯有彻底舍弃兵刃，立即闪避才行。

——可若是铁琴、铜剑同时失却，则这人与爪牙尽废的死虎，又有什么区别？

老头一番做作：助战、示弱、讨钱，全都只为换这中年人的一个破绽，这时终于即将得手，人在半空，不由得露出笑容。

可是对手还没有咽气以前，他真不该这么得意的。

——因为那中年人眼见他铺天盖地的暗器攻来，不闪不避，只一提左脚，便已将铁琴从地上勾起，左手一揽，右手一兜，将一具铁琴斜抱在怀里。

琴头斜对老头，中年人的脸上，却也露出了赶尽杀绝的兴奋表情！

只听“轰”的一声，从铁琴琴头上，猛地炸响一道惊雷，浓烟烈火，宛如恶灵的巨掌，遽然从铁琴中探出，狰狞炽烈，粗如水缸，斜伸二丈七尺，猛地将老头握在掌心。

原来他的琴里，还有这样的机关！

那火焰旋风来得快去得也快，转眼间烟消云散，半空中，只见那烧得半身焦黑的老头，重重跌落。

“叮叮”声不绝，却是刚才被火焰吹飞的暗器，陆续掉在四方。

中年人将铁琴放下，冷笑道：“雇主说的是干掉两人，我从一开始也没打算放你走。”

连战两人，都是生死一瞬。这中年人虽强，却也累了。

雨水打湿了他的须发，便是他锦衣华服，也不觉显得狼狈落拓起来。

他喘了口气，将铜剑插回铁琴，单手夹了，然后才慢慢走向沈纱，道：“现在，只剩我一个人了。”

沈纱看着他的眼神，颇为复杂。她单手擎伞，递过了那一千两的银票。

中年人将银票接过，捏在手里，不由也有些心酸。他与那两人在洛阳城齐名已久，虽不熟络，但颇有神交之意。今天却亲手将他们除掉，而换来这薄薄的几张纸，怎不起那兔死狐悲之心？

沈纱转身就走。

那中年人一愣，叫道：“姑娘，没……没有别的事了？”

沈纱冷笑道：“没有了。”

那中年人的心中骤然涌起一阵愤懑，叫道：“可是你刚才说的任务呢？”

他们三人刚才一言不发，便以命相搏，尚可说是为了竞争这女子口中的“任务”而一决强弱。可若是那“任务”其实并不存在，则他们岂非真的是为了那“一千两”自相残杀？

那他们又与禽兽何异？

——不，禽兽虽然护食，却也不会为了一口吃的，真的咬死同类。

——他们虽是杀手，为钱卖命，却也还有仅存的尊严，无论如何，若这女子真的自以为，自觉有钱便可将他们玩弄于股掌之中的话，他是绝对不会放过她的！

沈纱冷笑道："那个任务，你接不起。"

中年人只觉得热血上涌，喝道："什么任务，我都接得起！"

沈纱转过身来，俏丽的脸上，却已再也没有一丝笑意，道："你的功夫——你们的功夫，都太差了。我现在知道，原来我一向接触的人，和你们相比，根本是站在云端上的。"

她从十一岁起，就生活在锦绣山庄。此前接触过的，不过是重华公子、薛傲、丁绡、左长苗等寥寥几个人物，但这几人的武功，均是天下间屈指可数，因此她的眼光，也不由高得有些不近人情了。

中年人的白净面皮，已给她的冷言冷语激成了猪肝色。

"锵"的一声，中年人又拔出青铜剑，喝道："你用什么兵器？拔你的刀！"

他已经看到，在沈纱腰间的红绸下，悬着有一口细细的，弯弯的黑鞘短刀。

沈纱冷冷地看着他，道："你真的要我拔刀？"

"拔你的刀！"

"叮"的一声，沈纱已经拔刀，刀名"洗眉"，弯弯如佳人眉峰，亮亮如回眸秋水。

白刃向人，浅嗔薄怒，经空一掠，脉脉含情。

刀光回旋，宛如乳燕归林。

"当"的一声，却是中年人握剑的右手，连着一截手腕，骤然跌落在地上。

鲜血狂喷，中年人看着自己光秃秃的手臂，一时间，竟然难以置信。

沈纱却已收刀入鞘，转身就走，根本不愿多看那濒临崩溃的中年人一眼。

"哐当"一声，铁琴落地，那中年人跪倒在地，一手压着断臂，只觉绝望、愤怒、委屈、痛苦……交织翻腾，一颗心都要炸了。

——这女人的功夫竟然这么高！

他跪在地上，眼睁睁地看着鲜血，迅速在自己的膝盖下淤成一滩。

——从此以后，他再也不能做杀手了，与他相比，也许刚才死在他剑下的年轻人和老头，反倒要痛快些。

他望着沈纱的背影，那窈窕的，艳丽的，一尘不染的，女子的背影。

——她只用了一千一百五十两银子，就消灭了洛阳城里最好的三个杀手。

——她只用了一刀，就把自己打落到万劫不复的地狱。

这高高在上的女子，自以为是的女子，装模作样的女子，终于激起了他心中最恶毒的仇恨，他忽然开口，声音嘶哑颤抖，道：“你想要高手？这世上真正的高手？那你去长乐赌坊啊，刁毒在那儿！“食人剑”刁毒在那儿！那个吃人不吐骨头的刁毒，你敢找他吗？”

他看见沈纱的背影顿了一下，然后更快地消失在了石碑后。

4. 渡

九月初二，济源龙牙村。

申时，有雨。

雨像是要停了，滴滴沥沥，有一阵没一阵的。人们开始做饭，家家户户冒出炊烟，饭菜香气，浸润在雨水中，显得格外温暖。

一辆双辔的马车，粼粼驶入村中，几只还算警醒的看家狗随便叫了两声，也就顾不上了，又都眼巴巴地去望着自家的灶房。

马车先后停在几家人家门口，车夫问话之后，才被人指引到吴老四家。

老婆煎了几尾小鱼，吴老四一口小酒一口菜，正吃得美，忽然听见外面急促的拍门声。他放下筷子，犹豫了一下，回房在枕头下抓起一把短刀，别到腰后，这才披衣出门。

门外站着一个仆从模样的人，问道：“你就是吴老四？”

吴老四擦了擦嘴角的口水，没有说话。

“听说你是龙牙村里，唯一一个敢上鬼王岛的？”

吴老四小心地点了点头。

他望着那仆从身后的马车：马车很大，马儿通体雪白，气派非凡，在车厢前沿上，挂着一盏不惧风雨的琉璃马灯。白楦木的车厢上，镂刻的精美花纹，又在黄铜包角上映出点点金光。

——单这一辆马车，就是一般人一辈子都挣不下来的。

那仆从跑回到马车旁，道：“大爷，就是他了。”

马车紫绒的车帘一起，一个穿着白锦长袍的年轻人走了出来。

那是一个很英俊的年轻人，身高八尺，虎背蜂腰，剑眉虎目，虽然锦衣华服，但那张白玉雕成般的脸上，却丝毫不见脂粉气，而只显英挺与刚毅。

他穿的那件白袍，沉沉的，隐隐有光，一望可知也是名贵非常。

他打着一把白底青纹的纸伞，在他腰上，挎着一口格外长大的、白蟒皮鞘的刀。

“你带我上鬼王岛。”这年轻人说话的时候，腮边肌肉清清楚楚地隆起又消失。仿佛每一个字，都是给他咬碎了之后，才吐出来的，一言出口，根本不不容别人质疑。

吴老四吞了口口水，道：“上、上岛？”

“上岛。”

“很、很危险的。”吴老四道，“鬼王岛的水鬼……没人性的……”

“危险不危险，你不用管。把我送上岛，价钱随便你开。”

“我……”吴老四咬了咬牙，道，“我……我要十两银子！”

那年轻人身在富贵之中，全然未料人命的价钱，原来竟是这么便宜，愣了一下，道：“你送我往返，给你五十两。”

吴老四大喜，拼命点头，道：“好，好！”

这白衣的年轻人，自然正是锦绣山庄的雪狮子薛傲。

昨天夜里，他在酒醒之后，伤心欲绝。于是备快马，乘豪车，从锦绣山庄一路驰骋而来，连赶十个时辰，跋涉三百里，目标就是这济源滩上的鬼王岛。

黄河九曲十八弯，在济源滩龙牙村外，被一座小山阻挡，一劈为二。天长日久，将那小山渐渐侵蚀成了一座河中孤岛。岛的形状像只翘首向西的乌龟，因此得名叫作龟望岛。后来黄河上水匪日盛，盘踞此岛，杀人越货，声势渐旺，这岛也被改名为了“鬼王岛”。

岂料不久之后，这犯了讳的名字，却当真引来了黑道中的“鬼王”韩夺天。靠着掌中一柄号称能破尽天下诸般兵刃的“夺天尺”，韩夺天登岛立威，连战数日，一举打服了各方流寇，反将孤岛据为己有，“鬼王岛”三字，这下才名副其实了。

那韩夺天着实是武林之中罕有的枭雄之才。占岛之后，因势利导，兴建鬼宫，购买战船，挑选鬼将，操练鬼兵，不出数年，已将鬼王岛打造成武林之中令人闻风丧胆的禁地。

吴老四道："那……东家……您打算什么时候走？这时候就去？"

薛傲犹豫一下，道："欲成大事，必须先有计划，考虑周详才行。我打算明天晚上出发，那之前的时间，都用来做准备。"

吴老四点头如鸡吃米，道："没错没错。"

薛傲微微得意，道："那么，你先带我到河边，看看鬼王岛再说。"

吴老四回房去将船钱放好。

他老婆吃着饭，含含糊糊地问道："怎么了？"

吴老四低声道："来了个要上岛的客人。"

他老婆倒也惯了，道："小心些。"

吴老四才戴了顶斗笠出来，道："那，东家，咱们走吧。"

薛傲对那仆从道："马车扎眼，你也不要在此地久待了。且去往回五里，咱们路过的那片榆树林等我，到后天下午，我若还不过去与你会合，你就自己回山庄去。"

那仆从听他这样说，已是吓坏了，道："大爷……"

薛傲目光冰冷，道："你就对公子说，我薛傲这辈子对不起他。是我没出息，他的大恩，我只有来生再报了。"

将马车打发走，他与吴老四二人，便往村外的黄河边走去。

其时天色晦暗，四下里灰黄一片。雨虽然不大，但地上的积水，却坑洼遍布。吴老四即便熟知路径，却也几次踩得一脚泥。

"东家……您……您小心点……"

薛傲淡淡地道："你带路就好。"

"您一看就是爱干净的人……"

薛傲留神分辨着地上的水洼与硬地，道："你不用和我说话。"

吴老四"哦"了一声，不敢再多嘴。

他们来到河滩边，但见黄河汤汤，青灰色的河水，滚滚东去。那河面也不知有多宽，只是那么远远地铺开，边缘直似与天幕交接，难分彼此。

水光反射，视野里隐隐更亮了些。吴老四指着河心一座黑乎乎的岛屿，道："那里就是鬼王岛……现在还没掌灯，越到晚上越亮堂，好认得很。"

薛傲哼了一声，道："好。"

从岸边到岛上，河面宽阔，至少有三四里地。他早有准备，便自怀中拿出一架重华公子得自西域的"千里镜"，拉开镜筒，去仔细打量那岛。

镜筒之中，原本模糊的、小船一般的小岛，一下子变得清楚了。

那岛其实是分了两部分，下游的一块略小，露出水面的部分，不过十数步方圆，与其说是岛，不如说是一根立在水中的石柱，正是传说中望向东海的龟首；上游的岛面积更大，足有十数顷，且格外巍峨，上部浑圆，下部却立如刀削，正是顺流而下的龟身，更是真正的鬼王岛所在。

薛傲奇道："这岛的样子，怎么这么怪？"

吴老四赔笑道："少爷有所不知，黄河水盛时，这鬼王岛八成以下，都能浸入水中。黄河水跟刀子似的，不知不觉，就把它酥的、软的、不结实的，全都剔掉了。"

薛傲"哦"了一声，果然见那岛上岩石崚嶒，如同骨刺，千疮百孔，密洞遍布。想是因为土层极薄之故，岛上几无树木，而只有一蓬一蓬的灌草。

吴老四犹豫了一下，道："东家，您别怪我多嘴……我再多问一遍……您是真的要上鬼王岛？"

"是。"

"您不是去和他们交朋友的吧？"

"不是。"

"那您去干吗呀？"

薛傲沉默了一下，道："你不敢去了？"

"敢、敢！"吴老四忙不迭地答应。

那岛上只有一条石径，盘旋向上，宛如龟背灰蛇；自上而下，又有数条吊桥，连通绝壁。

在岛下的滩涂之上，西南、东南，又伸出两条栈桥，停泊大小船只。想来在岛的北面，对称也有，正如灵龟四鳍。

吴老四安静了好一会儿，终于还是忍不住道："鬼王岛啊，真不是一般人能去的地方。"

薛傲几乎被他的声音吓了一跳，收敛心神，默不作声。

"八大鬼将，十大战船，三百窟洞，七百鬼兵。东家啊，不瞒你说，我曾经载过七八个人上岛，可是从来没有一个人能再活着回来……"

薛傲忽而也有了和他谈话的兴致，道："为什么全村的人，就只有你敢载人上岛。"

吴老四愣了愣，笑道："什么我敢啊，只是我更没法子啊！我那老婆一口气生了五个儿子，将来娶媳妇都愁死我，只能拿命换钱了。"他话里满是抱怨，可是那神情语气，却分明是洋洋得意的。

薛傲不由也被他的欢乐感染，道："我刚才听见她让你小心点。"

"可不么，我死了，谁养她和那班小兔崽子。"

看他嘴硬，薛傲成心逗他，道："你不喜欢你老婆？"

"啥喜欢不喜欢的。"吴老四直接笑出声来，"凑合着过呗。"

薛傲侧过头来，离得这么近，他越发看得清楚：那贱兮兮的笑容，十足证明吴老四，其实疼他老婆疼得要死。

薛傲忽然恍然大悟了，道："你老婆……很漂亮？"

于是那贱兮兮的笑容几乎可以算成是洋洋自得了，"嘿嘿，说起我老婆，不是我夸嘴……"吴老四得意地摇头晃脑，"当然现在老了差点成色，可放在以前，那也是十里八村一枝花来着。"

薛傲只觉一口气堵在胸口，只涨得喉咙都哽起来了，道："你很幸福。"

吴老四嘿嘿笑着，笑了两声，又想起来了："东家，你到底为啥要上鬼王岛。"

薛傲心头一痛，道："我也是为了一个女人。"

"女人？"吴老四吃了一惊，"让鬼王岛的水鬼抢了？"

"抢她？"薛傲冷笑，眼前浮现出丁绡刀光如雪的风采，"他们绑在一起也没有那个本事。我只是想上鬼王岛，给她找一条项链。"

"项、项链？上鬼王岛去找？"

这些年来，鬼王岛占据黄河，不仅劫掠往来船只，更四面出击，杀人越货，得手之后，再从水路遁走，令人无从追查。江湖传言，去年震惊天下的长安、郑州等地，一十三家珠宝商号的连环血案，便是他们所为。

而薛傲就还记得，当日郑州劫案的消息传进锦绣山庄时，丁绡脱口说道，"哎呀，郑州一得阁里的那挂'昆仑星'，不会也失劫了吧。"

"只要是她想要的东西，"薛傲幽幽说道，"不管是什么，不管在哪里……我都会给她找到，送到她的手里。"

"啊，你对她可是真好！"

“那么一个烂人，”薛傲忽然笑了起来，道，“凭什么让我对她那么好？”

他这奇怪的感情，简直让吴老四莫明其妙了。他偷眼望向薛傲，暮色中，满腔愤懑的薛傲，仿佛是一团模模糊糊的白影。

薛傲伸出手来，指了指鬼王岛，道：“明天夜里，你送我上岛，然后你在那等我到五更，五更我还不回来，你就自己回来——别让人看见你。”

吴老四紧张地点了点头。

薛傲待要折还，忽又回过头来：“对了，你老婆喜欢什么珠宝，反正鬼王岛上的，都是不义之财，我也帮你拿一样好了。”

“这、这不好吧？”

“不过是举手之劳而已。”

吴老四想了想，声音都发颤了，道：“金……金的……金镯子！”

他老婆的要求这般实际、简单，薛傲不由又拍了拍他的肩膀，道：“你们真的很幸福。”

这一晚薛傲就住在吴老四家，吴老四的老婆不敢怠慢，飞快地拾掇出一间干净屋子，又给他烧了尾鲤鱼，烫了壶酒。

“我不喝酒了。”薛傲道，想到前两天的闭门大醉，不由又有点恶心，“我已经喝太多了。”

于是那壶酒，就进了吴老四的肚子。

“人真是好人。”这天晚上，吴老四悄悄对老婆说道，“要是死了，怪可惜的……”

他扳着指头算了起来：“船钱五十两，一个金镯子，怎么也值二十两，加起来就是七十两；把他卖给鬼王岛，水鬼们才给我五两，一下子就差了六十五两。可是这五两是去了就准能拿着的，那七十两却还得看他能不能活着回来……他要不能回来的话，我不光拿不着钱，可能还把这一岛的水鬼得罪了，连小命都丢了……”

鬼王岛的人为防有人私下上岛，对他们不利，因此在龙牙村里，专门留了吴老四这么一个豁口，好让那些急着乘船的不速之客自投罗网。

以往那些夜探鬼王岛的人，个个凶神恶煞不说，给钱的时候又小气，吴老四把他们卖了也就卖了，可是薛傲这么大方，却让他头一次犹豫起来了。

“我想要金镯子！”和他不同，他老婆坚定地做出了选择。

“好吧！那就看在金镯子的分上！”吴老四说，“得了金镯子，咱们就跑了，去他妈的水鬼，让人提心吊胆的，大不了老子不在这儿待了！”

想清楚了这个复杂的问题，他高兴得简直有点飘了，紧紧地抱着老婆，恨不得连夜庆祝起来才好。

5. 病

九月初二，运城大通车马店。

酉时，有雨。

雨不大，房檐上的雨珠滴落，在地下的水洼里“忒忒嗒嗒”地响着。配合那灰蒙蒙的天色，更令人昏昏欲睡。

一个高大的男人躺在炕上，盖了两床被子，兀自打着哆嗦。他脸色灰白，勉强道：“我……咳咳，我真是没用，偏在这时候，生起病来……”

那女人轻快地打来一盆清水，一边摆着毛巾，一边微笑道：“都是那泼皮该死，怎能怪到大哥身上。”

昨日男人于雨中追杀疯猪，岂料那泼皮是个临死也要拖人下水的滚刀肉，被男人铁掌重伤之际，居然将他们的珠宝、兵刃全都扔进了路边的一条河里。男人阻拦不及，再下水去捞时，这几天雨水大，河水湍急，东西却已无影无踪了。

男人在河中上下数次，只在淤泥中摸回那一刀一剑，却被凉水激着了。到了晚上，便觉头重脚轻，及至早晨，已是烧得如同火炭，再也起不得身了。

“想不到，你我二人大阵仗见过那么多，却在那么个无赖的手上栽了跟头。”

“这算什么翻船，就当破财免灾吧。钱财是身外之物，只要我们人好好的，别的都不重要。”

男人点了点头，叹道：“你说得对……可是我这么躺着，咱们就真给困在这里了……”

女人笑道：“兵行诡道，大哥又不是不懂。在这里歇上两天，哪有追兵能想到？没准，还就更安全呢。”

男人想了想，笑道：“说得也是。”

女人侧身坐在炕边，一边为男人擦脸擦手，一边道：“大哥身子强健，这点伤寒感冒，稍稍歇一下也就好了。”

男人任她服侍，叹道：“我先前还担心你淋了雨，会生病……嘿，反倒是我……唉，你去厨房，帮我熬一大碗姜汤来，我出出汗，早点好了安心。”

女人笑道：“好，偏你是个急性子。”

她服侍男人躺好，这才推开门，将污水倒进院子。又戴好斗笠，往车马店的厨房而去。

运城陆上连通陕、晋、豫，水上连通黄河、渭水，正是中原地带的交通要塞。大通车马店则是这要塞当中，遍地客舍里最不起眼的一家。

短墙、泥院，住房颇见老旧，家什也都不新。能诱人来住的条件，不过是开水、热炕、便宜、干净，这八个字。

三进的院子，那女人他们住在三进，而厨房却在二进。

她来到前面，正好听见前院一阵喧哗吵闹。

二十几个青衣大汉，赶着十来匹健马，拉着两辆大车，丁零当啷地从那双开的大门里挤了进来。如此大雨，人、马自然早都给淋得狼狈，大车上堆着高高的货物，油布上稀里哗啦地淌下积水，健马喷着响鼻，脚下趔趄，显见已给累坏了。

青衣大汉都是二十往上，四十往下的岁数，个个彪悍精干，脚下腾腾有力。一进门，已有人大着嗓门叫嚷起来：“伙计呢？他妈的人都给淋死了，快来招呼客人呀！”

大堂里连忙有伙计举袖遮头地跑了出来，帮着牵马拉车。

那些青衣大汉，个个嗓门洪亮，有的道：“马厩在哪里，快带马去避避雨。”有的道：“让厨房准备饭食，照着三十个人的量，做热汤面。多放辣子，他妈的快冻死了。”又有人道：“还有房么？还有院么？最好是给咱们包个院子！”

这些人吵吵嚷嚷，简直像是院子里打起了闷雷。女人站在往二进院的月亮门里，拉低斗笠，注目观望。

大门口最后走进一个人来。

这人穿着一身玄色深衣，外罩一件褐色短氅。风雨如晦，他的身上想必也已湿透，可是他慢慢走进车马店的时候，却仍是气定神闲，每一步走下，都像钉子楔入地里。

他也戴了一顶斗笠，斗笠下，白须如银，原来是个老人。

女人往后退了一步。

那老人的右手提了个四尺长的布卷，这时迎风抖开，原来是一面黑旗，上面绣了一只黑虎，一只玉瓶。

那些吵吵嚷嚷的青衣大汉，一瞬间便已安静下来。

老人右手持旗，左手合掌，站在院中昂然一揖，道："虎平镖局孟天山，途经运城，借宿大通。人多牲口多，有吵扰到江湖朋友的地方，万请包涵。"

他的内力纯厚，这一句招呼，又有探路立威之意，因此声音虽不似青衣大汉的响亮，却一字一句，都似在别人的耳畔说出，平和清楚，恐怕大通车马店内，前后的住客、伙计，没有一个听得不真切的。

一番话说完，整个院子里更是静得连掉根针都听得见。

女人松了口气，转身去厨房，熬姜汤去了。

可是等到她熬好姜汤回房时，却只见一杆黑旗高高挂起在屋檐上，虎平镖局的人马，竟也住进后院来了。一间间客房房门洞开，光着膀子的趟子手们，晾衣服、抖被褥、洗脸、聊天……正里里外外地忙碌。

而在她的房门外，孟天山和那车马店的掌柜，正在敲门。

女人的心里打了个突，手里捧着汤碗，一瞬间转了几个念头，只不动声色地加快了脚步。

掌柜的老远看见她，已是打着伞迎了过来，赔笑道："胡夫人，你可回来了。"

——"胡"，那自然是他们在客簿登记的假名假姓。

女人微笑道："掌柜的，有什么事么？"

掌柜的用手一指，道："嗨，还不是这位孟镖头，想要把后院整个包下来，所以跟你们商量商量，能不能搬到前面去住。"

女人心中不喜，道："为什么？"

孟天山大步行来，拱手道："胡夫人，虎平镖局的这一趟镖，虽然不值什么钱，可是受人之托，不敢有失。把后院整个包了，一是防止贼人狡猾，从旁边作案；二也是免得真有什么意外，我们动起手来，伤及无辜。"

掌柜的一旁苦笑："其实能有什么事？不会有事的……"

孟天山拱手道："出门在外，靠的是朋友。虎平镖局吃的是交情饭，腾屋这种事，不敢说强求，只希望胡相公和胡夫人，能行个方便。"

他一把岁数，说起话来格外诚恳，那还给人拒绝的余地？那女人叹了口气，问道："这院子里别的住户呢？"

掌柜的道："哪还有别的住户，我这客人一般都是从前往后住，就您二位，昨天图清净，才直接进的后院。"

事已至此，那女人明知无可更改，仍是扬了扬手里的汤碗，愤愤道："我相公身子不舒服，这是我刚给他熬的姜汤！"

掌柜的听她话风软了，忙道："完了让厨房重熬，这几天胡相公什么时候想喝，您什么时候让厨房马上熬！"

那女人叹了口气，推门进房。

身后孟天山忽道："胡夫人他们这几日的店钱，全记在虎平镖局的账上。"

6. 辱

薛傲梦见了左长苗。

那个令他极为反感，而又深深畏惧的男子。

他梦见左长苗远远走来，高、瘦、微微佝偻，金面、微髭，有一双看似没精打采，可偶一顾盼，却锋锐如刀的眸子。

薛傲被他扫了一眼，就不由自主地更挺直了胸膛，可是不知为什么，他越是昂首挺胸，却越是需要仰视左长苗，好像那"瘟虎"虽然并未变化，而他自己，却变得不断缩小一般。

薛傲看见左长苗和重华公子站在一起，重华公子指着自己说："薛傲，是个废物。"

左长苗点了点头说："嗯，虽然长得像那么回事，但确实没用。"

"他就是我养的一条狗而已。"

"呵，看他那自以为是的样子，我还以为，他才是锦绣山庄的主人呢。"

"看门狗不都是这个样子？"

薛傲就站在那里听着，清清楚楚地听着。每一句话，都像一道鞭子，狠狠抽在他的脸上。他听见自己的血在血管中呼啸着冲上脑袋，感到自己的脸热得像要燃烧起来。他的心口憋得发胀发痛，一口气，像一块又冷又硬的石头，死死地塞在他的喉间。

他看着重华公子，眼眶发热，泪水滚滚而落，脑中翻来覆去，只是想道："公子，公子！我一直把你当成是师父，是兄弟……可是原来，你只是把我当成一条看门护院的狗！……你……你从没忘了我的出身！"

他的身体，不由自主地向下伏去，双手着地时，瞬间变成了一对毛茸茸的脚爪。薛傲惊恐地向后看去，又看见了一条高高翘起的毛茸茸的尾巴。他绝望地望向一旁，铜镜中反射出来，一条通体雪白的狮子狗。

——雪狮子薛傲，变成了一条白色的狮子狗！

薛傲不顾一切地"汪汪"大叫起来。

左长苗提着一条狗链，来到他的面前，微笑道："这不听话的狗子，还是拴起来吧。"

薛傲又羞又怒，越发凄厉地"汪汪"大叫，想要让重华公子制止这无礼的客人。

可是重华公子，却只是远远地站着，看着。

左长苗一手卡住薛傲的脖子，把他摁在地上。他的手指又冷又硬，又长又细，卡在薛傲的后颈上，简直像是几道铁圈，把他钉在了地上。薛傲拼命挣扎，四爪扒搔，却完全无法挣动分毫。

薛傲闭上眼睛，呼呼喘息，既知无幸，索性放弃了挣扎。

就在这时，却听一个女子的声音，清清楚楚地道："放开薛傲！"

薛傲猛地睁开眼睛，他看不见说话的人，却嗅到了那无数次令他魂牵梦萦的淡淡幽香，更忘不了那每每令他惊心动魄的柔美声音。他听见丁绡柔声说："左大侠，薛傲还小，你不要为难他。"

薛傲闭着眼，死死地咬着牙。虽然每一次，他只要能看到丁绡一眼，便觉得一天都快乐充实，可是现在他这副样子，却无疑是最不该让这女子看到的。

左长苗卡在他颈后的那只手松开了，薛傲猛地跳起来，回过身。在他面前，一身青衣，弱不禁风的丁绡，正毫无惧色地拦在瘟虎面前。

左长苗手里挽着狗链，冷笑道："丁姑娘凭什么让我饶了这只狗？"

丁绡叹了口气，道："左大侠想要我做什么都可以。"

她救人心切，于是话里便满是漏洞，授人以柄。薛傲羞愤之间，犹知不妙，急得汪汪直叫。

果然左长苗狞笑道："那么，就由丁姑娘代替他吧。"

他果然将狗链上的颈圈扣上了丁绡的脖子。那乌黑的、丑陋的皮圈，死死地箍在女子雪白的、修长的玉颈上。丁绡毫不反抗，只垂下眼皮，眼中微微含泪。

薛傲只觉五内俱焚，拼命扑上来咬左长苗的脚，却被左长苗一脚踢开，吐着血，挣扎不起。

丁绡的脸色，白得直如透明一般。她垂下头来，望着薛傲，勉强微笑，道："傲哥，你现在还不是他的对手，等你真的变成了雪狮子，再来救我吧。"

薛傲瞪大眼睛，想说"我现在就要救你，即是死了，我也要救你"，却无论如何，也只发出了"呜……汪汪"的吠叫。

左长苗一拉狗链，叫道："走吧！"丁绡便木然地跟着他，慢慢向远方而去。

薛傲咬紧牙关，终于哆哆嗦嗦地站了起来。他向左长苗和丁绡的方向追了两步，想了想，还是回过头来，去找重华公子。

重华公子仍然站在刚才和左长苗说话的地方。薛傲跌跌撞撞地来到他的脚边，咬着他的裤脚，拖了两拖，重华公子却全然没有反应。

"汪汪！"薛傲大叫着，"丁绡不是你最在意的人吗？你怎么能让左长苗带走她？"

他心急如火，抬头去看，却正好与低头向地的重华公子四目交接。

——只见重华公子的重瞳之中溢出黑血，蜿蜒如同鬼泪，竟然已经死去多时了。

薛傲猛地惊醒。

黑暗、寂静、空旷……这里是……吴老四家的厢房……他躺在……一张硬邦邦的大炕上。

重华公子之死给他带来的巨大震撼，令他猛地醒来，心悸之余，却怅然若失，简直要让他多恨几分那教他武功、供他吃穿的锦绣山庄庄主了。

——在梦中，虽然耻辱、绝望，可是他毕竟还能见到丁绡啊！

——而且，她还是那么美丽、那么善良……对他那么好。

"丁绡。"薛傲嘎声说道，酒后干哑的嗓子，发出风声一般的哨音。

——如果那梦中的关心与信任都是真的……该有多好。

薛傲坐起身，触手可及，炕沿上放着他那把白色的长刀。他一把提过，那沉甸甸、硬邦邦的触感，令他一瞬间又有了气力。

他终于站了起来，来到窗边。外面雨声淅淅沥沥，他推开窗子，一股清新而湿润的空气，猛地涌入这过分污浊的房间之中。

薛傲望向天，天上没有月亮。

——古人说“千里共婵娟”，蟾桂不再，那么此时此刻的丁绡，又在哪里呢？

“丁绡。”薛傲低声道，“我会去救你。我会向你证明，这个世界，没有人比我更懂你。”

第三天　杀意·蛊

——艮上巽下。其德败坏。

1. 毒

九月初三，洛阳长乐赌坊。

丑时，有雨。

灯笼照亮的根根雨丝，银线一般，斜织密缝。

已经到了后半夜，即使是赌徒，也开始感到疲惫了。人们陆续散去，原本嘈杂喧闹、乌烟瘴气的赌坊，也渐渐空旷起来。

神龛里的财神爷以及“青蚨飞入，白璧进来”的对联，在亮得刺眼的烛光照耀下，模模糊糊的一片惨白。

“吃人不吐骨头”的刁毒，正和一个一只手上只有三根手指的汉子赌点子。

三粒骰子，十八个点，一掀盅，两瞪眼。

两人已经斗了一整夜，却没有分出胜负，玩到这会儿，又累又困，都急眼了。残指的汉子站在桌旁，忽然把手里的两锭银子、几十张大钱，全拍上桌子，叫道：“一把光！他妈的最后一把，比点数，老子全押！”

刁毒躺在他对面的一张藤椅里，抬眼看看他，然后默不作声地抓起手边的“食人剑”，把自己面前的几锭散碎银子，慢慢推来。

残指汉子一把抓过骰盅，“哗哗”摇了几下，猛地往桌上一墩，一把掀开，里边乃是四、五、五，十四点——不大不小。

刁毒面无表情，欠身把骰盅接过来，随便晃了两下。然后放下，掀开，里边刚好是四、五、六，十五点。

刁毒短促地笑了一下，道："我赢了。"

他又歪倒在那张把手被人摩挲得乌黑油亮的藤椅里，只伸过那带鞘的长剑，从残指汉子的面前，把银钱一枚一枚地勾过来。

残指汉子定定地看着自己眼前的银钱减少，吞了一口口水，喘气越来越粗，不知不觉一只右手已经往腰后摸去。

——那把刀杀过猪、杀过鸡，剁过他自己的两根手指，现在用来对付这个要死不活的外乡人，也不是不可以。

可是忽然间，刁毒的剑，却已经指到了他的心口上。

"别动。"刁毒叹了一口气，道，"别动，就当帮我一个忙，也帮你一个忙。"

那磨得露出白茬的黑皮剑鞘，稳稳地停在残指汉子的胸前，一片冷森森的杀气，直激得那已经输红了眼的赌徒立时打了个冷战，慢慢放下了右手。

"食人剑"于是也缩回去了，将桌子上的银钱分了分，拨出三成，给了赌坊旁边伺候、抽成的小厮。

残指汉子狠狠跺了跺脚，怒气冲冲地走了。

刁毒单手提着剑，没精打采地走出赌坊。

劈面而来的雨点落在他脸上，凉得竟似令他的皮肤感觉到了刺痛。冷飕飕、湿漉漉的空气被他吸入，在肺腑间打个转，清新得让他一阵恶心，几乎当场就吐了出来。

他实在是一个并不年轻的人了，灰黑的脸色，浑浊的眸子，乌青的嘴唇，那包裹他全身的、愈来愈浓的疲惫，似乎随时都会把他压垮。

他抬起眼来，在街对面，有一个人，慢慢从黑暗中走出，走进了赌坊门口映出的灯影尽头。

那是一个女子，撑着纸伞，一身桃色红衣。

——自然就是按图索骥而来的沈纱。

刁毒眼睛眨也不眨地看着她，伸出空着的右手，对空接了一捧雨水，慢慢地洗了一把脸。

沈纱道："你就是刁毒？"

刁毒慢慢地点了点头，说道："是的。"

"让我看看你的'食人剑'。"

刁毒把剑一抛，左手握柄，凭空擎剑，"啪嗒"一声，剑鞘落地，而颤抖如同蜥蜴的"食人剑"便暴露在风雨中。

那是一把艳丽得几近狰狞的剑。细长的剑身上，桃红、靛蓝、明黄，三色交杂，斑驳混乱。

沈纱叹了一声，道："果然是三生三世，食人毒剑。"

江湖传言，当今天下有三大名剑，分别是贵、正、毒。

"贵"，指的自然是身家显赫的重华公子的"长生剑"；"正"，指的却是那欺世盗名的左长苗的"挺天剑"。

而足堪与他们一战的，便是一把以"噬主"而闻名的不祥"毒"剑。

——这剑问世百年以来，已经三易其主。每一次的主人都是葬身火海、尸骨无存，只剩下这把剑在灰烬之中，慢慢冷却，被人越传越邪乎。

——它屡遭烈火焚烧，虽经不断修复，但剑身上次次叠加的烤蓝，却再也磨洗不去。那斑斓狰狞的外形，渐渐地更为它增添几分神秘，终于就得了那"食人"的称号。

刁毒给沈纱看了半晌，才脚尖一勾，把带着泥水的剑鞘挑起来，横空插剑，顺手又夹到了腋下。

他这样懒散随便，既不尊重自己的剑，更任人指使，毫无脾气，实在不像一位剑客。

尤其不像传说中，那残忍疯狂的"食人剑"刁毒。

沈纱皱了皱眉，"锵"的一声，已拔出了一口漂亮得让人赞叹的短短弯刀，喝道："再拔你的剑！"

刁毒无所谓地笑了笑，这回又用左手握鞘，右手拔出了"食人剑"。

毒剑，冷雨。

"让我见识一下，你的剑法！"沈纱娇叱一声，已挥刀抢来。她一手撑伞，一手持刀，伞如青莲，剑如白鲤，垫步向前一纵，美得直如水中仙子。

刁毒麻木地看着这个人、这柄刀，嘴角轻提，露出一个厌倦的笑容。

——然后他出剑！

雨水中，那一直静静不动的"食人剑"，忽然活了过来！宛如蜥蜴扑向猎物，那五色斑斓的长剑忽而在雨中微微一滑，抖落了一身冷雨的同时，已笔直地向前扑出。

剑势古怪，沈纱稍稍错愕，也挥刀向“食人剑”的剑尖斩来。

可是“食人剑”却只稍稍一颤，便避开了弯刀的剑锋，曲起的剑身在弯刀上滑过，一粘一弹，便将弯刀撞开了三分。

“食人剑”的厉害，并不仅仅是速度，更在于其张弛诡谲的劲力。

剑在弯刀上借力之后，速度更快，“当”的一声，已到沈纱的颈间。

沈纱手上的纸伞猛地一振，借着风力轻轻避开了这一剑，同时弯刀一转，已如流星坠地一般，倒切刁毒的手肘。

刁毒短促地笑了一声，遽然向前进步，左脚落地之际，以脚尖为轴，蓦然如一个怪蜥翻身。“食人剑”去势不歇，沈纱的弯刀也只在他的肩侧掠过。

“哧啦”一声，沈纱的头上响亮一声，一把上好的苏州纸伞，已给“食人剑”一剑搅碎。伞面、伞骨，和着淋漓落下的雨水，刹那间四下飞溅开来。

沈纱的视线被杂物阻挡，才挥刀一扫，便已觉颈侧一片森寒。

低头看时，那斑斓的长剑正已贴在她的颈侧，剑身兀自微微抖动，宛如嬉笑。

她抬头再看刁毒，刁毒向着她微微一笑，向后一退，又将长剑收回鞘中。

“好剑法！”沈纱道，因为刚从鬼门关里过了一遭，声音还有些颤抖。

“自然是好剑法。”刁毒点了点头，仍是一副没精打采的模样。

沈纱的眼睛越发亮了起来：“那么，我要你帮我杀一个人……”

“我怕你出不起价。”

沈纱一愣，哑然失笑。她将弯刀还鞘，傲然道：“别人说你吃人不吐骨头，那是他们总共就没有几两肉。我可不一样，锦绣山庄富甲天下，我是锦绣山庄的三小姐！你要多少钱，我一定给得起！”

刁毒果然被“锦绣山庄”那四个字吸引了，侧过脸来，眼睛眨也不眨地望着她。

赌坊里，最后一拨客人终于散了。能玩到这个时辰的，是赌鬼，也是酒鬼，给赌坊的伙计半送半赶地架出门来，高声骂了两句，才东一个西一个地散去了。

赌坊吹了灯笼，上了门板，整条街顿时彻底黑了下来。

黑暗中，刁毒第一次收敛了笑容。他拍着“食人剑”，发出“嗒嗒”声响，宛如巨兽空咬，牙齿蠢蠢欲动，跃跃欲试。

他向着那不懂事的女孩森然道：“刁毒杀人，从来是不要钱的。”

刁毒哈欠连天地走在小巷里。

身后脚步声响，沈纱一步不落地跟着，不住追问道：“你到底要什么？我一定给得起——只要你能帮我杀左长苗！”

“我就不应该管锦绣山庄的事，”刁毒搪塞道，“左长苗虽然了得，但是重华公子号称‘长生九重天’，薛傲号称‘泼风三百里’，有这两个人在，你就是想取天王老子的性命，也用不着找外人帮忙的。”

“他们都不便出手！”沈纱一想到那两个瞎了眼睛的男子，便又气又恨，叫道，“除了他们，天下间怕是只有你的食人毒剑才能破左长苗的挺天剑了！你要什么我都给你，你要金银？古玩？字画？名剑？秘笈？……锦绣山庄里有的是！”

刁毒忽然停下脚步，回头看了看她。

沈纱失了纸伞，一身桃红的纱衣早已被淋湿，借着路边客栈挑起的灯笼看，几乎呈现出一种压抑的、绛紫的颜色。几缕黑发黏在她光洁的玉颊上，更添楚楚风致。

“你想雇我？可我说不准会跟雇主要什么。”他阴森森地说，“但一定是对他而言最为重要的东西。”

沈纱一愣，脸色微变。

刁毒笑起来，道：“我保证，那一定是让你会心疼一辈子的东西。”

沈纱在他针刺一般的注视下，不由自主地退了一步。

“你要杀的是‘瘟虎’左长苗和‘流云刀’丁绡，我知道了。”刁毒指了指身后的客栈，道，“这是我投宿的地方，我现在要去睡觉，后天之前，我都会在这落脚。你可以趁着这两天的工夫，再考虑考虑要不要雇我……”

“我要雇你！”沈纱忽然向前一步，义无反顾地接口道，“不需要考虑了！”

刁毒再一次认真地看了看他，叹了口气，道：“那好，你跟我来。”

他们二人跃墙而入，来到刁毒的房间，刁毒燃起了桌上的油灯，随随便便地将“食人剑”放下，拿了块毛巾，就开始脱衣裳，擦身子。

沈纱不料他这么粗鄙无礼，微觉嫌恶，便转过身去。

毫无疑问，这是一间非常廉价的房间：灰黑的墙壁，斑驳开裂的桌椅，破得东一个洞西一个洞的蚊帐，一堆窝窝囊囊没有叠、也看不出原色的被褥，以及桌上满是茶垢的、缺口的茶壶茶杯……倒都与刁毒那颓唐得毫无志气的气度颇为相符。

“我最宝贵的东西，一是一块玉佩，是公子前年送给我的，据说价值千金，我现在没带着，你若要，我这就去拿来。”沈纱狠下心来说，“二是我这套‘洗眉刀法’，是公子亲创，天下无双，你若想学，我也可以教你。”

刁毒似是笑了笑，没有接她的话头，却淡淡地道：“你想让我杀左长苗，是因为丁绡？”

沈纱毫不犹豫，道：“是。”

“而你想杀丁绡，是因为丁绡辜负了重华公子？”

“是。”

“所以……”刁毒步步紧逼，“其实是你喜欢着重华公子？”

沈纱一愣，那是她最私密的感情，从来没有向别人提起过，可是却被这陌生的杀手突兀地问出来了。

“……是！”

“你爱重华公子？”

沈纱忽觉一阵轻松，道：“是！”

“你觉得你比丁绡更配重华公子？”

“是！”

——想到重华公子温文如玉、玉树临风的样子，她不由得连耳朵都热起来了。

“那么，你最宝贵的东西，显然不是什么狗屁的玉佩，什么洗眉刀法。”刁毒在她身后冷笑道，“而是你的心。”

“我的心？”沈纱一愣，颤声道，“你……你要将我剖腹摘心？你要我一命换一命？”

这天真的女孩终于又逗得刁毒笑了：“杀了你，你的心也还是爱着重华公子的。”

“那我有什么办法？”沈纱第一次和别人说起这份感情，颇觉沾沾自喜，道，“喜欢一个人，本就是至死不渝的。”

“可是我要让你没有办法再去爱他。”刁毒在床边坐下，道，“我要你和我睡一觉。”

沈纱一愣，脑袋被这突如其来的羞辱一瞬间冲得一片空白。她猛地回过神来，喝道：“你大胆……”

话没说完，便已是满脸通红。

因为那摇曳的灯光下，刁毒那灰黑色的身影无遮无挡地暴露在她面前，一瞬间无比丑恶。

“你……你这淫贼！”

“这就是我为你杀左长苗的价码。”刁毒仍是慢慢地说道，“你献出最宝贵的，我才能帮你。”

现在的他，仍是那般没精打采的模样，可是却已与此前那随和落魄的剑客截然不同。

刁毒的眼中，直如墙上黝黑的影子一般，勃勃跳动着咄咄逼人的恶毒：“还是那句话，你不同意，可以走。”

沈纱气得一跺脚，转身摔门而去。

刁毒赤裸着坐着，静静等待。

外面的雨声淅淅沥沥，似有若无。这样湿漉漉、冷飕飕的夜晚，最合适做的事，本来应该是喝一杯热茶，然后盖着一床干爽的被子，听着雨声入睡的。可是现在，他却必须忍着困意，等着沈纱。

他并不着急，或者说，他从来都不着急。因为以他的经验来看，每个来找他的人，无论犹豫多么久，最后都一定会同意他的条件。

——无论那条件多么苛刻。

——多么“吃人不吐骨头”。

因为归根到底，他和“食人剑”都决不是这笔交易中最恶毒的。

——最恶毒的东西，永远在那些来找他的人的心里，泛滥着的、发酵着的，爱恨贪嗔。

在那些欲望的支配之下，妻子对于丈夫可以不重要，祖坟对于儿孙可以不重要，气节对于英雄可以不重要。而节操对于美人也可以不重要。

烛花一闪，沈纱果然又推门进来，勉强道：“我去给你找几个其他女子，可以么？”

刁毒漠然道：“我只要你。”

沈纱苍白的脸上不由更少了几分血色：“我可以去给你找更好的女子，好不好？”

刁毒漠然道：“我只要你。”

“我不可能……”

“我并不喜欢讨价还价。”刁毒疲惫地道，“如果你已经决定了，就告诉我吧。”

沈纱的手握着衣襟，细细的手指，几乎刺破了掌心。

——现在，她总算明白这“食人剑”的恶名由来。

——也终于明白了，那铁琴铜剑的杀手让她来时，那一个字一个字里，浸透的是怎样的恶毒。

2. 心

九月初三，运城大通车马店。

寅时，有雨。

那雨没完没了，压抑得人直想要大喊。

那男人猛地仰起身，爆发出一阵剧烈的咳嗽，女人惊醒过来，连忙给他倒了碗凉开水。男人咳嗽着，一口水喝进去，倒有大半口呛出来。

女人轻轻拍着他的后背，柔声道：“慢一点，慢一点。”

一碗水喝完，咳嗽总算压下去了些，男人重重躺倒，喘息不已。女人为他擦去额上的汗水，触手处，男人的额头仍然烫得吓人。

男人恨声道：“怪了……怎么这次……就是不好……”

女人笑道：“病来如山倒，病去如抽丝，哪有那么快的。”

“以前……以前不是这样的……以前别说生病，就是给人砍一刀，射一箭……睡一觉，出点汗，也好了……”

女人失笑道：“以前？以前是什么时候，你还以为自己是十七八的小伙子么？服老吧，以后可千万别受伤、别生病了，不然，可有得你养。”

男人握住女人的手，喃喃道：“人啊……人这一世啊……”

“你又有什么感悟？”

“我……”男人摇头道，“我在想……我们这样一走了之……真的对吗？”

窗外有一棵老树，秋叶尚未落尽，雨水打在上边，像一锅有气无力的炒豆。

女人颤声道：“你……你后悔了？”

“不……”男人慢慢道，“无论如何，你知道……能和你在一起，就是粉身碎骨，我这辈子也值了……可是……可是我一向体壮如牛，从来不知道生病是个什么滋味，却偏偏……偏偏在这种时候病倒了，怎么让我不怀疑……难道这就是报应么？这就是老天爷在罚我……”

他以手掩面，难过得哽咽起来。

“老天爷不应该这么小气。”

停了一会儿，女人才道：“即便他要罚你这次的过错，也要先犒赏你的功德才行。这些年来，你为天下百姓，出生入死，吃过多少苦？这么多的功劳苦劳，难道还抵不了这一次的罪？再说我们这一次逃走，又是什么大不了的罪过了？我们只不过是疲了、累了，想过两天安稳日子，好好休息休息而已。”

她的声音，听起来干巴巴的。男人掩面躺着，一动不动。

女人轻轻地扳开他的手，道：“这天下间的英雄，不是只有大哥你一个。天下这么重，你一个人，担不起来的。”

男人仍闭了眼，叹道：“是啊，担不起来的。”

“我们真的没做错什么。”

男人的额头一阵轻松，原来是那女人以双手拇指轻轻按着他的太阳穴，又用食指一下一下地刮着他的额头。

“小时候，我若病了，我娘就这样帮我按摩。”

那男人原本因为沮丧而僵硬的颈肩，慢慢地也放松了。他闭上了眼睛：“不管怎样，我们至少从地狱里逃出来了……便是就这样死了，老天爷也待我不薄了。”

“不许胡说。”女人微笑着，一颗芳心却不由一沉。

男人安详地微笑着，偶尔咳嗽一两声。

“小妹……”

女人的手顿了一下，道：“嗯。”

“现在回想起来，我很感激那个疯子……”

——草长鹰飞，天高万里，空旷的山坡上，那个疯子，穿着兀鹰一般的黑氅，瞪着一双灰白的眼睛，居高临下地望着秘密幽会的他们。

女人的身边，仿佛忽然又吹起了那天的凉风。

“如果不是他……我不会下定逃走的决心。”那男人道，“仁、义、忠、孝……我从小就听、从小就信……它们就像是锁链，让我挣脱不开……即使我喜欢你，已经喜欢得快要发疯了……可是那个疯子的话，却像是钥匙，把我解放了……”

“不，别再说他了。”女人突然打断他，道，“我不想再想起他。”

——那个仿佛看透一切，所以能够嘲笑一切的疯子。

男人闭上嘴，唇边仍带着一点微笑。

那女人看着他刚毅却温柔的面容，只觉得自己的一颗心，软得像一泓连涟漪都泛不起的春水。幼年时，娘常在她枕边唱的一首歌，又在她耳边响起，不由轻声哼道：“天上的月儿弯，我宝儿嘴巴馋；天上月儿明，我宝儿不生病……”

男人唇边的笑意更大，就在那女人的膝头，终于又慢慢睡着了。

3. 挑

九月初三，五松坡仁义山庄。

午时，有雨。

雨点密密集集，几无停顿地落在满山的荒草上。“沙沙沙沙”，无止无歇，仔细听时，又似越来越响，越来越急，几乎令人疯狂。

史天一将棕毛马扔在山坡下，拍了拍马臀，让它自己去吃草，自己则提着枪囊，踏着残破的石阶，轻快地往仁义山庄而去。

二十年前，“仁义剑客”魏英感念世事冷漠，将自己在五松坡的一处山庄彻底腾出，又安排了仆从十人，钱粮无数，这才告示天下：凡江湖朋友，四方豪杰，皆可来此交游，仁义山庄内，永远食宿免费。

江湖中人，好勇斗狠、四海为家，有许多人时乖运蹇，一辈子摆不脱落魄凄惶。自从有了“仁义山庄”，这些人才终于在最苦的时候，有了片瓦遮身，菜饭果腹。

江湖人心有戚戚，尽皆叹服，仁义山庄之名，由此传遍四方。后来又渐渐约定俗成，有了“一入仁义庄，恩仇两相忘”的公论，严禁庄外的仇杀带入庄内。

这二十年间，仁义山庄之中，往来救助的，怕不止万人。

便是常住的，也一直在四五百之众。

在这山坡上，昔日山庄绵延高耸的围墙早已塌得断断续续，而原本庄严巍峨的山庄大门也早已不见，唯在原地上立起了两根朱漆旗杆，以为标识。

旗杆上又垂两面丈许长的条幅，上边墨迹淋漓，写的有字。左边是“仁行天下”，右边是“义在心中”。

史天一一踏入庄内，已觉一阵兴奋袭上心头。

——传说中，仁义山庄藏龙卧虎，能人辈出，这一回，可有人能让他再体会那个“劲儿”了吧！

石阶上，正有两条大汉，穿蓑衣，戴斗笠，并肩而下。

他们与史天一迎头碰上，只道这年轻人也是投奔仁义山庄而来，虽不说话，却也一起向一旁让了让，并向他拱了拱手。

这正是仁义山庄中，放下成见、相互扶持精神的体现。

史天一见他们多礼，不由笑了起来。

可是下一瞬间，他的双枪枪头，却已经没入了左首边那汉子的胸膛。

那汉子下山有事，虽在向史天一行礼，心思却早已不在这里。这时忽觉胸口剧痛，低头看时，只见那两杆铁枪紧贴自己的双腕，正一里一外，一上一下地没入胸前，不由惊呆了。

他发出一阵奇怪的“咯咯”叫声，眼睛死死盯着那两条沾了雨珠的枪杆，松开了抱拳的双手，哆哆嗦嗦，想把它们拔出来，又似是知道后果，而没有了那个胆子。

史天一干脆把双枪一收，那人才为枪势带动，从他身旁摔开。尸身顺着长阶，骨碌骨碌地滚下山去。

另一个汉子眼看同伴毙命，这才反应过来，大吼一声，从蓑衣下拔出刀来。

史天一左枪一动，已刺穿他持刀的手腕，右枪一动，又扎进了他的小腹。

“哐当”一声,那人的刀落下地,砸在石阶上,溅起一片水花。刀身白亮,“当当当”地顺着石阶滑了五六尺,这才停住。

那人单手握着小腹上的枪身,整个人像只煮熟的虾米,弓着腰、瞪着眼,僵在了那里。

史天一用沾血的左枪推了推对方握枪的右手——虽然那只垂死的手,其实根本无法阻碍他收枪——朗声道:“请你到山庄里去通报一声,就说我史天一来仁义山庄试枪,请山庄内的好汉都做好准备。”

那人像看疯子一样地看着史天一,发现史天一全无玩笑之意后,这才大叫一声,猛地向后一退,抽枪离体。

他的蓑衣下猛地溅出血来,那人一手勉强掩着伤口,恨声道:“你……你等着!”

这才转身,踉踉跄跄顺着石阶返回,往山庄内报讯而去。

史天一倒提双枪,仍是不慌不忙地往山庄内而去。

只见细雨中的仁义山庄,杂草丛生,曲池干涸,残门漏牖,游廊斑驳。可是配上枯草高旗,以及那仁义立庄的江湖传奇,却更显出一派慷慨男儿的磊落豪迈。

怒斥声、脚步声渐渐汇聚,四方赶来的仁义山庄的住客,眨眼间便已将史天一包围。

史天一环目四顾,哈哈大笑。

大笑声中,已有一位白须白发的老者,越众而出,沉声道:“‘一入仁义庄,恩仇两相忘’。这位朋友,你居然敢在仁义山庄内寻仇,可知道已经和整个武林为敌了么?”

史天一怫然不悦道:“刚才那人传话没说清楚么?我来仁义山庄,可不是为了寻仇来的。”

那老者皱眉道:“可是你却杀了林氏兄弟!”

“试枪和寻仇可不是一回事。”史天一听那人没有把话传错,这才微微耐下性子,勉强解释,“我与在场各位无冤无仇。今日来到山庄,只为寻找一样东西、验证一样东西而已。”

他的话显然出乎山庄中人的预料,那老者犹豫一下,问道:“寻找什么?”

史天一昂然道：“生死一瞬的刺激！”

他这理由明显让那老者噎了一下：“那又验证什么？”

史天一磕了磕铁枪，正色道：“我这铁枪，现在所能达到的最高境界。”

仁义山庄的人看着他，忽然间，爆发出一阵惊天动地的大笑。

“原来是个不知死活的小子。”

“也不怕刺激得大了，会连命都没了。”

“废了这小子，为林家兄弟报仇！”

那白发老者也暗暗发笑，却到底还是持重一些。举手止住众人的嘲笑，又将史天一打量了一番，方道：“少年人，你叫什么名字，从哪里来，你的师父是谁？”

“我叫史天一，原本在太行山黑骨寨落草。”史天一规规矩矩地道，“我没有师父，有个老道给了我一本枪法秘笈，我照着书练了三年。”

这简直就儿戏得不像话了。那老者摇头叹道：“真不知天高地厚。”扬声向庄内人问道，“‘太行铁’，你听说过他吗？”

人群之中已有一个黑黝黝的大汉，扬声说道：“黑骨寨是有的，不过一直不成气候。太行山三十三寨，谁知道这么个小寨子里的这么个狗崽子。”

这人昔日是太行山上的独行巨盗，一身铁布衫的硬气功名震天下。仁义山庄的人听他介绍，又都哄笑一场——这时他们已经相信，林氏兄弟之死，恐怕根本只是因为这年轻人偷袭得手而已。

史天一微笑道：“太行山已经没有三十三寨了。去年我灭了二风寨，前天我又灭了黑骨寨。”

那老者一愣：“你不是黑骨寨的人么？”

“他们只想让我在黑骨寨混着，”史天一笑道，“一辈子当个太行山的强盗，好替他们抢抢地盘，劫劫客商。我不能总被他们拖累，想要下山，他们却唧唧歪歪，又哭又闹，缠个没完没了。我烦躁起来，就把他们都杀了。”

他笑嘻嘻地说出这般无情无义的话来，其中森森寒意，直比雨水更令人战栗。

仁义山庄中的人一时都说不出话来。

“太行铁”推开人群，几步来到史天一的面前。他站在人群中时，因为台阶参差，还看不出来，这时他单独一站，才显出他的身形极为魁伟，若在平地，直可比史天一高出一头有余。

他就这般居高临下地望着史天一，声如闷雷，喝道：“二风寨的莫西风是我的朋友，你把他怎么样了？”

史天一微笑道：“他并不难杀。”

“太行铁”虎吼一声，猛地向后一跳，双手一分，已将上衣撕成两片，露出一身铁打一般的筋肉，大吼道：“狗崽子，老子今天就给莫西风报仇！”

史天一双枪一碰，“叮”地一响，笑道：“好极了，不过，我还有几句话要说。”

他这般啰唆，更是令人厌恶。“太行铁”叫道：“有屁快放！”

史天一晃了晃双枪，道：“刀枪无眼，下手无情。我试枪时一向没轻没重，所以一会当真打起来，若有人明知不是我的对手，不妨尽管逃走，反而还能留下一条活命。”

“太行铁”气得笑了起来，大叫道：“用不着别人，老子一个人就把你这狗崽子收拾了！”

史天一微笑道：“不过那些逃走的人，也麻烦到江湖上帮我传一声，就说史天一欢迎各路高手前来切磋。”

虽在这剑拔弩张的时刻，这人的大言不惭也令不少人笑出声来。

“太行铁”叫道：“废话说完了没有？”

史天一正色道：“还有最后一句，我想请问，若是仁义山庄的人全都不堪一击，那么接下来，我还能去找什么人去试枪？”

“太行铁”叫道：“去阎王老子那，找你死去的奶奶试枪！”

他猛地向前扑来，一双铁拳，双风贯耳，猛砸史天一左右颅侧。

史天一往后一退，“咯噔”一声，双枪已经结为一杆大枪。

——然后，在仁义山庄中人还没有看清楚之前，“扑”的一声，史天一的铁枪便已直直刺入“太行铁”的胸膛，枪尖带着一蓬血雾，猛地自他背后钻出。

“太行铁”大叫一声，双手化拳为爪，拼命去胸前抓那枪杆，可是“唰”的一声，史天一的铁枪却又收回了，单手凌空一甩，倒提于身后。

鲜血猛地从“太行铁”前胸后背两个碗口大的伤口里喷出来，溅上了许多人的头脸。

史天一的铁枪枪尖上，鲜血挂出一条红线，淋漓洒落。

那大汉魁伟的身子，一晃，再晃，终于推金山、倒玉柱一般，重重摔在石阶上。

只一招，“太行铁”便已殒命！

他享誉江湖二十余年的铜皮铁骨，在史天一闪电一般的快枪面前，竟如同草扎纸糊的一般，不堪一击。

史天一冷冷环顾全场，森然问道：“我再问一遍，若是仁义山庄的人全都不堪一击，我接下来到底还能去找什么人试枪？”

4. 拿

九月初四，济源鬼王岛。

亥时，有雨。

雨下得小得多了，“沙沙沙”麻痹人的耳目，掩盖人的脚步。

薛傲隐身于鬼王岛第二百六十六窟外，白衣湿透，一双眼亮如冷电。

从他乘船上岸，到现在为止，已经过了两个时辰。

——鬼王岛上机关重重，岗哨密布，即便他多次跟随重华公子研究机关消息，要想完全避开，却也颇费了一番工夫。

薛傲深吸一口气，脚下发力，整个人骤然间化作一道白光，猛地闯入那长长的甬道中。

甬道之中，火把被他带起的劲风吹得一闪，二十多个把守于此的鬼王岛鬼兵还来不及反应，就已经被他的重手击倒在地。

他环顾四下，确信再没有危险，这才转动石壁上的轮盘，将甬道尽头的石门打开。

于是，鬼王韩夺天专门收藏赃物的“藏金窟”，就在薛傲面前缓缓展现开来——

明珠生辉，金光耀眼，眼前的景象，令这锦绣山庄的二号人物也不由倒吸一口冷气。

只见这占地半亩的洞窟中，数不清的金银珠宝像最不值钱的砂石，被堆出了十几个高达五尺、底径丈许的丘包。丘包绵亘，底部早已滑塌成厚厚的一层，而将大大小小的宝箱、雕像、古玩字画，冲得七零八落，宛如沙滩上的贝壳石块。

那些在外边，每一样都是被无数人豁出命去抢的东西，在这里，就只是那么随便地扔着。

薛傲喃喃道："这些不人不鬼的东西，还挺了不起嘛。"

他忽然意识到，恐怕自己已经犯了一个很严重的错误。

最初决定来鬼王岛"拿"走"昆仑星"的时候，他已经知道，自己决不能托大——鬼王韩夺天，武功之高，据重华公子评判，"夺天尺"决不在"长生剑"之下；麾下八大鬼将，也个个不是省油的灯；而那七百鬼兵，更是一群来自地狱悍不畏死的妖魔。

——所以，他若想全身而退，唯一机会，便只有希望那"昆仑星"被收藏于藏金窟中。

如此，他才有可能不与鬼王、鬼将、鬼兵，正面冲突。

可是他却全未想到，这鬼王岛上的群鬼，竟有着"视钱财如粪土"的气概，一个藏金窟，硬生生给打理成了浩如烟海的模样，毫无条理。那"昆仑星"即便就在这里，沧海一粟，他又上哪去找呢？

他一向都不是一个足智多谋的人物，往往挂一漏万。重华公子知道他笨拙，所以一直都告诫他，凡事三思而后行——可是现在看来，却也无济于事。

他跳上金堆，双脚登时陷入金银流沙之中，既然漫无目标，便索性冲着那一只只看起来会比金银更值钱的宝箱而去。

他用脚掀开了离他最近的一只宝箱的盖子。

箱子里装的是各式宝石，翡翠、猫眼儿、祖母绿，箱盖一开，一片绿光猛地漾开，直映得薛傲眉发皆碧。

几乎就在同时之间，在那宝箱下的金堆里，猛然间"哗啦"一声，已探出一双缠着金珠银链的铁爪，突袭薛傲立在地上的左脚！

"叮叮"脆响，铁爪交扣，六根尺余长的钩刃，在金光玉色之中，犹撞出点点星火。

白影动处，薛傲已跃上半空，凌空出刀。

"锵"的一声，长刀出鞘，一刀直落！

"藏金窟"中骤然响起了一声暴虐至极的咆哮，直如狮子怒吼，震荡山林，令闻者心惊胆战，几欲失禁。

——那正是重华公子所授、薛傲最为精擅的大泼风刀！

"轰隆"一声，那一刀自空中击落，如雷坠地。

宝箱被劈开，玉石四溅，金堆炸裂，一个五颜六色的人宛如被扔进油锅里的活虾，疯狂地弹了出去。

他重重撞上“藏金窟”的后壁，碎屑飞溅，才又摔回到金堆上，挣扎着站起，动作却已经完全失衡了。手刨脚蹬，将身下的金块银锭都刨出一个坑来，这才扶着石壁，勉强站住。

这是一个怪物，中等身量，全身挂满珠宝，头上扎满簪钗珠翠，两条手臂上，除了两枚被他自己叫作“钱耙子”的铁钩外，还少说都分别套着二三十个金玉镯子，整个人看来，环佩叮当，花枝招展。

他的脸因为久久不见阳光，已经白得不像活人，一双眼望向薛傲时，满是仇恨与恐惧，倒像是一只护食失败的疯狗，既不甘心，又已被打怕了。

俄而他身子一震，头上的簪钗崩断，发髻散开，从他的头顶而至下颌，一道血线慢慢从无到有，由细而出，终至炸开。

“哗啦”一声，他沉沉扑倒在金堆上，鲜血也喷洒在金银之上。

——他是八大鬼将之中，贪婪第一的吝啬鬼。被鬼王韩夺天安排，秘密守护“藏金窟”，迄今已有三年。于他而言，这窟中的金银财宝虽不能拿走，但能与之作伴，终日把玩，睡梦不离，简直是比进了天堂还要快活。

只是那天堂之梦，未免醒得也太过突然。他藏身金堆之中，趁擅闯之人心旌动摇，施以突袭，原是万无一失的杀招，却不料薛傲练习泼风刀，原就身法轻灵，一经感应到他的杀气，立时身随意动，跃上半空。

而那自上而下的一刀更是无坚不摧，便是有宝箱、金堆替他分散，刀气却还是足以将他的头颅一劈两半。

吝啬鬼自金堆中弹出时，薛傲的心中已然后悔。

猝然遇袭，他不及思考，便劈出了那十成十力道的一刀之后，才想到自己也许又犯了个错误。

果然，那怪模怪样的“藏金窟”的守护者立时毙命于刀下，毫不拖泥带水。

薛傲看着吝啬鬼的尸体，看看手中雪亮的“泼风刀”，苦笑一声，叫道：“还有人么？本大爷可要拿了东西走人了！”

可是，“藏金窟”内，一向只由吝啬鬼一人把守，他这时无论怎么诈哄，又哪里能凭空再蹦出一个守卫？

——老天爷怜惜他对丁绡的一片痴心，专门给他派来个熟悉窟内宝藏、可能能帮他找出“昆仑星”的人，可是却还是被他冒冒失失地一刀劈死了。

薛傲一想到这点，就觉得一阵沮丧。

重华公子一向说他有勇无谋，此行自以为计划周密、准备充足，可是上岛、杀人，纰漏却一个挨着一个，可不全都给他说中了吗？

昨日梦中，重华公子与左长苗对他的“草包”之评，不由又回响在他耳边。

他恼怒起来，挥刀乱劈，大泼风刀无坚不摧，“乒乒乓乓”，已将这窟中他目力所及的宝箱，一只一只全都劈开了。

珍宝四溅，也不知被他无心之间毁了多少。薛傲的头脑却也渐渐冷静下来，忽而把心一横，暗道：其实我又何必强求‘昆仑星’？礼物不过是个心意，我的心意到了，送她什么不是一样？我拿这世上最好的给她就是了！我无愧于心就是了！

主意拿定，他登时又高兴起来，就在金堆中翻翻拣拣，随便找了一串自认为最美的项链出来。

手握那精致璀璨的链子，薛傲握刀的手都不由发抖了。

因为这竟是这么多年来，真正属于他自己的第一样东西。

薛傲被重华公子收养，是在十岁——已经懂事，却对一切，全都无能为力的时候。

那一年春天，锦绣山庄采买小厮、书童。薛傲一大早吃了两碗稀饭，被自己的爹爹从家里拽出来，带来锦绣山庄面考。一路上，他哭得嗓子都哑了。

“爹，你们不要俺咧？爹，俺吃得不多……”

“狗蛋，待在家里出息不了呢。进了锦绣山庄，咋个也不光能吃饱饭呀！”

“爹，带俺回去……俺以后孝顺你和俺娘呢！”

“家里有你两个哥呢，用不着你操心！”

他被爹爹拖着，到底来到了锦绣山庄的账房。来卖孩子的人很多，院子里不敢哭又忍不住哭的抽噎声此起彼伏。山庄里的三管家负责在三四十个孩童里面挑五个留下。

他让孩子们站成了四排，自己挨个扳着孩子们的下巴，左边看一下，右边看一下，再让孩子们张嘴看一下。

就这样一个一个检查过去，先把丑的、斜眼的、烂牙的，全剔了出去。

爹爹对薛傲道："你看，想留下，人家还未必要你呢！"

刚好重华公子外出经过，看这筛选有趣，就在旁边多看了两眼。等到三管家查完薛傲，往下一个孩子走去时，忽然道："这孩子不错。"

——他把"薛傲"叫孩子，其实重华公子那时也不过十四五岁，比薛傲高了半个头而已。

重华公子把薛傲叫过来，压了压他的肩膀，又让他蹲了蹲，跳了跳，方道："真让他端茶扫地，这孩子的天分就糟蹋了。完了让他到我那去，我教他学武。"

就这样，薛傲的命运发生了改变。他仍然进了锦绣山庄，可是不仅没有去伺候人，反而被赐名"薛傲"，成了重华公子的不行礼的徒弟。每日除了练习高明武功之余，锦衣玉食，被人伺候得俨然一个小少爷。

薛傲的资质果然非凡，十四岁的时候，刀法便小有所成，十六岁的时候，已有江湖雅号"雪狮子"，实力已经非同小可。

可是薛傲却永远记得，他其实就是重华公子买来的一个奴仆而已。

重华公子当初说是看中他的资质，可是也并没有直接把他带走，反而仍然是三管家给了他爹十两银子，把他买下来的。

后来重华公子教了他这么多年，也从来没有真正让他行过礼，拜过师，反而是就那么糊涂着，想起来就教教，想不起来就随便他自己练习。

所以，他其实明白，重华公子从来都没有把他当成是徒弟。

他也许是重华公子年轻气盛、好为人师的一个玩具，也许是重华公子亲自训练出来的最信得过、最靠得住的保镖，但总之，他并不是那高高在上的公子的徒弟，更不是什么外界传言的朋友、兄弟。

——会有人给自己的朋友，漫不经心地"赐名"吗？

他在山庄里吃得好穿得好，一直以来，虽然寄人篱下，却也渐渐学会了不去多想，狐假虎威。可是终于有一天，丁绡出现在他面前，他才重新意识到，原来自己什么都没有。

他想指点丁绡刀法。

可是他的刀法都是重华公子教的。

他想关心丁绡的起居生活。

可是他的起居都是重华公子安排的。

他想给丁绡买上几件漂亮的首饰。

可是他每月的例钱却都是重华公子赏的。

当一个男子爱慕一个女子的时候，他会恨不得把自己的一切全都奉上。可是雪狮子薛傲，天下间屈指可数的少年刀客，却赫然发现，原来自己什么都没有。

什么都没有，连他自己，都是属于锦绣山庄的——而且只值十两银子。

——他仍是那个土名“狗蛋”的，被卖为奴的少年而已。

薛傲抓着那串项链，忽然间鼻子发酸，几乎要哭了出来。

鬼王岛，一个鬼王、八大鬼将、九百鬼兵，毫无疑问是武林里最凶险、最碰不得的地方。就连重华公子说起，也不由皱一皱眉毛，叮嘱他们不要随便招惹。

可是他却还是来了！

夜探鬼王岛，闯进藏金窟，杀鬼兵，斩鬼将，他做了连重华公子都不敢做的事情，在这一刻，他终于超越了重华公子，来到了重华公子都没有到过的世界。

他终于自由了。

他终于拥有了自己的一份财产！

他会把这串项链交给丁绡，那个贪财的、世故的、浅薄的、冷漠的……但却是他深深爱着的女人。他会去追上她，他要把这串项链，连同自己的心、自己的命、自己的自由……自己的一切，全都交给她！

——然后，乞求她离开左长苗；乞求她跟自己在一起，长相厮守，永不分离。

薛傲抬起头来，哽咽着深吸了一口气，把那串项链小心地揣进怀里。

接下来，只要在鬼王岛的人发现藏金窟的变故之前，乘船离去，他此行，便告圆满成功！

大风吟·山海卷(节选)

王展飞

第一章 大雪无痕

远离京华，穷乡僻壤，等闲是天涯。常有思归意，不知何处家。且将春风共残雪，一霎眼中画。

鸣孤箫，吹寂寞，和落叶三片两片飘下。舍将心曲，诉与幼草野花。集似束，乱如麻。

一条半冻的小河，横亘在银海似的雪野上，蜿蜒曲折却一刻也不停地淙淙流淌。河水清冽，因白雪之衬，反显出墨黑色，河道中凸出的一块块鹅卵石顶着一团团的雪帽，虽寂静却大有生动之感，不成队列却自有野趣，顺着河道延伸到远处，终于也漫漶不清，与茫茫雪野汇成一片了。

西边雪野上隐隐有一片雾霭，显出一线淡淡灰色，若非穷极目力，断难辨认，然而久在雪原上生活之人自会知道，那里定是一片树林。

既有树林，便有村郭，是以一人精神一振，马鞭向前方一指，操着半生不熟的汉语说道:“万大爷，那便是喀拉苏了，再错了的话，我就是牲口！阿囊格，走错了好几回，累得几位大爷来回跑路，真不好意思！”

说这话的是一名青年牧人，名叫也德力。前些日子他在沙吾尔山东牧场牧羊，遇到五名汉人，向他打听一个叫喀拉苏的地方。

草原牧人，最是纯朴善良，想给五人带路，然而自己两百多只羊的羊群，却没人看管了。那五名汉人倒是非常大方，拿出两只银元宝相赠。也德力虽是一名牧人，却也识得这东西价值不菲。何况羊放在山谷之中，未必就会全部走失，于是，他便准备了干粮，带上一只牧羊犬，与这五名汉子一同上路了。

哪知道冬天时节，四野尽是大雪覆盖，好几回却是走错了路。

这一回细辨地形河流，终于断定走对了，自是十分高兴，便道："万大爷，大家都下马休息一下，让马吃点雪。"

与他同行的五人都是汉人，年纪在三四十岁之间，一水儿玄色大氅，头上戴着灰色毡帽，全都是常在西域回疆收购毛皮山货、药材黄金的汉人客商模样。

也德力不知这伙人的身份，只知道他们中的头儿姓万。

那姓万的汉子最为年长，人也显得和气，笑道："这一回总算对了么？可不要再弄错了路。"说话间便下了马来，其余四人也均下马。

也德力将五人的马缰接过，笑道："不会再错了。阿囊格，再错了，我的脸只能放裤裆里面了。"

五名汉子哈哈大笑，他们与也德力在这雪野之中同行二十多天，早知他每句话中都带着的"阿囊格"是句骂人的粗话。

老万学着说道："阿囊格，那就快点拿出酒肉来。咱们今天一早从甘草沟出来，到这会儿，还真饿得狠了。"

老万眯着眼看了看天色，又道："快快吃点就走。否则今天晚上怕是到不了那里。"

也德力从马背上摘下一个大包裹，见五人已席地而坐，便也坐了下来，打开包裹，往众人中间一放，但见是些馕饼、冷肉之类。

一名黄牙板的汉子道："也德力，酒呢？"

也德力脸上堆起了笑，十分不好意思，讪讪地说道："已经喝光了。"

他从怀中摸出一只牛皮袋子，晃了一晃，软塌塌的，果然是滴酒未剩。

酒是这五名汉子前天在黑山头那里买的，西域寒地，又是冬季，买肉十分容易，但要买到酒，那可是极为难得。前天用了足足三两银子，才让遇到的一位老牧人忍痛割爱。

那黄牙板汉子骂道："阿囊格，你可真行！本来这是给大伙儿御寒的，你却一个人都喝了！"

姓万的汉子道："也德力，前几天咱们一次次走错路，但到了哪里，都能买到酒，你是不是故意跟咱们几个闹着玩呢？"

他们五人有要事在身，要到喀拉苏去找寻一个人。自夏末出发，从山东辗转来到这西域极寒之地，眼下已是寒冬季节，不料一来此处地广人稀，二来语言不通，所以十分不顺。这一回好不容易遇到了懂一点汉语的也德力，却也耽搁了二十多天。

姓万的汉子这话一说，余下四人顿时脸色一变，瞧着也德力。

也德力浑不知觉，从腰间摸出一把锋利的小刀来，左手拾起一块冷肉，削了一片递给老万，笑道："路错了嘛，酒喝上了。两个事情！"

言语间又削了几片肉分发给余者，自己向嘴中填了一片，吃得极香，顺手将手中的残骨扔给那只牧羊犬。

老万等见他神情了无心计，众人相互望一眼，均想这也德力十分纯朴，绝非有意绕路兜圈子。老万使了使眼色，轻轻摇了摇头，其中两名汉子将右手从腰间拿开。

也德力以小刀削肉，给各人奉上，原是当地牧民的风俗，五名汉人随手抓食，不一会儿，各人填饱了肚子，随手抄了几口雪吃了。

以往每当此时，众人一面剔牙，一面闲谈，颇是舒服放松。这会儿也德力却见五人神情沉郁，好像有什么心事，不禁笑道："万大爷，想老婆了吗？"

老万骂道："阿囊格，我想你的老婆了。走吧！"率先站起来，向自己的马匹走去。

突然之间，只听他"咦"了一声，颇显惊异。余下四人一齐顺着他的目光望去，右手都已按在腰间。

也德力道："怎么啦，有狼吗？"

草原之上，狼本来不少，但一到冬季，狼就极少见到了。可一旦见到，那便十分凶险，因为若非饿急了，狼群绝不近人的。

众人却见小河对岸向东北的雪地上，现出两个小黑点，正隔岸向这里飘来。那两个小黑点移动甚快，不一时来得近了，看清是两个人，但奔行之速，匪夷所思。

片刻之间，已从东北边的那片山坡上掠过，被另一处小丘挡住了。等从那片小丘露出，已是两个背影，可以看出是一男一女，却也看得不甚分明。两人一会儿高，一会儿低，顺着河岸向西南方向驰去。

也德力禁不住喝彩："好马，好马！"

老万等却知两人虽然行动迅速，但仔细辨认，绝非骑着马的情状，况且奔行之速，比骏马尤快许多。

五人本是武林中人，自然知道这两人均身具极为高明的轻功，才能在这雪地之中奔行如飞。然而能快到如此地步，若非亲见，绝对不敢相信。

老万啧啧称奇：“想不到如此荒蛮之地，竟有人身负这等武功！”

那黄牙板的汉子听老万此言，不由说道：“我看这一男一女另有门道。大师兄，会不会是那个人的徒弟？”

老万一愣，旋即摇头：“那人的功夫自然高明得很，但轻功么……嗯，二师弟，咱们门派是靠轻功吃饭的么？”

黄牙汉子自己也是一笑，说道：“我以为西域之内，就只那个人会功夫，一下子想到这上面去了。”

老万想了一想，淡淡地道：“他的徒弟，断无此身手。不管他，咱们走吧。”

六人上马，向喀拉苏赶去。

雪原上行路，向来都很困难，看起来不远的路程，足足又行了三个多时辰，才到了村落跟前。

天上已经升出了月亮，雪野映光，连一草一木也都看得清。只见是个不过十几户人家的小村子，一色矮小的土窝房，偶有小窗户里透出灯光。

家家户户的院落都以木栏围成，堆着草垛。原来，这里是草原牧人“猫冬”的聚居点，住房是掘地为坑，上面再加上两三尺土打墙，当地人称为地窝子。

六人一近村庄，六七只狗就狂叫着围了上来。

也德力拿马鞭子扬了几下，狗儿愈发叫得凶，前突后奔地围着圈跑，卷起一团团的雪雾来。

也德力叫道：“阿达姆巴勒吗？霍那克开来嘚！”

老万等与他数日相处，每到一处，即听他说这两句话，已知是“有没有人？有客人来了”的意思。

以往每当他这样一喊，不管多晚，好客的当地牧人便会推门而出。只是眼下还不到子夜，何以十几户的人家，没有一个人出门来？

老万眉头皱起来，吸了吸鼻子，沉声道：“你们闻到什么气味了？”

余人一齐吸了吸气，却茫然无得。

老万跃下马来，向庄内察看。

狗群见他下马，吓得一齐掉头奔窜。

黄牙汉子笑道："这里狗的胆子倒小。"

也德力道："阿囊格，怪得很！"轻磕马刺，走向一户近前人家。

忽听得一声轻响，那人家的草垛上一道黑影疾飞而起，一声哑鸣，冲进夜空。老万等人吓了一跳，不自禁全握紧刀柄。

也德力笑道："哈哈，你们怕啥？是夜猫子！"

老万等松了口气，均觉得自己过于紧张，几乎不像武林中人。师兄弟五人互相望望，不禁哑然失笑。

可是忽然之间，只听也德力大叫一声，雪地映着光，照见他神色惊恐之极，大呼道："死人，死人了！头、头，没有了！"

老万此前便闻到一股什么气味，一直不敢断定，此时闻言，"锵"地抽出刀来，沉声道："都下马，跟我来！"

他们练的都是地上功夫，骑在马上，反而不好施展。此时遇到情况，五人均是单刀出鞘，向那屋子欺去。

五人均是江湖行家，均已察觉到诡异的气氛，不由得极为紧张，彼此间均听到呼吸粗重。

老万走在最前，到得那屋前十数步时，便看到一个人横卧雪中，头颅已经不翼而飞。微一侧目，只见右边草棚底下也卧了具尸体，一样没了脑袋。他定定心神，左手入怀，扣了几枚暗青子，走向前边一间土窝子。

五人一起行动已非一日，黄牙板二师弟与瘦脸三师弟立刻一左一右护在他两侧，老四、老五转过身子，护在后面，以防有敌人突袭。

那个也德力没敢再跟来，伏在马上，早已吓得丢了三魂七魄。

第二间土房前的尸体更是有四具，看出是一男一女，另外两个则是十二三岁的孩子，都没了脑袋。

大冷的天，五人的脑门子上全沁出汗来。

瘦脸老三道："大师兄，我进屋子瞧瞧？"

老万眼睛慢慢转动，四周瞧了瞧，慢慢点了点头，左手轻轻一晃。

瘦脸老三会意，左手也捏了两枚钢镖，右手提刀护住面门前胸，看屋门早已大开，当即小心走进。

那地窝子一户只是一间，他练武之人，借着些许暗光便将里面看得了然，旋即轻轻跳出，摇了摇头。

老万道："再瞧瞧别的人家。"嗓音已经有些干涩。

五人依然不敢大意，小心跳过一道矮小的篱笆，到了第三户人家院中。却见这家更惨，男女老幼六具尸体摆在门前，自然，也是只有身子没有脑袋。

不消片刻，五人已将全村十数户走遍，全村无一活人，都成了无头尸体。五人又是惊恐，又是震怖，更感愤怒。

原来这五名汉子均是中原武林人士，为同门师兄弟。老万是大师兄，全名万金山，黄牙板二师弟名叫管木锡，瘦些的是三师弟，名叫贺水桦，矮壮老四叫谭火池，老五刚蓄了一丛小胡子，名叫吴土焙。

五人的师门在中原遇到一个大大的难题，这才千里迢迢来西域请一位高人援助。未料好不容易找到地方，却碰到如此一副诡异的情形。

吴土焙排行第五，这年也就二十四五岁，待看完最后一户人家，忍不住骂道："真是胡虏狼族，竟然这么心狠手辣！"

万金山道："不知道那个人是不是也遭了毒手？这些尸体都没了脑袋，是不是成心不让我们认出来？"

他知道贺水桦心思最为缜密，是以问完了这句话，目光便投向他。

贺水桦沉吟片刻，慢慢地道："我看这些尸体除了脖子上那一处，身上都没有别的伤口。看来都是不会武功的人，被敌人一刀断首，毫无反抗能力。若是那个人，自然不会如此。"

万金山略松了口气："你觉得那个人不在这些尸体之中？"

贺水桦点了点头。

五人之中，老四谭火池脾气最急，此时插话道："那么那个人去了哪里？"

万金山听他问得没头脑，便待出言说他两句，嘴唇动了动，却又作罢，叹息一声，领着四名师弟走回村口。

那也德力只吓得面如土色，张大着眼问："万大爷，怎么个样子？"

万金山道："全村四十一口老少都被杀了。也德力，这附近有厉害的马贼么？"

也德力早没了一向全知全能的气概，摇头道："我只是放羊的，别的也不知道！"左手从皮袄里面掏出一个小袋子往右手掌一倒，正是那两只作为雇资的银元宝。

也德力用力捏了捏，手伸到万金山面前，哭丧着脸道："万大爷，你们要找的人没有找到，这个东西还是你们的，这个向导我也不做了。”

万金山怜他诚实，笑道：“人没找到，你也算是带我们来的。地方总是对的吧？”

也德力道：“这地方错不了，就是喀拉苏。”

万金山道：“那就是了。再说，你刚才骑马跑了，我们也拿你没辙。”

也德力道：“跑？对啊，我怎么没有想到？”但转眼便知此时已经来不及了，赔笑道，“万大爷开玩笑厉害！”

万金山岂看不出他一瞬间的心思变化，不禁觉得好笑，挥手道：“你这就去吧。”

那也德力如获大赦，揣回两只元宝，一拉马缰，掉头便跑，不消片刻，已经不见踪影。

清冷的小村口，只有万金山等师兄弟五人站在那里，或远或近一两声狗吠，让人听了倍觉惆怅。

谭火池问道：“大师兄，我们怎么办？就在这里等着吗？”

万金山也没有什么主意，沉着脸道：“在这里等也未尝不好。这村子里有草有粮，咱们先让马吃些草料，找个干净屋子睡个好觉再说。”

谭火池颇觉意外，但见大师兄不像说笑话，当下不敢再多话。

贺水桦道：“那咱们就到村子最里头，免得什么人来看见咱们。”

万金山道：“我也是这个主意。”

五人牵马再进村子，马通人性，嗅到血腥味，警悚振鬣。

到得村中最北头的一所院落，吴土焙把马匹牵到棚圈下，到草垛上耙下些干草来喂马。

五人进到那地窝子中，打着火折，就手点着屋中的一盏酥油灯。只见床铺上被褥都已打开，显然是主人正睡着便被拽出去砍了脑袋。

地窝子很低矮，勉强可以站直身子而已。五人都是行走江湖的老手，毫不讲究，便在地铺上坐了。

吴土焙见当中一具土炉仍有热气，旁边堆着些干牛粪，上前拾起几块，投进炉子里，取火点燃。不消片刻，炉火渐渐旺了，烧得上面一只陶壶嗞嗞作响。

众人这些日子连续奔波，一天之内难得喝上一口热水，听得水动声音，均觉又饿又渴，当下找到几块馕饼，一盘凉肉，就着开水忙填了一通，而后胡乱歪倚在床铺上说话。少不得说起万里迢迢找那个人，却是这样一个结果，猜想那人的踪迹，均是毫无头绪。

管木锡道："依我看，咱们来找他，也许本来就是一件错事。那个人，咱们只是听说他在西域阿尔泰山这么一个叫喀拉苏的地方，到底消息确切不确切，我们也说不好。"

谭火池接话道："对啊，再说啦，那个人离开我们天刀门已经三十多年了，这么些年了，他是不是还在人世就是个疑问，何况，就算他在人世，到底知不知道那个秘密又是个疑问。"

吴土焙道："假如世上没人知道那个秘密，我们天刀门从此……"

他没说下去，五个人均叹了一声，灯光照见各人的脸色，都是十分黯然。

过了半晌，万金山道："大伙儿先不要泄气，只要那个人还在这附近，咱们便有希望找到他。"

贺水桦沉吟道："大师兄，我看事情并非这么简单。你看，这村子里的人早不被杀晚不被杀，偏偏在我们到来之前被杀，这是为何？"

众师兄弟全是一个激灵，注视着贺水桦。

老万道："依你看呢？"

贺水桦道："恐怕这些人都是那个人杀的。那个人知道了我们要来，却不愿见我们，怕这些牧人说出他的行踪，干脆就……"他没说下去，可众人都听出下文。

谭火池一拍大腿："有道理、有道理，定是如此！师父早就说过那个人手段了得，看来是一点儿没错！"

吴土焙吸了一口冷气，说道："一口气杀了四十一口，那个人会这样狠毒？"

谭火池怪笑一声道："要不怎么称为邪神呢？嘿嘿，咱们天刀门出了这样一号人物，这才叫作'光大门庭'。"

吴土焙脸上有了怒气，冷笑道："杀四十一个丝毫不会武功的牧人，算什么人物？"

谭火池点头道："这话说到点子上了。不过我倒想问一问，不杀人，我们还算什么天刀门？"

吴土焙道："谁说过天刀门就是杀人的？师父说过吗？"吴土焙腾地

一下站了起来，那土窝子棚顶低矮，他一头撞在一根细椽子上，顿时灰土簌簌散落。

万金山喝道："都给我消停些！"作为大师兄，他对几位师弟一向和蔼，可见谭火池、吴土焙闹得不像话，也不禁动了怒气，"你们还像师兄弟么？老五，以后不许跟你四师兄这样说话！"

吴土焙垂了眼，答应一声，闷闷坐下。

谭火池得了理，冷笑道："不然干脆他是师兄，我是师弟好啦。"

万金山喝道："住嘴！你让人家尊你是师兄，就得有个师兄的样子！"

谭火池究竟不敢跟大师兄阴阳怪气，气呼呼息声。

万金山吁了口气，说道："眼下我们天刀门面临这等艰难处境，倘若事情不利，便会自此在武林中除名灭户。你们可倒好，还有心思在这抬这些闲杠。众位师弟，咱们务必团结一心，完成任务方是道理。"

四名师弟听师兄说得怆然，均肃然称是。

万金山道："咱们胡乱歇息一宿，明天一早，再作计较。"

众人挨肩靠背，挤在地铺上睡了。

万金山身为天刀门掌门大弟子，面临困境，一团心事，却哪里睡得着？

听得二师弟、四师弟、五师弟渐渐发出鼾声，唯三师弟呼吸平稳，知道他也没睡着，心里略感温暖。

屋子里一股羊皮、奶酪、熟肉、牛粪的气味混合着，酥油灯照见简陋的家什摆设，透着那样一种简单而又满足的生活气息。而这里的主人，已经身首异处，永远地离开了这个世界。

万金山手头上当然有几条人命，但说像今夜所见的场景，却是平生头一回。

人在生命之前，都有畏惧之心，便似他这等江湖汉子，一下子看到这么些死人，也一般地心惊肉跳。

生死无常，凡人见之，焉能无动于衷？不知过了多久，纷乱的思绪稍稍懈惰，迷迷糊糊浅睡过去。

正在这里半醒半睡之际，忽听有人声随夜风传来。万金山一个激灵，睁开眼睛，却见酥油灯已经熄了，月光从门窗缝照进来，还未天明。他轻轻推了推身旁的二师弟管木锡，轻声道："大伙儿小心，有人来了！"

众人都一骨碌爬起，手握刀柄，凝神倾听。似乎过了不少时候，果然听到远处有人说话，听来是一男一女，只隔着不近，那两人说话又轻，听不大真切。

五人莫名地紧张起来。

万金山低声问贺水桦："怎样？"

贺水桦低声道："人在村那头，咱们出去，找地方藏起来看看情形。"

万金山道："大伙儿小心，不可弄出声响。"率先下地，蹑手蹑脚地出了屋门。

五人来到院中，分开在棚圈、草垛里藏身。只听得人声更是真切，过了一会儿，渐渐向这里移来，仿佛正在查看各户死者情形，说的竟然都是汉话。

天刀门五人均心下警惕，情知在这西域荒凉之地，很少见到汉人，这两人既说汉话，又不惧死人，绝非寻常之辈。

来者越加近了，听清那女子说道："又是全村上下，无一活口。唐哥哥，我们又来得晚了。"

那男子嗯了一声，道："咱们清点人数，回去好向师父禀报。刚才已经三十三人，还有最后两家了。来，咱们看看这一家。"

两人声音都十分年轻。

脚步踏雪声中，两个人走进天刀门五人的视线。却见那一男一女都在十七八岁模样，身穿绸袄绸裤，少年披了一件紫貂皮氅，少女披了一件银狐皮氅，在月色下隐隐生辉，一看便知不是凡品。

这少年少女模样都很俊秀，如同一对从月宫中潜入人间的金童玉女，便在中原也难见到如此人物。

二人身上都背着两具三尺余长的物事，似是木板，却又粘着毛皮，不知是什么兵器。

两人并肩而行，径到了与此处隔了一道篱笆墙的小院中，那少女数道："一、二、三、四……啊，这里还有一个，是五个。三十三加五，是三十八了，唐哥哥，已经三十八个了。"

语气之中，似对行凶者的罪恶行径十分恼恨。

那姓唐的少年应了一声，道："还有一家，过去看看吧。"说话间来到这一户，站在门口。

那少女面向着棚圈草垛，天上的残月将清辉洒下，将她的狐裘照得清亮亮的，一张荷花样的脸庞也流溢着淡淡荧光，她眼睛蓄泪，说道："唐哥哥，你看，这两人是夫妻，本来恩恩爱爱，守着老妈妈过日子，可这一切全都没了。这是三个，一共是四十一个了。加上白苏库木的六十六个，老风口的二十七个，恰尔登的五十九个，已经有多少了？"

天刀门五人听得心头大惊，均心道：原来遭到这样祸害的还不止这一个村。

那唐姓少年掐着指头算了算，说道："一百九十三人。"

少女道："一百九十三，一百九十三条人命啊！这些牧人多善良，他们怎么能这样心狠？"

少年叹了口气，道："师妹，我们回去向师父复命吧。"

少女道："我们把他们埋了再回去，好吗？"

吴土焙正在草垛里藏着，看到她弯弯的一双月眉，清亮的一双眼睛，玉雕似的鼻梁，玛瑙样的小嘴，禁不住便要呆了，突然听她说出这等痴话，差点笑出声来。

果然听那少年道："这冰天雪地，哪里能挖出坑来？别说埋四十一个，就是埋一个，恐怕就得好些时间。师妹，咱们快回去吧，我见到这场面，便难受得很。"

那少女道："我也难受得很。唐哥哥，我好想大哭一场。"

那少年道："我们又不认得他们，有什么好哭的？我难受不是这个意思。"

少女问道："那是什么意思？"

少年道："你不觉得这些人没有脑袋看起来很不舒服吗？"

那少女好像吃了一惊，双目突然睁大，定定望着少年，脸色一刹那冷若冰霜，她的声音也变冷了，慢慢问道："假若哪一天有人砍去了我的脑袋，你也一般觉得只是不舒服，是不是？"

那少年一把拉住少女的胳膊，急道："师妹，你怎么会说这样不吉利的话？快跳三下，吐三下！"

谁知少女却毫不领情，一把甩开少年手掌，正色道："你还没回答我的话。"

少年无奈，摊着双手摇头道："你让我说你什么好！这些人怎么能和你比？假若哪一天你被人砍……师妹，我不说这样的话。”

少女道：“你一定得说，否则，我这一辈子不会理你。”

少年央道：“好，我说。我会痛哭一场，然后厚葬了你。不，这样还不够，我还要天天到你的坟前，陪伴着你。”说到此处，那少年声音都颤了，显是内心恐惧至极。

草垛里的吴火焙早到了婚姻的年纪，只因这些年天刀门纷扰不断，师父、师兄哪里会想到给他说媒娉妻？

不止他一人，便是三师兄贺水桦、四师兄谭火池，都是三十挂零的人了，媳妇在哪里，仍然毫无音讯。

此时听那少年话中的意味，不自禁便想：这小子倒是好福气！坟墓里埋葬着他如花似玉的心上人，那坟墓便成了好去处。假如这小子死了，那美貌姑娘自然一般地天天到坟头去看他。我姓吴的却连个坟场的念想都没有，我要死了，估计也没人看我。好笑啊好笑，人家的心上人明明就活生生地站在他面前，不过是跟他赌气而已。我比这小子的福气，那是差了十万八千里了。联想到天刀门的艰难处境，不禁百感交集、悲从中来，轻叹了一声。

便是这轻轻一叹，那少年少女都已警觉，少年厉声道：“什么人？鬼鬼祟祟的，赶紧出来！”

万金山听五师弟莫明其妙地这一叹惊动了来者，心想对方不过是两个娃娃，就算有什么大来头，天刀门五雄也不见得怕了，索性从棚圈中一跃而出。

他一显身，其余四位师弟自然跟上。

万金山打个哈哈：“我们是过路人，你们又是什么人？”

那少女道：“我们问话在先，你们先报上名来！”

这少女生得太过美貌，谭火池见时，比这吴土焙更艳羡。听她居然争这等小孩子的理，不禁莞尔，说道：“大哥起码比你们早生了十多年，说的托大些，就是你们的长辈。晚辈见了长辈，岂可这样没大没小？你这大妹儿人生得好看，也就罢了，那小子却怎么样子都说不过去。”

那少年叫道：“妖魔鬼怪，胆敢胡说！”

眨眼之间，两人手上各多了件兵器。

那少年的兵刃长约尺半，形似棒槌，通体半透明，像是一段玉，又像一截冰。

那少女手里持着一个银环，径约尺余，长面缀着十几枚小铃铛，铃铛晃动，叮叮作响，煞是好听。

他们不亮兵刃还好，这一亮天刀门五雄不禁全笑了。

管木锡道："谁是妖魔鬼怪？呵呵，两个雏儿，要要把戏跟大爷们讨赏么？"

他话音未落，那少年已倏忽飘至，快得匪夷所思。

管木锡大惊，刀还未从鞘中拔出，那少年冰锥一举，一股极寒之气直冲他面门。

管木锡向后便退，单刀抽出，欲使一招"地气接天"来挡，却已不及，那冰锥离他眉心穴不足两寸，寒气刺处，眼睛难睁，他不自禁牙关打战，惊恐之下，手脚俱麻，那招"地气接天"哪里使得出来？

"当"的一声，贺水桦旁刺里挥刀，挡住那少年一击，顺势抹向他手指。这叫作"天降福祉"，是天刀门刀法的精妙招数。

那少年冰锥一带，化开贺水桦这一抹，同时飞足踢向旁边的吴土焙，身体左旋，左臂曲肘，撞向管木锡颈突穴。

吴土焙侧身避开，管木锡先前被冰锥寒气所逼，这招却没躲过，"啪"的一声，颈中正着。

那少年肘锋上挑，劲力于电光石火中巧妙变化，管木锡后跌之势变成上飞之力，离地而起，落下来正跌在一根圈草圆木上，"咔嚓"一下，茶杯粗细的木栏断成两截。

天刀门五雄在中原武林中并非无名之辈，虽然遇到了一个大大的难题，但寻常江湖人物，还不足以入眼。

到了西域，一路上也遇到过几伙马贼，有一回马贼甚至有三四十人之多，却不够五人小试刀法。

几人曾评判西域之地没人懂得武功，自然，他们要找的"那个人"除外。遇到这两个玉雕似的少男少女，哪里会当一回事，孰料对方的武功竟这等高明，直若鬼魅，竟在两招之内将天刀门一人打翻，其间轻松化解了一人的进招，更将另一人逼得处于守势。

五人都是大惊失色，然而应变之状却各不相同。

贺水桦是托刀后退，意在问明白。

谭火池是大吼一声“干你娘”扑上去。

吴土焙是见招拆招，想扳回劣势。

万金山则扣了两枚钢镖，随时准备出其不意、发镖制敌。

贺水桦想跳出圈子，那少年却不容他，左掌右锥，肘挺膝撞，飞足踢打，却将他三人一起逼住，难以脱身。

天刀门众人也算识得些武功路数，这少年的武功却自成一家，全无繁文缛节，一招一式皆是真文章，恨不能立时将三人毙于当下。

这时只听一人叫道：“偷袭算什么本事，爷们再陪你耍耍！”管木锡持刀返回战团。

那少年道：“无耻之辈，还敢胡说！”冰锥急刺，逼开其余三人，身子一旋，反足向管木锡踢出。

管木锡总算这一回有所防备，急忙闪时，这一脚只擦中右肋，饶是如此，仍疼得大叫一声，叫道：“大师兄，你怎么不上？”

那少女见少年稳占上风，笑道：“是啊，你怎么不上去让我唐哥哥打？”

万金山听她说得无理，不禁动了怒气，向那少年道：“你是何人？为何不分青红皂白便动起手？”

那少年冷笑道：“跟你们这等邪魔外道，有什么好理论！”

言语之间，招招抢攻。

天刀门虽有四人，却都被他的古怪兵器、凌厉攻势逼得手忙脚乱，忙于自保而已。

那少年生得斯斯文文，焉知一动起手，刚猛凶悍，简直判若两人。

万金山越看越惊，瞧见管木锡露出拙象，不仅不能御敌，反给其他三位师弟添了顾忌，喝道：“老二退下，老三、老四、老五，你们不会结阵吗？”

管木锡不服，大声道：“凭什么让我退下？”说话之间，猛觉一股寒气直冲胸口，“啪”的一声，却是五师弟吴土焙为他挡住一招，惊惧之下，顺势退出圈外。

天刀门五雄各人的刀法在中原武林都有些名气，然而最有名气的是他们的“天刀五行阵”。

师兄弟五人名字之中各占了五行之一，另外一字暗藏相克之行。五人虽然异姓，名字却都是师父所取，正是要他们五人时刻牢记“天刀门五行阵”的相生相克相济相佐之深刻寓意。

这五行阵与别的门派的五行阵又有所不同，两人便可成阵，三、四人亦能成阵。每多一人，阵法威力便大一倍，五人同使，便能抵三十二人合力。

只不过管木锡虽在五雄中排行第二，刀法却是最差，临敌更有一个毛病，那便是“遇弱威猛，遇强萎懵”，加上已经吃亏在先，是以万金山命其他三位师弟组阵，让他退出。

贺水桦、谭火池、吴土焙挥刀急舞护住要害，脚下急步进退，踏上阵法步数。

那少年冷笑道：“什么妖法？看少爷会怕！”左掌向吴土焙一拂，右锥取谭火池小腹，脚下一弹，身躯跃起横斜，双足剪子腿绞向贺水桦脖颈，锐气劲猛，仍是同时进攻三人。

哪知这一回不灵，三名敌手突然换位，就算他能将其中一名敌手击伤，自身却势必伤在另外两把钢刀之下。

那少年见势不好，立即变招，他本事当真了得，半空中身子一旋，冰锥在谭火池单刀上一搭，“啪”地一响，身形弯得几乎像个圆圈，一个后空翻，双腿挨地，跟着冰锥递出，左右连打，磕开两记进刀。

万金山见他如此身手，差点喝彩出声，到了嘴边，却变成了嘱咐师弟：“使困字诀，三师弟，你居天金位，老四抢人土，老五守住地木，先求不败，再图得胜。”

在战三人谨遵掌门大师兄之言，刀势紧密，此攻彼守，你进我退，虽则三人，却跟八人同时使刀一般，那少年武艺虽强，却也一时不得破解之法。

那少年被三人绵密的刀势紧紧裹住，不像先前那般招招抢先，反是十招之中，倒有七八招忙于自救。

幸亏他的奇门兵刃寒气异常，身手又极为矫健，一时落败，却也不会。

那少女眉头皱起来，说道：“什么打法，这般不要脸！那个矮胖子，你章门穴的空当，怎么还得用那个死瘦子给你挡？小胡子，若不是矮胖子帮你接住这一锥，唐哥哥就把你刺死了。死瘦子，你把脖子伸在那里，是想被我唐哥哥一掌砍断吧？”

看来她全然不懂阵法，然而眼力非凡，天刀门三人只听得又是好笑又是羞恼。

那少年道：“师妹，他们的法子很古怪，我怎么才能取胜？”

那少女沉吟道：“爷爷好像跟我说过一回，有些不要脸的门派武功不行，就用打群架的法子。我看一看门道，你先跟他们打着。”

那少年道：“是，师妹，不过我有点累。”

少女道：“我正在看！”

看来那少年对她很是依从，不敢催促，说道：“是。”

那少女忽闪着眼睛，噘着小嘴，望着阵形，琢磨破解办法。

万金山心想这小女娃儿真是大言不惭，不由笑道：“你若能在片刻间破解了本门的五行阵法，我当真服了你。”

少女道：“什么阵法？”

万金山傲然道：“这是五行阵法。他们三人同使，便是五行三才阵。若是四人使，便是五行四象阵。”他并不怕说出，武林之中，知道天刀门这阵法的，并不在少数，可是“知其然，却不知其所以然”，一般的无法破解。

那少女道：“这叫五行三才阵吗？既是三人，自然是三才阵了，又何来五行之说？”

万金山得意一笑，说道：“三人使三才阵不足为奇，能使出五行三才阵，这才叫本事。”

说话之间，交战双方又起变化，原来那少年武功路数刚猛，力不能持久，这一阵下来，累得大声喘气，身手明显慢下来，呼道：“师妹，我快挺不住啦！”

便在此时，那少女笑道：“好了，我想到法子了。”

万金山一惊，问道：“什么法子？”

那少女哈哈一笑：“这法子叫作围魏救赵！”话音未落，手中钢环晃动，十几枚铃铛响成一片，向万金山走来。

万金山已见那少年了得，对她自也不会小觑，却也不怎么惧她，当下拔刀在手，笑道：“姑娘，你知道围魏救赵，却不知道偷鸡不着蚀把米吗？”单刀一摆，中宫进招，甫及半途，刀锋取那少女左肩。

那少女铃环斜举，迎接刀招。

万金山在单刀上浸淫了三十多年，手中这把刀会过不少成名人物，知道自己所长，正是“力大招沉”四个字。

见那少女不闪不避，反而迎接刀招，当下吐气开声，将刀上劲力提到十成，满心一刀磕飞她的兵器，更将她震得内息走岔。

哪知突然之间，少女铃环上一股潜力引来，他刀上所蓄的劲力顿时散失，难以凝聚。

本来只需一尺便能刀环相击，万金山却只感手中单刀落入虚空，如同一张薄纸，飘摇落进万丈深渊，不知将向何去。

练武之人，敏锐程度非常人可比，万金山一惊之下，猛力抽刀，其时不过是电光石火之间，刀上之力已变砍为夺。

那少女抿嘴一笑，一派的天真烂漫，手上铃环稍一拨动，那股力道变吸为送，万金山只感单刀上一股大力推来，身不由己倒跌而出。

万金山催功强定住心神，运起千斤坠功夫，欲待定住身形，却“砰”的一声，后背已和一人撞在一起。

那人却是四师弟谭火池，正与其他两位师兄弟全力施运五行三才阵法，不料被大师兄撞个正着，五荤六素之际，哪里还顾得上什么“地金转天火、天水移人木”，连人带刀向前扑去，脚下失衡，扑倒在地。想爬起来时，只感背上压了千斤巨石，原来已被那少年一脚踏住。

那少年一招得势，更不稍停，一记飞腿将贺木桦踢出，右手冰锥疾送，穿进吴土焙右肩。

吴土焙“啊呀”一声，单刀落地，跟着踉跄两步，直挺挺扑倒。

管木锡前头受了轻伤，退在一旁掠阵。本来见三位师弟将那少年死死困住，稳操胜券；大师兄出手又是手段高明，收拾一个娇滴滴的小姑娘自然不在话下，哪知只一眨眼的工夫，情势全变，惊骇之余，右手入怀，掏出两枚钢镖，向那少年射去。

别看他刀上功夫略逊，这两枚钢镖却一取少年后脑，一取他腰间肾俞穴，端的是又狠又准。

武林之中对阵，使用暗器一向算不得光明磊落，何况天刀门一方人多，对方人少，管木锡从背后发镖射敌，已毫不顾忌武林规矩。

那少年听风辨位，头也不回，冰锥从吴土焙身上拔出，向后一磕，招式像“苏秦背剑”，当当两声，两枚钢镖飞落于雪地中。

“啊”的一声，却是吴土焙肩头喷血，痛极大呼，跌倒在地。

那少女道：“唐哥哥，这些邪门歪道既然使暗器，就别怪咱们不客气。留一个活口带回去给爷爷问话，其余的全杀了！”

少年答道：“便是如此。”

脚下猛一用力，可怜谭火池只听自己背上咯咯几声，脊椎已断，痛得昏死过去。

那少年倏然掠出，宛如一只飘飞的仙鹤，扑向贺水桦。

贺水桦数次听他们说自己等是邪门歪道，又见对方下手狠辣，从开始便一心取己方性命，此时猛然醒悟，这少年男女定是将他们当作杀害无辜牧民的凶手。

只是那少年动作快极，他一闪念间，冰锥已挟风而至，哪里有解释的余隙？贺水桦急忙翻身滚开，狼狈不堪，叫道："慢着，这都是误会，你听我说！"

那少年怒道："你躲得倒快，还不受死！"

说完疾进一步，跃起六七尺，冰锥自上而下再刺过来。

贺水桦情急之下，单刀脱手掷出。那少年斜身侧避，单刀贴着面颊飞过。

少年更怒，落下地来，一脚踢出，卷起一团雪粉，罩向贺水桦，右手冰锥早出，刺入雪雾之中。只觉得着处一紧，对手惊呼一声，心知得手，待将冰锥提出，却感极是沉重，竟没能一下子提起。

此时雪雾散落，看见冰锥原来被贺水桦左手紧紧抓住。

少年这冰锥是塞北雪山极寒之地所得一块奇异寒玉所制，人不敢触，触则被寒气所伤。

少年见敌手竟敢抓住自己的奇门兵刃，这是从未有过之事，师父传他功夫之时，从没说过倘若冰锥被敌手抓住，那么该当如何。

他将这宝贝兵刃视若性命，未料遭人抢夺，当下奋力回落。

贺水桦虽则手指奇寒入心，却紧抓不放。

那少年一声呼啸，臂上加力，将贺水桦一百多斤的身子拉得离地而起。

贺水桦蓦然喝道："你个小子！"

贺水桦也是怒极，右手一张，两枚钢镖向少年夺面射到。

少年正一心用在冰锥上，两人相距又不过三两尺，待到惊觉，已然不及，他也真是好勇斗狠，右手一松，放开兵刃，变抓为掌，向贺水桦胸腹穿去。

"噗"的一声，一掌正着，穿破贺水桦的皮衣，手掌插进他右胸。

那少年这一击是鱼死网破的招数，出掌之时，自知必死于暗器之下，是以口中厉啸，一掌得手，复出一掌，拍在贺水桦肩上，贺水桦惨叫声中，飞跌丈余，没入一个雪堆之中。

少年醒悟过来，摸摸头脸，却是毫发未伤。

只听少女“咯”地一笑，说道：“唐哥哥，这坏东西想要杀你，我却不让。”

少女左手一翻，指端显出两枚钢镖。

原来贺水桦这舍命一击发出的钢镖，被这少女不知用什么手法接过去了。

少年笑道：“我总是这么笨，劳师妹操心。”俯身拾起冰锥。

少女摇头道：“我最讨厌你跟我说这些客客气气的话。你去把那个人抓过来，打断他的骨头，拿回去交给爷爷。”说着向管木锡一指。

那少年道：“是。”

天刀门五人之中，只有管木锡受伤略轻，方才一直望着三位师弟，这时蓦然警觉，眼光去找大师兄，只见万金山委顿在地，不知死活，看来已惨败在少女手下。

管木锡活人三十多岁，以往与师兄弟们虎队狼阵，更仗着师父的威风，从未遇到这样的惨败，

管木锡此时见己方五人只有自己还能站起来，只吓得两腿打战，战意全无，牙关咯咯作响，立在当地不知所措。

见少年一步步向自己走来，怕到极处，反生豁死之心，叫道：“老子怕死，才千里迢迢到这里找人，没想到却是找死！来吧，老子反正一死，怕你家什么祖宗！”双手一亮，两枚钢镖分别射向少年少女。

他知道两人功夫了得，钢镖自然不能奈何。哪知这一回当真出乎意料，少年男女同时“啊哟”一声，人人胸口上多了一截镖尾，月色雪光之下，看得清清楚楚。

管木锡做梦都没想到居然会一击得手，几不敢相信自己的眼睛，定神看时，那镖尾及绸条的颜色长短与样式，正是自己独有之物，镖身深深打入二人的身体。

管木锡又惊又喜，没想到自己情急之下暗器功夫竟尔如有神助，当下再取两镖在手，叫道：“老子今天要你们的命！”

正待发镖，少女叫道：“唐哥哥，他们来了厉害帮手，咱们快走！”

两人转身斜行，奔出两步，手牵在一起，越过篱笆，掠出庄外。

管木锡怒笑道：“什么帮手，老子料理了你俩再说！”跟着追出去。

那少年男女伤势不轻，奔行不快，沥沥血迹滴落在雪地上。

管木锡发气狠追，只消近他们七八丈便可再发镖射敌。

那少年男女忽然各自解下背上的毛皮长板，踩在脚下，手上各多了一根长杆，在雪地上一点，毛皮木板滑行极快，如御风而行，转眼间离得远了。

管木锡看得又是惊讶又是恍然，眼见不能追上，腿脚突然发软，瘫倒在地。

过了好一会儿，他神智略清，摸一摸额头，寒冷的天气，竟出了一头的汗。

只见四野的景物愈发清晰起来，管木锡抬头望天，原来月亮已经隐退，天色也不知何时渐渐亮了起来。

方才所历，太过惊心动魄，他竟然没有发现。正在这里惊魂未定，却听一人呼道："二师兄，二师兄，你怎么样了？"

管木锡心中大喜，叫道："五师弟，你他妈的还活着吗？"飞步奔回那小院落。

吴土焙坐在雪地上，正自大口喘气，一见他回，叫道："二师兄……"大咳起来。

管木锡忙上前扶住他，只见他左肩衣衫破裂，血迹已结成冰。

吴土焙道："那两个人……人呢？"

管木锡十分感慨，叹道："中了你二师兄的飞镖，都他妈的逃走了。唉，只怪我前面受了点伤，否则定取了这两个小东西的性命。"

吴土焙道："这里面好像有误会。不然，那小厮小嫚儿何以一上来就想要我们的命？"（作者注：山东地方土语，小伙子称为小厮，姑娘称为小嫚儿。）

管木锡骂道："什么误会！倘若不是他们中了我的飞镖，这误会可就大了，到阎王爷那儿，咱们还是糊里糊涂的。"

吴土焙一样心有余悸，接道："二师兄说的是。大师兄他们怎样了？刚才我叫了几声，三师兄、四师兄好像都哼了哼。"

说话之间，吴土焙脸色苍白，牙齿打战，咯咯不停。

管木锡道："五师弟，你冷得很吗？"

吴土焙道："那小厮的兵器十分古怪，寒气难以抵挡，我冻得受不了。"

管木锡没被冰锥直接碰到，仅仅是给上面的寒气一冲，便难以承受，知道那奇门兵刃的厉害，道："你先撑着些，我去瞧瞧他们几个。"

那院落不过数丈方圆，其实一眼便看到其余三人的情形。

只见大师兄匍匐在雪地中，姿式与前面一般无异。贺水桦侧卧着，身子底下一摊血，将一大片雪都染红了，这时却睁开了眼睛，嘴唇翕动，却已经说不出话来。

师兄弟五人里面，贺水桦最得人心，管木锡见他还活着，不禁大喜，当下上前将他抱起，放进地窝床铺之上，嘱道："千万莫乱动。"

贺水桦声音低微，却能听清："我便是想乱动，也动不了。"

管木锡听他这当儿居然还有心思说笑话，受他感染，情绪更镇定，道："好。"

复走回院中。只见谭火池双手向他张着，叫道："二师兄，快来救我。那王八羔子把我的大椎骨踩断啦，呜呜，二师兄，从此以后我成了废人啦！"

管木锡又将他抱进屋内，在他呜呜哭叫声中，吴土焙也被抱回了。

管木锡受伤在前，这一番折腾，累得一头都是虚汗，右肋伤处更是疼得阵阵钻心，强撑着来到万金山身前蹲下，呼道："大师兄，大师兄！"万金山没有动静。

管木锡又呼道："老万，老万！"摸摸他脸面胸口，却有热气，对着屋里道，"造化，咱们都没死！"奋力抱起万金山进屋。

谭火池脊椎折断，自后心以下，毫无知觉，上半截身子却疼得撕肝裂肺，知道自己从此以后必成瘫痪之人，绝望加上疼痛，呼号不止。

管木锡正没好气，喝道："我跟你讲明白，你再喊我就把你搬出屋去！"

谭火池怒道："你好本事！"却也不敢强硬，强抑怒声。

管木锡一一查看各人伤势，万金山身上没有伤口，脸色乌青，不是中了毒便是受了内伤；贺水桦右胸被那少年手掌戳破了好大一个洞，一呼吸都能看到鲜血不停涌出。

管木锡赶紧奔到马棚里，拿回包裹行李，找出金疮止血药粉给他包扎了。

吴土焙左肩的伤口也很大，却没出多少血，伤口周围，只有一小片血冰。管木锡料想是那少年的奇兵所致，当真是又惊又怒。

管木锡边给他包扎边摇头叹道："这厮的兵器真是不同寻常，五师弟，你的伤口都被冻住了。"

吴土焙咯咯磕着牙道："二师兄，你生些火好吗？我觉得要冻死了。"

管木锡将炉火点燃，除了干牛粪，更扔进去几块劈柴。

早晨风低，烟道不大通，弄得屋子里烟呛呛的。

管木锡盘腿坐在地铺边上，望着四位师兄弟，愁得长吁短叹，说道：“咱们本来是跑到这里搬救兵的，这可倒好，救兵的毛没见到一根，五个人三个动不了，一个不知道死活了。现在可怎么办啊？”

贺水桦神智已然清醒，见自己手掌青白，隐隐有一层寒霜，心想自己不过是握了一下那少年的冰锥，手掌便冻伤得这样厉害，吴土焙此时所受的罪可想而知。

又想这少年一双肉掌能穿破自己的棉衣伤到自己骨肉，这份功夫当真非同寻常，说道：“二师兄，那少年少女把咱们当成了杀害这些老百姓的大恶人，才一上来就狠下杀手。只不过他们的功夫真是厉害，唉，厉害得很！”

管木锡听得十分不悦：“你也这么说。我看他们行事不分青红皂白，武功兵器又这样邪门，不像是正派人物。要不是我飞镖重伤他们，我们五人没一个能活命。”

谭火池本来一直咬紧牙关苦抗疼痛，这一来忽然一笑，道：“二师兄，我也奇怪，你今天怎么就能瞎猫碰了个死耗子？”

管木锡怒道：“我怎么叫瞎猫碰了个死耗子？你们这么多好猫，有哪个碰到死耗子了？”

这话把万金山、贺水桦、吴土焙一起说进去了，万金山昏迷不醒，其余两人却听得极不顺耳，不过毕竟也是事实，虽然不知道其中文章，众人当真也是无法反驳。

贺水桦苦笑道：“我们练了二三十年功夫，在两个小娃娃面前，却跟儿戏一般。唉，当真无地自容。”

谭火池却没这样好性子，道：“你铁定是瞎猫碰到死耗子了。连师父都说过你‘刀法平常，飞镖稀松’。喊，说你是瞎猫还算好的，你纯粹就是只瞎耗子，碰到只死猫啦！”

说到得意，不禁哈哈笑起来。然而乐极生悲，脊骨断处顿时痛彻心肺，一口气喘不上来，憋得两眼翻白。

管木锡本怒得要打他，一见他这样，先自笑了：“哪天你不死在这张嘴上，我不姓管。”给他拍拍背后，助他缓过气。

贺水桦道："二师兄，眼下我们怎么办？"

管木锡叹道："以往都是万师兄做主。现在这阵势，我有什么主意？"

贺水桦道："看来我们只能在这里养伤了。这里十几户人家都没主了，吃喝是不必发愁了。只怕不怎么太平，再来了厉害角色，二师兄一个人，不容易保得大家周全。"

谭火池道："那可不对，二师兄飞镖一发，武林高手无不死伤。"

管木锡瞪他一眼，没再理会，对贺水桦说道："不说别的，单就那两个小东西回去搬来靠山，我就再没本事招架。"

说完两眼低垂，眉头紧锁，黄牙板轻轻嗑着厚嘴唇，显然大为踌躇。

谭火池道："哪里会，二师兄过谦了，你双镖一发死俩，再双镖一发又死俩，就算他来十个靠山，也不过五对嘛，嘿嘿……"

管木锡手掌在他面前重重一拍，叫道："你信不信我撕烂你？"

谭火池瞪起眼睛："我夸你也不许吗？"

吴土焙忍不住道："四师兄，你能不能少说两句？"

谭火池道："你要知道少说两句，这个屁也不必放了。"

却听贺水桦道："你们都消声，大师兄好像有动静！"他紧挨着万金山，听到他哼了一声。众人一齐止声，望着万金山，却见他哪里有什么动静？

贺水桦道："二师兄，你再拍一下床板试试。"

管木锡将床板一拍，果听万金山跟着哼了一声。管木锡受到鼓舞，将床板拍得啪啪作响，叫道："大师兄，大师兄，老大，老大！"

万金山连哼了几哼，却是睁不开眼。

谭火池脊椎断裂，受到震动，疼得嗞嗞吸气。管木锡才不管他，一口气拍了四五十下，忽见万金山抬起手来，微微摆了两摆。

管木锡喜道："好啦！"

万金山喉头动了两下，忽然嘴巴一张，喷出一口血，颜色乌黑，腥臭难闻。贺水桦、谭火池躺在他的左右，各被溅了一脸。

吴土焙道："大师兄的命捡回来了！"几人都是不尽之喜。

万金山示意管木锡拉他坐起，双腿互盘，掌心朝天，运功疗伤。

过了一会，嘴巴一张，又吐了一口血，颜色转紫。再过一会，只见他脸上金色浮动，额上沁出大颗汗珠。

天刀门以刀法见长，内功并非强项，师兄弟五人中，也只有万金山的内功有些火候，其余四人见大师兄以内功疗伤，均感佩服。

稍顷，万金山又吐了一口血，颜色转为红色。他睁开眼来，像虚脱了一般，靠在被子上喘了一会气，慨然道："好厉害，好厉害！"

管木锡道："大师兄，你到底如何受的伤？当时我最放心你，光看着三位师弟了，生怕他们吃那小厮的亏。说来惭愧，连你怎么受伤的都没看到。"

万金山道："当真厉害。小小女娃儿，竟有这等霸道的掌力！她只在我膻中穴拍了一掌，就闭住我的经络，震得我内脏受伤。嘿嘿，咱们的武功，真是白练了。"

他笑得十分苦涩。众人心里都很黯然，那少年肉掌能穿破棉衣皮袄，已足够骇人。现在看来少女的掌力还在他之上。

吴土焙道："啊，那小嫚儿长得好看，掌力居然这样霸道。她要是再回来……"说到这里声音忽歇。

余人看时，见他脸上的神情如笑如醉，似乎呆傻，接着又显出大恐惧："那是麻烦得很，唉，麻烦得很。嗯，我只不过是一只走投无路的癞蛤蟆，人家是高高在上的白天鹅。"

众人听他说出这等怪话，一齐咋舌。

谭火池嘻地笑出来："五师弟，你哪根筋转错了？"

吴土焙却不再接话，脸上一阵红一阵白，十分怪异。

贺水桦道："二师兄，你摸摸他。"

管木锡伸手在他额头上一搭，惊道："吓，这么烫。"接着再摸他肩头伤口处，再摸他身上别处，神色凝重起来，道，"他伤口冷得像冰，别处都烫得吓人。"

贺水桦道："果然如此。众位师兄弟，我也是如此，两只手冻得麻木，身上却觉得跟掉进火炉里一般。那少年的兵刃，真是霸道得很哪！"

众人都说起少年少女的武功兵器，管木锡更说起两人踩着长板在雪地上滑行如飞，众人皆啧啧惊叹。

万金山道："看来我们错了，西域这地方，不仅有武林门派，还十分邪门。"

管木锡道："尤其是他们滑雪的功夫，简直不得了。倘若我能追得上他们，断不会让他们跑了。"他于飞镖伤敌一事十分得意，这时少不得又说起来，"原来我遇到危急关头，功夫便会自己变强。要不是保护师兄弟们心切，我断不会有这等本事。师父说我‘刀法平常，飞镖稀松’，是只知其一不知其二。倘若他老人家知道我遇到紧急关头便有这等能耐，话头就不会是这样。他会说我‘刀法平常，飞镖稀松，一到关头，威力无穷’。呵呵，就是这么句话。”

其余四人听他大言炎炎，均感不服，但毕竟事实如此，又不好反驳。却在此时，只听一人哧地笑了一声。

管木锡看四位师兄弟时，人人脸上神情如常，不像是刚刚讥笑过的样子。他醒悟到笑声是来自头顶上面，急忙抬头，只见屋顶小气窗处闪过一片衣角，倏忽不见了。

管木锡叫道："是哪路神仙，鬼鬼祟祟偷听我们说话做什么？"叫声中跃出门去，手中早扣了两枚飞镖。

那地窝子半在地下半在地上，屋顶不及人头高，一瞥间便了然，却哪里有人？他放眼周围，只那几具尸体召来许多乌鸦啄食，令人见之欲吐。

管木锡不自觉腿肚子又开始发抖，强壮胆道："嘿嘿，我已经看到你了，我数个一二三，倘若你再不现身跟大爷通名报姓，我就飞镖出手，扎你个透明窟窿。"

话刚说完，只听一个嘶哑的声音在身后道："嘿嘿，你小子当真是大言不惭。"

管木锡急忙转身，眼前人影一晃，接着又不见了，只见周围一切，大多笼在积雪之中，白茫茫很是刺眼。

他额上沁出汗来，说道："是被人家冤杀的鬼魂吗？冤有头债有主，你不是被我杀的，想要索命，也别找错了人。"

那人的声音又起："嘿嘿，亏你想得出来。大白天有什么鬼魂？便是晚上，又哪里有什么鬼魂了？我就站在你面前，你怎么看不见？"

管木锡冷汗流出，使劲挤挤眼睛，只见眼前是一方小草垛，上面盖着一层雪帽，边上一道栅栏，里面是十多只绵羊。

管木锡颤声道："你还说自己不是鬼么？怎么连个影子都看不见？"

那人的声音"嘿嘿"又笑："你小子有眼不识泰山，我老人家不想让你看见，你一辈子也休想见到。"

那声音便从草垛那里传出，听来不过两丈远近。

管木锡道："你自称是老人家，原来是个老鬼吗？"那声嘿嘿一笑，却不回答。

管木锡突然右手一挥，两只飞镖向那声音处射去。

忽然之间，他惊得目瞪口呆。却见草垛之前凭空生出一只手来，一伸一握，已将两枚飞镖接了过去，手法纯熟之极。接着眼前一花，那只手倏忽不见。

管木锡胆破魂飞，叫道："鬼，鬼！大师兄，我撞鬼啦！"返身便要奔回屋中。

万金山强撑着已经走出，一把将他拉住，问道："什么？"

管木锡道："只有一只手，接住我的飞镖，然后，然后连这只手也不见了。师兄，这里杀人太多，鬼气，鬼气太重。我，我害怕！"到了此时，他再没了"保护师兄弟心切"的气概。

万金山没看到刚才的情形，听他说的玄乎，半信半疑，对着空院子大声道："不管阁下是人是鬼，我们是天刀门五位师兄弟，来到这里，无意惊动大驾。阁下既有这等神通，便当知我们此行并没有恶意。我等伤势稍愈，便会离开此地，请阁下莫要见怪。"

那群啄食尸体的乌鸦们受惊飞起，鸹鸹叫着飞到一株枯树上。周围的景物在阳光下历历在目，很是清晰，却偏偏就是看不到那个人的踪影。

万金山心下忐忑，不知来人是敌是友，是人是鬼，咽了口唾沫，眼神惶然不安，不知该望向哪里。

那声音响了起来："你就是天刀门的掌门大弟子么？"

万金山精神一抖，但觉每根毛发都要竖起来，听那声音苍老，当下强定心神答道："是。晚辈万金山，在天刀门下学艺，是天刀门的掌门大弟子。斗胆请问前辈上下？"

那声音顿了一声，说道："你不用问我老人家是谁。你师父是谁？是白秀龄吧？"

万金山猛地一惊，说道："晚辈的师尊姓童。前辈如何知道那白……白师伯……白贼的名姓？"

那声音道："哦，原来是童浩声的徒弟。嘿嘿，天刀门的门主，到底是让这个驴东西骗去了。"

武林之中，最讲尊师敬祖。不管敌人多么强大，倘若当面辱骂一人的师尊，那么其人就算自知必死，也必会舍命讨战，否则就会被人唾骂小看，再也抬不起头来。

万金山、管木锡一齐变色，便待依规矩挑战，然则连对方的影子也没见到，当真不知从何挑战起。

万金山道："不知前辈是人是神，既然不让晚辈得见真容，晚辈也无可奈何。只不过童门主是晚辈等的师尊，前辈言语之中还请留情。否则……否则……"

他本来要说"否则那便别怪我们不客气"，只不过眼下自己刚从鬼门关下逃过命来，三位师弟重伤连站起都困难，管师弟的神镖功夫又未必靠得住，实在没有"不客气"的本钱，因此不知否则什么才是，只好含混过去。

那声音突然暴怒起来："留情？留什么情！童浩声这个混账东西，只会一味胡说八道，挑拨离间，暗藏祸胎。我早说过，天刀门早晚要毁在他手里！你们这几个小瘪三，拜他为师，也算是你们祖上没积德。有眼无珠，误入歧途！"听来他很是激动，说了几句话，便剧烈地喘息起来。

万金山、管木锡听他将天刀门骂得如此不堪，当真"是可忍孰不可忍"，万金山手腕一抖，一枚飞镖射向那喘息处。

忽然之间，他看到一只手凭空而出，接住飞镖，眼前一花，只见草垛上撒落些许雪粉，一切又复原如常。

这情景管木锡已经对他讲过，但亲眼见到，仍然骇得咋舌不已。

万金山脑中嗡嗡响了几声之中，他突然醒过神来，"砰"的一声跪了下去，拜道："前辈神通广大，听来与我天刀门还有些渊源。晚辈等前来这喀拉苏，原是为了找一个人。哪知遇到不测，眼下三名师弟重伤不起，晚辈自己也内伤不轻，当真是到了绝境。适才晚辈无礼，多有冲撞。还请前辈见谅，给晚辈指一条明路！"

管木锡便是再笨，也知道这趟来西域是干什么的，听大师兄言下之意，顿时明白过来，这神秘莫测不知是人是神是妖是鬼的"前辈"很可能便是他们要找的"那个人"。

他一下子想起临行前师父童浩声的谆谆告诫："此人心性高傲，吃软不吃硬。你们见到他，必得一劲儿磕头，苦苦哀求，方才有望让那人动心答应。"

当下更不迟疑，跟着跪倒，头磕得格外卖力，口中大呼："师叔祖，当真是您老人家吗？徒孙管木锡拜见您老人家！呜呜，我们师兄弟几人九死一生、跋山涉水，总算是见到您老人家了。啊呀，不对，我们还没见到您老人家。原来您老人家法力通神，已经修炼成仙体了。可怜徒孙们肉眼凡胎，看不见您老人家。”

那苍老声音不置可否：“天刀门遇到了什么事，让你们千里迢迢来到西域？”

对此如何作答，天刀门早已商议过多次，万金山想也不用想，磕了一个头，便答道：“天刀门不幸，二十多年前，白师伯做下大恶事，引得武林中许多门派到泰山追凶。白师伯逃之夭夭，不敢出面应承。我师父对那些门派来人百般解释，人家却是不听，一定要天刀门交出白师伯。当时白师伯是门主，他这一走，留下我师父一人面对这一切，他纵然是一再恳辞，最后也在万般无奈之下，依照武林规矩，赌刀论理。结果我师父靠着本门刀法，连赢一十三位掌门人，那些门派方气焰稍减。但与天刀门立下约定，要求必须将白师伯逐出门墙，从此之后，人人得而诛之。”

那苍老声音道：“白秀龄为人敦厚老实，是天刀门的后起之秀，会做什么大坏事？是不是童浩声那混账东西陷害他？我早就告诫过他，要提防童浩声，他还是没听到耳朵里！唉，说来说去，就是心眼太实。”

那老者啧啧叹息，颇是痛心，好像他确知是童浩声陷害白秀龄一般。

万金山、管木锡心知这神秘老者八成是自己要找的“那个人”，那个人是师父的师叔，他骂师父只能算是本派长辈骂晚辈，两人都没法反驳。

待他叹息停了，万金山方道：“师叔祖定是误会了。”

那苍老声音道：“什么误会？我老人家明察秋毫、明鉴万里，怎么会有误会的时候？”

当真是理直气壮，却始终是只闻其声不见其人。

万金山刚要答话，只听身后响动，却是贺水桦、吴土焙二人又挣扎着出来，在两位师兄旁边强撑着跪下了。

屋内谭火池叫道：“你们看到师叔祖了吗？替我向他老人家磕几个头。师叔祖，徒孙谭火池，大椎给敌人踩折了，要不然一定出去拜见您老人家，跟你磕一百个响头。徒孙不能亲为，只好请师兄弟们代磕，略表心意。师叔祖，您老人家宽宏大量，千万莫要怪徒孙礼数不周啊！”

他这样咋咋呼呼，其余四人只得依言行事，对着草垛咚咚咚咚又磕了十二个响头，凑足四三之数。

幸亏有积雪垫着，否则头都磕破了。磕最后一个头时，却听“通”的一声，原来吴土焙承受不住，栽倒在地。

他性子笃实，便趴在地上也问道："三师兄，你看到人影了吗，我怎么谁也没看见？"

贺水桦小声道："莫要多嘴。"

万金山道："白师伯执掌天刀门时，我也不过十一二岁年纪。他初时尚好，后来也是一时糊涂，杀了济南刘知府的女儿。这才惹得武林十三门派一齐讨伐。"

苍老声音冷笑道："是济南知府刘康福的女儿么？刘康福是个奸官坏官，人称他'康福自己留，揩尽百姓油'，杀这样人的女儿，哪有什么错？武林那十三家不要脸的门派，要替这样的贪官坏官出头？"

万金山道："师叔祖明鉴：那刘康福虽然为官不仁，但他女儿却为人善良，常常背着她爹接济穷人百姓，济南人都称赞她。那时我年纪小不明白太多详情，后来才知道，白师伯滥杀无辜良善，已激起武林公愤。"

苍老声音怒道："白秀龄做这等事，他忘了我的告诫了吗？"

草垛上积雪扑簌簌掉落之中，显出一个老者来。

却见他满脸皱纹，胡子花白乱蓬蓬的，眇了一只右眼，左眼中精光射出，狠辣乖戾，令人见之，不自禁浑身寒栗，极不自在。

但见他头戴白皮帽，身穿白皮袄，就连脚上的靴子也是白花花毛茸茸的。

天刀门四人见了，不禁恍然，像他这样穿得跟一团雪似的，往雪上一藏，便难以分辨，难怪站在四人对面，却让人视而不见。

老者见四人神情，已知他们心中所想，冷笑道："你们此时一定小瞧了我这个师叔祖，以为我的隐身之术不过如此。是不是？"

万金山等确有此念，只是他这样问起，如何敢应承，一齐道："不敢，不敢！"

老者冷笑不语，突地手掌向后一拍，只听"呼"的一声，掌风如涛，将那草垛上的积雪激得飞溅出去，露出黄中带青的一大片干草来。

万金山师兄弟四人见他这等掌力，不禁又是骇然，又是喜悦，人人心想：难怪师父派我们无论如何曲意哀求，也必得设法请他回去，原来这人本事这样了得。

老者望望那一垛干草，嘿嘿一笑，倒退着贴了上去。

说也奇怪，他一身雪白的衣服忽然消失，整个人在四人眼皮底下没了影子。

四师兄弟面面相觑，张大了嘴，半天合不拢起。

草垛一晃，老者复又显形，众人更惊，只见他浑身上下的一身白毛衣裤已经变成了干草颜色，黄中泛青，纹理绝似，就像一个小草堆般站在众人眼前。

老者看着四人惊奇之状，不禁大是得意，哈哈笑道："我老人家这藏身之术，还过得去么？"

四人醒回神来，纷纷称赞："师叔祖这等神通，闻所未闻！"

"原来师叔祖想变成雪就变成雪，想变成草就变成草。"

"啊呀，师叔祖当真像神仙下凡。凡人哪里会有这等本事？！"

老者独眼翻动，说了句"好啦好啦"，打断几人的拍马屁，眼神在四人脸上扫了一圈，便让四人感觉脸上有被割了一刀般的疼痛感。

万金山内伤着实不轻，刚才又是答话又是磕头，此时支撑不住，摇摇欲倒。

老者走到他跟前，忽然抬手向他头顶"百会"穴上拍到。

"百会"是人体大穴，练武之人，遇到要害被攻，自然而然便会招架防御，倒不必想到才行。

万金山头颅后仰闪避，双臂已举，格那老者掌势。

老者手掌飘忽，不知怎么，便越过万金山的双掌一架，按在他头顶之上。

贺水桦等三人刚刚见识过他的掌力，不禁大惊失色，欲待解救，却见万金山忽地面显微笑，像是十分通泰受用。

三人心下狐疑，俱都不动。

不过须臾之间，老者收回掌去，嘿嘿冷笑一声道："我若不给你输送这三焦六阳之气，那小妮子的阴寒掌力不出几个时辰就会攻进你的心脉，那时你十个天刀门掌门大弟子，也不够死的。"

万金山适才只感暖洋洋一股热流自"百会"穴而入，片刻间走遍全身，所到之处，身上阴冷虚寒之感顿消，知道他所言非虚，忙磕头谢恩。

吴土焙见状，强爬起要给老者行礼，奈何实在力不从心，便趴着在地上连连磕头："师叔祖，我是你五徒孙吴土焙，求师叔祖救命则个！"

贺水桦稳健深厚，虽也极想请师叔祖为自己疗伤，却怕老人家心烦，忍住不开口相求。

屋内谭火池的声音却响了起来："啊呀，你们已经请师叔祖疗伤救命了么？我受伤最重，应该先给我治。你们不能不讲义气！"

老者皱眉大骂："什么狗屁天刀门弟子，到了这般没出息的地步。我老人家退出天刀门，已经四十七八年了，谁是你们的师叔祖？你们的死活，又关我什么事？"

师兄弟五人听他这样说，不禁均是一怔，但一怔之后，也便醒悟，当下均憾然息声。

那老者手伸到腰后面，解下一个小包裹，嘟哝道："真是老鸹上门，没啥好事。我老人家这点保命的宝贝儿，也要分一点给你们了。"

打开那个小包裹，却见里面什么小瓶子小盒子小香囊小夹子足有好几十样。

老者打开其中的一个小盒子，却见里面是些黑色粉末。

他用小指甲挑了些许，对吴土焙道："扯开你肩头上的衣服。"

吴土焙大喜，急忙扯开。

老者将指甲上的药粉弹在他伤口上，剩下一点，弹在贺水桦左手掌上。然后再打开其中的一个小瓶，倒出两粒黄色药丸，放在左掌心，滴溜溜滚动，独眼依依不舍地望了两粒药丸半晌，道："你们两个，一人服一粒这豹胆雪莲丹，便能制住那小子冰玉锥的寒气了。"

言罢眼睛一闭，将两粒药丸往吴土焙、贺水桦口中一塞，眉头拧在一起，大有忍痛割爱、鲍鱼喂猪之感。

贺水桦、吴土焙将那药丹咽下，相互望望。贺水桦略懂药理，问道："师叔祖，这豹胆雪莲丹，挺贵重的吧？"

老者独眼张开，又是得意，又是埋怨，说道："岂止贵重？这丹药，共有一十种味药物制成。其中最难得的，便是这豹胆。天山雪豹，你们听说过么，这胆就是雪豹的。至于雪莲，倒没什么稀奇。这些药都是极为耐寒之物，用以治疗寒伤，最是灵验。唉，算我倒霉，我本来离开这里已经远了，却偏偏去而复返，结果碰上你们这几个鳖孙，我老人家又偏偏有这样的宝贝药丹。"

说话之间，已将瓶子盖起，盒子扣严，仔细在小包裹中藏了，系在后腰，转身道："这里不可久留，那老怪物的孙女徒儿受了伤，老怪物必不会善罢甘休。你们收拾一下，这便离去吧。”

谭火池早就奋力从门内探出头来了，一见老者要走，忍不住大叫：“师叔祖，你给他们治了病，为什么不给我治？”

老者头也不回：“你大椎断了，神仙也治不了。你不想死，那就在床上躺个二三十年吧。”

谭火池呆了一呆，骂道：“我以为您有多大的本事，原来就这点本事吗？”

他这话一说，其余几位师兄弟均又惊又怒，万金山喝道：“放肆！不可对师叔祖无礼！”

老者回头望了他一眼，满是自嘲意味：“嘿嘿，你这话说对了，若是有本事，我老人家何至于在这样的地方藏好几十年，连影子都不敢让人家见到吗？”惨然一笑，摇了摇头。

万金山道：“师叔祖，您老人家所说的老怪物是谁？”

老者独眼中闪过一丝恐惧，摇头道：“他的名字，你最好这一辈子都不要听说。算了算了，我老人家懒得再和你们多话了。”

说完这句话，身形一闪，隐藏不见，雪地上模模糊糊蹚开一道脚印，出了院子，给北风一刮，再难辨清了。

刃与花·墨松

璃　砂

郁郁高岩表，森森幽涧陲。

岁寒终不改，劲节幸君知。

——〔唐〕李峤《松》

楔　子

她身前，无尽的松林绵延起伏。

她身后，白瓦的府邸静谧安详。

翦明收剑入鞘，向暗杀者逃入松林的方向轻轻说了句："对不起。"

这三个人，论武功并不在她之下，输只输在他们是陈国的杀手，不敢伤陈王秦渊的女儿。而如此退却，等待他们的想必将是极重的处罚。

但她不能让杀手伤害那个人。

他不能死，无论如何也不能。

一

翦明轻声叩响门扉，无人应答，庭院中却隐约传来慌乱的脚步声。

她推门而入。庭院中灯火通明，宅邸中唯一的侍者贺老捧着药盅，疾步奔走于廊间。

"翦明公主！"老者似是在慌乱中见到救星，"原涧大人他……"

她无暇应答，侧身挤过他身边，径直奔入宅邸深处。

推开卧房的门，她的视线一下被飘飞的白色宣纸截断。山风涌入洞开的门窗，将悬挂于墙上的数十幅水墨字画抛扬起来。

在那些虚幻的水墨山水之间，一个人伏于桌案上一幅未完成的画作上。白色长衣覆于宣纸，披垂长发色如染墨。然而这个仿佛现身于古画中的人，却有一脉血色沁过他的嘴角，在宣纸与长衣上染出大片殷红。

“原涧先生！”翦明几步抢到那人身边，伸手去探他的腕脉。然而怀中的身躯清冷，脉相微不可觉。

翦明浑身冰冷，从未这样恐惧过。拼命守护之人，却似随时会熄灭的风中残烛，任她用尽全力也无助分毫。

这时，贺老捧着一盅汤药快步走进屋子。他将带着松叶清香的药送到病人嘴边，却怎么也灌不进去。

翦明夺过药碗，含了一口，对上他冰冷的唇。

药见效了。翦明彻夜未眠照料了一夜，病人的脉相终于再归平稳。朝阳初现时，原涧终于缓缓睁开双眼。

“我听见了，”原涧轻声说，“你在白邸外和人交手，想必是刺客。”

“朝中早有人对你有敌意，说你身为旧国名士，归隐山林也只是表面归顺陈国，留你终是大患。你病成这样，贺老又不通武功，你们敌不过他们的。”

“你贵为公主又尚年幼，不该与人刀剑相向。尤其是为一个将死之人。”

“我十五岁了，明白是非。”翦明急切道，“我自幼习武，不懂这字画，但不信这么单薄、这么好看的东西能杀人。你虽为前朝旧臣，但就连父王都赏识你的气节和才华。当年他承诺，若你能以胸中山水承受他一剑，便放过你。你当真受了那一剑，而且撑过来了。现在陈国再有人敢动你，就是违抗王命。”

“陈王留我与否，与气节无关。当时他只是根基未稳，想留住降服国的人心罢了。现在江山已稳，当年之约，也就不那么重要了。”

“既然江山已稳，你的卧病之身根本不会对谁构成威胁，那为什么还总有人想杀你？”

原涧淡然一笑：“大概是有人不喜欢我画的山水吧。”

“父王自幼教导我一诺千金，他出征在外，就由我来代他完成这个承诺。”翦明想了想，认真地说，“先生对暗杀主使者心中可有眉目？也许我能再帮先生疏通一二。”

原涧沉默片刻，似在沉思，又似有顾虑，终于开口道：“兵部尚书魏景岩大人与我有隙。如果我没猜错，此次的暗杀令是他下的。素闻魏大人心系社稷,行事正派,相信公主略为斡旋,定能解除彼此误解。我案上那幅‘松风万壑’，劳烦公主转交给魏大人，略表我心意，也望能解此危机。”

蓢明走过去，捧起案上那幅墨迹未干的画作。画中景物虽静犹动，似能自纸纹感受到山风凛冽、松林呼啸，即使她完全不懂画，也能看出是传世珍品。

她点点头。这早已不是她第一次代他赠画。原涧能生存至今，全靠那些赠予朝廷重臣的画作。以画功来看，每幅画作都价值连城，况且亲手送来画作的人是公主殿下，诸臣也就心照不宣，却之不恭地收藏于内室了。

“我不会让你死的。”蓢明的手拂过画卷，笃定地说。

然而,宣纸、羊毫、墨迹,一切都那么纤细而脆弱,像这个人的生命那样。就算画中气势雷霆万钧，也挨不过一场风雨、一捧火。

二

辰时，陈都下起了纷纷扬扬的大雪。

与雪片同时到达的，还有王师的捷报。陈王秦渊御驾南征，其军队突破姜境直袭越国。看来,他建立连通南北海域的帝国梦想,很快就要实现了。

然而，蓢明却顾不上展颜相庆。信使回报，那位魏尚书在收到她亲手裱起的《松风万壑图》后，什么也没说，当场撕碎弃之于地。

“魏景岩胆子倒不小，我亲自去会会他！”蓢明翻身上马，直奔魏府。但在途中，她忽然掉转马头，折转路线奔向陈都郊区的白邸。

果然不出所料，她抵达之时，魏景岩已带兵将白邸团团围住。

她勃然大怒，策马直冲到兵部尚书面前：“魏大人不收礼也就罢了，围这宅子是什么意思？众人皆知父王与原涧大人有约在先，赐他在此地养伤作画，魏大人此举岂不是陷父王于不义？”

“公主息怒。陛下自是一言九鼎，但此刻领军亲征在外，国都之事不可尽知。现在情况有变，臣必须尽忠于国，还请殿下不要阻拦。”

有变？蓢明冷笑，不就是昨晚暗杀未成吗？这魏景岩也太沉不住气了吧。她扫了眼围堵的士兵：“怎样有变，也不至于出动精锐百人来围堵一个病人和一个老仆吧？传出去还不让人笑话？”

“我知道公主素来仰慕原涧先生，但此事干系重大，请万务以国事为重。”

“胡言乱语！”翦明脸颊一热，干脆策马挡在百人军前，剑锋平举，“废话少说，我倒要看看谁敢过去！”

魏景岩叹了口气：“公主殿下，你可知自己所护何地、所护何人？”

“当然知道，所护御赐白邸中独居的一位画师。”

“不。朝中暗探已经查明，白邸主人与姜境叛军首领‘青竹’暗通曲和，而他还有另一个名号——此地叛贼的首领‘明松先生’。此座府邸，正是叛军藏匿的据点。”他策马经过翦明身侧，在她耳际低语，“公主殿下与他来往甚密，竟丝毫未曾觉察……还是有意隐瞒，陷陈国与秦渊陛下于险境？”

“不可能！我没有……”

“那么就请让臣等验明此事。”魏景岩挥手朗声道，“彻查白邸！”

随着他一声令下，久候的士兵冲开院门，蜂拥入宅邸。

前庭、后院、厅室、书房……所有房间都被一一彻查。魏景岩等待着，他本有百分之百的把握能找到密室或暗道，然而时间一分一秒地流逝，甚至连可疑物件都未发现。

魏景岩的眉头锁紧了。

不可能，暗探的情报从未出过错！他翻身下马，大步踏入前堂。

“原涧呢？他不是有病在身无法外出吗？这宅邸怎可能空无一人？”

“魏大人，原涧先生在……”

魏景岩越过回报士兵的身侧，快步走向天台。

三

消瘦颀长的身影端坐于天台中央，长衣如纸，披发如墨，整个人犹似他身前案上那幅清淡的水墨画卷中一株神清骨峭的古松。

原涧没有理会刀剑相向的士兵，就像无视飘过鬓侧的茫茫飞雪。直到翦明也奔上天台，他才自画卷间抬起眼睛。

魏景岩冷笑：“先生好雅兴。素闻先生身体欠安，这么寒冷还在雪中作画？”

“古人称松柏‘凌风知劲节，负雪见贞心’，要描摹邸后这片松林，自然是雪天为佳。倒是魏大人冒着风雪来此，可是为了探讨在下的拙作？”

“你以为我看不出你画中藏字的伎俩？”魏景岩跨步上前拔剑斩下，剑尖在距原涧手腕不足一分的地方没入几案，“不要以为你得公主垂青，就能为所欲为！什么劲节贞心，你宣誓效忠陈王，却无一点真心归顺，反倒私通乱党，暗度陈仓。我现在就可以将你就地正法！”

“自卫国国破已有九百四十一天，我却从未出言要奉侍新主。”原涧略略停笔，“辛苦魏大人了。不过其实不必费此苦心，我托公主送去的那幅画，不正是将此事原原本本地禀报大人了么？”

魏景岩咬牙切齿：“好，‘明松先生’果然有胆有识。既然你无意隐瞒，还有什么就向刑讯官说吧！我会嘱咐他们让你说出想说和不想说的所有话！”

士兵们“哗”地聚拢。原涧并没有看拥向身边的剑戟，目光掠过魏景岩，投向风雪帷幕后脸色苍白的翦明。她一直是个明快如雪的女孩，此刻却似乎单薄得快要消失。

“——魏大人！急报！”

单骑飞速踏雪而来，传讯官直闯至魏景岩身前，气息紊乱地俯首报道：“十万火急，请、请大人速回城中！”

“怎么？”

“大人刚离开，城内与城外乱党竟然蜂拥而起，里应外合，同时作难。现在王城防护已经告急！”

魏景岩愣了片刻，不可置信地吼道：“混账！怎么会发生这样的事！洪大人、张大人他们……”

“朝中多位大人今日悉数病倒，高烧昏厥，御医正在紧急救治，怀疑有人在昨日餐宴中下毒！现在王城已经乱作一团……”

“胡扯，昨日我也参加了宴饮，身体并无不适——”

“大人本来也应该身体抱恙的。”清冷的声音打断了魏景岩，“如果您没有毁掉那幅《松风万壑》的话。”

魏景岩的身形定住了。他缓缓转身，面对着风雪中衣袂飘飞的男子。

“你……在赠给群臣的画中做了手脚？”魏景岩的声音被寒风冻结，一字一顿。然后，他猛然望向翦明公主。

“毒，下在制墨的松烟里，至下雪的极寒天气才会发作。这种松墨还配有紫草、白檀、苏合香等数十种香料，连精通文墨的士大夫都觉察不出，尚武的公主殿下又如何能知晓？”原涧的嘴角微微上扬。

“原涧！你确实厉害……所有人都以为你以字画贿赂官员只求自保，没想到竟是为下毒手！”魏景岩咬牙切齿，“做得好，不过你自己也别想全身而退！叛军再张狂，但‘明松先生’在我们手里，他们最终也只会是一群乌合散沙！”

“魏大人，你错了。”原涧勾勒完青山碧水的最后一笔，“第一，叛军并非乌合之众，而是反抗陈国暴政的诸国联军；第二，我并不是你所说的‘明松先生’;第三……”他放下羊毫，长身站起，“不能全身而退的，是你。你想过没有，为什么我会让翦明公主在今天将画送至府上？”

魏景岩这时才突然觉察，本该在楼下搜查密室的军士们竟然没有丝毫响动。渐浓的松香烟味犹如鬼魅聚拢过来，他突然感到一阵强烈的眩晕，原涧的声音也忽然变得遥远起来。

“因为相比其他官员，你才是义军最大的威胁。我……今天必须留住你。”

魏景岩第一次觉得，面前这个素衣散发、身无长物的青年是如此恐怖，清淡如水墨的面容像雪妖一样缥缈。他扑到天台边，看见楼下的房间里闪动着火光——房中贮藏的数百幅字画耀目如同星辰，像火赤练一样在白墙上跳动。墨汁的毒性随着烟雾升腾，用死亡之手将所有军士扯倒、拖入深渊。

同时他也看见，在大雪封路的松林前，立着一个身披斗篷的人。那人抬起手，撕掉了脸上布满皱纹与白须的面具。

魏景岩见过他——那是服侍照料原涧的贺老，去掉伪装、直起脊背后，却是个眼神如冰的年轻人。

魏景岩突然心澄如雪。暗探的情报并没有错！眼前这个人——以老迈者现身，借照料病者起居之名为原涧提供内宫情报与浸毒松墨的人，他才是真正的“明松先生”！而白邸，的确是他们展开行动最关键的据点。

狂怒燃烧着魏景岩的神智，使他瞬间摆脱了毒烟的霾瘴。他拔剑而起，直刺向风雪中飘摇如白色幻魅的影子。

但在剑尖抵达对方胸口前，一支松木利箭贯穿了他的左眼。

魏景岩倒下了，在右眼涣散之前，他看到更多的箭像横扫而至的雨，插入了他那些部下的胸膛。

原涧微微侧头。松林前的年轻人随即抬手，示意隐于密林中的同伴停止攻击。他向原涧俯身行礼，然后疾步走入林中，奔赴陈都正熊熊燃起的战火。

四

翦明觉得，整个世界都离她远去。

她身前，白瓦的府邸静谧安详。

她身后，无尽的松林绵延起伏。

而她脚下，横亘着陈国文臣与武将的尸体。

她终于明白，她所仰慕之人的病症为何久治不愈，不是父王那一剑导致的创伤难以恢复，而是为磨砺刺向父王的另一把剑。她终于明白，那些黑衣蒙面者的暗杀其实并非出自魏景岩的命令，而是将时局引入今日动乱的圈套。

但她能做的，只是拔出佩剑，以无法辨识的沙哑声音质问那个水墨般清秀、鬼魅般缥缈的男人。

“为什么，你没有因墨毒而死？”

“因为明松先生一直在我身边，为我配制解药。”

“那为什么……为你送画的我也没有死？”

原涧望着她，缓缓走近：“因为你也饮下过解药……在试图救我的时候。”

翦明扭曲了嘴唇——自己到底做了多少愚蠢的事呢？害了陈国，害了将臣，害了父王……讽刺的是，自己却安然无恙。

“——那刚才叛军的箭袭呢？为什么要避开我？”她向他挥剑，但十指无力，只划破了他的衣袖和手臂。

“因为我在等你，杀死我。”

她怔怔地看着原涧，忽然放声大笑。这个男人，这个以不掠风尘之姿夺去她一切的男人，最后的愿望竟然是死在她手中！

但是长久地、如同抽搐地笑过之后，她摇了摇头。

“……我曾那么害怕你死去，每个夜晚都为你伤病复发而担惊受怕，而现在，我同样害怕你死去——你若死了，简简单单地死了，我该怎样处置心中的仇恨？”

原涧的手腕低垂，血顺着衣袖一滴滴落在积雪与灰烬里。

很久，他才回答。

“那好，我就努力等到你复仇完成的那天。殿下，无论你是否帮助过我，陈国已是必败无疑。秦渊将战线拉得太长，在这片土地上积累了太多的仇恨。陈国公主也将会消失，而我会等你以翦明的身份再次来到我的面前。在那之前……在那之前，无论怎样，我都会尽力活下去的。”

她低下头，默默收剑，转身，走出了埋葬于字画灰烬的府邸。

山影徘徊，松针根根相触，如风吟，如海啸。

月下小馆·鸡蛋羹

月裹鸿声

鸡蛋羹，家常菜，味道清淡，可以根据个人口味添加各种调味料，或者将配料蒸入其中。鸡蛋清性微寒而气清，能益气补神，润肺利咽，清热解毒，体虚病弱者皆可食用，是一种很美味的食品。

白日里无比繁华的龙胆京，随着月亮的升起也会慢慢安静下来，街上的叫卖声从此起彼伏到零星几声，再到完全听不见，各个铺面灯火依次熄掉，关上大门，再加一把粗木闩，远望过去好像苍穹的星星渐次灭了。

然而，我的一天却由此时开始，系起月白的围裙，备齐碗筷，擦净乌木柜台，从天井的石槽里打来清水，倒进陶制的砂锅，当白米粥的香气随着咕嘟咕嘟声一起飘满店里时……远方的梆子总是准时传来初更声。于是我便吱呀呀地推开木制的拉门，不早一刻，也不晚一刻。

开在太阳下的店很多，在月光下的却很少。但其实，生活在夜晚的人们也总要过他们的生活。更夫、酒女、赶路的客商、夜行的侠客、独来独往的杀手、热情豪爽的镖师……都常来照顾我的生意。不少成了熟客，就算白天在外头遇到，也会亲切喊我一声“老板”。

你问看着他们来来往往，是不是见过很多有趣的人生故事？

嗯，你看我手中的萝卜，切成半透明，极薄的一片一片，我看到的故事也大抵像这样，只是那么薄薄一片。如果写下来，一顿饭工夫便可读完。

什么？你让我说一个故事来听听？

饺子？火锅？杏仁豆腐？

哦，那些你都听过了么？抱歉抱歉，年纪大了难免记性有些不好。

那么讲一个新的吧。

龙在天是江湖上极受尊敬的大侠，为人刚毅威严、侠肝义胆，武功更是非同凡响，年轻时凭一对金刀在武林兵器谱上一度排行前三，绰号“千军破”。六十大寿之后算是半退隐状态，从去年起，不时来我的店里吃些夜宵。

这样一个人，听起来不应该有人来找他寻仇，更不该有人来找他比武，不是么？

腊月的天气是一年里最冷的，可是在烧满炭火的屋里，蒙着面、戴着斗笠也还是颇为诡异的装束。

“客官，要什么？”

“客官？”

老板叫了两三次，蒙面客才如梦方醒地“哦”了一声。

“客官可是第一次来？”老板淡淡笑着介绍店里的规矩，“我这店里，白粥和小菜都是随意添的，其他你想吃些什么就告诉我，家常的菜我大多都能做上来。”

客人又“哦”了一声，是年轻人的声音，短促，似乎带一丝紧张。

停了许久，他才说：“不知想吃什么。”

“唉，没有想吃的东西的人生，少了很多色彩呢。”老板笑道。

“你……你随便上吧，钱不会少你的。”客人回答，他每句话最后收束得都很急促。

“鸡蛋羹怎么样？有其他人点，提前多做了几碗。”

“随便。”

于是老板回身去掀开蒸锅的盖子，一股白汽腾地就冒出来了，老板小心地用纱布垫着手，端出一碗。

蛋羹是寻常菜，可火候把握也不易，打蛋液若有气泡，便会蒸出蜂窝的样子，既失了形态，也减了口感。难得老板端来的蛋羹金黄爽滑，随着她的脚步微颤，仿佛能感到那种鲜嫩的程度。

老板在蛋羹面上撒了些碧绿的葱花，又取黑陶的小瓶子，转圈淋了一圈麻油，麻油在平滑的蛋面上动荡着，香味格外散发出来。

这样热腾腾的一碗，在这样的天气里，看着就叫人食欲大动，才端上来，旁边已经有食客道：“也给我来一碗。”

可是，蒙面的客人没有吃。他只在那里直直地坐着，任凭这美味冷掉。

或者，他本不是来吃东西的。

这时，木门动了，一名老者带着随从进来。老者须发皆白，穿得很简便，不过还是能看出过往的气度来。

“龙大侠！”“龙大侠！”店里有熟客，响起此起彼伏的打招呼声。

龙在天便也向他们回个笑脸，挥挥手。

“老规矩。”龙在天转向老板，中气十足地说道。

“已经给您备下了。”老板笑着回应，在蒸锅里给他端了一碗。

龙在天尝了一口，嫩滑鲜美的味道便在口中弥散，热热烫烫的感觉让他额头沁出细汗，正要出言夸赞，突然间，却愣住了。

愣住的不止他一个人，所有人目光都投向他的碗筷之间。

那里横亘一柄宝剑的剑锋，寒光闪闪，顺着剑身向上追溯，是黑衣、蒙面、戴着斗笠的客人……

屋里鸦雀无声，先前热络的气氛像被泼下一盆冰水。

“看样子，阁下在这里等老夫很久了？”龙在天缓缓扬起眼睛，说道。

蒙面客不说话。

“老夫年轻时，倒是许多人上门比武，为了什么劳什子天下第几之类的。”龙在天说下去，“不过如今，在下已经是个半退隐的老头，你要想涨名气，找老夫挑战，岂不是缘木求鱼？”

蒙面客还是不说话。

“老夫多年没有与人比武了，但一双刀尚还没锈蚀斑驳。”龙在天眼尾上扬，流露出一丝往日的傲气，“刀剑无眼，若伤了阁下，也可惜你这一身的修为。”

蒙面客依然沉默，手上的剑却是逼得更紧了些。

“这么说，阁下是非比不可了？”

蒙面客点头。

“那好，老夫只好奉陪！”龙在天眼中射出怒光，脸色陡变，一声长啸，双手往案上一拍，人已经就地拔起，退向门外开阔处。蒙面客亦跟进，二人就在小馆门外，乒乒乓乓地交起手来。

众人自然也顾不上吃饭，各个跑出来，围观这一战，间或疑惑议论此人是何方人物，窃窃私语。

蒙面客剑法精妙，剑如魅影，攻势凌厉。然而龙在天稳扎稳打，挥舞双刀，每一招看似被动防御，却在防御中将下一步要出的招已做铺垫。好比下棋，看似一方气势汹汹，将得对方车马乱蹿，然而不经意间，却发现对方赫然已经炮在中堂，车压肋边，只需几步，自己就要老帅不保了。

如此大概三十合，蒙面客渐渐步伐凌乱，败象已露。

“好！”观众诸人，多有为龙在天喝彩加油的。

此时蒙面客见已经处于劣势，索性求险，一剑劈出，不顾防御，大有搏命之势。

龙在天身经百战，更不退缩，举刀来迎，这也是武者交战，招赶招出到这里，没有多余时间思考。

底下的人都张大了嘴，这样对冲，其中任何一方不死也残。

电光火石间，两人身影在空中交错，底下观众有人捂住眼睛，有人已经尖叫。

然而，他们只听到巨大的“哐啷”一声。

龙在天的随从老魏颤巍巍地看过去，战场上不知何时，成了三个人。

他的家主保持着进击的姿势，那蒙面人狼狈地后坐在地上，而他们之间，立着一个修长的倩影，手里拿着什么圆圆的好似盾牌的东西。

“唉，我的锅啊！”老板站在青石路上，用手沿着锅沿转动，她手里的炒锅是玄铁制成，此时却有非常明显的一个大洞，洞的切口锋利整齐，仿佛那锅不是玄铁做的而是豆腐做的一般。

她身后的蒙面人发着抖，能看出他尽力在克制，但面临差点儿脑门被劈开的境地，一般人总是会忍不住有些抖的。

“你到底是什么人？我们老爷都退隐了，还有什么恩怨！”见场面有这短暂的平静，龙在天的随从老魏从人群里钻出来，一边走一边大喊。

“对！龙大侠一生行侠仗义，你为什么要袭击他？”群众也很激愤，挥舞手臂，纷纷附和。

人们围上去，成一个圆圈，激动之中，却只有圆圈里的三个人最为沉默，保持着刚才的姿势，一动不动。

沉默中，却生了一点点变故：蒙面人的斗笠从中裂开，“啪”地变为两半，显然是受龙在天凌厉刀气影响。

裂开的斗笠和蒙面的布巾默默地从他头脸上滑下，月光照在他脸上——是一张年轻清秀的面孔。

原本举着胳膊的老魏突然僵住了，喃喃："怎么是你？"

群众中的气氛也一下冷却，有人还在高呼，却发现旁边人安静得尴尬。

"孽障！孽障！"龙在天脸色发青，说话时尽量狠厉，却再也不似方才那样中气十足，反而声音有些发抖，"老夫怎么会……怎么会有你这样的逆子！"

群众中刮过低语的风，有知情的对不知情的窃窃私语道："龙在天的儿子龙小同从小不服管教，凡事都要与老爹对着干，长大之后干就脆离家出走，甚至投入龙在天的对头门下学武。"

年轻人站起来，用衣袖擦擦嘴角血迹，冷笑着，说了今晚第一句话："我什么样，不都是你养出来的？"

"少爷，少爷！"老魏跺着脚道，"你要气死老爷吗？怎么可以这样忤逆不孝？"

"不孝？"年轻人嘴角挂着轻蔑的笑容，"我爷爷去世时，有人为了进益自己的武功，连看都没去看一眼，您倒是给我讲讲，这是何等的孝顺？"

老魏一哽，一时不知怎么反驳。还好旁边有人接上茬："龙大侠那是为了行侠仗义，你问问江湖上，有几个没受过龙大侠恩惠的？"

"是啊，是啊！"几个路人同声附和道，有的说龙在天资助过他的孩子上学，有的说龙在天为他娘子请过名医看病。

然而青年不为所动，眉头一挑，语气凌厉："那么请问，我娘难产时他在哪里？我哥哥夭折时他又在哪里？外头人都这么值得帮助，敢情我家人就天生该死？"

说着，他逼近那搭腔的路人："这到底是'行侠仗义'，还是'沽名钓誉'？你倒是说啊？"

路人被他凌厉的气势吓得倒退三步，躲进人群，再不出声。

"休得胡闹！有什么事冲老夫来。"龙在天在一旁，终于发声，瞪着青年，"你既然如此恨我，我也只当没生过你这逆子！"

青年转过来，满脸笑得诡异，从齿缝里挤出嘲讽："你现在才当没我这儿子吗？我可是从来就没当有过你这个爹！"

这一句话落地，满场尽皆心惊，只怕以龙在天的脾气，会让青年血溅当场。老魏甚至已经做好姿势，准备死死抱住老爷。

然而，他们都诧异了。

龙在天没有说话，面色铁沉，可就在似乎怒气积聚到顶之时，脸上突然呈现一种灰暗的颓唐，不知是不是老魏的错觉，仿佛看见老爷铁塔样的人，身形晃了一晃。

许久，龙在天转过身，背着手，拉上老魏，只说了两个字："走吧。"

他们就那样步履蹒跚地走出人群，没入黑暗之中。

人们也摇着头走散了，没有人再跟龙小同理论，最后只剩这青年一个人，身影在夜色中显得分外孤单。

龙小同俯身捡起寒铁剑，也要离开。

但他却被叫住了。

"怎么？如果你也是想劝我向'那个人'低头的话，就省省吧！"龙小同没有转身，也没有转头，就那样直挺挺地向身后扔出一句。

"好歹……我也算救了你一命吧？"老板拿着锅，把玩锅沿，带着淡淡的笑意，"坐下来吃点东西？"

于是小馆的灯光又亮起来，水在蒸锅里咕嘟嘟地冒泡，老板在厨房忙进忙出，仿佛一个普通而温暖的家庭。

"你要说什么？"龙小同坐在柜台前问。从他出现，姿势一直很僵直，像有一根棍子从后背一直撑着他似的。

"吃。"老板极尽简洁，端上一碗蛋羹，自己也拿了一碗。

青年迟疑了一会儿，能看出本来他想推拒，但最终还是拿起勺子，尝了一口。

入口之后，他僵硬的脸上竟不自觉地泛起一丝松弛。

"老板手艺不错。"他低声道。

"人生没有什么事情值得让你抗拒美食。"老板也坐下来，用勺子慢慢品尝。

"你是想劝解我和他的事情么？"龙小同放松了一点儿，眼睛盯在碗里，"想说什么就说吧。"

"要我说，其实很合理。"老板顿了一顿，"他在江湖，或者说众生身上付出得很多，所以老了受众生爱戴，可是在亲情上付出太少，所以当然的，现在受亲人的冷眼。这不是很合理吗？"

青年怔了怔，很久，道："你在帮他说话？"

"我为什么一定要帮他说话呢？"

"因为……"青年低下头，"每个人都在说，他有多么侠义，他有多么辛苦，他有多么人在江湖身不由己。"

"所以，我再说那些，有用么？"老板抬起头，笑笑，"你并不是真的不知道他的辛苦和身不由己，你只是怨恨，为什么从没有人站在你这边，理解你。"

龙小同像被什么打中了，愣在那里，然后，他把脸转向一边，避开老板的目光。

"我才不在乎。"他说，"像我说的，我从来没把他当成我爹。"

"如果你没有，为什么一定要找他比武呢？"老板看着他，笑着问。

这简单的一句话却像是投枪，年轻人眼中开始有星星点点的光芒，他紧紧咬着嘴唇，手里用力地握着勺子。然后又突然低下头，大口猛吃碗里的东西，好像那不是精致的蛋羹，而是什么馒头之类的，吃到浑身冒出汗来。

"对男人来说，父亲总像一座山，小时候是坚强的依靠，长大了，却变成一定想要翻越的障碍……"老板说下去，"可是，他们也许没注意到吧，随着时间过去，这座山其实也矮了、秃了。"

"对了，龙在天以前可不是一个爱吃蛋羹的人，你知道为什么现在他每次都点吗？"老板又问。

"不知道。"青年回答。

"因为，他的牙不好了。"老板抬起手，指指自己的左颊。

无预警的，龙小同崩溃大哭，哭到后背不停地颤抖，柜台上都是鼻涕和眼泪。

"可是，我还是不会原谅他的。"很久，等他平静一些了，哽咽道，"我不能原谅他对我娘和哥哥做过的事情。"

"原谅很难。"老板叹口气，"正是因为它是如此地难以做到，所以，如果它很容易，就不高贵了。"

"老板也有过很难原谅的事？"

"有过……"老板轻转手上浓翠的指环，笑着。

年轻人若有所思了一阵，站起来，擦了擦眼角："天快亮了，我该走了。谢谢老板的蛋羹。"

“那就不远送了。”老板同样站起来，说道。

当他走出门口，背影在夜色里逐渐模糊时，老板又突然想起什么似的，追着喊道：“喂，差点忘记告诉你一件事！”

“什么？”龙小同停下来，侧脸的轮廓刀削般分明。

“我并没有救你一命。”老板笑道，扬了扬那只开了天窗的锅，“你真以为我用锅就能接‘千军破’一刀么？那，只不过给了一个他不想伤你的台阶下。”

门外的人影凝住了一会儿，但很快，又向前走了，没入夜幕中。

屋里，老板俯下身，细心地熄灭炭火，收下窗帘，刷洗碗筷。房间中还有未散去的麻油香气。

洗一洗，她又蹲下来拿着那只惨遭不幸的铁锅，一边摇头：“唉，我的锅啊……”